ANA de INGLESIDE

ALMA CLÁSICOS ILUSTRADOS

ANA de INGLESIDE

L. M. MONTGOMERY

Traducción de Catalina Martínez Muñoz

Ilustrado por
Giselfust

Título original: *Anne of Ingleside*

www.editorialalma.com

@almaeditorial

Diseño de la colección: lookatcia.com
Diseño de cubierta: lookatcia.com
Maquetación y revisión: LocTeam, S.L.

ISBN: 978-84-10206-05-2
Depósito legal: B-16011-2025

Impreso en España
Printed in Spain

Esta obra contiene personajes, situaciones y diálogos que reflejan los valores, creencias y convenciones sociales propios del contexto histórico y cultural de la época en que fue concebida. Si bien algunos de estos aspectos pueden resultar inapropiados o desfasados desde una perspectiva contemporánea, se han conservado para respetar la integridad original del texto.

Este libro contiene papel de color natural de alta calidad que no amarillea (deterioro por oxidación) con el paso del tiempo y está hecho de material proveniente de bosques certificados FSC® bien manejados y de otras fuentes controladas.

FSC www.fsc.org
MIXTO
Papel | Apoyando la silvicultura responsable
FSC® C202626

A W. G. P.

Capítulo I

«¡Qué blanca es la luz de la luna esta noche!», pensó Ana Blythe mientras subía hacia la puerta de Diana Wright por el sendero del jardín, donde la brisa salobre desprendía los pequeños pétalos de las flores del cerezo.

Se detuvo un momento a mirar los cerros y los bosques que tanto quiso en otro tiempo y aún seguía queriendo. ¡Su adorable Avonlea! Su hogar ahora estaba en Glen St. Mary, y así lo sentía desde hacía muchos años, pero Avonlea tenía algo que Glen St. Mary nunca podría tener. Visiones de sí misma la esperaban en cada recodo del camino. Los campos por los que había deambulado le daban la bienvenida. Cada rincón donde ponía la vista guardaba algún recuerdo precioso. Aquí y allá había jardines encantados en los que florecían las rosas del ayer. Siempre era maravilloso para Ana volver a casa, a Avonlea, incluso en esta ocasión, cuando el motivo de su visita era tan triste. Iba con Gilbert para asistir al funeral de su padre, y ella se quedaría una semana. Marilla y la señora Lynde no consentían que se marchara enseguida.

Su antigua habitación de la buhardilla siempre estaba preparada para recibirla, y al entrar en ella, la noche de su llegada, Ana vio que la señora

Lynde había puesto un enorme ramo de flores de primavera... Un ramo que, al enterrar la cara en él, le produjo la sensación de aspirar toda la fragancia de unos años que jamás olvidaba. La Ana de entonces la esperaba en aquella habitación. Antiguas alegrías muy queridas despertaron en su corazón. La buhardilla la acogía entre sus brazos... La rodeaba... La envolvía. Miró con cariño su antigua cama, la colcha de hojas de manzano que había tejido la señora Lynde y las impolutas almohadas con su puntilla de encaje, también fruto de la aguja de la señora Lynde... Las alfombras en el suelo, obra de Marilla... El espejo que había reflejado la carita de la huérfana, con su frente infantil como un lienzo en blanco, que lloró hasta quedarse dormida la primera noche. Ana se olvidó de que era la feliz madre de cinco hijos... Y de que Susan Baker estaba con ellos en Ingleside, tejiendo de nuevo unos misteriosos patucos. Volvía a ser Ana de Tejas Verdes.

Cuando entró con las toallas limpias, la señora Lynde la encontró mirándose todavía en el espejo, distraída.

—Es una alegría tenerte en casa, Ana. Como lo oyes. Hace ya nueve años que te fuiste y Marilla y yo no dejamos de echarte de menos. No estamos tan solas ahora que Davy se ha casado... Millie es encantadora... ¡Las tartas que hace! Lista como una ardilla y curiosa con todo. Pero siempre he dicho y siempre diré que como tú no hay nadie.

—A este espejo no se le puede engañar, señora Lynde. Y me está diciendo a las claras: «Ya no eres tan joven como antes» —dijo Ana con nostalgia.

—Conservas un cutis estupendo —la consoló la señora Lynde—. Claro que nunca tuviste demasiado color que perder.

—Por lo menos de momento no tengo señales de papada —bromeó Ana—. Y esta habitación aún se acuerda de mí, señora Lynde. Estoy contenta. Me habría dolido mucho volver y descubrir que se ha olvidado de mí. Y es una maravilla ver de nuevo cómo se levanta la luna sobre el Bosque Encantado.

—¿Verdad que parece que hubiera en el cielo una moneda de oro enorme? —observó la señora Lynde, con la sensación de lanzarse sin freno al vuelo poético y alegrándose de que Marilla no estuviera allí para oírla.

—Mire cómo asoman las puntas de los abetos... Y los abedules del valle todavía levantan los brazos al cielo plateado. Ahora son árboles grandes... Eran recién nacidos cuando yo llegué... Hacen que me sienta algo mayor.

—Los árboles son como los niños —dijo la señora Lynde—. Es tremendo lo deprisa que crecen, en cuanto te distraes un momento... Fíjate en Fred Wright... Solo tiene trece años y ya es casi tan alto como su padre. Hay empanada de carne caliente para cenar, y también te he preparado mis galletas de limón. No tengas ningún miedo de dormir en esa cama. He aireado las sábanas hoy mismo..., y Marilla no se enteró de que yo me había encargado y volvió a airearlas..., y Millie no se enteró de que las dos nos habíamos encargado y las aireó por tercera vez. Espero que Mary Maria Blythe venga mañana... Siempre disfruta con los funerales.

—La tía Mary Maria... Gilbert siempre la llama así, aunque en realidad solo es prima de su padre... Y ella siempre me llama «Ani» —dijo Ana con un sobresalto—. Y la primera vez que me vio, después de casarme, me dijo: «Es muy raro que Gilbert te eligiera. Podría haberse casado con muchas chicas guapas». A lo mejor por eso nunca me ha caído bien... Y sé que a Gilbert tampoco, aunque no lo reconocerá en la vida, porque es muy de su familia.

—¿Se quedará unos días Gilbert?

—No. Tiene que volver mañana por la noche. Ha dejado a un paciente en estado crítico.

—Sí, claro, supongo que ya no hay muchas cosas que lo retengan aquí ahora, porque su madre también murió el año pasado. El pobre señor Blythe no levantó cabeza desde entonces... No le quedaba ningún motivo para vivir. Los Blythe siempre han sido así... Siempre han puesto demasiado afecto en las cosas terrenales. Es una lástima pensar que ya no queda ninguno en Avonlea. Eran una buena familia. Y en cambio... Tenemos Sloane para dar y tomar. Los Sloane siguen siendo Sloane, Ana, y siempre lo serán, por los siglos de los siglos, amén.

—Me trae sin cuidado cuántos Sloane haya. Después de cenar pienso dar un paseo por el huerto a la luz de la luna. Supongo que al final tendré que irme a la cama... Aunque las noches de luna llena dormir siempre me ha parecido una pérdida de tiempo... Pero me levantaré temprano para ver las primeras luces del día en el Bosque Encantado. El cielo se pondrá rojo como el coral y los zorzales andarán presumiendo por ahí... Puede que un gorrioncillo gris se pose en el alféizar... Y veré los pensamientos morados y amarillos...

—Pero los conejos se han comido todos los lirios de junio —se lamentó la señora Lynde mientas bajaba las escaleras con andares de pato y en secreto se alegraba de poner fin a la conversación sobre la luna. Ana siempre había sido un poco rara con esas cosas, y no parecía que tuviera mucho sentido esperar que cambiase.

Diana salió al encuentro de Ana por el sendero. Incluso a la luz de la luna se notaba que seguía teniendo el pelo negro, las mejillas sonrosadas y los ojos brillantes. Pero la luz de la luna no podía ocultar que estaba algo más corpulenta... Y Diana nunca había sido lo que en Avonlea se llamaba «delgaducha».

—No te preocupes, cielo... No vengo a quedarme.

—Como si eso me preocupara —le reprochó Diana—. Sabes que preferiría mil veces quedarme contigo que ir a la recepción. Tengo la sensación de no haberte visto ni la mitad de lo que quería, y te marchas pasado mañana. Pero es que el hermano de Fred... Ya sabes cómo es... Tenemos que ir sin falta.

—Claro que sí. Y yo también pasaré un momento. He venido por el camino antiguo, Di... Por la Burbuja de la Dríade... Por el Bosque Encantado... Por la parra de tu antiguo jardín... y por la Laguna de los Sauces. Hasta me he parado un momento a verlos reflejados en el agua, como hacíamos siempre. Han crecido mucho.

—Todo ha crecido —suspiró Diana—. ¡Cuando veo lo mayor que se ha hecho Fred! Todos hemos cambiado mucho... Menos tú. Tú nunca cambias, Ana. ¿*Cómo* consigues seguir tan delgada? ¡Mírame a mí!

—Un poco rellenita, sí —asintió Ana, riéndose—. Pero por ahora te has librado del ensanchamiento de la mediana edad, Di. Y eso de que yo no cambio... Bueno, la señora de H. B. Donnell está de acuerdo contigo. En el funeral me dijo que por mí no pasaban los años. Pero la señora de Harmon Andrews no piensa lo mismo. Ella me dijo: «¡Ana, hija mía, qué desmejorada estás!». Todo depende del ojo de quien te mira... O de su conciencia. Solo cuando miro las ilustraciones de las revistas tengo la sensación de que no estoy tan mal. Los héroes y las heroínas que salen en ellas empiezan a parecerme *demasiado jovencitas*. Pero da igual, Di... Mañana volveremos a ser niñas. Eso es lo que he venido a decirte. Vamos a tomarnos la tarde libre para visitar todos nuestros rincones encantados... Todos, toditos. Iremos por los campos en primavera y por los bosques de siempre, cubiertos de helechos. Veremos todas las cosas que tanto queríamos y en los montes volveremos a encontrar nuestra juventud. Ya sabes que en primavera nada parece imposible. Dejaremos de sentirnos madres responsables y seremos tan alocadas como la señora Lynde en el fondo todavía cree que soy. La verdad es que ser razonable a todas horas no es nada divertido, Diana.

—¡Madre mía, qué propio de ti suena todo eso! Y me encantaría, pero...

—No hay peros que valgan. Sé que estás pensando: «¿Y quién les hará la cena a los hombres?».

—No exactamente. Ana Cordelia es capaz de prepararles la cena tan bien como yo, aunque solo tiene once años —dijo Diana con orgullo—. De hecho, iba a encargarse ella de todos modos. Yo tenía que ir a la Asociación de Ayuda de la parroquia. Pero no voy a ir. Me iré contigo. Será como ver cumplido un sueño. Muchas noches, Ana, me siento aquí y me imagino que volvemos a ser niñas. Yo llevaré algo para cenar...

—Y cenaremos en el jardín de Hester Gray... Supongo que el jardín de Hester Gray seguirá estando en el mismo sitio de siempre.

—Supongo que sí —contestó Diana, algo dubitativa—. No he vuelto por allí desde que me casé. Ana Cordelia sale mucho a explorar... Pero siempre le digo que no se aleje demasiado de casa. Le encanta deambular por los bosques... Y un día que la reñí porque estaba hablando sola en el jardín me dijo que no hablaba sola... Que hablaba con el espíritu de las flores. Estaba jugando con esas tazas de té que le regalaste cuando cumplió los nueve años... Las de los capullitos de rosa. No ha roto ni sola pieza... Es de lo más cuidadosa. Solo las usa cuando los Tres Duendecillos Verdes vienen a merendar con ella. No consigo sacarle quiénes cree ella que son. Te aseguro que en algunas cosas, Ana, se parece más a ti que a mí.

—A lo mejor un nombre es más importante de lo que Shakespeare reconocía. No le reproches a Ana Cordelia sus fantasías, Diana. A mí siempre me dan mucha pena los niños que no viven unos años en el mundo de la fantasía.

—Olivia Sloane es ahora la maestra —dijo Diana con recelo—. Ya sabes que es licenciada, y ha aceptado quedarse un año en la escuela del pueblo para estar cerca de su madre. Ella piensa que los niños tienen que aprender a afrontar la realidad.

—¿Me estás diciendo que compartes las tonterías de los Sloane, Diana Wright?

—No... No... No... Esa chica no me gusta ni un pelo... Tiene los mismos ojos que toda la familia: intimidantes y azules. Y no me molestan las fantasías de Ana Cordelia... Son muy bonitas..., como lo eran las tuyas. Supongo que la vida le traerá «realidad» de sobra.

—Bueno, entonces no hay más que hablar. Pasa por Tejas Verdes sobre las dos y tomaremos una copa de vino de grosellas de Marilla... Lo sigue haciendo de vez en cuando, a pesar del párroco y de la señora Lynde... Así tendremos más ganas de hacer travesuras.

—¿Te acuerdas del día que me emborrachaste con ese vino? —dijo Diana, riéndose, a quien las «diabluras» no le importaban tanto si era Ana quien las hacía. Todo el mundo sabía que Ana en realidad no lo había hecho con mala intención. Era solo su forma de ser.

—Mañana pasaremos un día de muchos «¿Te acuerdas?», Diana. No te entretengo más... Ahí llega Fred con la calesa. Llevas un vestido precioso.

—Fred me pidió que me hiciera uno nuevo para la boda. Yo no estaba segura de que nos lo pudiéramos permitir, porque acabamos de construir un establo nuevo, pero me dijo que no iba a consentir que *su* mujer pareciese una quiero y no puedo cuando todas las demás iban de punta en blanco. ¿No es típico de un hombre?

—Ay, hablas como la señora Elliott, la de Glen —le reprochó Ana—. Tienes que vigilar esa tendencia. ¿Te gustaría vivir en un mundo en el que no hubiera hombres?

—Sería horrible —reconoció Diana—. Sí, sí, Fred. Ya voy. Bueno, ¡muy bien! Hasta mañana, entonces, Ana.

Ana paró un momento en la Burbuja de la Dríade en el camino de vuelta. Le encantaba aquel arroyo. Sintió como si todas las reverberaciones de sus carcajadas infantiles las hubiera retenido el arroyo y ahora las devolviera a sus oídos atentos. Sus antiguos sueños los veía reflejados en la clara Burbuja... Antiguas promesas... Antiguos susurros... El arroyo los conservaba y los murmuraba todos... Pero no había allí nadie para prestarles atención: solo las viejas píceas del Bosque Encantado que llevaban tanto tiempo escuchándolos.

Capítulo II

—¡Qué día tan bonito! —dijo Diana—. Parece hecho para nosotras. Aunque me temo que es una excepción... Mañana va a llover.

—Da igual. Hoy vamos a empaparnos de toda su belleza, aunque mañana ya no brille el sol. Vamos a disfrutar de nuestra amistad aunque mañana tengamos que separarnos. Mira esos cerros verdes y dorados ahí tendidos... Esos valles de brumas azuladas... Son *nuestros*, Diana... Me trae sin cuidado que el último cerro esté registrado a nombre de Abner Sloane... Hoy es *nuestro*. El viento viene de poniente... Siempre me siento aventurera cuando el viento viene de poniente... Y vamos a dar un paseo perfecto.

Lo dieron. Recorrieron todos sus sitios queridos: el Paseo de los Enamorados, el Bosque Encantado, el Remanso de Calma, el Valle de las Violetas, la Senda de los Abedules y el Lago de Cristal. Había algunos cambios. Los retoños de los abedules, que formaban un anillo en el Remanso de Calma donde hace mucho tiempo tenían su cabaña, eran ya árboles grandes; la Senda de los Abedules, que nadie había pisado desde hacía muchos años, estaba cubierta de maleza; el Lago de Cristal se había secado por completo y en su lugar solamente quedaba un hoyo húmedo cubierto de musgo. Pero el Valle de las Violetas era un manto de flores y el brote de manzano que Gilbert encontró un día al fondo de los bosques se había convertido en un árbol enorme, salpicado de diminutas yemas de flores con la punta granate.

Iban descalzas. El pelo de Ana seguía resplandeciendo como la caoba bruñida a la luz del sol y el de Diana aún conservaba su intenso brillo negro. Cruzaban miradas alegres y cómplices, cálidas y cordiales. A veces paseaban en silencio... Ana siempre había asegurado que dos personas tan comprensivas como Diana y ella eran capaces de *sentir* los pensamientos de la otra. De vez en cuando sazonaban la conversación con un «¿Te acuerdas?». «¿Te acuerdas del día que te caíste del tejado del cobertizo de los patos de las Copp en el camino *tory*?»... «¿Te acuerdas de cuando nos lanzamos sobre la cama de la tía Josephine?»... «¿Te acuerdas de nuestro club de relatos?»... «¿Te acuerdas de cuando vino de visita la señora Morgan y tú tenías la nariz manchada de rojo?»... «¿Te acuerdas de las señales que nos hacíamos por la ventana con las velas?»... «¿Te acuerdas de lo bien que lo pasamos en la boda de la señorita Lavender y de los lazos azules de Charlotta?»... «¿Te acuerdas de la Asociación para la Mejora de Avonlea?». Las dos creían oír el eco de sus carcajadas de entonces, que resonaban a través de los años.

La Asociación para la Mejora de Avonlea, al parecer, ya no existía. Se extinguió poco después de que Ana se casara.

—No supieron conservarla, Ana. Los jóvenes de Avonlea no son como en nuestra época.

—No hables como si *nuestra época* hubiera terminado, Diana. Solo tenemos quince años más y somos almas gemelas. El aire no solo está cargado de ligereza... *Es* ligero. No estoy segura de que no me hayan salido alas.

—Yo también siento lo mismo —dijo Diana, olvidando que esa mañana la báscula había marcado setenta kilos—. Muchas veces tengo la sensación de que me encantaría convertirme en un pájaro por un rato. Volar tiene que ser maravilloso.

Estaban rodeadas de belleza. Inesperadas tonalidades resplandecían en las oscuras heredades de los bosques, lanzando destellos en los cautivadores senderos. El sol primaveral se filtraba entre el ramaje verde y joven. Por todas partes resonaban alegres trinos. Había pequeñas vaguadas en las que uno se sentía como flotando en una charca de oro líquido. Cada curva del camino les ofrecía una fresca fragancia de primavera: helechos aromáticos..., bálsamo de abeto..., el olor puro de los campos recién arados. Había un sendero cubierto por una cortina de flores de cerezos silvestres... Un campo de hierba plagado de píceas diminutas que apenas empezaban a brotar, como duendecillos agazapados entre la hierba... Arroyos que aún no tenían «anchura suficiente para saltar»... Flores estrelladas a los pies de los abetos... Mantos de retoños de abetos rizados... Y un abedul con su envoltura blanca destrozada por algún vándalo en varias zonas, con la variedad de tonalidades de la médula expuesta a la vista. Ana se quedó mirándolo tanto tiempo que a Diana le llamó la atención. No veía lo mismo que ella: tonalidades que iban del blanco cremoso más puro a los dorados más exquisitos y se oscurecían poco a poco en las capas más profundas hasta cobrar un marrón intenso, como si quisieran decirnos que todos los abedules, con ese aspecto tan relajado y juvenil, tenían sin embargo emociones de colores cálidos.

—Guardan en el corazón el fuego primigenio de la tierra —susurró Ana.

Y por fin, después de cruzar una pequeña cañada cubierta de setas matamoscas, llegaron al jardín de Hester Gray. No había cambiado mucho. Seguía rebosante de preciosas flores y dulces aromas. Aún quedaban muchos lirios de junio, como llamaba Diana a los narcisos. La hilera de cerezos, aunque había envejecido, seguía siendo un reguero de flores blancas como la nieve. Aún se vislumbraba el paseo central de la rosaleda, mientras que la acequia quedaba escondida por el manto de flores blancas, azules y verdes que formaban las fresas, las violetas y los helechos recién nacidos. Cenaron en un rincón del jardín, sentadas en unas piedras tapizadas de musgo, con un lilo a su espalda que lanzaba destellos cárdenos a la luz del sol bajo. Las dos tenían hambre y las dos rindieron honores a la comida bien hecha.

—¡Qué bien saben las cosas al aire libre! —suspiró Diana con placer—. Tu bizcocho de chocolate, Ana... Bueno, no encuentro las palabras, pero tienes que darme la receta. A Fred le va a encantar. Él puede comer de todo y seguir delgado. Yo me paso la vida diciendo que *no* voy a comer más bizcocho... porque cada año que pasa estoy más gorda. Me horroriza acabar

como mi tía abuela Sarah... Estaba tan gorda que había que ayudarla a levantarse cuando se sentaba. Pero cuando veo un bizcocho como este... Y anoche en la recepción... Es que se habrían ofendido todos mucho si no hubiera comido.

—¿Lo pasaste bien?

—Sí, claro, en parte. Pero caí en las garras de Henrietta, la prima de Fred... Le encanta contarte todos los detalles de sus operaciones, y de las sensaciones que tuvo mientras la operaban, y de lo poco que habría tardado en explotarle el apéndice si no se lo hubieran quitado. «Me dieron quince puntos. Ay, Diana, ¡no sabes la agonía que sufrí!». Bueno, ella se lo pasó muy bien, pero yo no. Y es verdad que ha sufrido, así que ¿por qué no va a darse ahora el lujo de contarlo? Jim estaba muy gracioso... No sé yo si a Mary Alice le hizo demasiada gracia... Bueno, un trocito de nada... De perdidos al río... Una porción no puede hacer tanto daño... Jim dijo que la noche antes de la boda estaba tan asustado que casi le dieron ganas de largarse en el barco. Dijo que todos los novios sentían lo mismo, solo que no eran sinceros y no lo contaban. ¿Tú crees que Gilbert y Fred sintieron lo mismo, Ana?

—Seguro que no.

—Eso dijo Fred cuando se lo pregunté. Dijo que lo único que le asustaba era que yo cambiara de opinión en el último momento, como Rose Spencer. Pero en realidad nunca se sabe lo que piensa un hombre. Bueno, ahora ya no sirve de nada preocuparse por eso. ¡Qué tarde tan deliciosa hemos pasado! Siento como si hubiéramos revivido muchas de nuestras antiguas alegrías. Ojalá no tuvieras que irte mañana, Ana.

—¿No puedes venir a Ingleside este verano, en algún momento, Diana? Antes de... Bueno, antes de que no tenga ganas de recibir visitas en una temporada.

—Me encantaría, pero no me puedo ir de casa en verano. Siempre hay mucho que hacer.

—Rebecca Dew viene a verme por fin, y me alegro mucho... Aunque me temo que la tía Mary Maria también quiere venir. Se lo ha insinuado a Gilbert. A él le cae tan mal como a mí..., pero es «de la familia» y siempre hay que echarle una mano.

—A lo mejor voy en invierno. Me gustaría mucho volver a Ingleside. Tienes una casa preciosa, Ana..., y una familia encantadora.

—Ingleside es bonito... Y ahora me encanta. Al principio pensé que nunca me gustaría. Cuando llegamos lo odiaba... Lo odiaba por todas sus virtudes. Eran un insulto a la querida casa de mis sueños. Recuerdo que, cuando nos fuimos de allí, le dije a Gilbert con mucha pena: «Hemos sido muy felices aquí. No volveremos a ser tan felices en ninguna otra parte». Pasé una buena temporada regodeándome en la nostalgia. Luego... empecé a echar algunas raíces de afecto por Ingleside. Y me resistía..., me resistía de verdad... Pero al final tuve que darme por vencida y reconocer que me encantaba. Y cada año me gusta más. No es una casa demasiado vieja... Las casas demasiado viejas son tristes. Y tampoco demasiado joven... Las casas demasiado jóvenes son desangeladas... Es una casa acogedora. Me encantan todas las habitaciones. Todas tienen algún defecto pero también alguna virtud... Algo que las distingue de las demás..., que les da personalidad. Me encantan esos árboles magníficos que hay en el jardín. No sé quién los plantó, pero cada vez que subo al piso de arriba me paro en el rellano... Ya sabes que en el rellano hay una ventana muy pintoresca, con un banco bien amplio... Me siento un momento a contemplarlos y digo: «Bendito sea el hombre que plantó esos árboles, quienquiera que fuese». En realidad hay demasiados árboles alrededor de la casa, pero no talaríamos ni uno solo.

—Fred es igual. Le encanta ese sauce grande que tenemos en casa, el que mira al sur. Nos quita las vistas de las ventanas de la sala de estar, y se lo he dicho mil veces, pero él siempre me contesta lo mismo: «¿De verdad cortarías algo tan bonito, aunque te quite las vistas?». Así que el sauce sigue ahí... y es precioso. Por eso llamamos a nuestra casa la Granja del Sauce Solitario. Me encanta el nombre de Ingleside. Es un nombre muy bonito, muy hogareño.

—Eso dice Gilbert. Tardamos bastante en elegir el nombre. Probamos varios, pero nos parecía que no pegaban. Hasta que se nos ocurrió Ingleside y pensamos que era perfecto. Me alegro de tener una casa grande y amplia... Nuestra familia la necesita. A los niños también les encanta, aunque todavía sean pequeños.

—Son una preciosidad —dijo Diana, sirviéndose a hurtadillas otra «porción» de bizcocho de chocolate—. Los míos me parecen muy guapos..., pero los tuyos tienen algo especial... ¡Y tus gemelas...! Eso sí que me da envidia. Siempre he querido tener gemelos.

—Bueno, tener gemelas era inevitable para mí... Son mi destino. Pero es una decepción que las mías no se parezcan... ni una gota. Nan es guapa, con ese pelo castaño y esos ojos, y tiene un cutis precioso. Di es la favorita de su padre, porque tiene los ojos verdes y es pelirroja... Pelirroja y con un remolino. Shirley es el niño bonito de Susan... Estuve mucho tiempo enferma después del parto, y ella lo cuidó tanto que casi me parece que cree que es suyo. Lo llama su «morenito» y lo mima que da vergüenza.

—Y como todavía es tan pequeño puedes entrar sin hacer ruido y remeterle las sábanas si se ha desarropado dando puntapiés —dijo Diana con envidia—. Jack ya tiene nueve años y no me deja que lo arrope. Dice que es muy mayor. ¡Y a mí me encanta arroparlo! Ay, qué pena me da que los niños crezcan tan deprisa.

—Ninguno de los míos ha llegado a esa fase todavía... Aunque he notado que Jem, desde que empezó a ir a la escuela, ya no quiere darme la mano cuando vamos por el pueblo —dijo Ana suspirando—. Pero él y Walter y Shirley todavía me dejan que los arrope. Walter a veces hace todo un ritual.

—Y de momento no tienes que preocuparte por lo que vayan a ser. Jack está loco por ser soldado cuando sea mayor... ¡Soldado! ¡Imagínate!

—Yo no me preocuparía por eso. Se le olvidará en cuanto se presente otro capricho. La guerra es cosa del pasado. Jem se imagina que va a ser marino... como el capitán Jim... Y Walter va camino de ser poeta. No se parece nada a los demás. Pero a todos les encantan los árboles y a todos les encanta jugar en «la Hondonada», como la llaman... Es un vallecito que está justo debajo de Ingleside, con un arroyo y con senderos mágicos. Un sitio normal y corriente... Para los demás solo es «la Hondonada», pero para ellos es un mundo mágico. Todos tienen sus defectos, aunque... no son una mala pandilla... Y, afortunadamente, en casa siempre hay cariño a montones. Ay, es una alegría pensar que mañana a esta hora estaré en Ingleside, contando cuentos a mis niños a la hora de acostarse y elogiando las calceolarias y los helechos de Susan. Tiene buena mano para los helechos. Nadie los hace crecer tan bien como ella. Sinceramente, no puedo elogiar los helechos... ¡Y las calceolarias, Diana! Es que ni siquiera me parecen flores. Pero ni se me ocurre decírselo a Susan, por no herir sus sentimientos. Lo evito como buenamente puedo. La prudencia de momento no me ha fallado. Susan es un amor... No sé qué haría sin ella. Y recuerdo que una vez la llamé «extraña». Sí, es maravillo pensar que vuelvo a casa, y al mismo tiempo me da mucha pena irme de Tejas Verdes. Es tan bonito estar aquí... con Marilla... y contigo. Nuestra amistad ha sido siempre una cosa preciosa, Diana.

—Sí..., y siempre hemos... Bueno..., yo nunca he sabido decir las cosas como tú, Ana..., pero hemos cumplido «nuestra promesa y voto solemne», ¿verdad que sí?

—Siempre... Y así seguiremos.

La mano de Ana buscó la de Diana. Y pasaron un buen rato en un silencio demasiado bonito para decir nada. Las sombras quietas y alargadas de la tarde caían sobre la hierba, las flores y los prados verdes, más allá del jardín. Se puso el sol... Los tonos grises y rosados del cielo se acentuaron primero para atenuarse después detrás de los árboles pensativos... El crepúsculo primaveral se adueñó del jardín de Hester Gray, donde ahora ya nadie paseaba. Los zorzales salpicaban el aire del atardecer con sus silbidos, parecidos al sonido de una flauta. Una estrella grande asomó por encima de los cerezos blancos.

—La primera estrella siempre es un milagro —dijo Ana, como perdida en sus ensoñaciones.

—Podría quedarme aquí para siempre —murmuró Diana—. No me apetece nada irme.

—A mí tampoco... Pero en realidad solo estamos fingiendo que tenemos quince años. Ahora toca acordarse de las responsabilidades familiares. ¡Cómo huelen esas lilas! ¿Se te ha ocurrido alguna vez, Diana, que hay algo no del todo... púdico... en el perfume de las lilas? Gilbert se ríe cuando se lo digo... A él le encantan... Pero yo siempre creo que recuerdan algo *demasiado* dulce y secreto.

—A mí siempre me han parecido demasiado fuertes para ponerlas en casa —dijo Diana. Levantó el plato con los restos del bizcocho de chocolate y lo miró con añoranza... Negó con la cabeza y lo guardó en la cesta con un gesto de gran nobleza y abnegación.

—¿No sería divertido, Diana, que ahora, de camino a casa, nos encontráramos a las niñas que éramos correteando por el Paseo de los Enamorados?

Diana se estremeció.

—Nooo, a mí no me haría ninguna gracia, Ana. No me había dado cuenta de que está oscureciendo. Está muy bien imaginarse cosas a la luz del día, pero...

Volvieron a casa apaciblemente juntas y en cariñoso silencio, con el resplandor del atardecer ardiendo en los montes de su niñez, a sus espaldas, y el amor de su niñez ardiendo en sus corazones.

Capítulo III

Ana puso fin a una semana que había estado llena de días agradables llevando flores a la sepultura de Matthew a la mañana siguiente, y por la tarde subió al tren en Carmody. Estuvo un rato pensando en todas las cosas queridas que dejaba atrás y luego dejó volar sus pensamientos a las cosas queridas que tenía por delante. Su corazón no paró de cantar en todo el viaje, porque volvía a casa, a un hogar feliz… A una casa en la que todo el que entraba sabía que era un *hogar*… Una casa siempre llena de risas, de tazas de plata, de retratos y de niños… De cositas encantadoras, con el pelo rizado y las rodillas regordetas… Y de habitaciones que le darían la bienvenida… Donde las sillas la esperaban con la misma paciencia que los vestidos en los armarios… Donde siempre se celebraban pequeños aniversarios y se cuchicheaban secretillos.

«Es maravilloso sentir que te gusta volver a casa», pensó Ana mientras sacaba del bolso cierta carta de uno de sus hijitos que le había hecho reír la noche anterior, cuando la leyó llena de orgullo para Marilla y la señora Lynde en Tejas Verdes… La primera carta que recibía de uno de sus hijos. Era una carta muy bien escrita —teniendo en cuenta que Jem solo tenía siete años y solo llevaba un año yendo a la escuela—, aunque con algunas faltas de ortografía y una buena mancha de tinta en una esquina.

«Di se ha pasado la noche *benga* a llorar porque Tommy Drew le ha dicho que iba a quemar a su muñeca en la *ogera*. Susan nos cuenta *istorias* por la noche, pero no es como tú, mami. Ayer me dejó que la ayudara a sembrar las *bichuelas*».

«¿Cómo he podido ser feliz toda una semana lejos de ellos?», se reprochó la señora de Ingleside.

—¡Qué bonito es que alguien te espere al final de un viaje! —dijo al bajarse del tren en Glen St. Mary, echándose en brazos de Gilbert. Nunca estaba segura de que Gilbert pudiese ir a buscarla... Siempre había alguien muriendo o naciendo... Y volver a casa nunca era lo mismo para Ana si él no estaba esperándola. Además, ¡llevaba un traje nuevo gris claro, muy bonito! *(«Cuánto me alegro de haberme puesto esta blusa de volantes color crema con el traje marrón, aunque a la señora Lynde le pareciese una locura para ir de viaje. Si me hubiera puesto otra cosa no estaría tan guapa para Gilbert»).*

La casa estaba iluminada con alegres farolillos japoneses colgados en el porche. Ana echó a correr alegremente por el paseo bordeado de narcisos.

—¡Ingleside, ya estoy aquí! —anunció.

Todos se agolparon a su alrededor... Entre risas, exclamaciones y bromas... Mientras Susan Baker se quedaba en segundo plano, sonriendo discretamente. Cada uno de los niños había hecho un ramillete de flores especial para su madre; hasta Shirley, el más pequeño, que tenía solo dos años.

—¡Qué bonita bienvenida! Todo en Ingleside parece lleno de felicidad. Es una maravilla ver que mi familia se alegra tanto de verme.

—Si vuelves a irte de casa, mami, tendré *apericitis* —dijo Jem.

—¿Cómo piensas tenerla? —le pregunto Walter.

—¡Calla! —Jem le dio un codazo a Walter en secreto y le dijo en voz baja—. Sé que duele en alguna parte... Solo quiero asustar a mamá para que no se vaya.

Ana quería hacer cien cosas a la vez: abrazarlos a todos... Escaparse al crepúsculo a recoger algunos pensamientos... En el jardín de Ingleside había pensamientos por todas partes... Rescatar a la pobre muñequita vieja

y tirada en la alfombra... Enterarse de todos los cotilleos jugosos y de las noticias que le contaban entre todos. Que Nan se había metido el tapón de un tubo de vaselina por la nariz cuando papá salió a atender a un paciente y Susan había estado a punto de volverse loca... «Le prometo que lo pasé muy mal, querida señora del doctor». Que la vaca de la señora de Jud Palmer se había comido cincuenta y siete clavos, y tuvieron que avisar a un veterinario de Charlottetown. Que la señora de Fenner Douglas, tan despistada ella, había ido a la iglesia *sin sombrero*. Que papá había arrancado todos los dientes de león del césped... «Y eso mientras traía niños al mundo, querida señora del doctor: ocho ha traído mientras usted no estaba». Que el señor Tom Flagg se había teñido el bigote... «Y eso que solo hace dos años que murió su mujer». Que Rose Maxwell, la de la Punta del Puerto, le había dado calabazas a Jim Hudson, el de Upper Glen, y él le había mandado una factura por todo lo que había gastado en ella. La cantidad de gente que había ido al funeral de la viuda de Amasa Warren. Que al gato de Carter Flagg le habían arrancado de un mordisco un trozo de la raíz de la cola. Que a Shirley lo habían encontrado en el establo, debajo de uno de los caballos... «Querida señora del doctor, nunca podré volver a ser la misma». Que por desgracia había muchos motivos para temer que los ciruelos prunos estuvieran enfermos de nudo negro. Que Di se había pasado el día entero cantando: «Mami vuelve a casa hoy, vuelve hoy, vuelve hoy», con la melodía de *Merrily We Roll Along*. Que Joe Reese tenía un gatito bizco porque había nacido con los ojos abiertos. Que Jem se había sentado sin querer encima de un papel atrapamoscas antes de ponerse los pantalones... y que el Canijo se había caído en el barril de agua dulce.

—Casi se ahoga, querida señora del doctor, pero el doctor por suerte oyó los maullidos por los pelos y lo sacó tirando de las patas traseras. («¿Qué significa oír por los pelos, mami?»).

—Parece que se ha recuperado bien —dijo Ana, acariciando el lustroso lomo blanco y negro de un alegre gatito de enormes mandíbulas que ronroneaba en una butaca, cerca del fuego. Nunca era seguro sentarse en Ingleside sin comprobar primero que no había un gato en el asiento. Susan, a quien al principio no le gustaban mucho los gatos, juraba que había tenido que aprender a apreciarlos en defensa propia. Y a este Canijo fue Gilbert quien le puso el nombre hacía un año, cuando Nan llegó del pueblo con el pobre gatito escuálido, al que unos niños estaban torturando; y entonces parecía que el nombre le sentaba bien, aunque ahora no le pegaba nada.

—Pero... ¡Susan! ¿Qué ha sido de Gog y Magog? ¿No se habrán roto?

—No, no, querida señora del doctor —le aseguró Susan, que se puso roja como un tomate y se marchó corriendo. Volvió enseguida con los dos perros de porcelana que siempre presidían el hogar en Ingleside—. No sé cómo me habré olvidado de ponerlos en su sitio antes de que usted volviera. Es que la señora de Charles Day vino de Charlottetown justo el día siguiente a que usted se marchara... Y ya sabe usted lo estricta y formal que es. Walter pensó que tenía la obligación de entretenerla y lo primero que hizo fue señalar a los perros. «Este es Dios y este otro Mi Dios», dijo el pobre niño inocente.[1] Me quedé horrorizada... Y pensé que me moría al ver la cara que puso la señora Day. Se lo expliqué lo mejor que pude, para que no nos tomara por una familia pagana, pero decidí guardar los perros en el armario de la porcelana y quitarlos de la vista hasta que usted volviera.

—Mami, ¿podemos cenar pronto? —preguntó Jem con voz lastimera—. Tengo el estómago como un pozo sin fondo. Además, mami, ¡hemos hecho el plato favorito de cada uno!

—Lo hemos hecho, sí, como le dijo la pulga al elefante —asintió Susan con una sonrisa—. Pensamos que había que celebrar su vuelta a casa como es debido, querida señora del doctor. Pero ¿dónde se ha metido Walter? Esta semana le toca a él tocar el gong para las comidas.

La cena fue una comida de gala... Y acostar a todos los niños después de cenar fue todo un placer. Susan incluso le dejó a Ana acostar a Shirley, viendo que se trataba de una ocasión muy especial.

—Hoy no es un día cualquiera, querida señora del doctor —dijo con aire solemne.

—Ay, Susan, ningún día es cualquiera. Cada día tiene algo que los demás no tienen. ¿No se ha dado cuenta?

1 «God» y «My God», que, pronunciado con la lengua de trapo de un niño, suena muy parecido a «Gog» y «Magog»

—¡Qué gran verdad, querida señora del doctor! Incluso el viernes pasado, que llovió sin parar y fue un día tan triste, mi geranio rosa echó flores por fin, después de tres años negándose a echarlas. ¿Y se ha fijado en las calceolarias, querida señora del doctor?

—¡Que si me he fijado! En la vida he visto calceolarias iguales, Susan. ¿Cómo lo hace? *(«Ale, he hecho feliz a Susan sin decir una trola. En la vida he visto calceolarias iguales... ¡Gracias a Dios!»).*

—Es una mezcla de atención y cuidados constantes, querida señora del doctor. Pero tengo que decirle una cosa. Creo que Walter *sospecha algo.* Parece que alguno de los niños de Glen le ha estado contando cosas. Hoy en día muchos niños saben más de lo que les corresponde. Walter me preguntó el otro día, muy pensativo: «Susan, ¿son muy caros los bebés?». Me quedé muda, querida señora del doctor, pero no perdí la calma. «Algunos creen que son un lujo —le dije—. Pero en Ingleside los consideramos una necesidad». Y me reproché haberme quejado en voz alta de los precios vergonzosos de todas las tiendas de Glen. Creo que el niño se preocupó al oírme. Así, si por casualidad le dice algo, querida señora del doctor, ya está usted preparada.

—Seguro que manejó usted la situación de maravilla, Susan —dijo Ana, muy seria—. Y creo que ya va siendo hora de que todos sepan que estamos esperando uno más.

Pero lo mejor de todo fue cuando Gilbert se le acercó mientras estaba delante de la ventana, viendo cómo la niebla que entraba del mar iba cubriendo el puerto y las dunas, a la luz de la luna, y subía luego por el valle estrecho y alargado a los pies de Ingleside, donde se acurrucaba el pueblo de Glen St. Mary.

—¡Volver después de un día agotador y encontrarte en casa! ¿Estás contenta, Ana Anísima?

—¿Contenta? —Ana fue a oler un jarrón lleno de flores de manzano que Jem le había puesto encima de la cómoda. Se sentía totalmente rodeada de amor—. Gilbert, cariño, ha sido precioso volver a ser Ana de Tejas Verdes una semana, pero es cien veces más precioso volver a casa y ser Ana de Ingleside.

Capítulo IV

—Rotundamente no —dijo Gilbert, en un tono que Jem entendió a la perfección.

Supo que no había ninguna esperanza de que su padre cambiara de opinión o su madre intentara convencerlo. Saltaba a la vista que en este caso los dos eran una misma persona. Los ojos de color avellana de Jem se oscurecieron de rabia y decepción mientras miraba a sus crueles padres... Los miraba furibundo... Mucho más furibundo cuanto más indiferentes parecían ellos a sus miradas y seguían cenando como si no pasara nada de nada cuando pasaba algo. La tía Mary Maria, cómo no, se fijó en sus miradas... Nada escapaba a los tristes ojos azules y claros de la tía Mary Maria..., que esta vez parecía simplemente divertida con Jem.

Bertie Shakespeare Drew había estado jugando con Jem toda la tarde —Walter había ido a la Casa de los Sueños a jugar con Kenneth y Persis Ford— y Bertie Shakespeare le había dicho a Jem que todos los niños de Glen irían esa tarde a la Boca del Puerto para ver cómo el capitán Bill Taylor le tatuaba una serpiente en el brazo a su primo Joe Drew. Él, Bertie Shakespeare, iría. ¿No podía ir también Jem? Sería muy divertido. Jem estaba loco por ir desde el principio; y ahora le decían que de ninguna manera.

—Por la sencilla razón, entre otras muchas —dijo papá—, de que la Boca del Puerto está demasiado lejos para que vayas con esos niños. Volverán tarde y tu hora de acostarte es a las ocho, hijo.

—A mí de pequeña me mandaban a la cama todas las noches de mi vida a las siete —señaló la tía Mary Maria.

—Hasta que no seas algo mayor no puedes ir tan lejos por la tarde, Jem —dijo mamá.

—Eso me lo dijiste la semana pasada —protestó Jem, indignado—. Y ahora soy mayor que entonces. ¡Me tratas como a un bebé! Bertie va a ir y tengo los mismos años que él.

—Hay sarampión por ahí —añadió la tía Mary Maria en un tono enigmático—. Podrías pillar el sarampión, James.

Jem no soportaba que lo llamaran James. Y ella siempre lo llamaba así.

—Ojalá lo pillara —murmuró con rebeldía. Pero entonces vio la mirada de su padre y se acobardó. Su padre nunca permitía que nadie «contestara» a la tía Mary Maria. Jem odiaba a la tía Mary Maria. La tía Diana y la tía Marilla eran maravillosas, pero una tía como Mary Maria era algo inédito para Jem.

—Muy bien —dijo con voz desafiante, mirando a su madre, para que nadie pensara que estaba hablando con la tía Mary Maria—. Si no *quieres* quererme no estás obligada. Pero ¿te gustaría que me fuera a África a cazar tigres?

—En África no hay tigres, cielo —dijo su madre con cariño.

—¡Pues leones! —gritó Jem. Se habían empeñado en llevarle la contraria, ¿eh? Tenían ganas reírse de él, ¿eh? ¡Pues se iban a enterar!—. No puedes decir que no hay leones en África. Hay millones de leones en África. ¡África está llena de leones!

Mamá y papá se limitaron a sonreír de nuevo, para gran disgusto de la tía Mary Maria. La impaciencia en los niños no se podía consentir.

—Mientras tanto —dijo Susan, que se debatía entre su simpatía y su cariño por Jem y la convicción de que el doctor y su señora hacían lo mejor no dejándole ir a la Boca del Puerto con esa pandilla para ver a un viejo borracho y de dudosa reputación como el capitán Bill Taylor—, aquí tienes tu pan de jengibre y tu nata montada, hijo.

El pan de jengibre con nata montada era el postre favorito de Jem. Pero esta noche el postre no conseguía aplacar su espíritu atormentado.

—¡No quiero nada! —dijo de mal humor.

Se levantó y se alejó de la mesa, volviéndose en la puerta para lanzar una última mirada retadora.

—De todos modos, no pienso irme a la cama hasta las nueve. Y cuando sea mayor no me iré a la cama nunca. Me quedaré toda la noche en planta... Todas las noches... Y me tatuaré de arriba abajo. Pienso ser todo lo malo que pueda. Ya veréis.

—Es mejor «en pie» que «en planta», cielo —señaló su madre.

¿Es que eran insensibles a todo?

—Supongo que mi opinión no le interesa a nadie, Ani, pero si yo les hubiera hablado así a mis padres de pequeña, habría faltado poquísimo para que me matasen de una paliza —dijo la tía Mary Maria—. Me parece una lástima que la vara de abedul esté tan olvidada en algunas familias.

—Jem no tiene la culpa —protestó Susan, viendo que el señor doctor y su señora no iban a decir nada. Pero si Mary Maria Blythe se imaginaba que nadie iba a llevarle la contraria, ella, Susan, le daría una buena lección—. Es Bertie Shakespeare Drew quien lo ha animado tanto, sin parar de decirle lo divertido que sería ver cómo tatuaban a Joe Drew. Ha estado aquí toda la tarde y se ha colado en la cocina, y se ha llevado la mejor cazuela de aluminio para usarla como casco. Dijo que estaban jugando a los soldados. Luego se hicieron barcas con unas tablillas y se calaron hasta los huesos al ponerlas a navegar en el arroyo de la Hondonada. Y después se pasaron una hora entera dando saltos por el patio, haciendo unos ruidos rarísimos y diciendo que eran ranas. ¡Ranas! No me extraña que el niño esté cansado y no sea el mismo de siempre. Cuando no está muerto de cansancio no hay niño más educado que Jem, las cosas como son.

La tía Mary Maria no hizo ningún comentario ofensivo. Nunca hablaba con Susan Baker en las comidas: era su forma de expresar que no le parecía bien que a Susan le permitieran «sentarse con la familia».

Ana y Susan ya habían hablado de este asunto largo y tendido antes de que llegase la tía Mary Maria. Susan, que «sabía estar en su sitio», nunca se sentaba ni esperaba sentarse con la familia cuando había invitados en casa.

—Pero la tía Mary Maria no es una invitada —dijo Ana—. Es de la familia... Y usted también, Susan.

Al final Susan accedió, no sin la secreta satisfacción de que Mary Maria Blythe viese que no era una criada cualquiera. Susan no conocía a la tía Mary Maria, pero una sobrina, la hija de su hermana Matilda, había trabajado para esta señora en Charlottetown y le había contado a Susan cómo era con pelos y señales.

—Con usted no voy a fingir, Susan, que estoy loca de alegría por la visita de la tía Mary Maria, sobre todo ahora —dijo Ana con franqueza—. Pero le ha escrito a Gilbert para preguntar si podía venir unas semanas... Y ya sabe usted cómo es el doctor para estas cosas...

—Y tiene todo el derecho del mundo a ser así —dijo Susan, muy tiesa—. ¿Cómo no va un hombre a ser fiel con los de su sangre? Lo de unas semanas... En fin, querida señora del doctor, no es que yo quiera mirar las cosas por el lado malo, pero... la cuñada de mi hermana Matilda vino a pasar unas semanas y de eso hace ya veinte años.

—No creo que tengamos motivos para temer algo parecido, Susan —dijo Ana, sonriendo—. La tía Mary Maria tiene su propia casa en Charlottetown, y bien bonita que es. Pero le resulta demasiado grande y solitaria. Su madre murió hace dos años, como sabe... Tenía ochenta y cinco, y la tía Mary Maria era muy buena con ella y la echa muchísimo de menos. Vamos a hacerle la visita lo más agradable posible, Susan.

—Yo haré lo que llevo dentro, querida señora del doctor. Habrá que poner una tabla más en la mesa. Claro que, al fin y al cabo, siempre es mejor tener que alargar la mesa que acortarla.

—No podemos poner flores en la mesa, Susan, porque creo que le producen asma. Y la pimienta le hace estornudar, así que mejor que no la usemos. También sufre frecuentes dolores de cabeza, y tenemos que procurar no hacer ruido.

—¡Santo cielo! Nunca he notado yo que el doctor y usted hicieran mucho ruido. Y yo, si me entran ganas de gritar me iré al centro del bosque. Pero si nuestros pobres niños tienen que estar callados todo el rato por los dolores de cabeza de Mary Maria Blythe... Discúlpeme por decir que creo que eso ya es pasarse un poco de la raya, querida señora del doctor.

—Son solo unas semanas, Susan.

—Esperemos que así sea. En fin, querida señora del doctor, en este mundo hay que estar a las duras y a las maduras —sentenció Susan.

Y así fue como llegó la tía Mary Maria, y nada más entrar en casa quiso saber si habían limpiado las chimeneas recientemente. Al parecer, le tenía mucho miedo al fuego.

—Y siempre he dicho que las chimeneas de esta casa no tienen suficiente altura. Y espero que mi cama esté bien aireada, Ani. La ropa de cama húmeda es terrible.

Tomó posesión de la habitación de invitados de Ingleside... y poco a poco de todas las demás habitaciones de la casa, menos la de Susan. Nadie celebró su llegada con júbilo y euforia. Jem, después de echarle un vistazo, se escabulló para ir a la cocina y susurrarle a Susan: «¿Podemos reírnos mientras esté aquí, Susan?». A Walter se le llenaron los ojos de lágrimas al verla y hubo que sacarlo del salón sin ceremonias. Las gemelas no esperaron a que nadie las sacara sino que salieron corriendo por su propio pie. Hasta el Canijo, según aseguraba Susan, se fue al patio de atrás y allí le dio un ataque. Solo Shirley la observó sin temor con sus ojos castaños y redondos, sintiéndose seguro y bien anclado en los brazos y el regazo de Susan. La tía Mary Maria pensó que los niños de Ingleside tenían muy malos modales. Claro que ¿qué se podía esperar de ellos si su madre «escribía para los periódicos», su padre los consideraba perfectos sencillamente porque eran *sus* hijos, y la criada era una mujer como Susan Baker, que nunca sabía estar en su sitio? Ella, Mary Maria Blythe, haría todo lo posible por los nietos del pobre primo John mientras estuviera en Ingleside.

—Tu bendición es demasiado escueta, Gilbert —le reprochó en la primera comida—. ¿Quieres que bendiga yo la mesa mientras esté aquí? Será un mejor ejemplo para tu familia.

Para espanto de Susan, Gilbert accedió y la tía Mary Maria bendijo la mesa. «Eso es un rezo más que una bendición», rezongó Susan, como si hablara con sus platos. Susan en privado estaba de acuerdo con la descripción de Mary Maria Blythe que le había hecho su sobrina. «Parece que siempre estuviera notando un mal olor, tía Susan. No un tufillo desagradable sino un mal olor». Gladys tenía un don para expresar las cosas, pensó Susan. De todos modos, para una persona con menos prejuicios que Susan, la señorita Mary Maria Blythe no era una mujer nada fea a sus cincuenta y cinco años. Tenía, en su propia opinión, «rasgos aristocráticos», siempre enmarcados por unas impecables ondas grises que parecían un insulto diario al moñito despeinado y canoso de Susan. Vestía muy bien, llevaba pendientes de azabache largos y elegantes encajes altos sobre el cuello esbelto.

«Al menos no tenemos que avergonzarnos de sus pintas», pensó Susan. Pero lo que habría pensado la tía Mary Maria si hubiera sabido que Susan se consolaba con estos argumentos tendremos que fiarlo a la imaginación.

Capítulo V

Ana estaba preparando un jarrón de lirios de junio para su habitación y otro con las peonías de Susan para el escritorio de Gilbert en la biblioteca... Unas peonías blancas como la leche, con su corazón salpicado de motas rojas como la sangre, como el beso de un dios. El aire empezaba a cobrar vida tras un mes de junio más caluroso de lo habitual y apenas se podía decir si el puerto era de plata o de oro.

—Hoy va a haber una puesta de sol magnífica, Susan —dijo Ana, mirando por la ventana de la cocina al pasar por delante.

—Yo no puedo admirar la puesta de sol hasta que haya terminado de lavar los platos, querida señora del doctor —protestó Susan.

—Para entonces ya habrá pasado, Susan. Mire esa nube enorme, erguida como una torre sobre la Hondonada, con la parte de arriba teñida de rosa. ¿No le gustaría salir volando y posarse en ella?

Susan se imaginó volando sobre el pueblo hasta esa nube, con el trapo de cocina en la mano. No le atrajo gran cosa, pero dadas las circunstancias tenía que hacer concesiones a la señora del doctor.

—Hay un bicho nuevo malísimo que se está comiendo las yemas de las rosas —añadió Ana—. Tengo que rociarlas mañana. Me gustaría hacerlo esta noche... Es de esas tardes perfectas para trabajar en el jardín a última hora. Esta noche hay crecimiento en todas las cosas. Espero que haya jardines en el cielo, Susan... Jardines en los que podamos trabajar, quiero decir, y ayudar a las cosas a crecer.

—Pero sin bichos, claro —dijo Susan.

—Nooo, supongo que no. Aunque un jardín *completo* no sería nada divertido, Susan. Un jardín hay que trabajarlo personalmente para captar bien su significado. A mí me gusta desherbar, cavar, trasplantar, cambiar, planificar y podar. Y en el cielo quiero tener las flores que me encantan... Prefiero mis pensamientos que los asfódelos, Susan.

—¿Qué le impide pasar la tarde como usted quiera? —preguntó Susan, pensando que la señora del doctor se estaba dejando llevar más de la cuenta.

—Es que el doctor quiere que vaya a dar un paseo con él en la calesa. Tiene que ver a la pobre señora de John Paxton. Se está muriendo... Ya no puede hacer nada por ella... Ha hecho todo lo que ha podido... Pero a ella le gusta que pase.

—Claro que sí, querida señora del doctor. Todos sabemos que nadie puede morir o nacer sin que él ande cerca, y hace una tarde preciosa para dar un paseo en la calesa. Yo creo que iré al pueblo para llenar la despensa después de acostar a Shirley y a las gemelas y de abonar un poco a la señora de Aaron Ward. No está floreciendo como debería. La señorita Blythe acaba de subir, suspirando en cada peldaño, porque se avecinaba uno de sus dolores de cabeza, de modo que habrá un poco de paz y tranquilidad al menos por unas horas.

—Asegúrese de que Jem se acuesta temprano, por favor —le recordó Ana cuando ya se marchaba. Parecía como si alguien hubiera derramado una copa de fragancia en el aire de la tarde—. Está mucho más cansado de lo que se imagina. Y nunca quiere acostarse. Walter no duerme aquí esta noche, se queda en casa de Leslie.

Jem estaba sentado en los peldaños de la puerta lateral, con un pie descalzo por encima de la rodilla, contemplando con enfado las cosas en general y la luna enorme en particular, que asomaba por detrás de la aguja de la iglesia de Glen. No le gustaban las lunas tan grandes.

—Ten cuidado, no se te vaya a congelar la cara con ese gesto —le dijo la tía Mary Maria al pasar a su lado para entrar en casa.

Jem la miró con peor gesto que nunca. Le importaba un comino que se le congelara la cara con ese gesto. ¡Ojalá!

—Vete de aquí y deja de seguirme como un perrito faldero todo el rato —le dijo luego a Nan, que se le había acercado a escondidas después de que se fueran sus padres.

—¡Gruñón! —contestó Nan. Pero antes de salir dando brincos dejó en el peldaño, al lado de Jem, el león rojo de caramelo que le había llevado.

Jem hizo como si no lo viera. Se sentía peor tratado que nunca. No lo estaban tratando bien. Todo el mundo se metía con él. Esa misma mañana, Nan le había dicho: «Tú no naciste en Ingleside como nosotros». A media mañana, Di se había comido un conejo de chocolate sabiendo que era de Jem. Hasta Walter lo había abandonado para irse a cavar pozos en la arena con Ken y Persis Ford. ¡Menuda diversión! Y tenía muchísimas ganas de ir con Gertie a ver cómo hacían el tatuaje. Estaba seguro de que nunca había tenido tantas ganas de nada en la vida. Quería ver el maravilloso velero de tres palos que el capitán Bill tenía siempre en la repisa de la chimenea, según Bertie. ¡Era una vergüenza infame: eso era!

Susan le llevó una buena porción de bizcocho glaseado con sirope de arce y nueces, pero Jem lo rechazó sin inmutarse: «No, gracias». ¿Por qué no le había guardado un poco de pan de jengibre con nata? ¿Se lo habrían comido todo los demás? ¡Cerdos! Se zambulló en una pesadumbre aún más honda. A esta hora la pandilla ya estaría de camino a la Boca del Puerto. No soportaba pensarlo. Tenía que saldar cuentas con su familia de algún modo. ¿Qué tal si rajaba la jirafa de Di y volcaba el serrín en la alfombra del cuarto de estar? Susan se enfadaría mucho... Susan, con sus nueces, cuando sabía perfectamente que él odiaba el glaseado con nueces. ¿Qué tal si dibujaba un bigote en la estampa del querubín del calendario que Susan tenía en su habitación? Odiaba a ese querubín risueño, sonrosado y rechoncho, porque era idéntico a Sissy Flagg, que había ido diciendo por todo el colegio que Jem Blythe era su novio. ¡Su novio! ¡De Sissy Flagg! Pero a Susan el querubín le parecía precioso.

¿Qué tal si le arrancaba el pelo a la muñeca de Nan? ¿Qué tal si le rompía la nariz de un puñetazo a Gog o Magog? ¿O a los dos? A lo mejor así su madre se daba cuenta de que ya no era un niñito. «¡Verás tú cuando llegue la primavera!». Jem le llevaba a su madre anémonas desde hacía años y años... Desde que tenía cuatro años... Pero la próxima primavera no pensaba llevárselas. ¡No, señor!

¿Qué tal si se daba un atracón de manzanitas verdes y se ponía malísimo? A lo mejor entonces se asustaban. ¿Qué tal si no volvía a lavarse nunca detrás de las orejas? ¿Qué tal si el próximo domingo en la iglesia le hacía burla a todo el mundo? ¿Qué tal si le echaba una oruga encima a la tía Mary Maria? Una oruga gorda, peluda y con rayas... ¿Qué tal si se escapaba, iba al puerto y se escondía en el barco del capitán David Reese y mañana zarpaba con rumbo a América del Sur? ¿Qué tal si se iba a cazar jaguares a Brasil? ¿Se arrepentirían entonces? No: apostaría a que no. Nadie lo quería. Tenía un agujero en el bolsillo de los pantalones. Nadie se lo había cosido. Bueno, le importaba un comino. Le enseñaría el agujero a todo el mundo para que vieran lo abandonado que estaba. Todas estas maldades se levantaron como una ola y lo arrollaron.

Tictac... Tictac... Tictac... Repetía en el vestíbulo el reloj del abuelo Blythe, que habían traído a Ingleside después de que el abuelo muriese... Un reloj muy antiguo, de los días en los que aún no existía eso que llamamos el tiempo. A Jem normalmente le encantaba... Ahora mismo lo odiaba. Parecía que el reloj se reía de él: «Ja, ja: se acerca la hora de irse a la cama. Los otros chavales pueden ir a la Boca del Puerto, pero tú te vas a la cama. Ja, ja... Ja, ja... ¡Ja, ja!». ¿Por qué tenía que irse a la cama todas las noches? Sí, ¿por qué?

Susan, al salir camino de Glen, se quedó mirando al pequeño rebelde.

—Puedes quedarte levantado hasta que vuelva, Jem —le dijo con indulgencia.

—¡Hoy no pienso acostarme! —contestó Jem, furibundo—. Voy a escaparme. Eso es lo que voy a hacer, vieja Susan Baker. Voy a tirarme al estanque, vieja Susan Baker.

A Susan no le gustaba que la llamaran vieja, ni siquiera que se lo llamara Jem. Se alejó en adusto silencio. Este niño necesitaba un poco de disciplina.

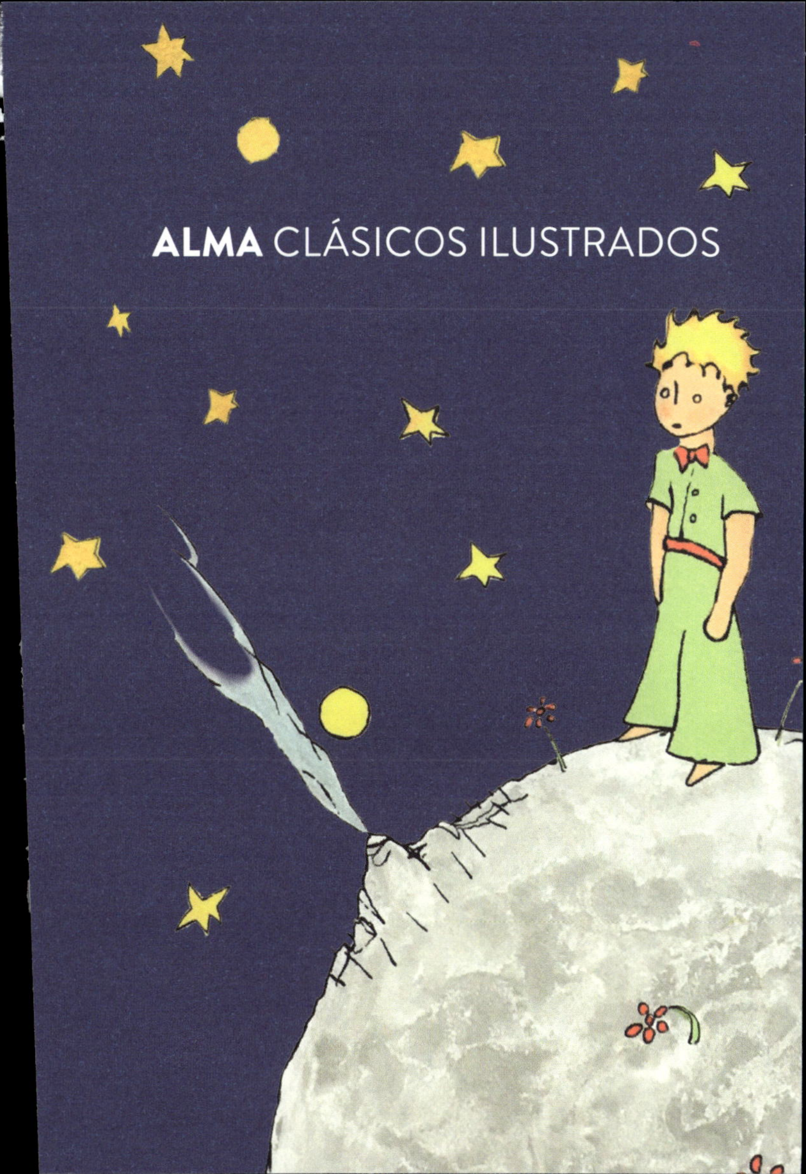
ALMA CLÁSICOS ILUSTRADOS

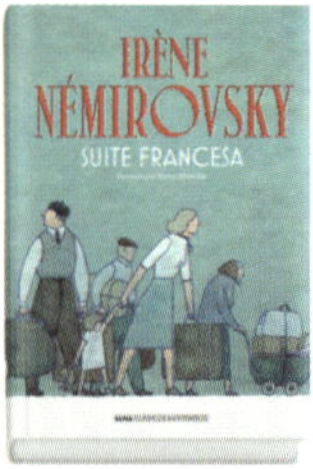

978-84-10206-09-0

978-84-19599-57-5

978-84-10206-22-9

978-84-10206-59-5

978-84-10206-60-1

978-84-10206-58-8

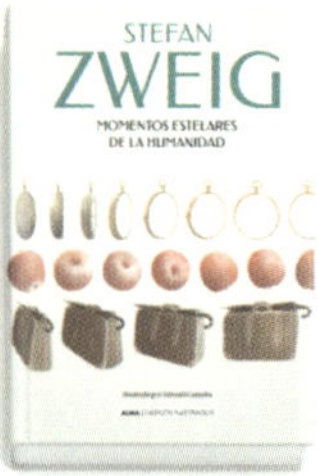

978-84-18933-53-0

978-84-19599-98-8

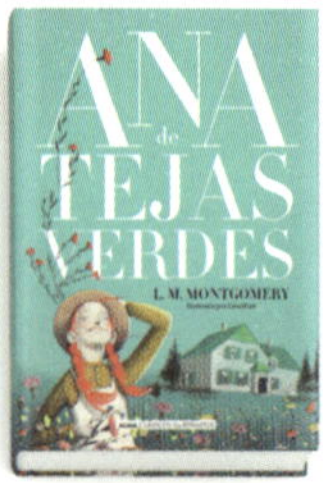

978-84-18395-62-8

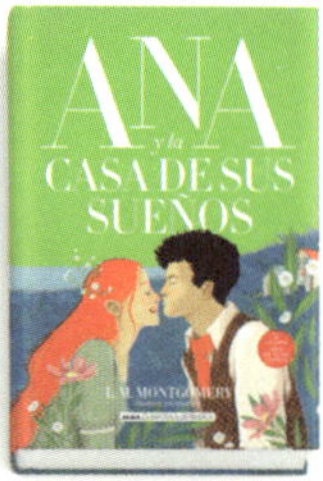

978-84-19599-31-5

978-84-10206-47-2

978-84-19599-20-9

978-84-18395-80-2

978-84-18933-89-9

978-84-19599-27-8

978-84-19599-26-1

978-84-10206-63-2

978-84-19599-23-0

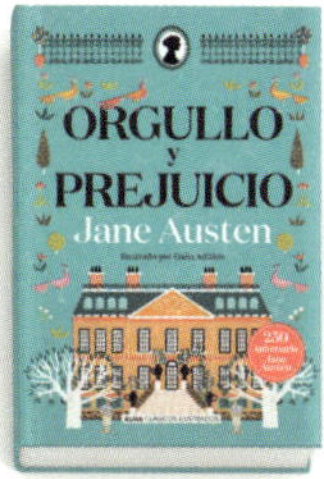

978-84-15618-78-2

978-84-18933-27-1

978-84-10206-71-7

978-84-10206-70-0

¡Descubre TODOS nuestros clásicos!

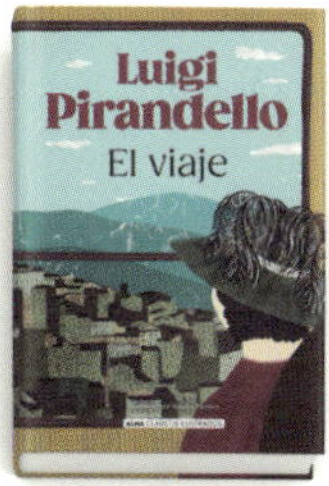

978-84-10206-51-9

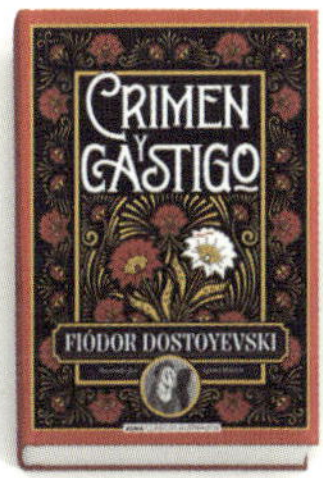

978-84-18008-12-2

978-84-19599-64-3

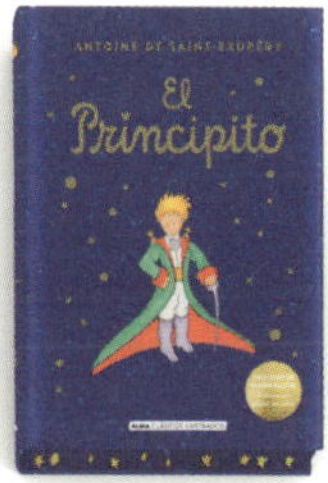

978-84-19599-87-2

978-84-19599-62-9

978-84-18933-01-1

978-84-18933-49-3

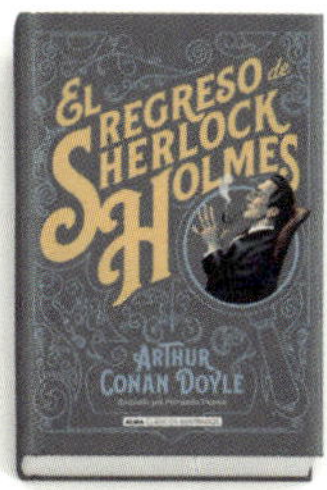

978-84-18395-34-5

978-84-19599-07-0

Alma Clásicos Ilustrados
reúne una selección de la mejor
literatura universal. Clásicos para
entretener e iluminar a lectores
de todas las edades e intereses.

Esperamos que estas magníficas
ediciones ilustradas te inspiren para
recuperar ese libro que siempre
has querido leer, releer ese clásico
que te entusiasmó o dar una nueva
oportunidad a uno que quizás
no tanto. Libros cuidadosamente
editados, traducidos e ilustrados
para disfrutar del placer de la lectura
con todos los sentidos.

www.editorialalma.com

@almaeditorial

El Canijo, que había seguido a Susan hasta la puerta, necesitado de un poco de compañía, se sentó delante de Jem, apoyado en los flancos negros, pero el niño lo recompensó con una mirada asesina.

—¡Largo! ¡No te sientes ahí y me mires como la tía Mary Maria! ¡Fuera! Ah, no quieres, ¿eh? ¡Pues toma esto!

Jem le lanzó la carretilla de hojalata de Shirley, que tenía oportunamente cerca, y el Canijo huyó con un gemido lastimero y fue a refugiarse en el escaramujo. ¡Mira tú! ¡Hasta la familia gatuna lo odiaba! ¿De qué le servía seguir viviendo?

Por fin aceptó el león de caramelo. Nan se había comido la cola y la mayor parte de las patas traseras, pero aun así seguía siendo un león. Se lo podía comer. Tal vez fuera el último que se comía en la vida. Cuando terminó de comerse el león y chuparse los dedos, Jem había decidido lo que iba a hacer. Era lo único que uno podía hacer cuando no le dejaban hacer nada.

Capítulo VI

—¿Por qué narices está toda la casa iluminada? —preguntó Ana, cuando entró por la puerta del jardín con Gilbert, a las once de la noche—. Debe de haber venido alguien de visita.

Pero no había ninguna visita a la vista cuando Ana entró precipitadamente. No había nadie a la vista. Había luz en la cocina..., en el cuarto de estar..., en la biblioteca..., en el comedor..., en la habitación de Susan... y en el vestíbulo de arriba..., pero ni rastro de ocupantes.

—¿Qué crees que...? —empezó a decir Ana. Pero la interrumpió el timbre del teléfono. Gilbert respondió la llamada... Escuchó unos momentos... Soltó una exclamación de horror... Y salió corriendo sin mirar siquiera a Ana. Era evidente que algo terrible había ocurrido y no podía perder el tiempo en dar explicaciones.

Ana estaba acostumbrada a estas cosas... Tal como corresponde a la mujer de un hombre que atiende en la vida y en la muerte. Se quitó el sombrero y la chaqueta y se encogió de hombros con filosofía. Estaba un poquito enfadada con Susan, que no debería haberse ido dejando todas las luces encendidas y todas las puertas abiertas de par en par.

—Querida... señora... del doctor —dijo una voz que no parecía posible que fuera la de Susan... Y sin embargo lo era.

Ana se quedó mirando a Susan. ¡Y qué Susan! Sin sombrero... Con el pelo lleno de briznas de paja... El vestido estampado horriblemente sucio y lleno de manchas. ¡Y qué cara!

—¡Susan! ¿Qué ha pasado? ¡Susan!

—Jem ha desaparecido.

—¡Desaparecido! —repitió Ana con cara de mema—. ¿Qué quiere decir? ¡No puede haber desaparecido!

—Pues sí —dijo Susan, con un hilo de voz y retorciéndose las manos—. Lo dejé en los peldaños de la puerta lateral cuando me fui a Glen. Volví antes de que oscureciera... Y no estaba... Al principio no me asusté..., pero no lo encontraba en ninguna parte... He buscado en todos los rincones de la casa... Dijo que iba a escaparse.

—¡Tonterías! Jem nunca haría eso, Susan. Seguro que se ha asustado usted sin necesidad. Tiene que estar por aquí... Se habrá quedado dormido... Tiene que estar por aquí.

—He mirado en todas partes... En todas partes. He peinado el jardín y las casetas. Mire cómo me he puesto el vestido... Me acordé de que siempre decía que sería muy divertido dormir en el pajar, así que fui... y me caí por ese agujero de la esquina en uno de los pesebres del establo... Y aterricé encima de un nido lleno de huevos. Es un milagro que no me haya roto una pierna... Si es que algo puede ser un milagro mientras Jem ande perdido.

Ana se negaba a asustarse.

—¿Cree que puede haber ido a la Boca del Puerto con los chicos, Susan? Nunca ha desobedecido una orden, pero...

—No, no ha ido, querida señora del doctor... Es un ángel y no ha desobedecido. Fui corriendo a casa de los Drew después de buscar en todas partes, y Bertie Shakespeare acababa de llegar. Dijo que Jem no había ido con ellos. Se me encogió el estómago. Lo dejó usted a mi cargo y... Llamé por teléfono a casa de los Paxton, y me dijeron que ustedes ya se habían ido pero no sabían adónde.

—Fuimos a Lowbridge a ver a los Parker...

—He llamado a todas las casas en las que he pensado que podrían estar. Y luego volví al pueblo... Los hombres ya han empezado a buscarlo...

—Ay, Susan, ¿era necesario?

—Querida señora del doctor... He mirado en todas partes... En todas donde pudiera estar el niño. ¡Qué suplicio he pasado esta noche! Y también dijo que iba a tirarse al estanque...

A su pesar, un extraño escalofrío recorrió a Ana. Seguro que Jem no se tiraba al estanque... Era absurdo... Pero había en el estanque una barca vieja que Carter Flagg usaba para pescar truchas, y era posible que Jem, viendo lo desafiante que había estado esa tarde, hubiera intentado salir a remar por el estanque... Muchas veces quería hacerlo... También podía haberse caído al agua mientras intentaba desamarrar la barca. El temor de Ana cobró de inmediato una forma aterradora.

«Y no tengo la menor idea de adónde ha ido Gilbert», pensó desesperada.

—¿A qué viene tanto revuelo? —preguntó la tía Mary Maria, que apareció de pronto en las escaleras, con un halo de rizadores alrededor de la cabeza y el cuerpo enfundado en una bata que llevaba un dragón bordado—. ¿Es que no puede una dormir tranquila en esta casa por una vez?

—Jem ha desaparecido —dijo Susan, tan aterrorizada que ni se ofendió por el tono con que había hablado la señorita Blythe—. Su madre lo dejó a mi cuidado...

Ana había ido a registrar la casa. ¡Jem tenía que estar en alguna parte! No estaba en su dormitorio... No había deshecho la cama... No estaba en la habitación de las gemelas... Ni en la de ella... No estaba en casa..., en ninguna parte. Después de peregrinar de la buhardilla al sótano, volvió al cuarto de estar en un estado muy parecido al pánico.

—No quiero ponerte nerviosa, Ani —dijo la tía Mary Maria, bajando la voz de un modo espeluznante—, pero ¿has mirado en la cuba del agua de lluvia? Jack MacGregor se ahogó en una cuba de agua de lluvia en la ciudad el año pasado.

—Yo... Yo sí he mirado —dijo Susan, retorciéndose una vez más las manos—. He tanteado... con un palo...

El corazón de Ana, que se había parado al oír la pregunta de la tía Mary Maria, volvió a funcionar. Susan se sobrepuso y dejó de retorcerse las manos. Había caído en la cuenta, aunque algo tarde, de que la querida señora del doctor no podía llevarse disgustos.

—Vamos a tranquilizarnos y a recomponernos —dijo con la voz temblorosa—. Como usted dice, querida señora del doctor, tiene que estar por aquí. No puede haberse evaporado.

—¿Ha mirado en la carbonera? ¿Y dentro del reloj? —preguntó la tía Mary Maria.

Susan había mirado en la carbonera, pero a nadie se le había ocurrido pensar en el reloj. Tenía tamaño suficiente para que un niño se escondiera en él. Ana, sin pensar que era absurdo que el niño llevase cuatro horas allí, fue corriendo a mirar. Pero Jem tampoco estaba dentro del reloj.

—Esta noche me acosté con la corazonada de que iba a pasar algo —dijo la tía Mary Maria presionándose las sienes con las manos—. Me puse a leer mi capítulo de la Biblia, y fue como si unas palabras me saltaran a la vista desde la página: «Nunca se sabe lo que el día puede depararnos». Fue una señal. Más vale que te prepares para lo peor, Ani. A lo mejor se ha perdido en el pantano. Es una lástima que no tengamos unos cuantos sabuesos.

Ana, con un esfuerzo titánico, consiguió reírse.

—Me temo que en la isla no hay ninguno, tita. Si tuviéramos a Rex, el *setter* de Gilbert que murió envenenado, no tardaría ni un segundo en encontrar a Jem. Estoy segura de que nos estamos alarmando sin razón...

—Tommy Spencer desapareció misteriosamente en Carmody hace cuarenta años, y nunca lo encontraron... ¿O sí? Bueno, si encontraron algo fue su esqueleto. Esto no tiene ninguna gracia, Ani. No sé cómo puedes tomártelo con tanta calma.

Sonó el teléfono. Ana y Susan se miraron.

—Yo no puedo... No puedo contestar el teléfono, Susan —susurró Ana.

—Yo tampoco —dijo Susan tajantemente. Se odiaría hasta el fin de sus días por demostrar tamaña debilidad en presencia de Mary Maria Blythe, pero no pudo evitarlo. Aquellas dos horas de búsqueda aterrada y fantasías delirantes habían dejado a Susan hecha un trapo.

La tía Mary Maria se acercó al teléfono y descolgó el auricular, dibujando en la pared con sus rizadores una silueta cornuda que a Susan, a pesar de la angustia, le pareció la del mismísimo diablo.

—Carter Flagg dice que han buscado por todas partes pero aún no han encontrado rastro de él —anunció Mary Maria con frialdad—. Pero dice que la barca está en el centro del estanque y que parece vacía. Van a dragar el estanque.

Susan sujetó a Ana justo a tiempo.

—No... No... No voy a desmayarme, Susan —dijo Ana, con los labios blancos—. Ayúdeme a llegar a una silla... Gracias. Tenemos que encontrar a Gilbert...

—Si James se ha ahogado, Ani, piensa que se habrá ahorrado cantidad de sufrimiento en este mundo miserable —observó la tía Mary Maria con el ánimo de ofrecer algún consuelo.

—Voy a por el farol para buscar de nuevo en el jardín —dijo Ana en cuanto estuvo en condiciones de ponerse en pie—. Sí, Susan, sé que usted ya ha mirado... Pero déjeme... Déjeme. No puedo esperar sentada.

—En ese caso póngase un jersey, querida señora del doctor. Hay mucha humedad y está cayendo escarcha. Le traeré el rojo... Está colgado de una silla en el cuarto de los chicos. Espere aquí hasta que vuelva.

Susan subió las escaleras corriendo. Unos momentos después algo que solo cabía definir como un alarido sacudió la casa entera. Ana y la tía Mary Maria se lanzaron escaleras arriba y encontraron a Susan Baker en el pasillo, riendo a carcajadas y llorando al mismo tiempo, más cerca de la histeria de lo que nunca en la vida lo había estado ni volvería a estarlo.

—Querida señora del doctor... ¡Está ahí! Jem está ahí... Dormido en el banco de la ventana, detrás de la puerta. No había mirado ahí... La puerta lo escondía... Y como no estaba en la cama...

Ana, temblando de alegría y alivio, entró en la habitación y se dejó caer de rodillas al lado del banco. Susan y ella muy pronto se reirían de su estupidez, pero en ese momento solo podía llorar de gratitud. Jem estaba en el banco de la ventana, dormido como un tronco, con una manta de ganchillo encima, su maltrecho osito de peluche en las manitas morenas y el bueno de Canijo, que lo había perdonado, acostado en sus piernas. Los rizos pelirrojos del pequeño cubrían el cojín del asiento. Parecía estar soñando algo agradable y Ana no quería despertarlo. Pero Jem abrió los ojos de repente, como dos estrellas de color avellana, y miró a su madre.

—Jem, cariño, ¿por qué no estás en tu cama? Nos hemos... Nos hemos asustado un poco... No te encontrábamos... Y no se nos ocurrió mirar aquí...

—Quería tumbarme aquí para veros a papá y a ti entrar por la verja cuando volvierais. Me sentía tan solo que tuve que acostarme.

Mamá lo estaba levantando en brazos... para llevarlo a su cama. Qué agradable era recibir esos besos... Sentir cómo su madre lo arropaba y remetía las sábanas con aquellas caricias tan suaves que le hacían sentirse querido. ¿A quién le interesaba en realidad ver una serpiente tatuada? Mamá era tan buena... La madre más buena que había existido nunca. En Glen, a la madre de Bertie Shakespeare todo el mundo la llamaba «doña ahorros» por lo tacaña que era, y Jem sabía..., lo había visto..., que le daba un bofetón a Bertie por cualquier cosilla.

—Mami —murmuró adormilado—, por supuesto que te traeré anémonas la próxima primavera... Todas las primaveras. Puedes confiar en mí.

—Claro que sí, cariño.

—Bueno, ahora que ya ha pasado el susto para todos supongo que podemos respirar tranquilas y volver a la cama —dijo la tía Mary Maria. Pero había en su voz gruñona una nota de alivio.

—Qué tonta he sido por no acordarme de mirar en el banco de la ventana —se lamentó Ana—. La broma ya está servida: ten por seguro que el doctor no nos dejará olvidarla, Susan. Por favor, llama al señor Flagg y dile que hemos encontrado a Jem.

—Bien que se va a reír a mi costa —contestó Susan llena de alegría—. Y no me molesta... Ahora que Jem está a salvo, que se ría todo lo que quiera.

—Me vendría bien una taza de té —dijo la tía Mary Maria con un suspiro lastimero, envolviéndose el cuerpo enjuto con su dragón.

—Lo preparo en un periquete —se ofreció Susan llena de brío—. Un té nos entonará a todas. Querida señora del doctor, al saber que Jem estaba sano y salvo, Flagg ha dicho: «Gracias a Dios». Nunca volveré a decir una mala palabra de este hombre, por mucho que suba los precios. ¿No cree usted que mañana podríamos comer pollo, querida señora del doctor? Para celebrarlo, por así decir. Y le haré a Jem sus bollos favoritos para desayunar.

Hubo otra llamada de teléfono... Esta vez de Gilbert, para decir que iba a llevar a un bebé quemado al hospital de la ciudad, que no lo esperasen hasta el día siguiente.

Ana se asomó a la ventana para dar las buenas noches al mundo, agradecida, antes de irse a la cama. Llegaba un viento fresco del mar. Una especie de hechizo de luna correteaba entre los árboles de la Hondonada. Ana hasta fue capaz de reírse..., aunque con un estremecimiento además de la risa: por el pánico de una hora antes, las absurdas insinuaciones de la tía Mary Maria y sus macabros recuerdos. Su hijo estaba a salvo... Gilbert, en alguna parte, luchaba por salvar la vida de otro niño... «Dios mío, ayuda a Gilbert y a esa madre... Ayuda a todas las madres en todas partes. Necesitamos mucha ayuda para atender esos corazones y esas mentes infantiles, sensibles y amorosos, que nos piden consejo, amor y comprensión».

La amable noche envolvente se apoderó de Ingleside, y todo el mundo, incluso Susan, que en realidad tenía ganas de meterse en algún agujero agradable y tranquilo y encerrarse allí dentro, se quedó dormido bajo la bóveda protectora de la oscuridad.

Capítulo VII

—Estará muy bien acompañado... No se sentirá solo... Con nuestros cuatro... y mi sobrina y mi sobrino de Montreal que han venido a pasar unos días con nosotros. Lo que no se le ocurre a uno se le ocurre a otro.

La oronda, sonrosada y jovial señora del doctor Parker dedicó una amplia sonrisa a Walter..., que correspondió con una sonrisa algo fría. No estaba del todo seguro de que le gustara la señora Parker, a pesar de sus sonrisas y su jovialidad. Era excesiva en todo. El doctor Parker sí le caía bien. Y Walter no conocía a «sus cuatro» ni a sus sobrinos de Montreal. Lowbridge, donde vivían los Parker, se encontraba a diez kilómetros de Glen y Walter nunca había estado allí, aunque los Parker y los Blythe se visitaban a menudo. El doctor Parker y su padre eran muy buenos amigos, pero Walter a veces tenía la sensación de que su madre podía pasarlo de maravilla sin la señora Parker. Con solo seis años, Walter —Ana se daba cuenta— era capaz de ver cosas que otros niños no veían.

Walter tampoco estaba seguro de que en realidad quisiera ir a Lowbridge. Ir de visita a veces era estupendo... Ir a Avonlea, por ejemplo, ¡eso sí que era divertido! O pasar la noche con Kenneth Ford en la Casa de los Sueños era incluso más divertido... Aunque a eso en realidad no se le podía llamar ir de visita porque la Casa de los Sueños era como un segundo hogar para los niños de Ingleside. Pero ir a Lowbridge dos semanas con personas desconocidas era una cosa muy distinta. El caso es que ya casi se daba por hecho. Por alguna razón, que Walter presentía sin llegar a entenderla, a papá y mamá les parecía una buena idea. ¿Querían librarse de todos sus hijos?, se preguntó Walter, con pena e inquietud. Jem no estaba: se lo habían llevado a Avonlea hacía dos días, y Walter había oído a Susan haciendo misteriosos comentarios de «mandar a las gemelas con la señora de Marshall Elliott cuando llegase el momento». ¿Qué momento? La tía Mary Maria parecía muy pesimista por algo y todos le habían oído decir: «Ojalá pase todo pronto y bien». ¿Qué iba a pasar? Walter no tenía la menor idea, pero notaba algo extraño en el ambiente.

—Lo llevaré mañana —decidió Gilbert.

—A los pequeños les hará mucha ilusión —señaló la señora Parker.

—Es usted muy amable —dijo Ana.

—Es lo mejor, con toda seguridad —le dijo Susan a Canijo en la cocina, en un tono de lo más misterioso.

—Es un detalle que la señora Parker nos quite a Walter de encima, Ani —añadió la tía Mary Maria cuando los Parker ya se habían retirado—. Ella dice que se ha encaprichado con él. ¡Hay que ver los caprichos tan raros que tiene la gente! Bueno, al menos hasta dentro de dos semanas podré entrar en el baño sin pisar un pez muerto.

—¡Un pez muerto, tita! ¿No querrás decir...?

—Quiero decir exactamente lo que he dicho, Ani. Como siempre. ¡Un pez muerto! ¿Has pisado alguna vez un pez muerto descalza?

—Nooo... Pero ¿cómo...?

—Walter pescó una trucha anoche y la dejó en la bañera, para mantenerla viva —explicó alegremente Susan—. Si se hubiera quedado en la bañera no habría pasado nada, pero consiguió salir y murió de noche. Y claro, si la gente anda por ahí descalza...

—Tengo por norma no discutir con nadie —dijo la tía Mary Maria, levantándose y retirándose.

—Y yo he decidido que esa mujer a mí no me va a ofender, querida señora del doctor —contestó Susan.

—Ay, Susan, me está sacando un poco de quicio... Pero bueno, no me importará tanto cuando todo esto haya pasado... Y tiene que ser muy desagradable pisar un pez muerto...

—¿No es mejor pisar un pez muerto que uno vivo, mami? Un pez muerto no se retuerce —dijo Di.

Y, como es un deber decir la verdad a toda costa, hay que reconocer que la señora y la criada de Ingleside se echaron a reír.

Esto fue lo que pasó. Pero esa noche Ana le preguntó a Gilbert si Walter estaría a gusto en Lowbridge.

—Es muy sensible y tiene mucha imaginación —dijo con melancolía.

—Demasiada —asintió Gilbert, que estaba cansado después de haber tenido, en palabras de Susan, tres bebés ese día—. Fíjate, Ana, yo creo que a ese niño le da miedo subir las escaleras a oscuras. Unos días de convivencia con los hijos de los Parker le sentarán de maravilla. Volverá cambiado.

Ana no dijo nada más. Gilbert tenía mucha razón, sin duda. Walter se sentía solo sin Jem; y a la vista de lo ocurrido cuando nació Shirley, lo mejor era que Susan tuviera las manos lo más libres posible: bastante hacía con llevar la casa y soportar a la tía Mary Maria..., que había venido para dos semanas y ya llevaba cuatro.

Walter estaba despierto en la cama, intentando dar rienda suelta a su imaginación para huir de la idea obsesiva de que se marchaba al día siguiente. Tenía una imaginación muy viva. En un imponente caballo blanco, como el del cuadro de la pared, podía galopar hacia adelante o hacia atrás en el espacio y en el tiempo. Se acercaba la Noche... La Noche, como un ángel alto y oscuro, con alas de vampiro, que vivía en la ladera sur de los bosques del señor Andrew Taylor. A veces, Walter le daba la bienvenida... A veces la imaginaba con tanta claridad que se asustaba de ella. Walter dramatizaba y personificaba todas las cosas de su pequeño mundo... El Viento que le contaba historias por la noche... La Escarcha que mordisqueaba las flores del jardín... El Rocío que caía silencioso como perlas de plata... La Luna, que estaba convencido de poder atrapar si subía a la cima de ese monte violeta que veía a lo lejos... La Bruma que entraba del mar... El propio Mar inmenso, siempre cambiante y nunca cambiado... La oscura y misteriosa Marea.

Todo eran entidades para Walter: Ingleside, y la Hondonada, y el arcedal y la marisma y la orilla del puerto estaban habitados por elfos y *kelpies*, por dríades, sirenas y duendes. El gato negro de yeso de París que estaba en la repisa de la chimenea de la biblioteca era una hechicera. De noche cobraba vida y merodeaba por la casa, y llegaba a alcanzar un tamaño enorme. Walter escondía la cabeza debajo de las sábanas y se echaba a temblar. Siempre se asustaba con sus fantasías.

Quizá la tía Mary Maria estuviera en lo cierto cuando dijo que era «demasiado nervioso y excitable», aunque Susan nunca se lo perdonaría. Quizá la tía Kitty MacGregor, de Upper Glen, de quien decían que tenía «un sexto sentido», estuviera en lo cierto cuando, tras examinar detenidamente los ojos gris humo de Walter, con sus largas pestañas, señaló que el niño «tenía un alma muy vieja en un cuerpo muy joven». Pudiera ser que el alma vieja supiera demasiado y el joven cerebro no siempre la entendiese.

A Walter le anunciaron esa mañana que papá lo llevaría a Lowbridge después de comer. No dijo nada, pero en la mesa empezó a tener la sensación de que se ahogaba y bajó los ojos inmediatamente para esconder la repentina bruma de lágrimas que los velaba. No se dio suficiente prisa.

—¿No irás a llorar, Walter? —le preguntó la tía Mary Maria, como si un niño de seis años se deshonrara para siempre por llorar—. Si hay algo que no soporto son los niños llorones. Y no te has comido la carne.

—Todo menos la grasa —dijo Walter, parpadeando con valentía pero sin atreverse aún a levantar la mirada—. No me gusta la grasa.

—Cuando yo era pequeña —añadió la tía Mary Maria— no me consentían tener gustos ni manías. Bueno, puede que la señora Parker te cure algunas costumbres. Creo que era una Winter... ¿O era una Clark? No, tenía que ser una Campbell. Aunque los Winter y los Campbell están cortados por el mismo patrón y no toleran ninguna tontería.

—Por favor, tía Mary Maria, no asuste a Walter con su visita a Lowbridge —le pidió Ana, con una chispa de ira muy profunda en la mirada.

—Lo siento, Ani —se disculpó la tía Mary Maria con mucha humildad—. Por supuesto debería haber recordado que no tengo ningún derecho a enseñarles nada a tus hijos.

—¡Qué cara más dura! —murmuró Susan mientras iba a por el postre... El pudin de la reina, el favorito de Walter.

Ana se sintió mezquina y culpable. Gilbert le había lanzado una mirada de leve reproche, como dándole a entender que debería ser un poco más paciente con una pobre mujer solitaria.

Gilbert estaba algo alicaído. Como todos sabían, había tenido una enorme sobrecarga de trabajo ese verano; y tal vez la presencia de la tía Mary Maria le causara más tensión de la que reconocía.

Ana tomó la decisión de que en otoño, si todo iba bien, lo mandaría un mes a Nueva Escocia a cazar, por las buenas o por las malas.

—¿Cómo está su té? —le preguntó a la tía Mary Maria, arrepentida.

La mujer apretó los labios.

—Demasiado flojo. Pero no tiene importancia. ¿A quién le preocupa que una pobre mujer tome el té a su gusto o no? Aunque algunos me consideran una excelente compañía.

Fuera cual fuese la relación entre una frase y la otra, Ana pensó que en ese momento era incapaz de desentrañarla. Se había puesto muy pálida.

—Creo que voy a subir a tumbarme —dijo, algo mareada al retirarse de la mesa—. Y creo, Gilbert..., que es mejor que no te quedes mucho tiempo en Lowbridge... Y conviene que avises a la señorita Carson.

Se despidió de Walter con un beso apresurado y superficial... Como si no pensara en él en absoluto. Walter no podía llorar. La tía Mary Maria le dio un beso en la frente... Walter no soportaba un beso húmedo en la frente... Y le advirtió:

—Cuida tus modales en la mesa cuando estés en Lowbridge, Walter. No comas con ansia. Si haces eso, un hombre negro muy grande vendrá con un saco negro muy grande en el que mete a los niños maleducados.

Quizá fuera una suerte que Gilbert hubiera salido a ponerle los arreos a Grey Tom y no la oyese decir esto. Ana y él siempre habían estado de acuerdo en no asustar a sus hijos con ideas parecidas ni permitir que nadie lo hiciese. Susan sí la oyó mientras recogía la mesa, y la tía Mary Maria nunca supo por qué poco se había librado de que le lanzaran la salsera y la salsa a la cabeza.

Capítulo VIII

Normalmente a Walter le gustaba ir en calesa con papá. Le encantaba la belleza, y los alrededores de Glen St. Mary estaban preciosos. La carretera de Lowbridge era como una doble cinta de botones de oro bailarines, con una puntilla de helechos verdes allí donde había una agradable arboleda. Pero papá hoy no parecía tener muchas ganas de conversación, y Walter nunca lo había visto guiar a Grey Tom de esa manera. Cuando llegaron a Lowbridge, Gilbert cruzó unas palabras apresuradas con la señora Parker en un rincón y se fue corriendo sin despedirse de Walter. Walter otra vez tuvo que hacer un esfuerzo enorme para no llorar. Era evidente que nadie lo quería. Mamá y papá antes lo querían, pero ya no.

La casa de los Parker, grande y desordenada, no le pareció a Walter acogedora, aunque es posible que en ese momento ninguna casa se lo hubiera parecido. La señora Parker lo llevó al jardín trasero, donde se oían gritos de jolgorio, y le presentó a los niños. Luego volvió enseguida a su costura y los dejó: «Para que se fueran conociendo...». Una técnica que daba muy buen resultado en nueve de cada diez ocasiones. Quizá no se le pueda echar la culpa por no ver que el pequeño Walter Blythe era la excepción. A la señora

Parker le caía bien Walter... Sus hijos eran muy simpáticos... Fred y Opal tendían a darse ciertos aires de Montreal, pero estaba segurísima de que no serían desagradables con nadie. Todo iría como la seda. Se alegraba mucho de poder ayudar a «la pobre Ana Blythe», aunque fuera quitándole de encima a uno solo de sus hijos. La señora Parker confiaba en que «todo saldría bien». La familia de Ana no las tenía todas consigo, a la vista de cómo había sido el parto de Shirley.

De repente el jardín trasero quedó en silencio... Un jardín que lindaba con un amplio huerto de manzanos que entrelazaban sus ramas. Walter, muy serio y cohibido, miraba a los hermanos Parker y a sus primos, los Johnson de Montreal. Bill Parker tenía diez años: era un niño travieso, con la cara redonda y colorada, que «había salido» a su madre y que a Walter le parecía muy grande y muy mayor. Andy Parker tenía nueve, y los niños de Lowbridge podrían decirnos que «era el malo de los Parker» y lo apodaban «Cerdo», con razón. A Walter no le gustó ni pizca la pinta que tenía: el pelo corto, rubio y erizado, la cara de diablo cubierta de pecas y los ojos azules y saltones. Fred Johnson era de la edad de Bill y a Walter tampoco le gustó, aunque era un chico guapo, de ojos negros y rizos dorados. Su hermana Opal, de nueve años, también tenía rizos y los ojos negros... Unos ojos negros que te atravesaban. Opal tenía el brazo por encima de Cora Parker, una niña rubia de ocho años, y las dos miraban a Walter con condescendencia. De no haber sido por Alice Parker, es muy posible que Walter hubiera dado media vuelta para salir corriendo.

Alice tenía siete años y una cascada de tirabuzones dorados que era la cosa más bonita del mundo. Alice tenía unos ojos tan azules y suaves como las violetas de la Hondonada. Alice tenía hoyuelos en las mejillas sonrosadas. Alice llevaba un vestido amarillo de volantes con el que parecía un botón de oro bailarín. Alice sonrió a Walter como si lo conociera de toda la vida. Alice era una amiga.

Fue Fred quien empezó la conversación.

—Hola, chiquillo —dijo con condescendencia.

Walter detectó la condescendencia al instante y se encerró en sí mismo.

—Me llamo Walter —anunció con voz clara.

Fred se volvió hacia los demás con un aire de asombro bien ensayado. ¡Se iba a enterar este pueblerino!

—Dice que se llama Walter —le dijo a Bill, con una mueca muy cómica.

—Dice que se llama Walter —le dijo Bill a Opal.

—Dice que se llama Walter —le dijo Opal a Andy, que parecía encantado.

—Dice que se llama Walter —le dijo Andy a Cora.

—Dice que se llama Walter —le dijo Cora a Alice, soltando una risita.

Alice no dijo nada. Se limitó a mirar a Walter con admiración, y su mirada le permitió a Walter sobrellevar la situación cuando todos los demás se pusieron a cantar a coro: «Dice que se llama Walter», y a estallar luego en carcajadas burlonas.

«¡Qué bien lo están pasando los chiquillos!», pensó la señora Parker, complacida, mientras se dedicaba a su labor de fruncido.

—Le he oído decir a mamá que crees en las hadas —dijo Andy, con un desprecio descarado.

Walter lo miró con desafío. No estaba dispuesto a dejarse humillar delante de Alice.

—Las hadas existen —afirmó rotundamente.

—No existen —dijo Andy.

—Sí existen —insistió Walter.

—Dice que las hadas existen —le dijo Andy a Fred.

—Dice que las hadas existen —le dijo Fred a Bill... Y otra vez empezó el espectáculo.

Esto era una tortura para Walter, porque nunca se habían burlado de él y no lo soportaba. Se mordió los labios para aguantar las lágrimas. No podía llorar delante de Alice.

—¿Qué te parecería si te pellizcamos hasta que te pongas negro y morado? —propuso Andy, que había llegado a la conclusión de que Walter era una niñita y sería muy divertido meterse con él.

—¡Calla, Cerdo! —le ordenó Alice en un tono temible... Muy temible, aunque con una voz muy suave, dulce y amable. Había algo en su tono que ni siquiera Andy se atrevía a rechistar.

—Por supuesto que no lo he dicho en serio —murmuró avergonzado.

El viento roló un poco a favor de Walter y jugaron bastante amigablemente en el huerto al pillapilla. Pero cuando entraron todos a la vez para cenar, alborotando, a Walter volvió a invadirle la nostalgia. Por un momento, tuvo la sensación aterradora de que iba a llorar delante de todos..., también de Alice, que acudió en su ayuda dándole un codazo de lo más amistoso cuando se sentaron... Aun así, Walter no pudo comer nada... Era incapaz. La señora Parker, de cuyos métodos sin duda podía decirse algo bueno, en lugar de preocuparse llegó tranquilamente a la conclusión de que el niño tendría más apetito al día siguiente, y los demás estaban demasiado ocupados comiendo y charlando para fijarse en él.

Walter no alcanzaba a entender por qué todos gritaban de ese modo, pues no sabía que no habían tenido tiempo de quitarse esa costumbre desde la muerte reciente de una abuela muy sorda y susceptible. Le dolía la cabeza con tanto ruido. ¡Ay, en casa también estarían cenando! Mamá estaría risueña, en la cabecera de la mesa, y papá bromeando con las gemelas; Susan estaría echando nata en la taza de leche de Shirley; Nan estaría dándole trocitos de comida al Canijo a escondidas. Hasta la tía Mary Maria, como parte del círculo hogareño, pareció cobrar de repente un halo más tierno y bondadoso. ¿Quién habría tocado el gong chino para anunciar que la cena estaba lista? Esa semana era su turno, y Jem tampoco estaba en casa. ¡Si pudiera irse a llorar a alguna parte! Pero no parecía que en Lowbridge hubiera parte alguna donde uno pudiera permitirse el lujo de llorar. Además..., estaba Alice. Walter se tragó un vaso lleno de agua helada y vio que eso le ayudaba.

—A nuestro gato le dan ataques —dijo Andy de repente, lanzándole una patada por debajo de la mesa.

—Al nuestro también —contestó Walter. Al Canijo le habían dado dos ataques, y no iba a tolerar que los gatos de Lowbridge tuvieran mejor puntuación que los gatos de Ingleside.

—Seguro que los ataques del nuestro son mejores que los del tuyo —le chinchó Andy.

—Seguro que no —replicó Walter.

—Vamos, vamos, no discutáis por los gatos —terció la señora Parker, que quería disfrutar de una velada tranquila y ponerse a escribir un artículo para el Instituto sobre «Niños incomprendidos»—. Salid a jugar. No falta mucho para la hora de irse a la cama.

¡A la cama! Walter cayó en la cuenta de que iba a pasar toda la noche allí... Muchas noches... Dos semanas de noches. Era espantoso. Salió al huerto apretando los puños y vio a Bill y a Andy enzarzados en una pelea brutal, tirados en la hierba, dándose patadas, arañándose y gritando.

—¡Me has dado la manzana con gusano, Billy Parker! —decía Andy a grito pelado—. ¡Te voy a enseñar yo a darme manzanas con gusanos! ¡Voy a arrancarte las orejas a mordiscos!

Este tipo de peleas estaban a la orden del día en casa de los Parker. La señora Parker era de la opinión de que a los niños no les hacía daño pelearse. Decía que así sacaban mucha maldad de su organismo y luego volvían a ser tan amigos como siempre. Pero Walter nunca había visto a nadie pelear de aquel modo y estaba horrorizado.

Fred los animaba mientras Opal y Cora se reían, pero Alice tenía los ojos llenos de lágrimas. Y Walter esto no podía soportarlo. Se interpuso entre los combatientes, que se habían separado un momento para tomar aire antes de reanudar la batalla.

—Dejad de pelear —les ordenó—. Estáis asustando a Alice.

Bill y Andy lo miraron con pasmo unos momentos, hasta que cayeron en la cuenta de que tenía su gracia que un niñato interfiriese en su pelea. Se echaron a reír a carcajadas, y Bill le dio una palmada en la espalda.

—¡Tiene agallas, chavales! —señaló—. Algún día será un chico de verdad, si lo dejáis crecer. Toma, una manzana para ti... Y sin gusanos dentro.

Alice se secó las lágrimas de las mejillas sonrosadas y suaves y miró a Walter con una adoración que a Fred no le gustó nada. Por supuesto que Alice era una niña pequeña, pero ni siquiera las niñas pequeñas tenían permiso para mirar con adoración a otros chicos cuando él, Fred Johnson de Montreal, estaba presente. Esto no podía quedar así. Poco antes, Fred había entrado en casa un momento y había oído a la tía Jen hablando por teléfono con el tío Dick.

—Tu madre está muy mal —le dijo a Walter.

—No... ¡No es verdad! —protestó Walter.

—Sí lo es. He oído que la tía Jen se lo decía al tío Dick... —Fred le había oído decir a su tía: «Ana Blythe está mal», y era divertido añadir un «muy»—. Es probable que se muera antes de que vuelvas a casa.

Walter miró a su alrededor con auténtica angustia. Una vez más, Alice se puso de su parte..., y una vez más los otros cinco se agruparon detrás del estandarte de Fred. Notaban algo extraño en este niño guapo y moreno... Tenían una necesidad irresistible de meterse con él.

—Si está enferma —dijo Walter—, mi padre la curará.

Seguro que sí... ¡Tenía que curarla!

—Me temo que eso es imposible —dijo Fred, poniendo una cara muy seria pero haciéndole un guiño a Andy.

—Para mi padre no hay nada imposible —insistió Walter con lealtad.

—Pues Russ Carter fue solo un día a Charlottetown el verano pasado y cuando volvió a casa su madre estaba muerta: tiesa como un palo —dijo Bill.

—Y enterrada —añadió Andy, pensando en introducir un detalle dramático... Lo mismo daba si era cierto o no—. Russ estaba desquiciado por haberse perdido el funeral... Porque los funerales son muy chulos.

—Pues yo nunca he visto un funeral —se lamentó Opal.

—Bueno, aún te quedan montones de oportunidades —dijo Andy—. Pero ya ves que ni siquiera mi padre pudo salvar a la señora Carter, y eso que es mucho mejor médico que el tuyo.

—No lo es...

—Sí, lo es, y mucho más guapo además...

—No lo es.

—Siempre que te vas de casa pasa algo —aseguró Opal—. ¿Qué te parecería si cuando vuelvas a Ingleside vieras que tu casa se ha quemado?

—Si tu madre se muere, lo más probable es que a los hermanos os separen —dijo Cora, tan contenta—. A lo mejor te vienes a vivir aquí.

—Sí..., ven —le pidió la dulce Alice.

—Bueno, su padre querrá quedarse con ellos —dijo Bill—. Volverá a casarse pronto. Aunque a lo mejor su padre también se muere. Le he oído decir a papá que el doctor Blythe se estaba matando a trabajar. Mirad qué cara pone. Tienes ojos de niña, chaval... Ojos de niña... Ojos de niña.

—Anda, cállate —dijo Opal, que de pronto se había cansado del juego—. No lo engañas. Sabe que estás de broma. Vamos al parque a ver el partido de béisbol. Walter y Alice pueden quedarse aquí. No podemos ir a todas partes con los niños colgando.

Walter no lamentó verlos marcharse. Alice tampoco, al parecer. Se sentaron en el tronco de un manzano y se miraron con aire tímido y contento.

—Te enseñaré a jugar a las tabas —dijo Alice—. Y te prestaré mi canguro de peluche.

Cuando llegó la hora de irse a la cama, Walter se encontró solo en el cuartito del vestíbulo. La señora Parker tuvo la consideración de dejarle una vela y una manta de más, porque la noche de julio era disparatadamente fresca, como a veces lo son las noches en las Provincias Marítimas canadienses, incluso en verano.

Pero Walter no podía dormir, ni siquiera con el canguro de peluche de Alice acurrucado contra su cuello. ¡Ay, ojalá estuviera en casa, en su cuarto, donde la ventana grande miraba a Glen, y la pequeña, con su propio tejadito, al bosque de abetos! Mamá entraría y le leería poesía con su preciosa voz.

—Soy un chico mayor... No voy a llorar... No voy a... —Las lágrimas llegaron muy a su pesar. ¿De qué servían los canguros de peluche? Tenía la sensación de llevar años fuera de casa.

Entonces los otros volvieron del parque y se amontonaron amablemente en el cuarto con él. Se sentaron en la cama a comer manzanas.

—Has estado llorando, chiquitín —se burló Andy—. Eres una linda niñita. ¡El favorito de mamá!

—Toma un poco, chaval —le dijo Bill, ofreciéndole una manzana mordisqueada—. Y anímate. No me sorprendería que tu madre se recuperara... Si tiene una buena constitución, claro. Papá dice que la mujer de Stephen Flagg se habría muerto ya hace tiempo si no fuera por su buena constitución. ¿La tiene tu madre?

—Claro que sí —dijo Walter. No tenía la menor idea de lo que era una constitución, pero si la mujer de Stephen Flagg la tenía su madre seguro que también.

—La mujer de Ab Sawyer murió la semana pasada y la madre de Sam Clark murió la semana anterior —anunció Andy.

—Murieron por la noche —añadió Cora—. Mamá dice que la mayoría de la gente se muere por la noche. Espero que yo no. ¡Imaginaos ir al cielo en camisón!

—¡Niños! ¡Niños! A la cama —ordenó la señora Parker.

Los niños salieron después de simular que ahogaban a Walter con una toalla. En el fondo, el chaval les caía muy bien. Walter sujetó a Opal de la mano cuando ya se marchaba.

—Opal, no es verdad que mi madre esté mal, ¿o sí? —imploró con un susurro. No soportaba quedarse a solas con su miedo.

Opal «no era una niña de mal corazón», como decía la señora Parker, pero no pudo resistirse a la emoción que produce dar malas noticias.

—Está mal. Lo ha dicho la tía Jen... Me pidió que no te lo dijera. Pero creo que debes saberlo. A lo mejor tiene cáncer.

—¿Todo el mundo se tiene que morir, Opal? —Esta idea era nueva y aterradora para Walter, que hasta entonces nunca había pensado en la muerte.

—Pues claro, bobo. Solo que en realidad no se mueren... Van al cielo —contestó Opal alegremente.

—No todos —señaló Andy, que estaba escuchando al otro lado de la puerta, con un susurro inaudible.

—Y... y... ¿Está el cielo más lejos que Charlottetown? —preguntó Walter.

Opal se echó a reír a carcajadas.

—¡Mira que eres raro! El cielo está a millones de kilómetros. Pero te diré lo que tienes que hacer. Rezar. Rezar es bueno. Una vez perdí una moneda de diez centavos, recé y me encontré una de un cuarto. Por eso sé que es bueno.

—Opal Johnson, ¿has oído lo que he dicho? Y apaga esa vela en el cuarto de Walter. No vaya a incendiarse —dijo la señora Parker desde su dormitorio—. Hace ya un buen rato que tendríamos que estar durmiendo.

Opal apagó la vela de un soplido y se marchó. La tía Jen era simpática pero ¡cuando se enfadaba! Andy asomó la cabeza por la puerta para darle a Walter una bendición de buenas noches.

—Es probable que los pájaros de la pared cobren vida y te saquen los ojos —le advirtió.

Y después todo el mundo se fue a la cama por fin, con la sensación de culminar un día perfecto y de que Walt Blythe no era un mal chico y de que al día siguiente volverían a divertirse metiéndose con él.

«Qué adorables criaturas», pensó la señora Parker, muy sentimental ella.

Una insólita quietud se adueñó de la casa de los Parker mientras a diez kilómetros de allí, en Ingleside, la pequeña Bertha Marilla Blythe, con unos ojos redondos de color avellana, miraba las caras felices que la rodeaban y el mundo al que había llegado la noche de julio más fría que se había conocido en las Provincias Marítimas de Canadá desde hacía ochenta y siete años.

Capítulo IX

Walter, solo en la oscuridad, seguía sin poder dormir. Nunca en su corta vida había dormido solo. Siempre tenía cerca a Jem o a Ken para darle calor y consuelo. El cuarto se iluminó ligeramente con la luz clara de la luna, pero esto era casi peor que la oscuridad. Un cuadro que había en la pared, a los pies de la cama, parecía burlarse de él... Los cuadros siempre tenían un aire muy distinto a la luz de la luna. Uno veía en ellos cosas que de día jamás sospechaba. Las cortinas de encaje parecían mujeres altas y delgadas, una a cada lado de la ventana, llorando. Se oían ruidos en la casa: crujidos, suspiros, susurros. ¿Estarían cobrando vida los pájaros de la pared, preparándose para sacarle los ojos? Un miedo espeluznante se apoderó de Walter... Y entonces un inmenso temor vino a desterrar a todos los demás. *Mamá estaba enferma.* Tenía que creerlo porque Opal había dicho que era verdad. ¡Tal vez se estuviera muriendo! ¡Tal vez hubiera muerto! No tendría una madre con la que volver. ¡Walter se imaginó Ingleside sin madre!

De repente vio que no podía soportarlo. Tenía que irse a casa. Inmediatamente... Ya. Tenía que ver a mamá antes de que... Antes de que... muriese. Era eso lo que quiso decir la tía Mary Maria. Ella sabía que mamá se iba a morir. No serviría de nada despertar a nadie y pedir que lo llevaran a casa.

No lo llevarían... Solo se reirían de él. El camino era largo y horrible, pero estaba dispuesto a caminar toda la noche.

Con el mayor sigilo salió de la cama y se vistió. Salió con los zapatos en la mano. No sabía dónde había puesto su gorra la señora Parker, pero eso daba igual. No podía hacer ningún ruido... Tenía que escaparse y volver con su madre. Le dio pena no poder despedirse de Alice... Ella lo habría entendido. Por el pasillo oscuro... Por las escaleras... Peldaño a peldaño... Aguanta la respiración... ¿No terminaban nunca las escaleras?... Hasta los muebles estaban atentos... ¡Ay, ay!

¡Se le había caído un zapato! El zapato bajó las escaleras rebotando estrepitosamente en cada peldaño, y después salió disparado por el vestíbulo y chocó contra la puerta principal con un golpe que a Walter le pareció ensordecedor.

Se agazapó contra la barandilla, desesperado. Seguro que todo el mundo había oído el ruido... Saldrían corriendo... No le dejarían ir a casa... Un sollozo de desesperación le hizo un nudo en la garganta.

Tuvo la sensación de que pasaban horas hasta que se atrevió a pensar que nadie se había despertado... Hasta que se atrevió a reanudar su cauto avance por las escaleras. Pero por fin lo consiguió. Recogió el zapato y giró con cuidado el pomo de la puerta principal... En casa de los Parker nunca echaban la llave a la puerta. La señora Parker decía que no tenían nada de valor para atraer a los ladrones, aparte de los niños, y a los niños nadie los quería.

Walter estaba fuera... La puerta se cerró detrás de él. Se calzó y echó a andar por la calle con paso furtivo: la casa se encontraba en las afueras del pueblo; no tardó en llegar a la carretera. Por un momento lo asaltó el pánico. El miedo a que lo sorprendieran y le impidieran salir era agua pasada: ahora volvían a asaltarlo todos sus temores a la oscuridad y a la soledad. Tenía miedo del mundo. El mundo era inmenso, y él diminuto. Hasta el viento crudo y frío que soplaba del este le golpeaba en la cara como si quisiera derribarlo.

¡Mamá se estaba muriendo! Walter tragó saliva y enfiló el camino a casa. Anduvo y anduvo, combatiendo el miedo con valentía. Había luna, pero la luz de la luna iluminaba cosas... Y ninguna parecía familiar. Una vez que salió de noche con papá, Walter pensó que no había visto nada tan bonito como un camino iluminado por la luna y cruzado por las sombras de los árboles. Pero ahora las sombras eran tan negras y nítidas que parecían capaces de saltarle a uno encima. Los campos habían cobrado un aire muy extraño. Los árboles ya no eran amigos. Parecía que lo vigilaban... Que le cerraban el paso por delante y por detrás. Dos ojos relucientes lo observaron desde la cuneta y un gato negro de un tamaño increíble cruzó la carretera corriendo. ¿Sería un gato? ¿O...? La noche era fría: Walter llevaba una camisa fina y estaba tiritando, pero no le importaría pasar frío si pudiera dejar de tener miedo a todo: a las sombras, a los ruidos ocultos y a las cosas sin nombre que estarían merodeando por la orilla del bosque, a su lado. Pensó cómo sería no tener miedo a nada... Igual que Jem.

—Voy a... voy a hacer que no tengo miedo —dijo en voz alta... Y se estremeció de terror al oír cómo su voz se perdía en la noche inmensa.

De todos modos siguió adelante... Uno tenía que seguir adelante cuando su madre se iba a morir. Una vez se cayó, se hizo daño y se despellejó la rodilla con una piedra. Otra vez oyó que una calesa se acercaba a sus espaldas y se escondió detrás de un árbol hasta que la vio pasar de largo, aterrado por la idea de que el doctor Parker hubiera descubierto que se había escapado y viniera a buscarlo. Otra vez se paró de puro pánico al ver algo negro y peludo sentado al borde de la carretera. No podía pasar a su lado... No podía... Pero pasó. Era un perro grande y negro... ¿Era un perro...? Se había atrevido a pasar. No quiso correr, por si el perro lo perseguía. Miró desesperado por encima del hombro... Vio que se había levantado y se alejaba trotando en dirección contraria. Walter se llevó a la cara la manita morena y notó la humedad del sudor.

Una estrella cayó del cielo delante de él, salpicando una lluvia de chispas. Walter se acordó de que le había oído decir a la tía Kitty que cuando caía una estrella alguien moría. ¿Sería mamá? Tuvo la sensación de que no iba a ser capaz de dar un paso más, pero el mero hecho de pensarlo le dio fuerzas para continuar. Ahora tenía tanto frío que casi había dejado de sentir el miedo. ¿No iba a llegar a casa nunca? ¿No hacía ya muchas horas que había salido de Lowbridge?

Hacía tres horas. Se había escapado de casa de los Parker a las once y ya eran las dos. Al ver que estaba en la cuesta que bajaba hasta Glen, Walter soltó un suspiro de alivio. Pero mientras recorría el pueblo dando tumbos, las casas dormidas le parecían muy remotas, muy lejanas. Se habían olvidado de él. Una vaca le mugió de repente por encima de una cerca y Walter se acordó de que el señor Joe Reese tenía un toro salvaje. Echó a correr, de puro pavor, y corriendo subió la cuesta hasta la puerta del jardín de Ingleside. Estaba en casa... ¡Ay, estaba en casa!

Entonces se paró en seco, temblando, abrumado por una espantosa desolación. Esperaba ver las cálidas y amables luces del hogar. ¡Y no había una sola luz encendida en Ingleside!

En realidad había una, pero no la había visto: en un dormitorio de la parte de atrás, donde dormía la enfermera con el cesto de la recién nacida al lado de la cama. Pero a todos los efectos, Ingleside era una casa oscura y desierta: Walter se vino abajo. Nunca había visto, nunca había imaginado Ingleside de noche, en la oscuridad.

¡Eso quería decir quc mamá había muerto!

Avanzó tropezando por el paseo y cruzó el césped cubierto por la sombra negra y siniestra de la casa hasta la puerta principal. Estaba cerrada con llave. Llamó con un golpe suave... No alcanzaba la aldaba... Pero no hubo respuesta, aunque tampoco la esperaba. Aguzó el oído... No se oía ninguna señal de vida en la casa. Supo que su madre había muerto y todos se habían ido.

A estas alturas estaba tan aterido y exhausto que no podía ni llorar, pero llegó al establo con sigilo y subió por la escalera del pajar. Ya ni siquiera tenía miedo: solo quería llegar a alguna parte donde no soplara aquel viento y acostarse hasta el amanecer. A lo mejor entonces venía alguien, cuando hubieran enterrado a mamá.

Un precioso gatito atigrado que alguien le había regalado al doctor Blythe se le acercó ronroneando, con un olor a heno riquísimo. Walter lo abrazó, muy contento... Estaba calentito y vivo. Oía a los ratoncillos corretear por el suelo sin parar. La luna lo miraba por la ventana cubierta de telarañas, pero Walter no encontraba ningún consuelo en aquella luna antipática, fría y distante. Una luz encendida abajo, en una casa de Glen, parecía más amiga. Mientras aquella luz siguiera encendida sería capaz de resistir.

No podía dormir. Le dolía mucho la rodilla y tenía frío... Además de una sensación muy rara en el estómago. Quizá también se estuviera muriendo. Confió en que así fuera, ya que todos los demás se habían muerto o se habían ido. ¿Terminaban las noches alguna vez? Otras noches siempre terminaban pero esta quizá no. Se acordó de una historia espeluznante del capitán Jack Flagg que había oído contar en la Boca del Puerto: el capitán había dicho que, si llegaba a enfadarse mucho, una mañana no dejaría salir el sol. ¿Y si el capitán Jack Flagg se había enfadado al fin?

Entonces se apagó la luz de Glen... y Walter no pudo soportarlo. Pero mientras un suave grito de desesperación se escapaba de sus labios cayó en la cuenta de que era de día.

Capítulo X

Walter bajó por la escalera y salió del establo. Vio la casa envuelta en las primeras luces del amanecer, atemporal y extraña. Un leve resplandor rosa plateado empezaba a teñir el cielo sobre los abedules de la Hondonada. A lo mejor podía entrar por la puerta lateral. Susan a veces la dejaba abierta para papá.

La puerta lateral no estaba cerrada con llave. Con un sollozo de gratitud, Walter entró en el vestíbulo. La casa estaba oscura. Empezó a subir las escaleras con mucho cuidado. Se iría a la cama... Su cama... Y si nadie volvía nunca... se moriría allí y se iría al cielo y allí encontraría a mamá. Aunque... Walter se acordó de que Opal había dicho que... el cielo estaba a millones de kilómetros. Arrollado por una nueva oleada de desesperación, se olvidó de pisar con cuidado y plantó el pie con fuerza en la cola del Canijo, que estaba dormido en la curva de las escaleras. El gemido de angustia del gato resonó en toda la casa.

A Susan, que acababa de quedarse dormida, el ruido la sacó del sopor. Susan se había acostado a las doce, agotada por la agitación de la tarde y la noche, a la que Mary Maria Blythe había contribuido con «un pinchazo en el costado» justo en el momento de mayor tensión. Necesitó una bolsa de agua caliente y una friega con linimento, además de un paño húmedo sobre los ojos, porque tenía «uno de sus dolores de cabeza».

Susan se había despertado a las tres con la extrañísima sensación de que alguien la necesitaba mucho. Se levantó y cruzó el pasillo de puntillas hasta la puerta de la habitación de la señora Blythe. Todo estaba en silencio... Oía la respiración apacible de Ana. Hizo una ronda por toda la casa y volvió a la cama convencida de que la sensación extraña era solamente la resaca de una pesadilla. Pero Susan creería para el resto de su vida que lo que le había pasado esa noche era lo que ella siempre había llamado «una patraña» y lo que Abby Flagg, que era «muy aficionada» al espiritismo, llamaba «una experiencia psíquica».

«Walter me estaba llamando y yo lo oí», aseguraba.

Susan se levantó y salió una vez más, pensando que la casa estaba de verdad poseída esa noche. Llevaba solo un camisón de franela, que había encogido de tanto lavarlo y le quedaba muy por encima de los tobillos huesudos: pero al niño tembloroso y con la cara blanca como la cal que la miraba desde el rellano, con unos ojos grises desquiciados, le pareció la cosa más bonita del mundo.

—¡Walter Blythe!

Dos peldaños más y Susan ya lo tenía entre sus brazos... Sus brazos fuertes y tiernos.

—Susan... ¿Se ha muerto mamá?

En muy poco tiempo todo había cambiado. Walter estaba en la cama, calentito, alimentado y consolado. Susan había avivado el fuego, le había subido una taza de leche caliente, una rebanada de pan tostado de un color dorado oscuro y un plato lleno de sus galletas favoritas «de cara de mono», y después lo había arropado y le había puesto una bolsa de agua caliente en los pies. Le había curado y besado la herida de la rodilla. Era maravilloso saber que alguien te cuidaba... Que alguien te quería... Que eras importante para alguien.

—¿Estás segura, Susan, de que mamá no ha muerto?

—Tu madre está durmiendo, sana y feliz, cariño.

—¿Y no ha estado enferma? Porque Opal dijo...

—Bueno, ayer pasó un ratillo malo, pero eso ya ha quedado atrás y esta vez no llegó a correr peligro de muerte. Duerme un rato y luego ves a tu madre..., y también otra cosa. ¡Como pille a esos diablos de Lowbridge! No me puedo creer que hayas venido andando desde Lowbridge. ¡Diez kilómetros! ¡Con esta nochecita!

—He sufrido una barbaridad, Susan —dijo Walter, muy serio. Pero todo había terminado: estaba a salvo y feliz. Estaba... en casa... Estaba...

Se quedó dormido.

Era casi mediodía cuando se despertó, vio que el sol entraba a raudales por la ventana de su cuarto y fue a ver a mamá. Empezaba a pensar que había sido muy tonto y a mamá tal vez no le haría gracia que se hubiera escapado de Lowbridge. Pero mamá simplemente lo abrazó y lo acercó a ella. Susan se lo había contado todo, y Ana ya había pensado algunas de las cosas que quería decirle a Jen Parker.

—Ay, mamá, no te vas a morir... Y todavía me quieres, ¿verdad que sí?

—Cariño, no tengo la menor intención de morirme... Y te quiero tanto que me duele. ¡Pensar que has venido andando desde Lowbridge en plena noche!

—Y con el estómago vacío —dijo Susan con un estremecimiento—. Es un milagro que haya vivido para contarlo. Los días de los milagros aún no han terminado, las cosas como son.

—¡Esto es un niño valiente! —dijo papá, riéndose. Acababa de entrar con Shirley a hombros. Acarició la cabeza de Walter y Walter apretó la mano de su padre. No había en el mundo nadie como papá. Pero nadie podía llegar a saber nunca el miedo tan grande que había pasado.

—No volveré a tener que irme de casa, ¿verdad, mamá?

—No, mientras tú no quieras —le prometió su madre.

—No querré nunca —empezó a decir Walter... Pero se calló. En el fondo, no le importaría volver a ver a Alice.

—Mira, cariño —dijo Susan, apartándose para dejar pasar a una joven sonrosada con un delantal blanco y una cofia que llevaba un cesto.

Walter miró. ¡Un bebé! Una niña rechoncha, con la cabeza cubierta de rizos sedosos y unas manitas de lo más despiertas.

—¿Verdad que es una preciosidad? —dijo Susan con orgullo—. Mira qué pestañas tiene... Nunca he visto un bebé con las pestañas tan largas. Y mira qué orejitas tan bonitas. Siempre me fijo primero en las orejas.

Walter dudó un poco.

—Es muy linda, Susan. ¡Ay, mira qué piececitos! Pero... ¿no es muy pequeña?

Susan se echó a reír.

—Tres kilos seiscientos no es poca cosa, cariño. Y ya ha empezado a fijarse en todo. No tenía ni media hora cuando levantó la cabeza y miró al doctor. En la vida he visto cosa igual.

—Va a ser pelirroja —anunció el doctor Blythe con satisfacción—. Una pelirroja preciosa, como su madre.

—Y con los ojos avellana como su padre —añadió la feliz esposa del doctor.

—No entiendo por qué ninguno tenemos el pelo rubio —dijo Walter con añoranza, pensando en Alice.

—¡Rubio! ¡Como los Drew! —protestó Susan, sin disimular su desprecio.

—Cuando está dormida parece muy lista —observó la enfermera, embelesada—. Nunca he visto un bebé que arrugara así los ojos para dormirse.

—Esta niña es un milagro. Todos nuestros hijos son preciosos, Gilbert, pero esta es la más bonita de todos.

—Válgame Dios —resopló la tía Mary Maria—. Ya sabes, Ani, que han llegado unos cuantos bebés al mundo antes que ella.

—Nuestra niña nunca había llegado al mundo, tía Mary Maria —dijo Walter con orgullo—. Susan, ¿puedo darle un beso? Uno solo..., por favor.

—Claro que sí —asintió Susan, fulminando con la mirada la espalda de la tía Mary Maria, que ya se retiraba—. Y ahora voy a hacer una tarta de cerezas para cenar. Mary Maria Blythe hizo una ayer por la tarde... Me gustaría que la viera usted, querida señora del doctor. Parece que la hubiese traído el gato de algún lado. Me comeré yo todo lo que pueda, para no desperdiciarla, pero mientras me queden fuerzas y salud no voy a consentir que al doctor le pongan delante una tarta como esa, las cosas como son.

—Es que no todo el mundo tiene tan buena mano para la repostería —dijo Ana.

—Mami —dijo Walter cuando una Susan muy ufana ya había cerrado la puerta—, creo que tenemos una familia muy bonita, ¿verdad que sí?

Una familia muy bonita, pensó Ana, feliz, acostada en la cama con la niña recién nacida a su lado. Enseguida volvería a estar con todos, con su paso ligero de siempre, queriéndolos, enseñándoles, consolándolos. Acudirían a ella con sus pequeñas alegrías y penas, sus esperanzas en flor, sus nuevos temores, sus problemillas, que a ellos les parecían tan grandes, y sus pequeñas decepciones, que tenían un sabor tan amargo. Volvería a sostener entre las manos todos los hilos de la vida en Ingleside para tejer un tapiz de belleza. Y la tía Mary Maria no tendría ningún motivo para decir, como Ana le había oído señalar dos días antes: «Pareces agotado, Gilbert. ¿Alguien te cuida alguna vez?».

En el piso de abajo, la tía Mary Maria estaba meneando la cabeza con pesimismo y diciendo:

—Todos los recién nacidos tienen las piernas torcidas, eso ya lo sé. Pero, Susan, esa niña las tiene demasiado torcidas. Claro que no podemos decírselo a la pobre Ani. Ten cuidado de no decírselo a Ani, Susan.

Susan, por una vez, se quedó sin habla.

Capítulo XI

Hacia finales de agosto Ana volvía a ser la misma de siempre y tenía por delante un otoño feliz. La pequeña Bertha Marilla estaba más bonita cada día y era el centro de atención de sus hermanos y sus hermanas, que la adoraban.

—Yo creía que un bebé se pasaba todo el rato berreando —dijo Jem, entusiasmado, dejando que la niña le apretara el dedo con sus deditos diminutos—. Me lo dijo Bertie Shakespeare Drew.

—No pongo en duda que los bebés de los Drew se pasen todo el rato berreando —dijo Susan—. Berrean cuando piensan que su destino es ser Drew, supongo. Pero Bertha Marilla es una niña de Ingleside, querido Jem.

—Ojalá yo hubiera nacido en Ingleside, Susan —dijo Jem con nostalgia. Siempre lo lamentaba. Di se lo echaba en cara de vez en cuando.

«¿No te resulta la vida muy aburrida aquí?», le preguntó una vez a Ana una antigua compañera de Queen's, que era de Charlottetown, en un tono muy condescendiente.

¡Aburrida! Ana estuvo a punto de soltar una carcajada. ¡Ingleside aburrido! Con una niñita deliciosa que hacía milagros nuevos cada día... Planeando las visitas de Diana, de la pequeña Elizabeth y de Rebecca Dew... Con la mujer de Sam Ellison, la de Upper Glen, en manos de Gilbert, afectada por una enfermedad de la que solo se conocían otros tres casos en el mundo... Con Walter empezando a ir a la escuela... Con Nan, que se había bebido un frasco de perfume del tocador de mamá..., creyeron que se iba a morir y ni siquiera le sentó mal... Con una gata negra desconocida que había tenido la cantidad nunca vista de diez gatitos en el porche trasero... Con Shirley, que se encerraba en el baño y luego no sabía salir... Con el Canijo enredado en un pliego de papel atrapamoscas... Con la tía Mary Maria prendiendo fuego a las cortinas de su dormitorio a medianoche mientras paseaba con una vela y despertando a toda la casa con gritos aterradores. ¡Qué aburrimiento!

Porque la tía Mary Maria seguía en Ingleside. De vez en cuando decía en un tono lastimero: «Cuando os canséis de mí solo tenéis que decirlo... Estoy acostumbrada a valerme por mí misma». Solo había una respuesta a una frase así y, naturalmente, era la que siempre daba Gilbert, aunque ya no lo decía con tanta sinceridad como antes. Hasta el «instinto tribal» de Gilbert empezaba a debilitarse; empezaba a pensar con impotencia —«como es típico de los hombres», según decía la señorita Cornelia con desdén— que la tía Mary Maria iba camino de convertirse en un obstáculo para su vida familiar. Un día incluso se aventuró a soltarle una leve indirecta y señaló que las casas sufrían si se dejaban vacías mucho tiempo; y la tía Mary Maria le dio la razón tranquilamente y señaló que estaba pensando en vender su casa de Charlottetown.

—No es mala idea —la animó Gilbert—. Sé de una casita de campo preciosa que se vende... Un amigo mío se marcha a California... Se parece mucho a esa que le gustó tanto..., donde vive la señora Sarah Newman...

—Pero vive sola —suspiró la tía Mary Maria.

—A ella le gusta —dijo Ana con esperanza.

—La gente a la que le gusta vivir sola no está del todo en sus cabales, Ana —sentenció la tía Mary Maria.

Susan se mordió la lengua a duras penas.

Diana vino a pasar una semana en septiembre. Luego vino la pequeña Elizabeth..., que ya no era pequeña: alta, esbelta y guapa ahora, aunque seguía teniendo el pelo dorado y esa sonrisa llena de añoranza. Su padre volvía a su oficina de París y Elizabeth se iba con él, para ocuparse de su casa. Ana y ella daban largos paseos por las célebres costas del puerto antiguo y volvían a casa bajo la atenta y silenciosa mirada de las estrellas otoñales. Revivieron la época de Los Álamos Ventosos y se adentraron de nuevo en el mapa de aquel mundo de fantasía que Elizabeth aún conservaba y pretendía conservar para siempre.

—Lo pongo en la pared de mi dormitorio dondequiera que vaya —dijo Elizabeth.

Un día el viento recorrió el jardín de Ingleside..., el primer viento del otoño. Esa noche el rosa del atardecer fue algo más austero. El verano se había hecho viejo de repente. Había llegado el cambio de estación.

—Es pronto para que empiece el otoño —dijo la tía Mary Maria en un tono que insinuaba que el otoño la había insultado.

Pero el otoño también era precioso. Brindaba la alegría de los vientos que entraban por el golfo azul oscuro y el esplendor de las lunas de la cosecha. La Hondonada se convertía en una sinfonía de ásteres, había risas infantiles en el huerto cargado de manzanas, atardeceres claros y serenos en los pastos altos de Upper Glenn, cielos como un tornasol de plata surcados por el vuelo de los pájaros oscuros; y luego, a medida que se acortaban los días, un delicado velo de brumas grises sobre las dunas y el puerto.

Con las hojas caídas llegó a Ingleside Rebecca Dew, para hacer una visita prometida desde hacía años. Iba a pasar una semana, pero la convencieron para que se quedara dos... Y nadie insistió tanto como Susan. Daba la impresión de que Susan y Rebecca habían descubierto a primera vista que eran almas gemelas, quizá porque las dos querían a Ana... Quizá porque las dos aborrecían a la tía Mary Maria.

Una noche, en la cocina, mientras la lluvia caía sobre las hojas muertas y el viento gemía en los aleros y las esquinas de Ingleside, Susan le confió todas sus penas a la compasiva Rebecca Dew. El doctor Blythe y la señora habían ido a hacer una visita, los niños ya estaban acurrucados en la cama y la tía Mary Maria por suerte se encontraba fuera de circulación, con dolor de cabeza... «Como si tuviera una banda de hierro alrededor del cerebro», se lamentó.

—Cualquiera que coma tanta caballa frita como ha comido esa mujer para cenar —dijo Rebecca Dew, abriendo la puerta del horno para meter los pies cómodamente— se merece que le duela la cabeza. Yo no niego que también he comido lo mío… Porque tengo que decirle, señorita Baker, que nunca he conocido a nadie que fría la caballa como usted… Pero no me he tomado cuatro piezas.

—Querida señorita Dew —dijo Susan muy seria, apartando su labor de punto y mirando con aire suplicante a los ojillos negros de Rebecca—, en el poco tiempo que lleva usted aquí ya ha visto en parte cómo es Mary Maria Blythe. Y aun así no sabe usted ni la mitad… ¡Qué digo! Ni la cuarta parte. Querida señorita Dew, tengo la sensación de que puedo confiar en usted. ¿Me permite que le abra mi corazón en la más estricta confianza?

—Claro que sí, señorita Baker.

—Esa mujer llegó aquí en junio, y me parece a mí que pretende quedarse para siempre. En esta casa todo el mundo la detesta… Ni siquiera el doctor la traga a estas alturas, por más que lo disimule. Pero él es muy de su familia y dice que no puede permitir que la prima de su padre no se sienta bien recibida en su casa. Le he rogado a la señora del doctor que se plante y le diga que Mary Maria Blythe tiene que irse. Pero la señora del doctor es demasiado blanda… Así que estamos indefensos, señorita Dew… Totalmente indefensos.

—Ya me gustaría a mí pillarla por banda —dijo Rebecca Dew, que estaba muy ofendida por algunos comentarios de la tía Mary Maria—. Sé tan bien como cualquiera, señorita Baker, que no está bien violar las normas sagradas de la hospitalidad, pero le aseguro que yo la pondría bien derecha.

—Yo ya la habría pillado por banda si no fuera porque sé cuál es mi sitio en esta casa, señorita Dew. Nunca me olvido de que no soy la señora. A veces, señorita Dew, me digo a mí misma, solemnemente: «Susan Baker, ¿eres o no eres un felpudo?». Pero como usted bien sabe estoy atada de manos. No puedo abandonar a la señora y mucho menos añadirle preocupaciones por discutir con Mary Maria Blythe. Y seguiré cumpliendo con mi deber, porque, querida señorita Dew —aseguró Susan con un tono solemne—, moriría contenta por el doctor o por la señora. Éramos una familia muy feliz antes de que llegase esa mujer, señorita Dew, pero nos está haciendo la vida imposible y no sé yo cómo va a acabar esto, porque no soy profetisa. Mejor dicho, sí lo sé. Tendrán que encerrarnos a todos en el manicomio. Es que no es una sola cosa, señorita Dew... Son docenas de cosas. Un mosquito, una lo soporta, ¡pero imagínese usted millones de mosquitos!

Rebecca Dew se los imaginó y movió la cabeza con pesar.

—No para de decirle a la señora del doctor cómo tiene que llevar la casa y cómo tiene que vestir. A mí me vigila a todas horas... Y dice que en la vida ha visto niños que se peleen más que estos. Querida señorita Dew, ya ha visto usted con sus propios ojos que nuestros niños nunca se pelean... Bueno, casi nunca...

—Pocos niños más admirables he conocido, señorita Baker.

—Es una fisgona y una entrometida...

—Yo la he calado más de una vez, señorita Baker.

—Siempre está ofendida y destrozada por algo, pero nunca tanto como para irse. Se queda ahí sentada, con una cara de triste y abandonada, hasta que casi consigue preocupar a la señora del doctor. Nada es de su agrado. Si una ventana está abierta se queja de las corrientes. Si están todas cerradas dice que le gustaría respirar un poco de aire fresco de vez en cuando. No soporta las cebollas... Ni siquiera soporta el olor. Dice que se pone mala. Por eso la señora nos ha dicho que no pongamos cebolla en nada. Vamos —concluyó Susan con altanería—, que aunque sea normal que a la gente le guste la cebolla, en Ingleside todos nos sentimos culpables, señorita Dew.

—Yo misma siento mucha inclinación por la cebolla —admitió Rebecca Dew.

—Y no soporta a los gatos. Dice que le ponen los pelos de punta. Lo mismo da si los ve como si no. Le basta con saber si hay alguno cerca, así que el pobre Canijo casi no se atreve a asomar el hocico. A mí nunca me han gustado demasiado los gatos, señorita Dew, pero defiendo que tienen derecho a mover la cola. Y me dice: «Susan, no te olvides de que no puedo comer huevos, por favor»; o «Susan, ¿cuántas veces tengo que decirte que no puedo tomarme la tostada fría?»; o «Susan, hay gente que se puede beber el té recocido pero yo por desgracia no soy de esa clase». ¡El té recocido, señorita Dew! ¡Como si alguna vez le hubiera ofrecido yo a alguien un té recocido!

—Nadie pensaría eso de usted nunca, señorita Baker.

—Si hay una pregunta que no se deba hacer, ella la hace. Tiene celos de que el doctor le cuente las cosas a su mujer antes que a ella... Siempre intenta sonsacarle noticias de sus pacientes. Y no hay nada que a él le fastidie más, señorita Dew. Un médico tiene que aprender a morderse la lengua, como bien sabe usted. ¡Y la manía que tiene con el fuego! Me dice: «Susan Baker, espero que nunca enciendas el fuego con aceite de carbón. Y que no dejes trapos con aceite cerca, Susan. Se sabe que han ardido por combustión espontánea en menos de una hora. ¿Cómo te sentirías si vieras esta casa incendiada, Susan, sabiendo que ha sido culpa tuya?». Bueno, querida señorita Dew, *eso* me hizo reír un rato. Esa misma noche prendió fuego a las cortinas: todavía me resuenan en los oídos los gritos que dio. Y justo tuvo que hacerlo cuando el doctor acababa de acostarse, después de dos noches en vela. Lo que más me sulfura, señorita Dew, es que antes de ir a cualquier parte entra en mi despensa a contar los huevos. Tengo que hacer acopio de toda mi filosofía para no decirle: «¿Por qué no cuenta usted también las cucharas?». Los niños no la pueden ni ver, claro. La señora del doctor ya está agotada de tanto impedirles que lo demuestren. Un día esa mujer le dio una bofetada a Nan, cuando la señora y el señor estaban fuera... ¡Una bofetada! Solo porque Nan la llamó «señora Matusalén»... Se lo había oído decir a ese diablo de Ken Ford.

—Yo le habría dado una bofetada a ella —dijo Rebecca Dew indignada.

—Eso le dije yo, que como volviera a hacer una cosa así la bofetada se la iba a dar yo a ella. «Aquí en Ingleside de vez en cuando damos un par de azotes —le advertí—, pero una bofetada, jamás, conque téngalo en cuenta». Se pasó una semana ofendida y refunfuñando, pero desde entonces no ha vuelto a ponerle un dedo encima a ninguno. Eso sí, le encanta cuando ve que sus padres los castigan. «Si yo fuera tu madre...», le dijo un día a Jem. «Ja, ja, tú nunca serás la madre de nadie», contestó el pobre chico... Porque ella lo provocó, señorita Dew... Lo provocó totalmente. El doctor lo mandó a la cama sin cenar, pero ¿quién se imagina usted, señorita Dew, que se ocupó de llevarle algo a escondidas?

—Uy, ¿quién pudo ser? —dijo Rebecca Dew con una risita traviesa, entrando en el espíritu del juego.

—Se le habría roto a usted el corazón, señorita Dew, si hubiera oído la oración que rezó el niño después... Todo de su propia cosecha: «Por favor, Dios, perdóname por haber sido impertinente con la tía Mary Maria. Y, por favor, Dios, ayúdame a ser siempre muy educado con la tía Mary Maria». ¡Pobrecito mío! Se me llenaron los ojos de lágrimas. Yo no tolero la impertinencia, ni en los jóvenes ni en los viejos, querida señorita Dew, pero tengo que reconocer que cuando Bertie Shakespeare Drew le lanzó un escupitajo a esa mujer el otro día... No le dio en la nariz por un centímetro, señorita Dew... Lo intercepté en la puerta del jardín cuando ya se iba a casa y le di una bolsa de rosquillas. Naturalmente, no le dije por qué. ¡La ilusión que le hizo! Porque las rosquillas no crecen en los árboles, señorita Dew, y la tacaña de su madre nunca hace rosquillas. Nan y Di... Esto no se lo contaría a nadie más que a usted, señorita Dew... El señor y la señora ni se lo imaginan, o ya se lo habrían prohibido... Nan y Di le han puesto el nombre de Mary Maria a su muñeca vieja de porcelana, la que tiene la cabeza rota, y cada vez que la tía las riñe van a por ella y la ahogan... Me refiero a la muñeca..., en la cuba del agua de lluvia. ¡La de ahogamientos divertidos que hemos tenido! Pero no se figura usted lo que hizo esa mujer la otra noche, señorita Dew.

—De ella me puedo creer cualquier cosa, señorita Baker.

—No probó bocado, porque algo había herido sus sentimientos, pero antes de acostarse fue a la despensa y se comió el almuerzo que yo había dejado para el pobre doctor... Ni una miga dejó, querida señorita Dew. Espero que no me tome usted por una pagana, señorita Dew, pero no soy capaz de entender cómo es que Dios no se cansa de algunas personas.

—No se permita usted perder el sentido del humor, señorita Baker —le aconsejó Rebecca Dew con firmeza.

—Sí, soy muy consciente de que hasta el mayor tormento tiene su lado cómico, señorita Dew, como esa historia del sapo atravesado por el rastrillo... Pero ¿vería el sapo el lado cómico? Siento haberla molestado con todo esto, querida señorita Dew, pero ha sido un gran desahogo. Estas cosas no se las puedo contar a la señora del doctor, y ya llevaba un tiempo pensando que si no las soltaba iba a reventar.

—Qué bien conozco esa sensación, señorita Baker.

—Y ahora, querida señorita Dew —dijo Susan, levantándose con energía—, ¿qué me dice de una taza de té antes de irse a la cama? ¿Y de un muslo de pollo frío?

—Nunca he negado —asintió Rebecca Dew, sacando del horno los pies bien asados— que mientras no olvidemos las cosas más elevadas de la vida, la buena comida, con moderación, es muy agradable.

Capítulo XII

Gilbert pasó sus dos semanas de caza en Nueva Escocia (ni siquiera Ana consiguió convencerlo para que se quedara un mes) y noviembre se echó encima de Ingleside. Los montes oscuros, con sus hileras de abetos más oscuros aún, cobraban un aspecto lúgubre al caer la noche, que ahora llegaba más temprano, pero en Ingleside todo era resplandor de fuego y carcajadas, a pesar de los cánticos tristes que traía el viento del Atlántico.

—¿Por qué no está contento el viento, mami? —preguntó Walter una noche.

—Porque se está acordando de todas las penas del mundo, desde el origen de los tiempos —contestó Ana.

—Gime porque hay demasiada humedad en el ambiente —se lamentó la tía Mary Maria— y a mí la espalda me está matando.

Pero algunos días incluso el viento correteaba alegremente por el arcedal gris plateado y otros días no soplaba ni una gota de viento, sino que disfrutaban del sol suave del veranillo del membrillo, de las sombras quietas de los árboles desnudos sobre el césped y la escarcha silenciosa al atardecer.

—Mirad esa estrella blanca encima de los álamos de Lombardía, ahí en la esquina —dijo Ana—. Siempre que veo algo parecido pienso que tengo que estar contenta por el mero hecho de estar viva.

—Qué ocurrencias tan raras tienes, Ani. Las estrellas son cosas de lo más común en la Isla del Príncipe Eduardo —dijo la tía Mary María... Y para sus adentros, pensó: «¡Las estrellas! ¡Como si nadie hubiera visto una estrella nunca! ¿No sabe Ani del desperdicio que se hace en su cocina a diario? ¿No sabe la temeridad con que Susan Baker derrocha los huevos y gasta la manteca, cuando un poco de grasa serviría igual de bien? ¿O es que le da igual? ¡Pobre Gilbert! ¡Normal que tenga que matarse a trabajar!».

Noviembre se despidió con tonos grises y pardos: pero el primer día de diciembre la nieve había tejido su antiguo hechizo blanco y Jem llegó a la mesa del desayuno gritando de alegría:

—¡Ay, mami, pronto será Navidad y vendrá Santa Claus!

—¿No será verdad que todavía crees en Santa Claus? —le preguntó la tía Mary Maria.

Ana miró con susto a Gilbert, que contestó muy serio:

—Queremos que los niños conserven la fantasía el mayor tiempo posible, tía.

Afortunadamente, Jem no había oído a la tía Mary Maria. Walter y él estaban impacientes por salir al nuevo mundo maravilloso que cobraba el encanto peculiar del invierno. Ana nunca había soportado ver la belleza de la nieve intacta estropeada por unas pisadas; pero era algo inevitable, y aún quedaba belleza de sobra al caer la tarde, cuando el cielo se inflamaba a poniente por encima de las vaguadas blancas en los montes violetas y Ana se sentaba en la sala de estar junto a un fuego de arce. La luz de la lumbre, pensaba, siempre era preciosa. Hacía cosas de lo más curiosas y sorprendentes. Algunas partes de la habitación se iluminaban de repente, como si cobraran vida, y se apagaban después. Las imágenes iban y venían. Las sombras se agazapaban y saltaban. En el exterior, por la ventana grande y clara, se reflejaba toda la escena en el césped, como en un mundo de fantasía, con la tía Mary Maria sentada muy erguida —porque la tía Mary Maria nunca se permitía «apoltronarse»— debajo del abeto de Escocia.

Gilbert estaba «apoltronado» en el sofá, intentando olvidar que ese día había perdido a un paciente por culpa de la neumonía. Rilla, la chiquitina, intentaba morderse los puñitos rosas dentro de su cesto; hasta el Canijo, con las patas blancas enroscadas por debajo del pecho, se atrevía a ronronear, tumbado en la alfombrilla del hogar, pese a las protestas de la tía Mary Maria.

—Hablando de gatos —dijo con voz lastimera..., aunque nadie había hablado de gatos—. ¿Es que anoche vinieron a visitarnos todos los gatos de Glen? La verdad es que no entiendo que alguien pudiera pegar ojo anoche con esos maullidos. Claro que, como mi dormitorio da a la parte de atrás, supongo que disfruté mejor que nadie del concierto gratuito.

Antes de que nadie pudiera responder, Susan entró diciendo que había visto a la señora de Marshall Elliott en la tienda de Carter Flagg y le había dicho que vendría cuando terminase de hacer la compra. Susan no añadió que la señora Elliott le había preguntado, muy alarmada: «¿Qué le pasa a la señora Blythe, Susan? El domingo pasado, en la iglesia, parecía agotada y preocupada. Nunca la había visto con ese aspecto». «Le voy a decir lo que le pasa a la señora Blythe —le contestó Susan, desanimada—: ha tenido un ataque muy grave de "tía Mary Maria". Y parece que el doctor ni se ha enterado, aunque venera el suelo que ella pisa». «¿No es típico de un hombre?», había dicho la señora Elliott.

—Me alegro —dijo Ana, levantándose para encender una lámpara—. Hace mucho que no veo a la señorita Cornelia. Nos pondremos al día de todas las novedades.

—¡Aunque no queramos! —añadió Gilbert con sequedad.

—Esa mujer es una chismosa de mente retorcida —fue el severo dictamen de la tía Mary Maria.

Puede que por primera vez en la vida, Susan salió en defensa de la señorita Cornelia.

—No lo es, señorita Blythe, y Susan Baker no va a consentir que hablen así de ella injustamente. ¡De mente retorcida! ¿Ha oído usted alguna vez, señorita Blythe, lo que le dijo la sartén al cazo?

—Susan... Susan... —imploró Ana.

—Le pido disculpas, querida señora del doctor. Reconozco que me he salido del sitio, pero es que hay cosas que no se pueden consentir.

Dicho lo cual se oyó un portazo como rara vez se oía en Ingleside.

—¿Tú has visto eso, Ani? —preguntó la tía Mary Maria de un modo muy elocuente—. Pero, en fin, supongo que mientras estés dispuesta a pasar por alto ese comportamiento en una criada no hay nada que hacer.

Gilbert se levantó y se fue a la biblioteca, donde un hombre cansado podía encontrar algo de paz. Y la tía Mary Maria, a quien no le gustaba la señorita Cornelia, decidió irse a la cama. Así, a su llegada, la señorita Cornelia encontró a Ana sola, inclinada, como mustia, sobre el cesto de la pequeña Rilla. La señorita Cornelia no procedió, como de costumbre, a lanzar una descarga de cotilleos, sino que, después de quitarse la ropa de abrigo, se sentó al lado de Ana y le dio la mano.

—Ana, hija, ¿qué le pasa? Sé que algo tiene. ¿Es esa dichosa tía Mary Maria que la está torturando hasta la muerte?

Ana hizo un esfuerzo por sonreír.

—Ay, señorita Cornelia... Sé que soy tonta por darle tanta importancia... Pero es que hoy ha sido uno de esos días en los que me parece que ya no soy capaz de soportarla más. Esa mujer... está envenenando nuestra vida familiar.

—Y ¿por qué no le dice sencillamente que se vaya?

—No podemos hacer eso, señorita Cornelia. Al menos yo no puedo, y Gilbert no querrá. Dice que no podría volver a mirarse en el espejo si echara a la calle a una persona de su familia.

—¡Qué gaitas! —protestó la señorita Cornelia en un tono muy elocuente—. Esa mujer tiene dinero de sobra y una buena casa. ¿Cómo puede pensar que decirle que se vaya a vivir a su casa es echarla a la calle?

—Ya lo sé... Pero Gilbert... Creo que no se da cuenta de todo... Pasa mucho tiempo fuera de casa... y en realidad... todo son detalles tan pequeños en sí mismos que... me da vergüenza.

—Lo sé, hija. Justamente esos pequeños detalles son enormes y horrorosos. Es natural que un hombre no lo entienda. Conozco a una señora de Charlottetown que conoce bien a Mary Maria Blythe. Dice que no ha tenido una sola amiga en la vida. Dice que debería llamarse «Plaga». Lo que usted necesita, hija, es valor suficiente para decirle que no está dispuesta a soportarlo más.

—Tengo esa sensación que se tiene en los sueños, cuando intentas correr y solo puedes arrastrar los pies —dijo Ana, muy desanimada—. Si fuera solo de vez en cuando... Pero es que es a diario. Las comidas ahora son un horror. Gilbert dice que ya no puede trinchar el asado.

—Eso sí lo ha notado —observó con desdén la señorita Cornelia.

—No podemos tener una conversación normal en la mesa, porque cada vez que uno habla ella dice algo desagradable, sin falta. Corrige continuamente los modales de los niños y les llama la atención por sus defectos cuando tenemos visitas. ¡Con lo agradables que eran antes las comidas! ¡Y ahora...! No soporta la risa... Y ya sabe usted lo mucho que nos gusta reírnos. Siempre hay alguien haciendo un chiste..., o lo había. Esa mujer no pasa ni una. Hoy ha dicho: «Gilbert, no estés de mal humor. ¿Habéis discutido Ani y tú?». Solo porque estábamos callados. Es que Gilbert siempre se deprime un poco cuando pierde a un paciente que según él habría podido vivir. Y luego nos soltó un sermón por ser tan débiles y nos recordó que «no dejáramos que el enojo nos durase hasta la puesta de sol». Después nos reímos mucho..., ¡pero en aquel momento! Susan y ella no se llevan bien. Y no hay manera de evitar que Susan murmure a media voz cosas que son todo lo contrario de amables. Cuando la tía Mary Maria dijo que en la vida había visto un niño más mentiroso que Walter, Susan no se conformó con murmurar... Lo dijo porque había oído a Walter contándole a Di una historia muy larga de cómo había conocido al hombre de la luna y lo que se habían dicho el uno al otro. Quería frotarle la boca con agua y jabón. Entonces Susan y ella tuvieron una batalla en toda regla. Y les está llenando a los niños la cabeza de ideas atroces. A Nan le contó la historia de un niño que se portaba mal y se murió mientras dormía, y ahora a Nan le da miedo quedarse dormida. A Di le ha dicho que si siempre era una niña buena sus padres llegarían a quererla tanto como querían a Nan, aunque fuese pelirroja. La verdad es que Gilbert se enfadó mucho cuando se enteró de esto, y habló con ella en un tono muy serio. Yo tenía la esperanza de que se ofendiera y se marchara... Aunque me parecía horroroso que alguien se fuera de mi casa porque se hubiera sentido ofendido. Pero solo se le llenaron los ojos de lágrimas, esos ojos azules tan grandes, y dijo que no pretendía hacer daño a nadie. Que siempre había oído decir que a los hermanos gemelos nunca se les quería igual, y que creía que favorecíamos a Nan ¡y que la pobre Di sufría por eso! Se pasó toda la noche llorando y Gilbert acabó convencido de que había sido un bruto... y le pidió disculpas.

—¡Cómo no! —exclamó la señorita Cornelia.

—Ay, no debería hablar así, señorita Cornelia. Si pienso en todo lo bueno que tengo, me parece muy mezquino dar importancia a estas cosas... Aunque le quiten un poco de brillo a la vida. Y no siempre es odiosa... A ratos es muy agradable.

—¿Me lo dice en serio? —preguntó la señorita Cornelia con sarcasmo.

—Sí..., y también amable. Me oyó decir que quería un juego de té para la merienda y fue a comprarme uno en Toronto... ¡por correo! ¡Y, ay, señorita Cornelia, qué feo es!

Ana se echó a reír y terminó con un sollozo. Luego volvió a reírse.

—Bueno, ya no hablemos más de ella... Ahora que me he desahogado como una niña ya no me parece todo tan malo. Mire a Rilla, señorita Cornelia. ¿Verdad que tiene unas pestañas preciosas cuando está dormida? Ahora vamos a disfrutar de una buena cháchara.

Ana volvía a ser la misma de siempre cuando se despidió de la señorita Cornelia. De todos modos se quedó un rato sentada junto al fuego, pensativa. No se lo había contado todo a la señorita Cornelia. Tampoco se lo había contado a Gilbert. Había muchas cosillas que...

«Qué poco puedo quejarme —pensó—. Y sin embargo... son las cosas pequeñas las que abren agujeros en la vida..., como las polillas..., y la destrozan».

La tía Mary Maria con su manera de actuar como si fuera la señora de Ingleside... La tía Mary Maria invitando a gente y sin decir palabra hasta que se presentaban en la puerta. «Me hace sentir como si no estuviera en mi casa». La tía Mary Maria cambiando los muebles de sitio cuando Ana estaba fuera. «Espero que no te importe, Ani. He pensado que nos hacía mucha más falta la mesa aquí que en la biblioteca». La curiosidad insaciable de la tía Mary Maria por cualquier cosa... Sus preguntas a quemarropa sobre asuntos íntimos... «Siempre entra en mi dormitorio sin llamar a la puerta... Siempre está notando olor a humo... Siempre ahuecando los almohadones que he aplastado... Siempre insinuando que cotilleo demasiado con Susan... Siempre metiéndose con los niños... Tenemos que estar encima de ellos a todas horas para que se porten bien, y aun así no siempre lo conseguimos».

—La tía María es fea y vieja —había dicho Shirley un día terrible con toda claridad. Gilbert se levantó para darle un azote, pero Susan, con majestuosa indignación, no se lo permitió.

«Estamos acobardados —pensó Ana—. Toda la familia empieza a hacerse continuamente la misma pregunta: "¿Le gustará a la tía Mary Maria?". No queremos reconocerlo pero es la verdad. Cualquier cosa es preferible a ver cómo se seca las lágrimas con tanta dignidad. Esto no puede seguir así».

Entonces Ana se acordó de lo que había dicho la señorita Cornelia: que Mary Maria Blythe nunca había tenido una amiga. ¡Qué horror! Inmensamente rica en amistades, Ana sintió de pronto una oleada de compasión por esta mujer que nunca había tenido una amiga... Que solo tenía por delante una vejez solitaria y sin sosiego, sin nadie que viniera a ofrecerle cobijo o cuidados, esperanza y ayuda, calor y cariño. Seguro que podían ser pacientes con ella. En realidad todas esas molestias eran pequeñeces. No podían envenenar las fuentes profundas de la vida.

«Esto ha sido un ataque espantoso de lástima de mí misma, nada más —pensó Ana, sacando del cesto a Rilla y emocionándose al sentir en la mejilla el roce de la mejilla de raso redondita de su hija—. Ya ha pasado, y me avergüenzo totalmente».

Capítulo XIII

—Los inviernos ya no son como los de antes, ¿verdad, mami? —dijo Walter con pena.

Fue porque la nieve de noviembre se había fundido hacía mucho tiempo y el paisaje de Glen St. Mary había pasado todo el mes de diciembre oscuro y sombrío, bordeado por la franja gris del golfo salpicado por las crestas rizadas de las olas de espuma blanca y gélida. Apenas había habido unos días de sol en los que el puerto centelleaba entre los brazos dorados de los montes, los demás habían sido muy duros y desapacibles. Todos en Ingleside esperaban, en vano, que nevase para Navidad. Aun así, los preparativos navideños siguieron su curso sin interrupciones y, cuando la última semana tocaba a su fin, Ingleside era un nido de misterio y secretos, de susurros y olores deliciosos. Ahora, justo el día anterior al de Navidad, todo estaba a punto. El abeto que Walter y Jem habían subido desde la Hondonada y puesto en una esquina de la sala de estar; las puertas y ventanas adornadas con grandes coronas verdes atadas con enormes lazos de cinta roja. Las barandillas decoradas con pícea rastrera y la despensa de Susan abarrotada hasta los topes. Luego, a media tarde, cuando todos se habían resignado a tener unas sosas navidades

«verdes», alguien miró por la ventana y vio caer unos copos blancos y grandes como plumas.

—¡Nieve! ¡Nieve! ¡Nieve! —gritó Jem—. ¡Al final tendremos unas Navidades blancas, mami!

Los niños de Ingleside se fueron a la cama felices. ¡Qué gusto daba acurrucarse, calentitos, y oír el rugido de la tormenta en la noche nevada y gris. Ana y Susan se pusieron a decorar el abeto... «Como dos niñas», pensó la tía Mary Maria con desdén. No le parecía bien que pusieran velas en el árbol... «Imagínate que prenden fuego a la casa». No le parecían bien las bolas de colores... «Imagínate que las gemelas se las comen». Pero nadie le hacía caso. Habían aprendido que era la única manera de soportar la vida con la tía Mary Maria.

—¡Listo! —anunció Ana, mientras sujetaba la gran estrella de plata en la punta del orgulloso abeto—. ¿Verdad que está precioso, Susan? ¿No es bonito que todos podamos volver a ser niños en Navidad sin avergonzarnos? Cuánto me alegro de que haya nevado... Aunque espero que la tormenta se vaya con la noche.

—La tormenta durará todo el día de mañana —aseguró la tía Mary Maria—. Me lo dice mi pobre espalda.

Ana cruzó el vestíbulo, abrió la puerta principal y se asomó a mirar. El mundo parecía perdido en la blanca furia de la ventisca. Los cristales de las ventanas se habían cubierto de nieve arrastrada por el viento. El abeto escocés parecía un fantasma enorme vestido con una sábana.

—No tiene una pinta muy prometedora —reconoció Ana con pesar.

—Dios todavía gobierna el tiempo, querida señora del doctor, no la señorita Mary Maria Blythe —le dijo Susan por encima del hombro.

—Espero que al menos esta noche nadie se ponga enfermo y avise al doctor Blythe —dijo Ana mientras daba media vuelta. Susan echó un último vistazo a la oscuridad antes de cerrar la puerta a la noche tormentosa.

—No se te ocurra ponerte de parto esta noche —amenazó en dirección a Upper Glen, donde la señora de George Drew esperaba su cuarto hijo.

A pesar de la espalda de la tía Mary Maria, la tormenta se agotó a lo largo de la noche y la mañana colmó con el vino tinto del amanecer invernal la nieve en la hondonada escondida entre los montes. La gente menuda había madrugado y en todos los rostros se reflejaba la ilusión y la intriga.

—¿Ha podido llegar Santa con la tormenta, mami?

—No. Estaba enfermo y no se ha atrevido a intentarlo —dijo la tía Mary Maria, que estaba de buen humor, para lo que ella era, y con ganas de gastar bromas.

—Santa Claus ha llegado perfectamente —replicó Susan antes de que los ojos de los niños tuvieran tiempo de empañarse—. Y cuando hayáis desayunado veréis lo que ha hecho en el árbol.

Después del desayuno papá desapareció misteriosamente, pero nadie lo echó de menos porque estaban todos embelesados con el árbol... El árbol lleno de vida, cubierto de burbujas de oro y plata, de velas encendidas en la sala de estar todavía oscura y rodeado de paquetes de todos los colores con unos lazos preciosos. Y entonces apareció Santa, un Santa maravilloso, vestido de rojo y con ribetes de piel blanca, la barba blanca y larga, y una barriga enorme... Susan había metido tres almohadones en la casaca de terciopelo rojo que Ana había hecho para Gilbert. Shirley al principio se asustó y se puso a gritar, pero aun así no consintió que se lo llevaran. Santa repartió los regalos dando un divertido discurso a cada niño, con una voz que sonaba curiosamente familiar a pesar del disfraz; y, justo al final, una vela le prendió la barba y la tía Mary Maria pudo disfrutar del incidente, aunque no lo bastante para abstenerse de suspirar con pena.

—Ay, las Navidades ya no son como cuando yo era pequeña. —Miró con mala cara el regalo que la pequeña Elizabeth le había enviado a Ana desde París: una bonita reproducción en bronce de Artemisa con el arco de plata—. ¿Quién es esa desvergonzada libertina? —preguntó en un tono muy severo.

—La diosa Diana —dijo Ana, cruzando una sonrisa con Gilbert.

—¡Ah, una pagana! Bueno, supongo que en ese caso es distinto. Pero yo de ti, Ani, no la dejaría donde los niños puedan verla. A veces me parece que ya no queda recato en este mundo. Mi abuela —añadió Mary Maria, con la deliciosa incongruencia que caracterizaba buena parte de sus observaciones— nunca llevó menos de tres enaguas, en invierno y en verano.

La tía Mary Maria había tejido «muñequeras» para todos los niños, de un tono magenta horripilante, y también un jersey para Ana; Gilbert recibió una corbata de un color bilioso y Susan una enagua de franela roja. Incluso para Susan las enaguas de franela roja estaban pasadas de moda, pero le dio las gracias a la tía Mary Maria con mucha cortesía.

«Alguna pobre misionera le sacaría provecho —pensó—. ¡Tres enaguas, lo que hay que ver! Yo me precio de ser una mujer decente y me gusta la diosa con el arco de plata. Puede que no lleve mucha ropa encima, pero si yo tuviera esa figura no sé si querría esconderla. Bueno, tengo que rellenar el pavo... Claro que sin cebolla no quedará igual de bien».

La casa de Ingleside rebosaba felicidad ese día; pura y simple felicidad a la antigua usanza, a pesar de la tía Mary Maria, a quien sinceramente no le gustaba ver a los demás demasiado felices.

—Solo carne blanca, por favor. (James, tómate la sopa sin hacer ruido). Ah, no eres tan buen trinchador como tu padre, Gilbert. Él sabía dar a cada cual su tajada favorita. (Gemelas, a los adultos les gustaría tener de vez en cuando la oportunidad de decir una palabra. A mí me educaron según la norma de que a los niños hay que verlos pero no oírlos). No, gracias, Gilbert, no quiero ensalada. Yo no como cosas crudas. Sí, Ani, tomaré un poquito de pudin. Las tartaletas de picadillo de frutas son de lo más indigestas.

—Las tartaletas de picadillo de Susan saben a gloria, lo mismo que sus tartas de manzana —dijo el doctor Blythe—. Dame un trozo de las dos cosas, Ana, mi niña.

—¿De verdad te gusta que te llamen «niña» a tu edad, Ani? Walter, no te has comido todo el pan con mantequilla. A montones de niños pobres les encantaría comérselo. James, hijo, suénate la nariz de una vez. No soporto oírte sorber.

Pero fue un día de Navidad alegre y precioso. Incluso la tía Mary Maria se desheló un poco después de comer y dijo casi con amabilidad que los regalos que le habían hecho eran muy bonitos, y hasta soportó al Canijo con un aire de mártir resignada que a todos les hizo avergonzarse un poco por quererlo.

—Creo que nuestros niños lo han pasado muy bien —dijo Ana esa tarde, feliz, mientras contemplaba la celosía de los árboles contra el fondo de los montes blancos y el cielo crepuscular, y a los niños en el jardín, esparciendo migas de pan por la nieve para los pájaros. El viento suspiraba con suavidad en las ramas y lanzaba al suelo ráfagas de nieve, prometiendo más nieve para el día siguiente, pero Ingleside había podido celebrar su Navidad.

—Supongo que sí —asintió la tía Mary Maria—. Desde luego gritar han gritado lo suyo. ¡Y lo que han comido...! Bueno, solo se es joven una vez, y me imagino que tendréis suficientes provisiones de aceite de ricino.

Capítulo XIV

Fue lo que Susan llamaba un invierno indeciso: con deshielos y heladas que decoraban Ingleside con una fabulosa orla de carámbanos. Los niños alimentaban a siete arrendajos azules que venían al huerto con regularidad a pedir sus raciones y dejaban que Jem los tocase, pero huían de todos los demás. Ana pasó las noches de enero y febrero hojeando catálogos de semillas. Luego los vientos de marzo barrieron las dunas y subieron por las ensenadas y los montes. Los conejos, decía Susan, estaban poniendo huevos de Pascua.

—¿Verdad que marzo es un mes «incitante», mami? —dijo Jem, que era el hermano pequeño de todos los vientos.

Se podrían haber ahorrado la «incitación» de que Jem se cortara la mano con un clavo oxidado, que se le pusiera muy fea unos cuantos días y que la tía Mary Maria le contase a todo el mundo las historias de envenenamiento de la sangre que conocía. Claro que, pensó Ana una vez pasado el peligro, algo así era de esperar cuando se tiene un hijo pequeño que siempre está haciendo experimentos.

¡Y hete aquí que había llegado abril! Y con la risa de abril, la lluvia... El murmullo de la lluvia de abril... El goteo, el aguacero, el azote, la danza, el chapoteo de la lluvia de abril.

—Ay, mami, ¿verdad que el mundo tiene la cara limpia y bonita? —dijo Di la mañana en que volvió a lucir el sol.

Las tenues estrellas de la primavera brillaban sobre los campos cubiertos de bruma y las marismas se llenaron de sauces peludos. Hasta las ramitas de los árboles parecían haber perdido su clara frialdad para volverse suaves y lánguidas. El primer petirrojo fue un acontecimiento; la Hondonada volvía a ser un espacio de placer libre y desenfrenado; Jem le llevó a su madre las primeras anémonas..., con gran indignación de la tía Mary Maria, convencida de que tenía que habérselas regalado a ella; Susan empezó a ordenar las estanterías del desván y Ana, que apenas había tenido un minuto para ella en todo el invierno, se vistió de alegría primaveral y vivía literalmente en su jardín, mientras el Canijo daba sus primeras muestras de éxtasis primaveral escapando por todos los caminos.

—Cuidas más ese jardín que a tu marido, Ani —señaló la tía Mary Maria.

—Mi jardín es muy bueno conmigo —contestó Ana, como en sueños. Y luego, al caer en la cuenta de las posibles interpretaciones que permitía su comentario, se echó a reír.

—Dices unas cosas rarísimas, Ani. Naturalmente yo sé que no quieres decir que Gilbert no es bueno contigo, pero... ¿Y si te oyera una persona desconocida?

—Querida tía Mary Maria —dijo Ana con alegría—, en realidad no soy responsable de las cosas que digo en esta época del año. Por aquí todo el mundo lo sabe. En primavera siempre me vuelvo un poco loca, pero es una locura divina. ¿Ha visto esas nieblas sobre las dunas, que parecen una danza de brujas? ¿Y los narcisos? Nunca habíamos tenido en Ingleside un espectáculo de narcisos como este.

—No me gustan mucho los narcisos. Son muy presumidos —dijo la tía Mary Maria envolviéndose con el chal y entrando en casa para proteger su espalda.

—¿Sabe, querida señora del doctor —preguntó Susan con aire siniestro—, qué ha sido de los iris nuevos que quería usted plantar en ese rincón de sombra? Pues que «ella» los ha plantado esta tarde, cuando estaba usted en la parte más soleada del patio de atrás.

—¡Ay, Susan! ¡Y no podemos cambiarlos de sitio, porque se disgustaría mucho!

—Si usted quiere no tiene más que decírmelo, querida señora del doctor...

—No, no, Susan. Los dejaremos ahí de momento. Acuérdese de que se echó a llorar cuando insinué que no tendría que haber podado la espírea antes de la floración.

—Pero ¿cómo se atreve a despreciar nuestros narcisos...? ¡Si son famosos en todo el puerto...!

—¡Y con razón! Mire cómo se ríen de usted por darle importancia a las cosas que dice la tía Mary Maria. Susan, las capuchinas por fin están saliendo en este rincón. Es muy divertido, cuando ya has perdido la esperanza, ver cómo brota de repente. Voy a poner una rosaleda pequeña en esa esquina, la que mira al sudoeste. Solo con oír el nombre de rosaleda me emociono hasta la punta de los dedos de los pies. ¿Había visto alguna vez un cielo azul más azul, Susan? Y ahora, por las noches, si prestas mucha atención, oyes chismorrear a todos los arroyuelos de los alrededores. Se me ha ocurrido dormir esta noche en la Hondonada, con un almohadón de violetas silvestres.

—Hay demasiada humedad —razonó la paciente Susan. La señora del doctor siempre se ponía igual en primavera. Ya se le pasaría.

—Susan —añadió Ana con voz melosa—, me gustaría celebrar una fiesta de cumpleaños la semana que viene.

—Pues claro, ¿por qué no iba a celebrarla? —dijo Susan. En realidad, nadie de la familia cumplía años la última semana de mayo, pero si la señora del doctor quería celebrar un cumpleaños, ¿a qué sorprenderse?

—Para la tía Mary Maria —explicó Ana, como dispuesta a aceptar lo peor—. La semana que viene es su cumpleaños. Gilbert dice que cumple cincuenta y cinco y he pensado...

—Querida señora del doctor, ¿de verdad quiere usted organizar una fiesta para esa...?

—Cuente hasta cien, Susan... Cuente hasta cien, querida Susan. Le haría mucha ilusión. Porque si lo piensa usted, ¿qué le ha dado la vida?

—Eso es culpa suya...

—Tal vez. Pero, Susan, de verdad quiero hacer esto por ella.

—Querida señora del doctor, usted siempre ha sido tan buena que hasta me ha dado una semana de vacaciones siempre que la necesitaba. ¡A lo mejor me la tomo la semana que viene! —anunció Susan—. Le pediré a mi sobrina Gladys que venga a ayudarla. En ese caso, por mí como si la señorita Mary Maria Blythe celebra doce fiestas de cumpleaños, que conmigo no va la cosa.

—Si tanto le afecta, Susan, descartaré la idea, por supuesto —dijo Ana, despacio.

—Querida señora del doctor, esa mujer se ha salido con la suya y pretende quedarse aquí eternamente. Le ha dado muchos disgustos... Ha mangoneado al doctor... y ha convertido la vida de los niños en un suplicio. De mí no digo nada, porque ¿quién soy yo? Ha regañado, chinchado, insinuado y lloriqueado... ¡Y usted quiere prepararle una fiesta de cumpleaños! En fin, solo puedo decirle que, si usted quiere... ¡habrá que arremangarse y prepararla!

—¡Susan, qué buena es usted!

Esto dio paso a conspiraciones y planes. Susan, una vez dado su consentimiento, tomó la decisión, por el honor de Ingleside, de que ni siquiera Mary Maria Blythe pudiese ponerle un pero a la fiesta.

—Creo que haremos un almuerzo, Susan. Así se marcharán temprano y podré ir con el doctor al concierto de Lowbridge. Lo guardaremos en secreto para darle una sorpresa, y ella no sabrá nada hasta el último momento. Voy a invitar a toda la gente de Glen que le cae bien.

—¿Y quiénes son, querida señora del doctor?

—Bueno, a los que tolera. Y a su prima, Adella Carey, de Lowbridge, y a algunas personas de la ciudad. Tendremos una tarta de cumpleaños grande y esponjosa, con cincuenta y cinco velas...

—Que yo me encargo de hacer, claro...

—Susan, usted hace el mejor bizcocho de frutas de la Isla del Príncipe Eduardo.

—Lo que sé es que soy como cera en sus manos, querida señora del doctor.

La semana siguiente fue muy misteriosa. Ingleside se llenó de cuchicheos. Todos tuvieron que jurar que no le contarían el secreto a la tía Mary Maria. Aun así, Ana y Susan contaban con que a alguien se le escapara. La noche anterior a la fiesta la tía Mary Maria volvió a casa, después de hacer una visita en Glen, y las encontró sentadas en el invernadero, muy cansadas y con la luz apagada.

—¿Todo a oscuras, Ani? No entiendo que nadie pueda sentarse a oscuras. ¡Me entra una pena!

—No estamos a oscuras... Estamos en penumbra. Ha habido un romance entre la luz y la oscuridad y su descendencia es de una belleza inigualable —dijo Ana, más para sí misma que para nadie.

—Supongo que tú sabrás lo que quieres decir, Ani. Entonces, ¿mañana vas a dar una fiesta?

Ana se incorporó a la velocidad del rayo. Susan, que ya estaba erguida, no pudo incorporarse más.

—Pero... pero... Tita...

—Siempre tengo que enterarme por los de fuera —protestó la tía Mary Maria, aunque parecía más triste que enfadada.

—Es que... queríamos que fuera una sorpresa, tita...

—No sé por qué quieres hacer una fiesta en esta época del año, cuando no te puedes fiar del tiempo, Ani.

Ana suspiró con alivio. Era evidente que la tía Mary Maria solo sabía que habría una fiesta pero no qué relación tenía con ella.

—Es que... quería hacerla antes de que se mueran las flores, tita.

—Me pondré mi vestido de tafetán granate. Me imagino, Ani, que si no me hubiera enterado en el pueblo, todos tus amigos tan finos me habrían sorprendido mañana con un vestido de algodón.

—No, tita. Pensábamos avisarte con tiempo para que te vistieras, por supuesto.

—Bueno, si mi consejo te sirve de algo, Ani... Aunque a veces casi me veo obligada a pensar que no... Yo diría que sería mejor que no te anduvieras con tanto secretismo en el futuro. Por cierto, ¿sabías que en el pueblo dicen que fue Jem quien lanzó la piedra contra la ventana de la iglesia metodista?

—No fue él —contestó Ana sin alterarse—. Me dijo que no había sido él.

—¿Y estás segura, Ani, hija, de que no te estaba contando una mentirijilla?

«Ani, hija» seguía sin alterarse.

—Completamente segura, tía Mary Maria. Jem nunca me ha contado nada que no fuese verdad.

—Bueno, me ha parecido que deberías saber lo que se dice.

La tía Mary Maria se retiró con su falta de amabilidad habitual, evitando manifiestamente al Canijo, que estaba tumbado panza arriba en el suelo, para ver si conseguía que alguien le hiciera unas cosquillas.

Susan y Ana lanzaron un largo suspiro.

—Creo que me voy a la cama, Susan. Y espero que mañana haga buen tiempo. No me gusta la pinta de ese nubarrón que hay en el puerto.

—Hará buen tiempo —la tranquilizó Susan—. El almanaque lo dice.

Susan tenía un almanaque que predecía el tiempo de todo el año y acertaba lo suficiente para conservar su credibilidad.

—Deje la puerta lateral abierta para el doctor, Susan. Puede que llegue tarde de la ciudad. Ha ido a comprar las rosas. Cincuenta y cinco rosas doradas, Susan... Le he oído decir a la tía Mary Maria que las rosas amarillas eran las únicas flores que le gustaban.

Media hora más tarde, Susan, que estaba leyendo su capítulo de la Biblia, como todas las noches, llegó a este versículo: «No frecuente tu pie la casa de tu vecino, no sea que él se hastíe de ti y te aborrezca». Marcó la página con una ramita de artemisa. «Ya en aquellos tiempos...», reflexionó.

Ana y Susan se levantaron temprano, con idea de hacer ciertos preparativos de última hora antes de que la tía Mary Maria anduviera por la casa. A Ana siempre le gustaba madrugar, para aprovechar la media hora mística que precede al amanecer, cuando el mundo pertenece a las hadas y a los dioses antiguos. Le gustaba ver cómo se teñía el cielo de oro y de rosa pálido por detrás del campanario de la iglesia, cómo se extendía sobre las dunas el delicado resplandor translúcido del amanecer y cómo flotaban sobre los tejados del pueblo las primeras espirales de humo violeta.

—Parece un día hecho de encargo, querida señora del doctor —dijo Susan, muy contenta, mientras cubría de coco un bizcocho con cobertura de naranja—. Después del desayuno veré cómo se me dan esos bollitos de mantequilla que tanto se llevan ahora, y llamaré a Carter Flagg cada media hora para asegurarme de que no se olvida del helado. Y aún me sobrará tiempo para fregar las escaleras de la terraza.

—¿Es necesario, Susan?

—Querida señora del doctor, ha invitado usted a la señora de Marshall Elliott, ¿verdad? No quiero que vea la escalera de nuestra terraza si no está impoluta. Pero ¿se encargará usted de la decoración, querida señora del doctor? Yo no he nacido con el don de arreglar las flores.

—¡Cuatro tartas! ¡Yupi! —dijo Jem.

—Cuando damos una fiesta damos una fiesta —dijo Susan con mucho boato.

Los invitados llegaron a la hora acordada y fueron recibidos por la tía Mary Maria, de tafetán granate, y por Ana, de gasa color galleta. Ana pensaba ponerse su vestido de muselina blanca, porque hacía calor de verano, pero al final cambió de opinión.

—Muy sensato de tu parte —la elogió la tía Mary Maria—. El blanco, siempre lo digo, es solo para las jóvenes.

Todo iba según el plan. La mesa estaba preciosa, con la vajilla más bonita de Ana y la exótica belleza de los iris blancos y morados. Los bollitos de mantequilla de Susan causaron sensación: nunca se había visto nada igual en Glen; su sopa cremosa fue el último grito en sopas; la ensalada de pollo estaba hecha con pollos de Ingleside, donde «los pollos son pollos»; y el hostigado Carter Flagg envió el helado a la hora exacta. Por fin, Susan, que llevaba la tarta de cumpleaños con sus cincuenta y cinco velas encendidas en una bandeja, como la cabeza de san Juan Bautista, desfiló hasta ponerla delante de la tía Mary Maria.

Ana, que por fuera parecía una anfitriona sonriente y serena, llevaba un rato con una sensación muy incómoda. Pese a que todo iba aparentemente muy bien, estaba cada vez más convencida de que algo iba muy mal. En el momento de recibir a los invitados estaba demasiado ocupada para fijarse

en el cambio de expresión de la tía Mary Maria cuando la señora de Marshall Elliott le deseó cordialmente muchas felicidades. Pero cuando finalmente se sentaron a la mesa, Ana notó que la tía Mary Maria parecía cualquier cosa menos contenta. La verdad es que estaba blanca... ¡No podía ser de ira!... Y no dijo una sola palabra en toda la comida, más allá de responder escuetamente a los comentarios que le dirigían. Solo tomó dos cucharadas de sopa y tres bocados de ensalada; y con el helado hizo como si no lo viera.

Cuando Susan le puso delante la tarta, con sus velas parpadeantes, la tía Mary Maria tragó saliva, pero no consiguió sofocar del todo un sollozo, y el resultado fue una especie de grito estrangulado.

—Tita, ¿no te encuentras bien? —preguntó Ana.

La tía Mary Maria la miró con ojos gélidos.

—Muy bien, Ani. Estupendamente, en realidad, teniendo en cuenta lo mayor que soy.

En ese momento tan oportuno llegaron las gemelas, cargando entre las dos el cesto con las cincuenta y cinco rosas amarillas y, en mitad de un silencio sepulcral, se lo ofrecieron a la tía Mary Maria con felicitaciones y buenos deseos. Un coro de admiración recorrió la mesa, pero la agasajada no se sumó a las voces.

—Las... las gemelas soplarán las velas por ti, tita —tartamudeó Ana—. Y luego... ¿querrás cortar la tarta?

—No estoy tan senil... todavía..., Ani. Puedo soplar las velas yo misma.

Y procedió a soplarlas exagerando el esfuerzo. Con el mismo esfuerzo y la misma exageración cortó la tarta. Por fin dejó el cuchillo.

—Y ahora, Ani, supongo que podrás disculparme. Una mujer tan mayor como yo necesita descansar después de tantas emociones.

Se retiró envuelta en un rumor de tafetán. La cesta de las rosas se volcó cuando la tía Mary Maria pasó a su lado. Se oyeron los chasquidos de sus tacones en las escaleras. La puerta de su habitación se cerró de un portazo a lo lejos.

Los invitados, mudos, degustaron sus porciones de tarta de cumpleaños con el mayor apetito posible, en un tenso silencio solo interrumpido por una anécdota que empezó a contar la señora de Amos Martin, por pura desesperación, de un médico de Nueva Escocia que había envenenado a varios pacientes inyectándoles gérmenes de difteria. Los demás, con la sensación de que la historia no era precisamente de buen gusto, no respaldaron este encomiable intento de «animar el cotarro» y se retiraron en cuanto se lo permitió la cortesía.

Ana, desesperada, subió corriendo a la habitación de la tía Mary Maria.

—Tita, ¿qué pasa?

—¿Era necesario anunciar mi edad en público, Ani? ¿Invitar a Adella Carey... para que se entere de lo mayor que soy? ¡Hace años que se muere por saberlo!

—Tita... Solo queríamos... solo queríamos...

—No sé cuál era tu intención, Ani. Soy muy consciente de que hay algo detrás de todo esto... Te leo el pensamiento, querida Ani... Pero no voy a sonsacarte nada... Lo dejaré entre tú y tu conciencia.

—Tía Mary Maria, mi única intención era que pasaras un cumpleaños feliz. Lo siento muchísimo...

La tía Mary Maria se llevó el pañuelo a los ojos y sonrió con valentía.

—Te perdono, Ani, por supuesto. Pero comprenderás que tras un intento tan deliberado de herir mis sentimientos no puedo quedarme aquí más tiempo.

—Tita, ¿no pensarás que...?

La tía Mary Maria levantó una mano larga, delgada y huesuda.

—Es mejor que no lo discutamos, Ani. Quiero paz... Solo paz. «¿Quién puede soportar un espíritu herido?».

Ana fue esa noche al concierto con Gilbert, pero no se puede decir que disfrutara. Gilbert se lo tomó a la manera «típica de un hombre», como diría la señorita Cornelia.

—Recuerdo que siempre ha sido un poco picajosa con la edad. Papá a veces se lo echaba en cara. Tendría que habértelo advertido..., pero se me borró de la memoria. Si quiere irse, no intentes impedirlo. —Y solo porque era *muy de su familia* se abstuvo de añadir: «¡Qué alivio!».

—No se irá. No tendremos esa suerte, querida señora del doctor —dijo la incrédula Susan.

Sin embargo, por una vez Susan se equivocaba. La tía Mary Maria se marchó el mismo día siguiente, perdonando a todo el mundo con sus palabras de despedida.

—No culpes a Ani, Gilbert —tuvo la magnanimidad de decir—. La absuelvo de todos los insultos que me ha hecho sin mala intención. Nunca me ha molestado que ocultara sus secretos... Aunque para un espíritu sensible como el mío... Pero, bueno, a pesar de todo, siempre me ha caído bien la pobre Ani. —Esto con el aire de quien confiesa una debilidad—. Susan Baker ya es harina de otro costal. Lo último que te digo, Gilbert, es esto: pon a Susan Baker en su sitio y no consientas que se mueva de ahí.

Nadie daba crédito a la buena suerte, hasta que ya no cupo la menor duda de que la tía Mary Maria de verdad se había ido... De que era posible volver a reírse sin ofender a nadie... Abrir todas las ventanas sin que nadie se quejara de las corrientes... Comer sin que nadie te dijera que algo que te gustaba especialmente podía producir cáncer de estómago.

«Nunca he despedido a una invitada de tan buena gana —pensó Ana, con cierta culpa—. Es agradable ver que recuperas tu independencia».

El Canijo se estaba acicalando a conciencia, con la sensación de que, en el fondo, ser gato tenía sus cosas buenas. La primera peonía floreció en el jardín.

—¿Verdad que el mundo está lleno de poesía, mami? —dijo Walter.

—Va a hacer un mes de junio muy bueno —vaticinó Susan—. Lo dice el almanaque. Habrá unas cuantas bodas y probablemente dos funerales como mínimo. ¿No se hace raro volver a respirar con libertad? Cuando pienso que hice todo lo que estaba en mi mano para evitar que diese usted esa fiesta, querida señora del doctor, recuerdo una vez más que uno propone y Dios dispone. ¿Y no cree usted que al doctor le apetecería acompañar el filete frito de hoy con un poco de cebolla?

Capítulo XV

—He creído que tenía que venir, hija —dijo la señorita Cornelia— y explicarle lo del teléfono. Fue un error... Lo siento. La tía Sarah al final no ha muerto.

Ana, disimulando una sonrisa, le ofreció a la señorita Cornelia una silla en la terraza, y Susan, levantando la vista del cuello de encaje de ganchillo irlandés que estaba haciendo para su sobrina Gladys, saludó con estricta educación: «Buenas noches, señora de Marshall Elliott».

—Esta mañana llegó del hospital la noticia de que había muerto por la noche, y pensé que tenía que avisarles a ustedes, porque era paciente del doctor. Pero resulta que era otra Sarah Chase y que la prima Sarah está viva y no corre peligro de morir, gracias a Dios. Qué frescor tan agradable se respira aquí, Ana. Siempre he dicho que si uno quiere brisa no hay nada como Ingleside.

—Susan y yo hemos disfrutado del encanto de esta noche estrellada —dijo Ana, apartando el vestido de muselina rosa que estaba haciendo para Nan y abrazándose las rodillas con las manos. Un pretexto para descansar un rato no era mal recibido. Ni ella ni Susan tenían ahora muchos ratos de ocio.

Estaba a punto de salir la luna y la profecía era aún más bonita que la propia salida de la luna. Los lirios atigrados eran un «fuego ardiente» a lo largo del camino y las alas del viento soñador traían fugaces ráfagas de olor a madreselva.

—Mire esa ola de amapolas rompiendo contra la tapia del jardín, señorita Cornelia. Susan y yo estamos muy orgullosas de nuestras amapolas este año, aunque no tengamos absolutamente nada que ver con ellas. A Walter se le cayó un paquete de semillas sin querer esta primavera, y ahí tiene el resultado. Todos los años nos llevamos alguna sorpresa deliciosa por el estilo.

—Tengo debilidad por las amapolas, a pesar de que no duran mucho —dijo la señorita Cornelia.

—Solo tienen un día para vivir —asintió Ana—, pero ¡con qué majestuosidad y esplendor lo viven! ¿No es eso mejor que ser una zinnia horrible y tiesa que dura casi eternamente? En Ingleside no tenemos zinnias. Son las únicas flores de las que no somos amigas. Susan ni siquiera les habla.

—¿Han asesinado a alguien en la Hondonada? —preguntó la señorita Cornelia. A decir verdad, los gritos que llegaban de vez en cuando parecían indicar que estaban quemando a alguien en la hoguera. Ana y Susan, muy acostumbradas a oírlos, no se alteraron.

—Persis y Kenneth han pasado el día aquí, y para terminar han decidido celebrar un banquete en la Hondonada. Y lo de la señora Chase... Gilbert fue a la ciudad esta mañana, para saber si era verdad lo que decían de ella. Me alegro por todos de que se encuentre tan bien... Otros médicos no estaban de acuerdo con el diagnóstico de Gilbert, y eso lo tenía algo preocupado.

—Sarah nos pidió cuando se fue al hospital que no la enterrásemos sin asegurarnos bien de que estaba muerta —explicó la señorita Cornelia, abanicándose majestuosamente y asombrada de cómo se las arreglaba Ana para parecer siempre tan tranquila—. Es que siempre nos dio un poco de miedo que a su marido lo enterrasen vivo, ¿sabe? ¡Es que parecía igualito que en vida! Pero a nadie se le ocurrió hasta que ya era demasiado tarde. Fue un hermano de este Richard Chase quien compró la antigua granja de Moorside y ha venido de Lowbridge para instalarse aquí esta primavera. Es un tramposo. Dice que viene al campo buscando algo de paz... Que en

Lowbridge se pasaba todo el rato esquivando a las viudas... —«Y a las solteronas», podría haber añadido la señorita Cornelia, pero no lo hizo, por consideración a los sentimientos de Susan.

—He conocido a su hija Stella... Viene a los ensayos del coro. Nos hemos caído muy bien.

—Stella es una chica encantadora... Una de las pocas chicas que quedan hoy capaces de ruborizarse. Siempre la he adorado. Su madre y yo éramos muy buenas amigas. ¡Pobre Lisette!

—¿Murió joven?

—Sí, cuando Stella tenía apenas ocho años. Richard la ha criado solo. ¡Y eso que es un infiel por encima de todo! Dice que las mujeres solamente son importantes en un sentido biológico... ¡A saber qué querrá decir! Siempre suelta frases rimbombantes por el estilo.

—Pues no parece que haya hecho un mal trabajo educando a su hija —observó Ana, a quien Stella Chase le parecía una de las chicas más encantadoras que había conocido nunca.

—Eso es porque a Stella nadie podría malcriarla. Y no niego que Richard tenga buen material en la cabeza. Pero es muy maniático con los jóvenes... ¡En la vida le ha dejado a la pobre Stella tener novio! A todos los que han intentado salir con ella los ha desquiciado y espantado a fuerza de sarcasmo. Es la cosa más sarcástica que se haya visto en la vida. Stella no puede manejarlo... Su madre tampoco podía. No sabían. A Richard le gusta llevar la contraria, pero por lo visto ninguna de las dos se ha dado cuenta.

—A mí me pareció que Stella estaba muy dedicada a su padre.

—Y lo está. Lo adora. Es un hombre agradabilísimo cuando se sale con la suya en todo. Pero debería ser más razonable y dejar que Stella se case. Seguramente él sabe que no va a vivir eternamente... Aunque oyéndolo hablar da la impresión de que es lo que pretende. No es viejo, ni mucho menos... Era muy joven cuando se casó. Pero en esa familia mueren de apoplejía. Y ¿qué va a hacer Stella cuando él falte? Consumirse, supongo.

Susan levantó la vista de la complicada rosa de su labor de ganchillo irlandés el tiempo suficiente para señalar con determinación:

—A mí no me parece bien que la gente mayor estropee la vida de los jóvenes de esa manera.

—Quizá si Stella quisiera a alguien de verdad las objeciones de su padre no tendrían tanto peso para ella.

—En eso se equivoca, Ana, hija. Stella nunca se casaría con nadie que a su padre no le guste. Y sé de otro al que también van a estropearle la vida, y es el sobrino de Marshall: Alden Churchill. Mary se ha empeñado en que no se case mientras ella lo pueda evitar. Es incluso más dada a llevar la contraria que Richard... Si fuera una veleta, señalaría el norte cuando el viento viene del sur. Es que las tierras son suyas hasta que Alden se case, y entonces pasarán a él, como sabe. Cada vez que ha salido con una chica, la madre se las ha ingeniado para impedírselo, por hache o por be.

—¿De verdad cree que ella tiene la culpa de todo, señora de Marshall Elliott? —preguntó Susan en un tono muy seco—. Hay quien dice que Alden es muy voluble. Hasta he oído que lo llamaban picaflor.

—Alden es guapo y las chicas van detrás de él —contestó la señorita Cornelia—. No se le puede reprochar que les dé un poquito de cuerda y las deje después de enseñarles una lección. Pero ha habido un par de buenas chicas que le gustaban de verdad y Mary se lo ha impedido en los dos casos. Ella misma me lo ha contado... Dice que lo consultó con la Biblia... Siempre está «consultando con la Biblia»... Que la abría al azar y el versículo siempre era una advertencia para que Alden no se casara. No tengo paciencia con Mary y sus rarezas. ¿Por qué no puede ir a la iglesia y ser una persona decente como lo somos todos en Cuatro Vientos? Pues no, ella tiene que inventarse una religión propia que consiste en «consultar con la Biblia». El otoño pasado, cuando ese caballo tan valioso cayó enfermo..., costaba lo menos cuatrocientos dólares... En vez de avisar al veterinario de Lowbridge «consultó con la Biblia» y le salió un versículo: «El señor me lo dio, el señor me lo quitó. Bendito sea el nombre del señor». Vamos, que no quiso llamar al veterinario y el caballo murió. Mire usted qué manera de aplicar el versículo, Ana, hija. Yo a eso lo llamo irreverencia. Se lo dije a las claras, pero su única respuesta fue una mirada horrible. Y no quiere instalar el teléfono. «¿Tú te crees que voy a hablar con una caja puesta en la pared?», dice cuando alguien saca el tema.

La señorita Cornelia hizo una pausa; se había quedado casi sin aliento. Las excentricidades de su cuñada siempre la ponían impaciente.

—Alden no se parece en nada a su madre —dijo Ana.

—Alden es como su padre... No ha habido hombre mejor... para ser hombre... Los Elliott ni se imaginaban que iba a casarse con Mary. Pero se quedaron más que contentos de casarla tan bien... Siempre había tenido un tornillo algo flojo y era una chica larguirucha. Eso sí, con dinero a montones... Su tía Mary se lo dejó todo... Pero esa no fue la razón. George Churchill estaba sinceramente enamorado de ella. No entiendo cómo Alden soporta los caprichos de su madre: siempre ha sido un buen hijo.

—¿Sabe lo que se me acaba de ocurrir, señorita Cornelia? —dijo Ana con una sonrisa juguetona—. ¿No sería bonito que Alden y Stella se enamorasen?

—Eso es poco probable, y aunque lo fuera no llegarían a ninguna parte. Mary les pondría la zancadilla y Richard tardaría menos de un minuto en enseñarle la salida a un granjero, aunque él también ahora sea granjero. Pero Stella no es el tipo de chica que le gusta a Alden... A él le gustan muy risueñas y de buen color. Y Stella tampoco se fijaría en Alden. Me han contado que el nuevo sacerdote de Lowbridge la mira con ojitos de cordero.

—¿No es anémico y corto de vista? —dijo Ana.

—Y tiene los ojos saltones —añadió Susan—. Debe de ponerse horroroso cuando intenta parecer tierno.

—Por lo menos es presbiteriano —señaló la señorita Cornelia, como si con eso se arreglara algo—. Bueno, tengo que irme. He comprobado que si paso mucho tiempo en la humedad me empeora la neuralgia.

—La acompaño hasta la puerta del jardín.

—Siempre parece una reina con ese vestido, Ana, hija —observó la señorita Cornelia con admiración y sin que viniera a cuento.

Ana se encontró en la puerta con Owen y Leslie Ford y volvió con ellos a la terraza. Susan se había ido a preparar la limonada del doctor Blythe, que acababa de llegar a casa, y los niños subieron en tropel de la Hondonada, felices y adormilados.

—Menudo escándalo estabais armando cuando he llegado —dijo Gilbert—. Han debido de oíros en toda la comarca.

Persis Ford levantó la cabeza poblada por una mata de rizos de color miel y le sacó la lengua. Persis era una de las favoritas del «tío Gil».

—Estábamos imitando a los derviches aulladores, así que teníamos que aullar —explicó Kenneth.

—Mira cómo te has puesto la camisa —le reprochó Leslie en un tono muy severo.

—Me he caído en la tarta de barro de Di —dijo Kenneth sin disimular su satisfacción. Odiaba esas camisas impolutas y almidonadas que le obligaba a ponerse su madre cuando venía a Glen.

—Mamaíta —dijo Jem—, ¿puedo usar una de esas plumas de avestruz viejas que hay en el desván para coserla por detrás en los pantalones, como si fuera una cola? Mañana vamos a hacer un circo, y yo seré el avestruz. Y tendremos un elefante.

—¿Sabes que cuesta seiscientos dólares al año alimentar un elefante? —preguntó Gilbert, muy serio.

—Un elefante imaginario no cuesta nada —explicó Jem con paciencia.

Ana se echó a reír.

—Gracias a Dios que no necesitamos ahorrar en la imaginación.

Walter no dijo nada. Estaba algo cansado y muy contento de sentarse en las escaleras, al lado de su madre, y apoyar en su hombro la cabeza negra. Leslie Ford lo observó unos momentos pensando que tenía la cara de un genio: el aire remoto y distraído de un alma que viene de otro planeta. La tierra no era su hábitat.

Todo el mundo estaba muy contento a esta hora preciosa de un día precioso. Se oyó el tañido dulce y suave de una campana en una iglesia del puerto. La luna dibujaba en el agua. Las dunas resplandecían, envueltas en un brillo de plata. Había en el aire un sabor a menta y un dulcísimo olor a rosas invisibles. Y Ana, contemplando el jardín con unos ojos soñadores que, a pesar de sus seis hijos, seguían siendo muy jóvenes, pensó que no había en el mundo nada tan esbelto y élfico como un sauce de Lombardía muy joven a la luz de la luna.

Luego se puso a pensar en Stella Chase y en Alden Churchill hasta que Gilbert le ofreció un penique por sus pensamientos.

—Estoy pensando seriamente en probar mis dotes de casamentera —dijo Ana.

Gilbert miró a los demás con una mueca de desesperación.

—Ya me temía yo que esto acabaría pasando tarde o temprano. He hecho todo lo posible, pero no hay quien pueda reformar a una casamentera nata. Es una pasión dominante en ella. Es increíble la cantidad de casamientos que ha hecho ya. Yo no podría dormir por las noches si tuviera esa responsabilidad sobre mi conciencia.

—Pues todos son felices —protestó Ana—. La verdad es que soy una experta. Piensa en todos los casamientos que he hecho... O que me han acusado de hacer: Theodora Dix y Ludovic Speed... Stephen Clark y Prissie Gardner... Janet Sweet y John Douglas... El profesor Carter y Esme Taylor... Nora y Jim..., y Dovie y Jarvis...

—Vale, lo reconozco. Esta mujer mía, Owen, nunca ha perdido la esperanza. Sigue creyendo que los olmos algún día darán peras. Supongo que seguirá intentando casar a la gente hasta que se haga mayor.

—Creo que también tuvo algo que ver con otra boda —dijo Owen, sonriendo a su mujer.

—Yo no —aseguró Ana—. Eso fue culpa de Gilbert. Yo hice todo lo posible para convencerlo de que no operase a George Moore. Y hablando de dormir por las noches... Hay noches que me despierto con sudor frío, soñando que lo he conseguido.

—Bueno, dicen que solo las mujeres felices pueden ser casamenteras, así que esa suerte que tengo —dijo Gilbert muy ufano—. ¿Qué víctimas tienes en mente ahora, Ana?

Ana se limitó a sonreír. Ser casamentera requiere sutileza y discreción, y hay cosas que una no le cuenta ni siquiera a su marido.

Capítulo XVI

Ana pasó horas despierta esa noche, y varias noches más adelante, pensando en Alden y Stella. Presentía que Stella pensaba con nostalgia en casarse..., en un hogar..., en hijos. Una noche le había pedido bañar a Rilla: «Es una delicia lavar ese cuerpecito regordete y con tantos hoyuelos». Y otra vez, con timidez: «Es una delicia, señora Blythe, que te tiendan esos bracitos tiernos de terciopelo. Los bebés son perfectos, ¿verdad que sí?». Sería una lástima que un padre con mal genio truncara esas esperanzas secretas.

Sería un enlace ideal. Pero ¿cómo conseguirlo si todos los concernidos eran algo tercos y dados a llevar la contraria? Porque la terquedad y la oposición no eran solo cosas de los mayores. Ana sospechaba que tanto Alden como Stella también tenían su veta reacia, y esto exigía una técnica totalmente distinta de la empleada en otras ocasiones. Se acordó muy oportunamente del padre de Dovie.

Levantó la barbilla y encontró la solución. Alden y Stella, pensó, estaban casi casados desde ese mismo instante.

No había tiempo que perder. Alden, que vivía en la Punta del Puerto y los domingos iba a la iglesia anglicana del otro lado, aún no conocía a Stella Chase... Puede que ni siquiera la hubiera visto. Llevaba varios meses sin rondar a ninguna chica, pero podía volver a las andadas en cualquier momento. La señora Janet Swift, de Upper Glen, tenía en casa a una sobrina muy guapa que estaba de visita, y Alden siempre se encaprichaba de las chicas nuevas. Entonces, lo primero que había que hacer era que Alden y Stella se conocieran. ¿Cómo? Tenía que parecer una ocasión totalmente inocente. Ana se estrujó los sesos a fondo sin que se le ocurriese nada más original que dar una fiesta e invitarlos a los dos. No le entusiasmaba la idea. Hacía calor para una fiesta... Y los jóvenes de Cuatro Vientos eran muy alborotadores. Ana sabía que Susan nunca consentiría dar una fiesta sin hacer antes limpieza general en Ingleside, del sótano al desván... Y este verano Susan se estaba resintiendo por el calor. Pero una buena causa exige sacrificios. La licenciada Jen Pringle había escrito para anunciar su visita a Ingleside, prometida desde hacía mucho tiempo, y esta sería la excusa perfecta para dar una fiesta. La suerte parecía ponerse de parte de Ana. Llegó Jen... Se enviaron las invitaciones... Susan dio un repaso a conciencia a toda la casa... Entre Ana y ella prepararon la comida en plena ola de calor.

Ana estaba agotada la noche anterior a la fiesta. El calor había sido espantoso... Jem estaba en la cama, con un ataque que Ana en secreto temía que pudiera ser apendicitis, aunque Gilbert lo había atribuido a unas manzanas verdes, sin darle mayor importancia..., y el Canijo por poco muere escaldado cuando Jen Pringle, intentando ayudar a Susan, le había volcado encima una olla de agua que hervía en el fuego. A Ana le dolía hasta el último hueso del cuerpo: le dolía la cabeza, le dolían los pies, le dolían los ojos. Jen, que había ido con un grupo de gente joven a ver el faro, le dijo a Ana que se fuera derecha a la cama; pero Ana en vez de irse a la cama se quedó en la terraza, en el ambiente húmedo que había dejado la tormenta de la tarde, hablando con Alden Churchill, que venía a buscar una medicina para la bronquitis de su madre y no quiso entrar en la casa. Ana pensó que era una oportunidad caída del cielo, pues tenía muchas ganas de charlar con él. Habían trabado amistad desde que Alden pasaba a menudo por Ingleside con recados similares.

Alden se sentó en la escalera de la terraza, con la cabeza descubierta apoyada contra el poste. Era, como Ana había pensado siempre, un chico muy guapo: alto y de hombros anchos, con una piel blanca como el mármol que nunca se bronceaba, unos ojos azules muy vivos y una buena mata de pelo negro como la tinta, tieso y levantado como un cepillo. Tenía una voz risueña y unos modales agradables y respetuosos que agradaban a las mujeres de todas las edades. Había estudiado tres años en Queen's y había pensado en ir a Redmond, pero su madre no se lo permitió, alegando razones bíblicas, y Alden parecía bastante satisfecho con ocuparse de la granja. Le gustaba el trabajo de la granja, le había dicho a Ana: era un trabajo libre e independiente, al aire libre; tenía el don de su madre para ganar dinero y la personalidad atractiva de su padre. No era nada extraño que lo considerasen un buen partido.

—Alden, quería pedirte un favor —dijo Ana, con un encanto irresistible—. ¿Me lo concederías?

—Claro que sí, señora Blythe —contestó Alden de todo corazón—. Lo que usted diga. Sabe que haría cualquier cosa por usted.

Alden sentía un sincero afecto por la señora Blythe y era verdad que habría hecho muchas cosas por ella.

—Temo que pueda resultarte aburrido —añadió Ana con preocupación—. Verás... Quiero que te encargues de que Stella Chase lo pase bien mañana por la noche en la fiesta. Tengo el temor de que no se sienta a gusto. No conoce a mucha gente joven por aquí de momento... La mayoría son más jóvenes que ella, al menos los chicos. Sácala a bailar y asegúrate de que no está sola y no le falte de nada. Es muy tímida con los desconocidos. De verdad quiero que lo pase bien.

—Haré todo lo posible —prometió Alden sin titubear.

—Pero no puedes enamorarte de ella —le advirtió Ana, con una risa calculada.

—No sea cruel, señora Blythe. ¿Por qué no puedo?

—Bueno —en tono confidencial—. Creo que el señor Paxton, el párroco de Lowbridge, se siente muy atraído por Stella.

—¿Ese petimetre engreído?

Ana puso un gesto de leve reproche.

—Bueno, Alden, a mí me han dicho que es un joven muy agradable. Y solo un hombre de ese tipo tendría alguna oportunidad con el padre de Stella, ¿sabes?

—¿Ah, sí? —preguntó Alden, recuperando su indiferencia.

—Sí..., aunque tal vez ni siquiera él lo conseguiría. Por lo que me han contado, el señor Chase cree que no hay nadie que valga lo suficiente para Stella. Me temo que un sencillo granjero nunca tendría una oportunidad. Por eso no quiero que te compliques la vida enamorándote de una chica que no está a tu alcance. Es solo una advertencia de amiga. Estoy segura de que tu madre pensaría lo mismo.

—Pues gracias... ¿Qué clase de chica es, de todos modos? ¿Es guapa?

—Bueno, reconozco que no es una belleza. Me gusta mucho Stella..., pero es un poquito pálida y reservada. No demasiado fuerte... Aunque me han dicho que el señor Paxton tiene dinero de familia. En mi opinión sería una unión ideal y no quiero que nadie la estropee.

—¿Por qué no invita al señor Paxton a la fiesta y le pide a él que se ocupe de que Stella lo pase bien? —preguntó Alden, en un tono bastante agresivo.

—Ya sabes que un sacerdote no vendría a un baile, Alden. Anda, no seas gruñón... y encárgate de que Stella se divierta.

—Muy bien, me encargaré de que se tronche de risa. Adiós, señora Blythe.

Alden se marchó bruscamente. Al quedarse a solas, Ana se echó a reír.

«Si algo conozco la naturaleza humana, ese chico va derechito a demostrarle al mundo que es capaz de conseguir a Stella si se lo propone, le pese a quien le pese. Ha picado enseguida el anzuelo del sacerdote. Aunque me parece que voy a pasar mala noche con este dolor de cabeza».

Pasó una mala noche, complicada por lo que Susan llamaba «una tortícolis», y a la mañana siguiente se encontraba radiante como un trapo de franela gris; pero por la tarde se transformó en una anfitriona alegre y amable. La fiesta fue un éxito. Parecía que todos se divertían. Stella seguro que sí. Alden se encargó de entretenerla casi con un exceso de celo que no casaba con las buenas formas, pensó Ana. Era un poco exagerado que, en un primer encuentro, Alden se llevara a Stella a un rincón del porche en penumbra después de cenar y la retuviese allí una hora entera. Pero en conjunto Ana estaba satisfecha cuando repasó la situación al día siguiente. A decir verdad, la alfombra del comedor estaba prácticamente destrozada por culpa de dos cuencos de helado y un plato de tarta que se habían caído y quedado ahí incrustados.

Los candelabros de cristal de Bristol de la abuela de Gilbert estaban hechos añicos; alguien volcó una jofaina de agua en el suelo de la habitación de invitados, y había salido una gotera horrible en el techo de la biblioteca; las borlas del sofá estaban medio rotas; el enorme helecho de Boston de Susan, que era su mayor orgullo, estaba aplastado, como si una persona grande y gorda se hubiera sentado encima. Pero en el haber contable había que incluir, a menos que todos los indicios fueran falsos, que Alden se había enamorado de Stella. Ana pensó que el balance era favorable.

Las habladurías que circularon a lo largo de las semanas siguientes vinieron a confirmar esta impresión. Era cada vez más evidente que Alden estaba prendado. Pero ¿y Stella? Ana no creía que fuese de esas chicas que se precipitan a aceptar la mano tendida de un hombre. Tenía algo del espíritu de contrariedad de su padre, que en el caso de Stella cobraba la forma de una independencia fascinante.

Una vez más la suerte se alió con una casamentera preocupada. Stella vino una tarde a ver las espuelas de caballero de Ingleside y se quedó un rato a charlar en el porche. Stella Chase era esbelta y pálida, muy tímida pero decididamente encantadora. Tenía los ojos castaños y el pelo rubio, claro y suave como una nube. Ana creía que el truco estaba en las pestañas, porque en realidad no se podía decir que fuese guapa. Eran larguísimas y, cuando las levantaba y las dejaba caer, hacían cosquillas en los corazones masculinos. Cierta elegancia en los modales hacía que Stella aparentase más de sus veinticuatro años, y era evidente que su nariz terminaría siendo aguileña con el paso del tiempo.

—He oído algunas cosas de ti, Stella —dijo Ana, señalándola con un dedo—. Y… no sé… si… me… han gustado. ¿Me perdonarás si te digo que no estoy segura de que Alden Churchill sea el novio que más te conviene?

Stella puso cara de asombro.

—Vaya… Yo creía que Alden le gustaba, señora Blythe.

—Me gusta. Pero… el caso es que… tiene fama de ser muy veleta. Me han dicho que ninguna chica consigue retenerlo demasiado tiempo. Muchas lo han intentado… y no han podido. Me daría mucha rabia ver que te deja plantada cuando se le pase el capricho.

—Creo que se equivoca con Alden, señora Blythe —replicó Stella, despacio.

—Eso espero, Stella. Si fueras otro tipo de chica..., alegre y saltarina, como Eileen Swift...

—Bueno... Tengo que marcharme —dijo la joven algo confundida—. Mi padre estará solo.

Cuando Stella se fue, Ana volvió a reírse.

«Sinceramente creo que se ha ido con la promesa secreta de demostrar a las amigas entrometidas que ella es capaz de retener a Alden y que ninguna Eileen Swift podrá echarle las garras encima. Ese leve respingo y ese rubor en las mejillas me lo han revelado. Tanto mejor para los dos. Aunque me temo que los padres sean un hueso más duro de roer».

Capítulo XVII

Ana siguió teniendo buena suerte. Las mujeres de la Asociación de Ayuda a las Misiones le pidieron que pasara por casa de la señora Churchill a recaudar su aportación anual. La señora Churchill iba poco a la iglesia y no formaba parte de la asociación, pero «creía en las misiones» y siempre donaba una suma generosa si alguien se lo pedía. Como a las socias les gustaba muy poco pedírselo, se turnaban todos los años, y esta vez le tocó a Ana.

Se encaminó un atardecer, por un sendero bordeado de margaritas entre los campos que se extendían hasta la cima de un cerro precioso, envuelto en dulzura y frescor, y desembocaban en la carretera donde se encontraba la granja Churchill, a un kilómetro y medio de Glen. Era una carretera bastante feúcha, bordeada de cercas que trepaban por las laderas como una serpiente gris... Pero había luces en las casas... Un arroyo... El olor de los campos de heno que bajaba hasta el mar... Y jardines. Ana se paraba a mirar todos los jardines por los que pasaba. Su interés por los jardines era eterno. A Gilbert le gustaba decir que si un libro llevaba en el título la palabra «jardín», Ana *tenía* que comprarlo.

Una embarcación perezosa se deslizaba por el puerto y algo más lejos de la costa se vislumbraba un navío quieto. Siempre que veía zarpar un barco, Ana sentía una ligera alteración del pulso. Entendió bien al capitán Franklin Drew cuando, un día, al embarcar en el muelle, le oyó decir: «¡Dios, qué lástima me da la gente que dejamos en tierra!».

La casa de los Churchill, grande y con una tétrica celosía de hierro forjado alrededor del tejado a cuatro aguas, miraba hacia el puerto y las dunas. La señora Churchill saludó a Ana con cortesía, aunque sin demasiada efusividad, y la invitó a pasar a una sala triste y espléndida, empapelada en tonos marrón oscuro y con montones de retratos a lápiz de los difuntos Churchill y Elliott. La anfitriona se sentó en un sofá de felpa verde, cruzó las manos largas y delgadas y miró abiertamente a su visita.

Mary Churchill era austera, alta y demacrada. Tenía la barbilla prominente, los ojos azules y hundidos, como Alden, y una boca amplia y firme. Nunca derrochaba las palabras y nunca cotilleaba. Por eso era bastante complicado para Ana acercarse a su objetivo con naturalidad, aunque lo consiguió valiéndose del nuevo párroco del puerto, que no era del agrado de la señora Churchill.

—No es un hombre espiritual —dijo con frialdad.

—Me han dicho que sus sermones son notables —contestó Ana.

—Yo le oí decir uno y ya no necesito oírle más. Mi alma buscaba alimento y lo que recibió fue una conferencia. Ese hombre cree que al Reino de los Cielos se llega a través del cerebro. Y no se puede.

—Hablando de párrocos... Ahora tienen en Lowbridge un párroco muy listo. Creo que está interesado en mi amiga Stella Chase. Corre el rumor de que congenian.

—¿Quiere decir que habrá boda?

Ana tuvo la sensación de que la señora Churchill la trataba con desdén, pero sabía que cuando se entrometía en asuntos que no eran de su incumbencia no tenía más remedio que tragarse esas cosas.

—Yo creo que sería muy oportuna, señora Churchill. Stella es perfecta para ser la mujer de un sacerdote. Le he dicho a Alden que no intente estropearlo.

—¿Por qué? —preguntó la señora Churchill sin parpadear.

—Bueno..., la verdad... Sabe usted... Me temo que Alden no tiene ninguna oportunidad. El señor Chase no cree que nadie valga lo suficiente para

Stella. Y a quienes queremos a Alden no nos gustaría nada ver que de pronto lo dejan tirado como un calcetín viejo. Es muy buen chico y no se lo merece.

—A mi hijo nunca lo ha dejado ninguna chica —señaló la señora Churchill, apretando los labios finos—. Siempre ha sido al revés. Él se ha cansado de ellas, a pesar de sus tirabuzones y sus sonrisas, de sus contoneos y sus ademanes. Mi hijo puede casarse con cualquier mujer que elija, señora Blythe... Con cualquiera.

—¿Ah, sí? —dijo la lengua de Ana. Pero su tono decía: «Naturalmente, soy demasiado educada para llevarle la contraria pero no me ha hecho usted cambiar de opinión». Mary Churchill lo captó, y sus facciones blancas y arrugadas cobraron algo de color mientras iba a buscar su aportación misionera.

—Tiene usted unas vistas espléndidas —dijo Ana cuando la señora Churchill la acompañó a la puerta.

La señora Churchill echó un vistazo a la bahía y puso mala cara.

—Si supiera cómo corta el viento del este en invierno, señora Blythe, no pensaría usted mucho en las vistas. Esta noche hace bastante frío. Supongo que tendrá usted miedo de enfriarse con ese vestido tan ligero. Y no es que no sea bonito. Todavía está usted en edad de alardear y presumir. Yo ya he perdido todo el interés por esas cosas pasajeras.

Ana volvió a casa en la verde penumbra del crepúsculo, muy satisfecha con la entrevista.

—Claro que con la señora Churchill nunca se sabe —le dijo a una bandada de estorninos que estaban celebrando una asamblea en un campo a la orilla del bosque—, pero creo que la he dejado algo preocupada. He visto que no le gusta que la gente piense que a Alden pueden dejarlo plantado. Bueno, yo ya he hecho todo lo que estaba en mi mano con todos los interesados menos con el señor Chase, y con él no sé qué puedo hacer, porque ni siquiera lo conozco. No sé si tendrá alguna idea de que Alden y Stella están acaramelados. Probablemente no. Stella nunca se atrevería a llevar a Alden a casa, seguro. Bueno, ¿qué puedo hacer con el señor Chase?

Fue rarísimo... cómo se conjugaron las cosas a su favor. Una tarde, la señorita Cornelia fue a Ingleside para pedirle a Ana que la acompañara a casa de los Chase.

—Voy a pedirle a Richard Chase una contribución para la nueva cocina de la iglesia. ¿Vendría conmigo, hija, a darme un poco de apoyo moral? No soporto enfrentarme a ese hombre sola.

Encontraron al señor Chase plantado en la escalera de la entrada, con las piernas largas y la nariz larga, con el aire de una grulla pensativa. Tenía unos mechones de pelo brillante peinados de manera que le ocultaban la calva y un destello vivaz en los ojos grises. Parecía estar pensando que si la que venía con la prima Cornelia era la mujer del médico, tenía una figura espléndida. Cornelia, su prima segunda, tenía una constitución un poco demasiado robusta y un cerebro aproximadamente del mismo tamaño que un saltamontes, pero no era ni mucho menos una mala mujer si sabías engatusarla.

Las invitó a pasar amablemente a su pequeña biblioteca, donde la señorita Cornelia se instaló en una butaca con un leve gemido.

—Hace un calor espantoso esta noche. Me temo que vamos a tener tormenta. ¡Madre mía, Richard, ese gato está más gordo que nunca!

Richard Chase tenía por compañero a un gato rubio, de un tamaño anormal, que en ese momento se subió a sus rodillas y se dejó acariciar con cariño.

—Thomas el Bardo le deja muy claro al mundo entero lo que es un gato —contestó el señor Chase—. ¿Verdad que sí, Thomas? Mira a tu tía Cornelia, Bardo. Fíjate qué miradas tan torvas te está echando con esos orbes creados para manifestar únicamente afecto y bondad.

—¡No me llames tía de esa bestia! —protestó la señora Elliott, muy airada—. Una broma es una broma, pero esto ya es pasarse de la raya.

—¿No prefieres ser la tía del Bardo que la tía de Neddy Churchill? —preguntó Richard Chase en tono lastimero—. Neddy es un glotón y un borrachuzo. No me digas que no. Te he oído hacer la lista de sus pecados. ¿No prefieres ser la tía de un gato noble y bonito como Thomas, que cuenta con un historial felino impecable en cuestión de *whisky*?

—El pobre Ned es un ser humano —dijo la señorita Cornelia—. No me gustan los gatos. Es el único defecto que le encuentro a Alden Churchill: que también ha desarrollado un gusto de lo más extraño por los gatos. Sabe Dios de dónde le viene..., porque tanto su padre como su madre los aborrecían.

—¡Qué joven tan sensato debe de ser!

—¡Sensato! Sí, es bastante sensato... Menos en el asunto de los gatos y en sus ideas sobre la evolución... Otra cosa que no ha heredado de su madre.

—Sepa usted, señora Elliott —señaló Richard Chase con solemne ironía—, que yo también tengo una inclinación secreta por la evolución.

—Ya me lo has dicho antes. Bueno, créete lo que quieras, Dick Chase... ¡Típico de un hombre! A mí, gracias a Dios, nadie ha conseguido convencerme de que desciendo de un mono.

—Reconozco que no lo pareces. Eres una mujer agraciada. No veo ningún parecido simiesco en tus facciones sonrosadas, apacibles y eminentemente graciosas. Aun así, tu tataratataratatarabuela, y así un millón de veces, se colgaba de la cola para saltar de rama en rama. La ciencia lo ha demostrado, Cornelia... Tú verás si lo tomas o lo dejas.

—Mejor lo dejo. No pienso discutir contigo de eso ni de nada. Tengo mi propia religión y no incluye ningún antepasado simio. Por cierto, Richard, Stella no tiene tan buen aspecto este verano como me gustaría.

—Es que no le sienta nada bien el calor. Se recuperará cuando refresque.

—Eso espero. Lisette se recuperó todos los veranos menos el último, Richard... No lo olvides. Stella ha sacado la constitución de su madre. Y también ha salido a ella en que no parece probable que vaya a casarse.

—¿Por qué no parece probable que vaya a casarse? Lo pregunto por curiosidad, Cornelia... Por pura curiosidad. Los procesos del pensamiento femenino me despiertan un profundo interés. ¿A partir de qué premisas o hechos has llegado a la conclusión, a bote pronto, según tu encantadora costumbre, de que no es probable que Stella se case?

—Bueno, Richard, hablando en plata, no es el tipo de chica que resulta demasiado popular entre los hombres. Es buena y encantadora, pero no hace buenas migas con los hombres.

—Ha tenido sus admiradores. He gastado mucho dinero en la adquisición y el mantenimiento de escopetas y *bulldogs*.

—Supongo que admiraban tus sacos de dinero. Y se desanimaban fácilmente, ¿no? Les bastaba con oír una de tus andanadas sarcásticas para desaparecer. Si de verdad hubieran querido a Stella, se habrían asustado de ti tan poco como tus *bulldogs* imaginarios. No, Richard, deberías reconocer que Stella no es una chica que atraiga novios deseables. Lisette tampoco lo era, ya lo sabes. No tuvo novio hasta que apareciste tú.

—¿No valía yo la pena para que me esperase? Es indudable que Lisette era una mujer lista. ¿No querrás que entregue a mi hija a un don nadie? ¿A mi estrella, que a pesar de tus comentarios despectivos es apta para iluminar los palacios de los reyes?

—En Canadá no tenemos reyes —señaló la señorita Cornelia—. No digo que Stella no sea una chica encantadora. Solo digo que parece que los hombres no lo ven, y, teniendo en cuenta su constitución, casi creo que es lo mejor. Y para ti también. No podrías vivir sin ella... Estarías desvalido como un niño. Bueno, prométenos una aportación para la cocina de la iglesia y nos largamos. Ya sé que te mueres por abrir ese libro tuyo.

—¡Qué clarividencia tan admirable! ¡Eres un tesoro de prima! Lo reconozco... Me muero por abrirlo. Pero nadie más que tú habría tenido la perspicacia de verlo o la amabilidad de salvarme la vida permitiéndome abrirlo. ¿Cuánto vas a sacarme?

—Puedes dar tranquilamente cinco dólares.

—Nunca discuto con una señora. Que sean cinco dólares. Ah, ¿ya te marchas? ¡Esta mujer es única! ¡Nunca pierde el tiempo! En cuanto ha cumplido su objetivo te deja en paz. Hoy en día ya no quedan mujeres de esta estirpe. Adiós, perla de las primas.

Ana no había dicho una sola palabra mientras tenía lugar todo este diálogo. ¿Para qué, si la señora Elliott le estaba haciendo el trabajo con tanta inteligencia y sin saber nada? Pero, al despedirse, Richard Chase se le acercó de pronto para decirle en tono confidencial:

—Tiene usted los tobillos más bonitos que he visto en la vida, señora Blythe, y en mis tiempos llegué a ver unos cuantos.

—¿Será sinvergüenza? —murmuró la señorita Cornelia cuando ya se alejaban por el camino—. Siempre les dice cosas así de escandalosas a las mujeres. No se lo tenga en cuenta, Ana, hija.

Ana no se lo tenía en cuenta. Richard Chase le había caído estupendamente.

«Me parece —pensó— que no le hacía mucha gracia la idea de que Stella no fuese popular entre los hombres, a pesar de que desciendan de los monos. Creo que a él también le gustaría "demostrarles a todos" que... Bueno, ya he hecho todo lo que podía. He conseguido que Alden y Stella se interesen mutuamente; y entre la señorita Cornelia y yo creo que hemos puesto tanto a la señora Churchill como al señor Chase a favor de la boda antes que en contra. Ahora solo tengo que esperar y ver qué pasa».

Un mes más tarde, Stella Chase regresó a Ingleside y volvió a sentarse con Ana en las escaleras del porche..., pensando, mientras estaba allí con ella, que ojalá algún día llegara a parecerse a la señora Blythe: con aquel aire maduro..., el aire de una mujer que ha vivido plenamente y con elegancia.

El día gris amarillento había dado paso a un fresco y plomizo atardecer de primeros de septiembre acompañado por el dulce gemido del mar.

—«El mar está triste esta noche», diría Walter si lo oyera.

Stella estaba distraída y callada. De repente, mirando las estrellas que se entretejían como un hechizo con la luz violeta, dijo:

—Señora Blythe, tengo que contarle algo.

—Dime, hija.

—Me he prometido con Alden Churchill —anunció con ilusión—. Estamos prometidos desde Navidad. Se lo dijimos enseguida a papá y a la señora Churchill, pero lo hemos guardado en secreto para todos los demás, porque era precioso tener un secreto tan bonito. No queríamos compartirlo con el mundo, pero vamos a casarnos el mes que viene.

Ana hizo una excelente imitación de la mujer petrificada. Stella seguía mirando las estrellas y no vio el gesto de la señora Blythe. Algo más tranquila, Stella añadió:

—Alden y yo nos conocimos en una fiesta en Lowbridge, el pasado noviembre. Y... nos enamoramos a primera vista. Me dijo que siempre había soñado conmigo... Que siempre me había buscado. Que nada más verme entrar por la puerta pensó: «Ahí está mi mujer». Y yo sentí lo mismo. ¡Ay, qué felices somos, señora Blythe!

Ana seguía sin decir nada. Y así siguió un buen rato más.

—Lo único que empaña mi felicidad es su actitud, señora Blythe. ¿No puede usted alegrarse? Ha sido una amiga muy querida para mí desde que llegué a Glen St. Mary… Como una hermana mayor para mí. Y me siento fatal si pienso que este matrimonio va en contra de sus deseos.

Había una nota llorosa en la voz de Stella. Ana recuperó por fin el habla.

—Querida Stella, yo solo quería tu felicidad. Me gusta Alden… Es un chico excelente… Pero tenía fama de seductor…

—Pues no lo es. Solo estaba buscando a la mujer ideal, ¿no lo ve, señora Blythe? Y no la encontraba.

—¿Y qué dice tu padre?

—Mi padre está muy contento. Alden le cayó bien desde el principio. Se pasaban horas hablando sobre la evolución. Mi padre dice que siempre ha estado dispuesto a permitir que me casara cuando se presentara el hombre ideal. Me da muchísima pena dejarlo, pero él dice que los pájaros jóvenes tienen derecho a hacer su propio nido. La prima Delia Chase vendrá a ocuparse de la casa, y a papá le cae muy bien.

—¿Y la madre de Alden?

—También está conforme. Cuando Alden le contó en Navidad que nos habíamos prometido, fue a consultar la Biblia, y el primer versículo que le salió fue: «El hombre dejará a su padre y a su madre y se unirá a su mujer». Dijo que estaba clarísimo lo que tenía que hacer y nos dio su consentimiento de inmediato. Se irá a vivir a esa casita que tiene en Lowbridge.

—Me alegro de que no tengas que convivir con ese sofá de felpa verde —dijo Ana.

—¿El sofá? Ah, sí, los muebles son muy anticuados, ¿verdad? Pero se los lleva todos con ella, y Alden va a amueblar la casa entera, así que, como ve, todo el mundo está contento. ¿Podemos contar también con sus buenos deseos, señora Blythe?

Ana se acercó para besar la mejilla de raso fresco de Stella.

—Me alegro mucho por ti. Que Dios bendiga tus días, hija mía.

Cuando se marchó Stella, Ana se refugió unos momentos en su habitación para no ver a nadie. Una luna torcida, vieja y cínica asomaba por oriente, por detrás de unas nubes deshilachadas, y los campos, a sus pies, parecían saludarla con guiños maliciosos y traviesos.

Hizo recuento de todas las semanas anteriores. Había destrozado la alfombra del cuarto de estar, hecho añicos dos valiosas reliquias de familia y estropeado el techo de la biblioteca; había intentado utilizar a la señora Churchill como un títere, y la señora Churchill seguramente se había estado riendo en secreto desde el principio.

—¿Quién —le preguntó a la luna— ha sido la más tonta en este asunto? Sé cuál sería la opinión de Gilbert. ¡La cantidad de esfuerzos que he hecho para propiciar una boda entre dos personas que ya estaban prometidas! Estoy curada de hacer de casamentera..., curada para siempre. No volveré a mover un dedo para promover una boda, aunque eso signifique que nadie en el mundo vuelva a casarse. Bueno, me queda un consuelo... Hoy Jen Pringle me cuenta en su carta que se va a casar con Lewis Stedman: lo conoció en mi fiesta. Los candelabros de Bristol no se sacrificaron del todo en vano. ¡Niños..., niños! ¿No podéis dejar de hacer ese ruido infernal ahí abajo?

—Es que somos lechuzas... Tenemos que ulular —dijo Jem, ofendido, desde la oscuridad de los arbustos. Sabía que estaba ululando de maravilla. Jem era capaz de imitar la voz de cualquier animalillo del bosque. A Walter no se le daba tan bien, y justo en ese momento dejó de ser una lechuza para convertirse en un niño desilusionado que buscaba el consuelo de su madre.

—Mami, yo creía que los grillos cantaban..., y el señor Carter Flagg me ha dicho que no..., que ese ruido lo hacen frotándose las patas traseras. ¿Es verdad, mami?

—Algo así... No estoy del todo segura de cuál es el método. Pero es la manera que tienen de cantar.

—Pues no me gusta. No volverá a gustarme oírlos cantar.

—Claro que sí. Con el tiempo te olvidarás de que son las patas traseras y solo pensarás en el coro tan precioso de los campos de la cosecha y los montes de otoño. ¿No es hora de acostarse, hijito?

—Mami, ¿me cuentas un cuento que me dé escalofríos? ¿Y luego te quedas conmigo hasta que me duerma?

—¿Para qué si no estamos las madres, cariño?

Capítulo XVIII

—«Ha llegado el momento, dijo la Morsa, de hablar de»... tener un perro —anunció Gilbert.

No habían vuelto a tener un perro en Ingleside desde que Rex murió envenenado; pero a los niños les conviene tener un perro y el doctor Blythe decidió buscar uno. El caso era que había estado muy ocupado ese otoño y lo había ido aplazando, hasta que por fin, un día de noviembre, Jem volvió a casa por la tarde con un compañero de clase y un perro: rubio y con unas orejas negras y tiesas que le daban un aire de gallito.

—Me lo ha regalado Joe Reese, mamá. Se llama Gyp. ¿Verdad que tiene una cola monísima? Me lo puedo quedar, ¿verdad, mamá?

—¿Qué raza de perro es, cielo? —preguntó Ana, dudosa.

—Pues... creo que de muchas —dijo Jem—. Por eso es más interesante, ¿no te parece, mamá? Más emocionante que si fuera de una sola. Por favor, mamá.

—Vale, si tu padre dice que sí.

Gilbert dijo que «sí» y Jem tomó posesión de su patrimonio. En Ingleside toda la familia recibió a Gyp con los brazos abiertos. Todos menos el Canijo, que manifestó su opinión sin circunloquios. Hasta Susan llegó a tomarle

simpatía y, los días de lluvia, cuando subía a hilar a la buhardilla, Gyp se quedaba con ella mientras su dueño estaba en clase, y daba gloria verlo cazar ratas imaginarias en los rincones oscuros y gemir de terror cada vez que la curiosidad lo empujaba a acercarse demasiado a la rueca pequeña. Esta rueca no se usaba nunca (los Morgan la habían dejado allí cuando se mudaron) y allí seguía en un rincón oscuro, sentada como una vieja encorvada. Nadie entendía por qué a Gyp le daba tanto miedo. La rueca grande no le asustaba; se sentaba muy cerca cuando Susan hacía girar el huso y luego, cuando empezaba a pasear por la buhardilla mientras iba torciendo la larga hebra de lana, el perro correteaba de un lado a otro detrás de ella. Susan admitía que un perro podía ser muy buena compañía y, cuando Gyp se tumbaba panza arriba y empezaba a mover las patas en el aire, para pedir un hueso, a Susan le parecía listísimo. Se enfadó tanto como Jem cuando Bertie Shakespeare dijo con desprecio: «¿A eso lo llamas perro?».

«Lo llamamos perro —contestó Susan, con una serenidad espeluznante—. Tú a lo mejor lo llamarías hipopótamo». Y ese día Bertie tuvo que irse a casa sin haber probado un trozo de un invento maravilloso que Susan llamaba «tarta de manzana crujiente» y que preparaba a menudo para los dos niños y sus amigos. Susan no estaba delante cuando Mac Reese preguntó: «¿Eso lo ha traído la marea?», pero Jem fue capaz de salir en defensa de su perro, y cuando Nat Flagg señaló que Gyp tenía las patas demasiado largas para su tamaño, Jem contestó que un perro necesitaba tener las patas largas para alcanzar el suelo. Natty no era demasiado listo y Jem con eso lo dejó planchado.

Noviembre fue poco generoso con el sol ese año: unos vientos intempestivos barrían el arcedal, con sus ramas de plata desnudas, y la Hondonada siempre estaba cubierta de niebla... No de una neblina elegante y fantástica sino de lo que papá llamaba una niebla «densa, dura, deprimente, desoladora y despiadada». La chiquillería de Ingleside pasaba la mayor parte del tiempo de juego en la buhardilla, pero se hicieron buenísimos amigos de dos perdices que venían todas las tardes a última hora a un enorme manzano en concreto, y cinco de sus preciosos arrendajos seguían siendo leales y aparecían cloqueando con descaro para comerse la comida que les ponían los niños. Lo malo es que eran insaciables y egoístas y ahuyentaban a todos los demás pájaros.

El invierno llegó con el mes de diciembre y nevó sin parar durante tres semanas. Los campos de los alrededores de Ingleside se convirtieron en interminables llanuras de plata, los postes de las verjas y las vallas lucían enormes capirotes blancos, las ventanas se cubrían de dibujos mágicos y las luces de Ingleside resplandecían en la penumbra de los crepúsculos nevados, dando la bienvenida a todos los transeúntes. Susan estaba convencida de que nunca habían nacido tantos niños en invierno como ese año y, cuando dejaba en la despensa «el tentempié del doctor» noche tras noche, pensaba con pesimismo que sería un milagro que el pobre hombre aguantase hasta la primavera.

—¡El noveno de los Drew! ¡Como si no hubiera ya bastantes Drew en el mundo!

—Supongo que a la señora Drew le parecerá una maravilla, como Rilla a nosotras, Susan.

—Eso lo dirá usted en broma, querida señora del doctor.

Pero en la biblioteca o en la cocina, los niños ya planeaban su cabaña de verano en la Hondonada mientras las tormentas rugían en el exterior o las nubes blancas y algodonosas ocultaban las estrellas escarchadas. Y es que, pasara lo que pasara, en Ingleside siempre había buenos fuegos en las chimeneas, comodidades, refugios de las tormentas, destellos de buen humor y camas para los niños cansados.

Las Navidades llegaron y se fueron este año sin la sombra de la tía Mary Maria. Había en la nieve huellas de conejos a los que seguir el rastro, grandes campos helados por los que echar carreras con la propia sombra, montes resplandecientes por los que deslizarse y patines nuevos que probar en el estanque bajo el fulgor sonrosado y frío del atardecer invernal. Y siempre un perro rubio con las orejas negras para correr contigo o recibirte con ladridos de euforia al llegar a casa, dormir contigo a los pies de tu cama y tumbarse a tus pies cuando estudiabas ortografía, sentarse a tu lado en las comidas y darte de vez en cuando con la pata para que te acordaras de él.

—Mamaíta, no sé cómo he podido vivir hasta ahora sin Gyp. Sabe hablar, mamá... De verdad que sabe... Con los ojos.

Y entonces... ¡la tragedia! Un día Gyp parecía algo apagado. No quería comer, a pesar de que Susan lo tentó con el hueso de costilla que le encantaba; al día siguiente vino el veterinario de Lowbridge y puso mala cara... No era fácil decir qué le pasaba: podía haberse envenenado con algo en el bosque... Tal vez se recuperaría o tal vez no. El perrito estaba muy quieto, sin prestar atención a nadie más que a Jem; casi hasta el final intentaba mover la cola cuando Jem lo acariciaba.

—Mamaíta, ¿estaría mal rezar por Gyp?

—Claro que no, cariño. Podemos rezar siempre por las cosas que amamos. Pero me temo que Gyppy está muy malito.

—Mamá, ¡no creerás que Gyppy se va a morir!

Gyp se murió a la mañana siguiente. Era la primera vez que la muerte entraba en el mundo de Jem. Nadie olvida la experiencia de ver morir a un ser querido, aunque «solo sea un perrito». Nadie, ni siquiera Susan, empleó esta expresión en la casa de Ingleside, donde todos lloraban. Sonándose la nariz, muy colorada, Susan murmuró:

—Nunca me había encariñado con un perro... Y no pienso volver a hacerlo. Duele demasiado.

Susan no conocía ese poema de Kipling que habla del desatino de entregarle a un perro tu corazón para que te lo rompa; pero de haberlo conocido habría pensado, a pesar del desprecio que le inspiraba la poesía, que por una vez un poeta decía algo con sentido.

Fue una noche dura para el pobre Jem. Mamá y papá tenían que salir. Walter no paró de llorar hasta que se quedó dormido y Jem estaba solo... Ni siquiera tenía un perro con quien hablar. La muerte había cubierto con un velo esos ojos castaños que siempre lo miraban con tanta confianza.

—Querido Dios —rezó Jem—, por favor cuida de mi perrito que ha muerto hoy. Lo reconocerás porque tiene las orejas negras. No dejes que se sienta solo...

Jem hundió la cara entre las sábanas para ahogar un sollozo. Cuando apagase la luz, la noche oscura lo observaría desde el otro lado de la ventana y no habría ningún Gyp a su lado. Luego llegaría la fría mañana del invierno y no habría ningún Gyp a su lado. Pasarían los días, uno tras otro, año tras año, y no habría ningún Gyp a su lado. Jem no podía soportarlo.

Entonces un brazo tierno vino a envolverlo en un cálido abrazo. Ah, aún quedaba amor en el mundo, aunque Gyppy se hubiera marchado.

—Mamá, ¿será siempre como ahora?

—No siempre —Ana no le dijo que se le olvidaría pronto... Que Gyppy no tardaría en convertirse en un recuerdo querido—. No siempre, mi pequeño Jem. Esto se curará algún día... Como se te curó la mano quemada, aunque al principio te dolía mucho.

—Papá dijo que me buscaría otro perro. Pero no estoy obligado a aceptarlo, ¿verdad? No quiero otro perro, mamá... Nunca.

—Lo sé, cariño.

Mamá lo sabía todo. Nadie tenía una madre como la suya. Jem quería hacer algo por ella... Y de repente se le ocurrió una idea. Le compraría un collar de perlas de los que vendían en la tienda del señor Flagg. Una vez le había oído decir a mamá que le gustaría mucho tener un collar de perlas, y papá le había contestado: «Cuando llegue nuestro barco te compraré uno, mi niña».

Tenía que calcular sus recursos. Le daban una paga, pero se lo gastaba todo en cosas necesarias y los collares de perlas no entraban entre los artículos presupuestados. Además, quería comprarlo con dinero que hubiera ganado él mismo. Así sería un regalo de verdad. El cumpleaños de mamá era en marzo... Solo faltaban seis semanas. ¡Y el collar costaba cincuenta centavos!

Capítulo XIX

No era fácil ganar dinero en Glen, pero Jem puso todo su empeño. Hizo peonzas con carretes de hilo viejos y se las vendió a los niños de la escuela, a dos centavos la pieza. Vendió tres valiosos dientes de leche por tres centavos. Vendió su ración de tarta de manzana crujiente a Bertie Shakespeare Drew todos los sábados por la tarde. Todas las noches guardaba la recaudación en el cerdito de latón que Nan le había regalado por Navidad. Un cerdo de latón reluciente y precioso, con una ranura en el lomo por la que echar las monedas. Cuando ya habías echado cincuenta monedas de cobre, el cerdo se abría si le tirabas de la cola y te devolvía las riquezas. Por fin, para conseguir los últimos ocho centavos, le vendió su ristra de huevos de pájaro a Mac Reese. Era la ristra más bonita de todo Glen y le dio cierta pena separarse de ella, pero el cumpleaños estaba cerca y necesitaba reunir el dinero. En cuanto Mac le pagó, Jem echó los ocho centavos en la hucha y se puso muy contento.

—Tírale de la cola, a ver si es verdad que se abre —dijo Mac, que no se lo creía. Pero Jem no quiso. No quería abrirlo hasta que fuese a ir derecho a por el collar.

Al día siguiente por la tarde hubo en Ingleside reunión de la Asociación de Ayuda a las Misiones. ¡Este día nunca se olvidaría! Justo en mitad de la oración de la señora de Norman Taylor —y la señora de Norman Taylor tenía fama de estar muy orgullosa de sus oraciones—, un niño desesperado irrumpió en la sala de estar.

—Mi cerdito de latón ha desaparecido, mamá... ¡Mi cerdito de latón ha desaparecido!

Ana le pidió que se callara, pero la señora Taylor siempre consideró que Jem le había estropeado la oración, y esa tarde quería impresionar especialmente a la mujer de un párroco que había venido invitada. De ahí que pasaran años hasta que esta señora perdonó a Jem o aceptó que el doctor Blythe la tratase como médico. Cuando las señoras se retiraron, registraron la casa de arriba abajo en busca del cerdito, sin ningún resultado. Jem, entre la regañina que le había caído por su mal comportamiento y la desesperación por haber perdido la hucha no recordaba cuándo o dónde la había visto por última vez. Llamaron por teléfono a Mac Reese, y este dijo que había visto el cerdito por última vez encima del escritorio de Jem.

—No creerás, Susan, que Mac Reese...

—No, querida señora del doctor. Estoy segurísima de que no ha sido él. Los Reese tienen sus defectos... Les gusta el dinero una barbaridad, pero se lo ganan honradamente. ¿Dónde estará el dichoso cerdo?

—A lo mejor se lo han comido las ratas —dijo Di. Jem se burló de la ocurrencia, pero se quedó preocupado. Las ratas no podían comerse un cerdo de latón con cincuenta monedas dentro, de ninguna manera. ¿O sí?

—No, hijo, no. Tu cerdito aparecerá —lo tranquilizó su madre.

No había aparecido cuando Jem se fue a la escuela al día siguiente. Las noticias de la pérdida llegaron a la escuela antes que él y fueron muchas las cosas que le dijeron, no del todo reconfortantes. Pero a la hora del recreo Sissy Flagg se le acercó con aire zalamero. A Sissy Flagg le gustaba Jem pero a Jem no le gustaba ella, a pesar de..., o quizá por..., sus densos tirabuzones rubios y sus ojazos castaños. Incluso a los ocho años uno podía tener dificultades para relacionarse con el otro sexo.

—Yo sé quién tiene tu cerdito.

—¿Quién?

—Si quieres que te lo diga tienes que elegirme cuando juguemos a formar parejas.

Era una píldora muy amarga, pero Jem se la tragó. ¡Cualquier cosa con tal de encontrar su cerdito! Colorado a más no poder, se sentó al lado de una Sissy pletórica cuando jugaron a formar parejas y en el momento en que sonó el timbre exigió su recompensa.

—Alice Palmer dice que Willy Drew le ha contado que Bob Russell le dijo a Willy que Fred Elliott ha dicho que sabía dónde estaba tu cerdito. Ve y pregúntale a Fred.

—¡Tramposa! —dijo Jem, furibundo—. ¡Tramposa!

Sissy se echó a reír con arrogancia. Le daba igual. Jem Blythe había tenido que sentarse a su lado por una vez.

Jem fue a buscar a Fred Elliott, que nada más verlo le aseguró que ni sabía nada del cerdo ni le importaba. Jem estaba desesperado. Fred Elliott era tres años mayor que él y tenía fama de abusón. De repente le vino la inspiración. Señalando con el dedo índice sucio la cara grande y colorada de Fred Elliott, en un tono amenazante y claro, le dijo:

—Eres un transubstancionalista.

—Oye, tú, Blythe, no me pongas nombres raros.

—Eso es más que un nombre —contestó Jem—. Es un conjuro de vudú. Si lo vuelvo a decir y te señalo con el dedo... puede que tengas mala suerte una semana entera. A lo mejor se te caen los dedos de los pies. Voy a contar hasta diez, y como no me hayas dicho nada antes de que termine, te haré vudú.

Fred no se lo creía, pero esa noche se celebraba la carrera de patinaje y no quería correr riesgos. Además, los dedos de los pies eran los dedos de los pies. Se rindió cuando Jem iba por seis.

—Vale... Vale. No te rompas la mandíbula repitiendo esa palabra. Mac sabe dónde está tu cerdo... Ha dicho que lo sabía.

Mac no había ido a la escuela, pero cuando Jem le contó la historia a Ana, Ana llamó a la madre de Mac. La señora Reese llegó poco después a Ingleside, muy colorada y pidiendo disculpas.

—Mac no ha robado el cerdito, señora Blythe. Solo quería ver cómo se abría, y cuando Jem salió un momento de la habitación le tiró de la cola. El cerdo se dividió por la mitad y Mac no era capaz de volver a unirlo. Entonces metió las dos mitades de la hucha y todas las monedas dentro de una de las botas de los domingos de Jem, en el armario. No debería haberlo tocado... Su padre ya le ha dado una buena zurra... Pero no robó nada, señora Blythe.

—¿Qué es esa palabra que le dijiste a Fred Elliott, Jem, hijo? —preguntó Susan cuando recuperaron el cerdo desmembrado y contaron el dinero.

—Transubstancionalista —dijo Jem con orgullo—. Walter la encontró en el diccionario la semana pasada... Ya sabes que le gustan mucho las palabras largas y rimbombantes, Susan... Y aprendimos los dos a pronunciarla. Nos la repetimos el uno al otro veintiuna veces en la cama antes de quedarnos dormidos, para que no se nos olvidara.

Ahora que el collar ya estaba comprado y guardado en la tercera caja, contando desde arriba, del cajón intermedio de la cómoda de Susan —porque Susan estaba al corriente del plan desde el principio—, Jem tenía la sensación de que el cumpleaños no iba a llegar nunca. Le encantaba pensar en su madre inocente. Su madre no tenía ni idea de lo que había escondido en un cajón de la cómoda de Susan... No tenía ni idea de lo que iba a pasar el día de su cumpleaños... No tenía ni idea de lo que iba a traerle a ella el barco cuando les cantaba a las gemelas, para dormirlas:

Navegando por el mar he visto, he visto venir
un velero cargadito de tesoros para mí.

A primeros de marzo Gilbert tuvo un ataque de gripe que estuvo a punto de convertirse en neumonía. Pasaron varios días de angustia en Ingleside. Ana estaba tan atareada como de costumbre, deshaciendo líos, administrando consuelo y agachándose sobre las camas a la luz de la luna para asegurarse de que los queridos cuerpecitos estaban bien arropados... Pero los niños echaban de menos su risa.

—¿Qué va a ser del mundo si papá se muere? —susurró Walter, con los labios blancos.

—No se va a morir, cariño. Ya está fuera de peligro.

Ana se preguntaba qué sería de su pequeño mundo, y de Cuatro Vientos, y de Glen St. Mary, y de la Punta del Puerto... si... si... algo le pasaba a Gilbert. Todos habían llegado a depender muchísimo de él. Sobre todo los vecinos de Upper Glen parecían sinceramente convencidos de que Gilbert era capaz de derrotar a la muerte, pero que no lo hacía para no contravenir las disposiciones del Todopoderoso. Lo había hecho una vez, según aseguraban: el tío Archibald MacGregor le había jurado a Susan solemnemente que Samuel Hewett estaba tieso como un palo cuando el doctor Blythe lo revivió. Fuera o no fuera cierto, cuando los vivos lo veían acercarse a su cama, con el rostro enjuto y moreno y sus amables ojos avellana, y decir con aquella voz alegre: «Pero si a ti no te pasa nada»... Bueno, se lo creían a tal punto que llegaba a ser cierto. Y tocayos tenía más de los que podía llevar la cuenta. Todo el distrito de Cuatro Vientos estaba lleno de niños que se llamaban Gilbert. Hasta había una diminuta Gilbertine.

El caso es que papá se recuperó y mamá volvió a reírse... Y por fin llegó la víspera del cumpleaños.

—Si te vas a la cama temprano, Jem, mañana llegará más deprisa —le aseguró Susan.

Jem lo intentó, pero no parecía que diese resultado. Walter se quedó dormido enseguida mientras él no paraba de dar vueltas. Tenía miedo de dormirse. ¿Y si no se despertaba a tiempo y todos los demás le daban los regalos a su madre antes que él? Quería ser el primero. ¿Por qué no se le habría ocurrido pedirle a Susan que lo despertara? Susan había ido de visita a alguna parte, pero se lo diría cuando volviese. ¡Si es que la oía, claro! Bajaría a acostarse en el sofá de la sala de estar, para oírla sin falta.

Bajó con sigilo y se acurrucó en el chéster. Veía todo Glen. La luna llenaba de magia los huecos entre las dunas nevadas. Los árboles grandes, que de noche parecían tan misteriosos, tendían sus brazos alrededor de Ingleside. Se oían todos los ruidos nocturnos de una casa: el crujido del suelo... Alguien que se daba la vuelta en la cama... Las brasas del fuego al romperse y caer... Un ratoncillo correteando por la alacena de la vajilla. ¿Eso era una avalancha? No, solo un montón de nieve que caía del tejado. Se sentía un poco solo... ¿Por qué no volvía Susan?... Si tuviese a Gyp a su lado, a su querido Gyppy. ¿Se había olvidado de Gyp? No, no se había olvidado exactamente. Pero ya no le dolía tanto pensar en él... Pensaba en muchas otras cosas la mayor parte del tiempo. «Que duermas bien, querido perro, el más querido de todos». A lo mejor algún día sí tenía otro perro. Sería bonito tener un perro en ese momento..., o al Canijo. Pero el Canijo no estaba por ahí. ¡Gato egoísta! ¡Solo pensaba en sus cosas!

Y ni rastro de Susan todavía acercándose por la larga carretera que se extendía interminablemente por aquel extraño paisaje blanco que de día era su Glen familiar. Bueno, solo tenía que imaginarse cosas para pasar el rato. Algún día iría a la isla de Baffin y viviría con los esquimales. Algún día navegaría hasta mares remotos y pescaría un tiburón para la comida de Navidad, como el capitán Jim. Iría de expedición al Congo en busca de gorilas. Sería buceador y flotaría entre salones de cristal radiante por el fondo del mar. Le pediría al tío Davy que le enseñara a darle leche al gato la próxima vez que fuera a Avonlea. El tío Davy era un experto. A lo mejor se hacía pirata. Susan quería que fuese sacerdote. Un sacerdote podía hacer el mayor bien, pero ¿un pirata no tendría la mayor diversión? ¡Imagínate que el soldadito de madera se caía de la repisa de la chimenea y se le disparaba el fusil! ¡Imagínate que las sillas se ponían a dar vueltas por la sala! ¡Imagínate que la alfombra de tigre cobraba vida! ¡O que «los osos» que Walter y él se «imaginaban» por toda la casa cuando eran muy pequeños estuvieran allí de verdad! Se asustó de repente. De día normalmente no olvidaba la diferencia entre la realidad y la fantasía, pero esta noche interminable era distinto. Tictac, decía el reloj... Tictac... Y con cada tic un oso venía a sentarse en un peldaño de la escalera. Las escaleras se poblaron de osos hasta volverse negras. Se quedarían allí hasta el amanecer, parloteando.

¡Imagínate que Dios se olvida de levantar el sol! La idea era tan aterradora que Jem escondió la cara en la manta para ahuyentarla, y allí lo encontró Susan, dormido como un tronco, cuando volvió a casa en el intenso fulgor anaranjado de un amanecer de invierno.

—¡Jem, pequeño!

Jem se desperezó y se incorporó, bostezando. La escarcha de plata había estado muy ajetreada toda la noche y los bosques eran un mundo mágico.

Una lanza escarlata rozaba un monte lejano. Un precioso resplandor rojizo cubría los campos blancos más allá del pueblo. Era el cumpleaños de mamá.

—Te estaba esperando, Susan... Para decirte que me despertaras..., y no venías nunca.

—Fui a ver a la familia de John Warren, porque había muerto su tía, y me pidieron que me quedase a velar el cadáver —explicó Susan, tan contenta—. No se me ocurrió que pretendías pillar una pulmonía en cuanto diese media vuelta. Anda, vete a tu cama, que yo te aviso cuando oiga a tu madre moverse.

—Susan, ¿cómo se apuñala a los tiburones? —preguntó Jem antes de subir las escaleras.

—Yo no los apuñalo —dijo Susan.

Mamá estaba levantada y delante del espejo, cepillándose el pelo largo y brillante, cuando Jem entró en su dormitorio. ¡Los ojos que puso al ver el collar!

—¡Jem, cariño! ¡Para mí!

—Ya no tienes que esperar hasta que venga el barco de papá —dijo Jem con simpática despreocupación. ¿Qué era ese resplandor verde en la mano de mamá? Una sortija: el regalo de papá. Muy bonita, aunque las sortijas eran cosas muy normales... Hasta Sissy Flagg tenía una. ¡Pero un collar de perlas...!

—Un collar es un regalo de cumpleaños muy bonito —dijo su madre.

Capítulo XX

Cuando Gilbert y Ana fueron a cenar con unos amigos en Charlottetown, una noche de finales de marzo, Ana se puso un vestido nuevo, de color verde hielo, con un adorno de plata alrededor del cuello y los brazos, a juego con la sortija de esmeralda de Gilbert y el collar de Jem.

—¿Verdad que tengo una mujer guapa, Jem? —dijo su padre con orgullo.

Jem creía que su madre era muy guapa y que llevaba un vestido precioso. ¡Qué bonitas quedaban las perlas en su cuello blanco! Siempre le gustaba ver a su madre bien vestida, pero aún más le gustaba verla cuando se quitaba un vestido espléndido, porque tan bien vestida se transformaba en una desconocida: no parecía su madre.

Después de cenar, Jem tuvo que ir al pueblo a hacer un recado para Susan, y estaba esperando en la tienda del señor Flagg —bastante asustado por la idea de que Sissy pudiera aparecer, como hacía a veces, y tratarlo con demasiada simpatía— cuando recibió el golpe: el golpe demoledor de la desilusión que tan terrible resulta para un niño, por inesperado y al parecer inevitable.

Había dos chicas delante de la vitrina donde el señor Carter Flagg guardaba los collares, las pulseras y los pasadores para el pelo.

—¿Verdad que esa perlas son preciosas? —dijo Abbie Russell.

—Casi parecen auténticas —contestó Leona Reese.

Y pasaron de largo, sin ser conscientes de lo que acababan de hacerle al niño que estaba sentado en el cajón de los clavos. Jem siguió sentado un buen rato. Era incapaz de moverse.

—¿Qué pasa, hijo? —le preguntó el señor Flagg—. Pareces algo alicaído.

Jem miró al señor Flagg con ojos trágicos. Tenía la boca extrañamente seca.

—Señor Flagg..., esos... esos collares... no son de perlas auténticas, ¿verdad?

El señor Flagg se echó a reír.

—No, Jem. Me temo que no se pueden comprar perlas auténticas con cincuenta centavos... Son de bisutería... y bien buenos para el precio que tienen. Los conseguí en una liquidación por quiebra... Por eso los vendo tan baratos. Normalmente valen un dólar. Solo queda uno... Se han vendido como rosquillas.

Jem bajó del cajón y se marchó sin acordarse para nada del encargo que le había hecho Susan. Volvió a casa por la carretera helada sin fijarse en nada. El cielo del invierno tenía un color muy oscuro; «se presentía» la nieve en el aire, como decía Susan, y una capa de hielo cubría los charcos. El puerto era una llanura negra y taciturna entre sus orillas desnudas. Antes de que Jem hubiera llegado a casa la nevada ya empezaba a cubrir las orillas de blanco. Tenía ganas de que nevase y nevase y nevase... hasta que la nieve acabara sepultándolo, a él y a todos los demás, a muchos metros de profundidad. No había justicia en el mundo, en ninguna parte.

Jem estaba destrozado, y no iba a consentir que nadie se burlara de su disgusto o le restara importancia a su causa. Su humillación era profunda y total. Le había regalado a su madre un collar de perlas que tanto él como ella creían que era auténtico... Y solo era una imitación barata. ¿Qué diría mamá..., cómo se sentiría... cuando lo supiera? Porque tenía que contárselo, desde luego. Ni por un momento se le ocurrió a Jem pensar que no era necesario contárselo. No podía seguir «engañada» ni un minuto más. Tenía que saber que sus perlas no eran auténticas. ¡Pobre mamá! ¡Con lo orgullosa que estaba de ellas! ¿No había visto Jem cómo le brillaron los ojos de orgullo cuando le dio las gracias con un beso?

Entró por la puerta lateral y se fue derecho a la cama, donde Walter ya estaba dormido como un tronco. Pero Jem no podía dormir. Seguía despierto cuando mamá volvió a casa y entró a ver si los niños estaban bien arropados.

—Jem, cariño, ¿qué haces despierto a estas horas? ¿No estarás enfermo?

—No, pero tengo una pena muy grande aquí, mamaíta —dijo Jem, poniéndose la mano en el estómago, donde inocentemente creía que estaba el corazón.

—¿Qué te pasa, cariño?

—Es que... es que... tengo que contarte una cosa, mamá. Te vas a llevar un disgusto enorme... Pero yo no quería engañarte... De verdad que no quería.

—Seguro que no, cariño. ¿Qué es? No tengas miedo.

—Ay, mamaíta, esas perlas no son auténticas... Yo creía que lo eran... Yo creía que lo eran... Creía que...

Se le llenaron los ojos de lágrimas y no pudo seguir.

Si Ana tenía ganas de sonreír no dio la más mínima señal. Ese día Shirley se había dado un golpe en la cabeza, Nan se había torcido el tobillo, Di estaba acatarrada y se había quedado afónica. Ana había tenido que besar, vendar y consolar pero *esto* era distinto... Esto requería toda la sabiduría secreta de las madres.

—Jem, nunca pensé que creyeras que eran perlas auténticas. Yo sabía que no lo eran... Al menos en un sentido de la palabra. En otro sentido son lo más auténtico que me han regalado nunca, porque eran una muestra de amor, de trabajo y de esfuerzo..., y eso hace que para mí sean mucho más valiosas que todas las perlas que los buceadores hayan sacado del mar para las reinas. Cariño, yo no cambiaría esos abalorios tan bonitos por el collar de medio millón que un millonario le ha regalado a su novia, como leí anoche, así que ya ves cuánto vale tu regalo para mí, queridísimo hijito mío. ¿Te encuentras mejor?

Jem estaba tan feliz que le daba vergüenza. Temía que sentir tanta felicidad fuera cosa de bebés.

—Sí, la vida vuelve a ser soportable —dijo con prudencia.

Las lágrimas habían desaparecido de sus ojos chispeantes. Todo estaba bien. Mamá lo abrazaba... A mamá le gustaba su collar... Lo demás no tenía importancia. Un día le regalaría un collar que costara no solo medio millón sino uno entero. Mientras tanto, estaba cansado... Calentito y acurrucado en la cama... Las manos de mamá olían como las rosas... Y ya no odiaba a Leona Reese.

—Mamaíta, que dulce estás con ese vestido —dijo adormilado—. Dulce y pura... Como el anuncio de cacao Epps.

Ana sonrió mientras lo abrazaba y se acordó de una cosa ridícula que había leído en una revista médica ese mismo día, firmada por el doctor V. Z. Tomachowsky: «No beses nunca a tu hijo si no quieres desarrollar complejo de Yocasta». Se había reído al leerlo y también se había enfadado un poco. Ahora solo sentía lástima del autor. ¡Pobre, pobre hombre! Porque estaba segura de que V. Z. Tomachowsky era un hombre. Ninguna mujer habría escrito jamás semejante tontería y maldad.

Capítulo XXI

Abril llegó ese año de puntillas, con un sol radiante y vientos suaves que duraron varios días, hasta que un temporal del nordeste volvió a cubrir el mundo con un manto blanco.

—La nieve en abril es abominable —se lamentó Ana—. Es como una bofetada en la cara cuando esperas un beso.

La casa de Ingleside estuvo dos largas semanas decorada con carámbanos. Los días eran muy fríos y las noches gélidas. Luego la nieve desapareció a regañadientes, y cuando corrió la voz de que se había visto en la Hondonada el primer petirrojo todos se animaron y se atrevieron a creer que el milagro de la primavera estaba a punto de ocurrir de nuevo.

—Ay, mami, hoy huele a primavera —dijo Nan, olisqueando con placer el aire húmedo y fresco—. ¿Verdad que la primavera es emocionante, mami?

La primavera empezó a dar sus primeros pasos ese día... Como un bebé adorable que está aprendiendo a andar. El paisaje invernal de los campos y los árboles ya presentaba algunas señales de verdor y Jem había vuelto a traer las primeras anémonas. Pero una señora gordísima se desplomó en una de las butacas de Ingleside, resoplando, y luego suspiró y dijo con tristeza que las primaveras ya no eran tan bonitas como en los tiempos de su juventud.

—¿No pensará tal vez, señora Mitchell, que somos nosotros quienes cambiamos..., no las primaveras? —dijo Ana con una sonrisa.

—Puede ser. Yo desde luego que he cambiado. Lo sé muy bien. No creo que nadie que me mire ahora pueda creerse que un día fui la chica más guapa de la comarca.

Ana pensó que desde luego ella no podía. El pelo fino y tieso, del color de un ratón —que asomaba por debajo del sombrerito de crepé de la señora Mitchell y de su largo «velo de viuda»— estaba salpicado de mechones grises; los ojos azules, sin brillo ni expresión, parecían huecos; y llamar solamente papada a su papada era un acto de caridad. Pero justo en ese momento la señora de Anthony Mitchell estaba muy contenta porque no había en Cuatro Vientos nadie que luciera mejores galas. Llevaba un aparatoso vestido de crepé rigurosamente negro. En aquellos tiempos el luto se lucía con determinación.

Ana se ahorró la necesidad de decir nada, porque la señora Mitchell no le dio ocasión.

—Mi depósito de agua dulce se secó esta semana... Tiene una fuga... Por eso he venido al pueblo esta mañana, para pedirle a Raymond Russell que venga a repararlo. Y he pensado: «Ya que estoy aquí voy a acercarme un momento a Ingleside a pedirle a la señora Blythe que escriba un *obichario* para Anthony».

—¿Un obituario? —dijo Ana, que no estaba segura de haberla entendido.

—Sí... Esas cosas que publican en los periódicos cuando muere la gente —explicó la viuda de Anthony—. Quiero que el de Anthony sea bien bonito... Que se salga de lo común. Usted escribe cosas, ¿no?

—Escribo relatos de vez en cuando —reconoció Ana—. Pero una madre atareada no tiene demasiado tiempo para esas cosas. Antes tenía sueños maravillosos; ahora me temo que ya nunca llegaré a ser nadie, señora Mitchell. Y no he escrito un obituario en mi vida.

—Bueno, no puede ser difícil de escribir. El tío Charlie Bates, ese que vive cerca de nosotros, escribe la mayoría de los *obicharios* en Upper Glen, pero no tiene ni una pizca de poesía y yo quiero una pieza poética para mi Anthony. ¡Con lo que a él le gustaba la poesía! Fui a oír esa charla que dio usted en el Instituto de Glen la semana pasada, sobre los vendajes, y pensé: «Una mujer que habla con tanta soltura seguro que puede escribir un *obichario* bien poético». ¿Verdad que me hará usted el favor, señora Blythe? A Anthony le habría gustado mucho. Siempre la admiró a usted. Una vez dijo que cuando entraba usted en un sitio todas las demás mujeres parecían «vulgares y sin elegancia». A veces se ponía muy poético hablando, pero lo hacía con buena intención. He leído muchos *obicharios*... Tengo un álbum lleno de recortes... Pero creo que a él no le habría gustado ninguno... Se reía mucho de ellos. Y ya va siendo hora de escribirlo. Hace dos meses que murió. Murió postrado pero sin dolor. La llegada de la primavera siempre es un momento inoportuno para morirse, señora Blythe, pero me lo he tomado lo mejor posible. Me figuro que el tío Charlie se va a tirar de los pelos si le pido a otra persona que escriba el *obichario* de Anthony, pero me trae sin cuidado. El tío Charlie tiene un verbo fluido que da gusto, pero Anthony y él nunca congeniaron demasiado bien, y en resumidas cuentas, no voy a pedirle que escriba el *obichario* de mi Anthony. He sido la mujer de Anthony..., su amante y fiel esposa durante treinta y cinco años... Treinta y cinco años, señora Blythe... —No fuese Ana a creer que habían sido solo treinta y cuatro—. Y voy a regalarle un *obichario* que a él le guste, aunque me cueste un riñón. Eso me dijo mi hija Seraphine... Está casada en Lowbridge, ya sabe usted... Un nombre muy bonito Seraphine, ¿verdad?... Lo saqué de una lápida. A Anthony no le gustaba. Él quería llamarla Judith, como su madre. Pero yo le dije que era un nombre demasiado solemne y cedió con mucha amabilidad. Anthony no era de discutir... Aunque él siempre la llamó Seraph... ¿Por dónde iba?

—Su hija le dijo...

—Ah, sí, Seraphine me dijo: «Mamá, haz lo que quieras con todo lo demás, pero busca un *obichario* bien bonito para mi padre». Su padre y ella siempre estuvieron muy unidos, aunque él la chinchaba un poco de vez en cuando, lo mismo que a mí. Bueno, ¿lo escribirá usted, señora Blythe?

—La verdad es que no sé gran cosa de su marido, señora Mitchell.

—Yo se lo puedo contar todo..., siempre y cuando no quiera saber de qué color tenía los ojos. ¿Sabe usted, señora Blythe, que cuando Seraphine y yo nos pusimos a hablar de algunas cosas, después del funeral, yo no me acordaba de qué color tenía los ojos, después de haber vivido con él treinta y cinco años? De todos modos, eran dulces y soñadores. Me miraba con un gesto suplicante cuando me cortejaba. Le costó mucho convencerme, señora Blythe. Llevaba años loco por mí. Yo entonces estaba llena de vida y tenía la intención de elegir tranquilamente. Mi vida ha sido muy emocionante, si alguna vez ve usted que tiene poco material para escribir, señora Blythe. En fin, esos días ya han pasado. Tuve novios a punta pala, pero todos iban y venían..., y Anthony siempre venía. Además era guapetón... Tenía muy buena planta. Nunca he podido con los hombres retacos... Y él me sacaba uno o dos palmos... No seré yo quien lo vaya a negar. «Una Plummer sube un peldaño si se casa con un Mitchell», decía mi madre. Yo era una Plummer, señora Blythe: hija de John A. Plummer. Y Anthony me hacía unos cumplidos muy románticos. Una vez dijo que yo tenía el encanto etéreo de la luz de la luna. Yo entendí que quería decirme algo bonito, aunque sigo sin saber qué significa «etéreo». Siempre he querido buscarlo en el diccionario pero nunca me he decidido. Bueno, el caso es que al final le di mi palabra de honor de que sería su novia. Es decir..., le dije que lo aceptaba. ¡Madre mía, si me hubiera visto usted vestida de novia, señora Blythe! Todo el mundo decía que era una estampa. Esbelta como una trucha, con el pelo rubio como el oro y ¡un cutis! ¡Ay, qué manera tan horrible de cambiarnos tiene el tiempo! Usted todavía no ha llegado a eso, señora Blythe. Sigue siendo muy guapa... Y bien educada además. Bueno, no todas podemos ser listas... Alguien tendrá que cocinar. Lleva usted un vestido la mar de bonito, señora Blythe. Nunca va usted de negro, me he fijado... Y muy bien que hace... Ya le tocará ir de negro enseguida. «Resérvalo para cuando no te quede más remedio», digo yo. Bueno, ¿por dónde iba?

—Intentaba usted contarme... algo del señor Mitchell.

—Ah, sí. Nos casamos. Esa noche pasó un cometa enorme... Recuerdo que lo vi cuando íbamos hacia casa en la calesa. Es una pena que no viera usted ese cometa, señora Blythe, porque fue una maravilla. Me imagino que no podrá usted ponerlo en el *obichario*, ¿o sí?

—Pues... sería bastante difícil...

—Bueno —la señora Mitchell renunció al cometa con un suspiro—, tendrá usted que hacer como mejor le parezca. Anthony no tuvo una vida muy emocionante. Se emborrachó una vez... Dijo que quería ver lo que se sentía, al menos una vez... Siempre tuvo una mente curiosa. Pero eso no se puede contar en un *obichario*, claro. Nunca le pasó mucho más aparte de eso. No lo digo por quejarme, solo como descripción, pero era un poco vago y tranquilote. Se podía pasar una hora sentado mirando una malvarrosa. ¡Madre mía, cómo le gustaban las flores! ¡La rabia que le daba segar los botones de oro! Le traía sin cuidado que la cosecha de trigo se echara a perder mientras hubiera dalias y varas de oro. Y árboles: ¡el huerto que tenía...! Yo siempre le decía, en broma, que quería más a sus árboles que a mí. Y su granja... ¡Cuánto quería su trozo de tierra! Como si fuera un ser humano para él. La de veces que le habré oído decir: «Creo que voy a salir a charlar un rato con mi granja». Cuando nos hicimos mayores yo quería que vendiese la tierra, porque no hemos tenido hijos varones, y que nos mudásemos a Lowbridge, pero él se negaba: «No puedo vender mi granja... No puedo vender mi corazón». ¡Qué gracia tienen los hombres! Poco antes de morir se empeñó en que quería comer gallina: «Guisada como tú la haces», me dijo. Siempre le gustó mucho mi cocina, la verdad. Lo único que no soportaba era mi ensalada de lechuga con nueces. Decía que las nueces no se las esperaba, «¡jolines!». El caso es que no nos sobraba ninguna gallina... Todas eran buenas ponedoras... Y solo quedaba un gallo, y yo, claro, no podía matarlo. ¡Con lo que a mí me gusta ver a los gallos presumiendo por ahí! Pocas cosas hay mucho más bonitas que un buen gallo, ¿no cree usted, señora Blythe? Bueno, ¿por dónde iba?

—Estaba diciendo que su marido quería que le hiciera usted gallina guisada.

—Ah, sí. Y desde entonces me arrepiento de no haberla hecho. Me despierto a medianoche y me acuerdo de eso. Es que yo no sabía que se iba a morir, señora Blythe. Nunca se quejaba demasiado y siempre decía que estaba mejor. Y se interesó por las cosas hasta el final. Si hubiera sabido que iba a morirse, señora Blythe, le habría guisado una gallina, sin pensar en los huevos.

La señora Mitchell se quitó los guantes de encaje negro oxidado y se secó los ojos con un pañuelo que tenía una orla negra de cinco centímetros de ancho.

—Le habría gustado mucho —dijo entre sollozos—. Conservó los dientes hasta el final, pobrecillo. Bueno, el caso es que... —Dobló el pañuelo y se puso los guantes—. Tenía sesenta y cinco años, así que no le quedaba ya mucho tiempo de vida. Y ya tengo otra placa de ataúd. Mary Martha Plummer y yo empezamos a coleccionar placas de ataúd al mismo tiempo, pero ella tiene muchas más... Ha perdido a muchos parientes, por no hablar de sus tres hijos. Tiene más placas de ataúd que nadie de por aquí. Yo no parecía que fuese a tener mucha suerte, pero al final he conseguido llenar la repisa de la chimenea. A mi primo Thomas Bates lo enterramos la semana pasada, y yo quería que su mujer me diese la placa del ataúd, pero la enterró con él. Dijo que coleccionar placas de ataúd era una costumbre de tiempos bárbaros. Ella es una Hampson, y los Hampson siempre han sido raros. Bueno, ¿por dónde iba?

La verdad es que Ana esta vez no pudo decirle a la señora Mitchell por dónde iba. Estaba deslumbrada por las placas de ataúd.

—Bueno, el caso es que el pobre Anthony se murió. «Me voy contento y en paz», fue lo único que dijo, pero estuvo sonriente hasta el último momento... Le sonreía al techo, no a mí ni a Seraphine. Me alegro mucho de que estuviera tan contento justo antes de morir, porque a veces me parecía que no era del todo feliz, señora Blythe... Era muy nervioso y muy sensible. Pero en el ataúd tenía un aire de lo más noble y sublime. Tuvo un funeral por todo lo alto. Hizo un día precioso. Lo enterramos con montones de flores. A mí al final me dio un telele, pero aparte de eso todo salió muy bien. Lo enterramos en el cementerio de Lower Glen, aunque toda su familia está enterrada en Lowbridge. Pero es que él había elegido su sepultura hacía mucho tiempo... Decía que quería estar enterrado cerca de su granja, donde pudiese oír el mar y el murmullo del viento en los árboles... Hay árboles alrededor... En tres lados de la sepultura. Yo me alegré mucho... Ese cementerio siempre me ha parecido muy acogedor. Y hemos plantado geranios en la sepultura. Era un buen hombre... Probablemente ahora estará en el cielo, así que por eso no se preocupe usted. Siempre he pensado que debía de ser difícil escribir un *obichario* si uno no sabía por dónde empezar. Entonces, ¿puedo contar con usted, señora Blythe?

Ana asintió, con la sensación de que la señora Mitchell se quedaría allí hablando sin parar hasta que aceptase. La señora Mitchell, con otro suspiro de alivio, hizo un gran esfuerzo para levantarse del asiento.

—Tengo que irme. Hoy espero que me traigan un lote de polluelos de pavo. Ha sido un placer charlar con usted y me gustaría poder quedarme más tiempo. La vida de una viuda es muy solitaria. Puede que un hombre no valga gran cosa, pero cuando se va se le echa de menos.

Ana la acompañó con cortesía hasta la puerta del jardín. Los niños estaban persiguiendo a los petirrojos en el césped, donde por todas partes empezaban a asomar las puntas de los narcisos.

—Tiene usted una casa bien digna y bonita... Una casa bien digna y bonita, señora Blythe. Yo siempre he querido tener una casa grande. Pero como éramos solo nosotros y Seraphine... Y ¿de dónde íbamos a sacar el dinero?... Además, Anthony no quería ni oírlo decir. Le tenía un cariño enorme a esa casa vieja. Pienso venderla si me hacen una buena oferta: irme a Lowbridge o a Mowbray Narrows, donde decida que es mejor sitio para ser viuda. El seguro de Anthony me vendrá de perlas. Por mucho que se diga, las penas con pan son menos. Ya lo verá usted cuando se quede viuda... Aunque espero que aún falten muchos años para eso. ¿Cómo está el doctor Blythe? Este invierno ha habido muchas enfermedades, conque supongo que le habrá ido muy bien. ¡Qué familia tan bonita tiene usted! ¡Tres niñas! Ahora es fácil, pero espere usted a que lleguen a esa edad en que se vuelvan locas por los chicos. No es que yo haya tenido demasiados motivos de preocupación con Seraphine. Ella es tranquila, como su padre. Y cabezota como él. Cuando se enamoró de John Whitaker, se empeñó en casarse con él dijera yo lo que dijera. ¿Eso es un serbal? ¿Por qué no lo han plantado al lado de la puerta? Ahuyenta a los duendes.

—¿Quién querría ahuyentar a los duendes, señora Mitchell?

—Ahora está hablando usted como Anthony. Lo he dicho en broma. Yo no creo en los duendes, por supuesto... Pero si por casualidad existieran, tengo entendido que son malísimos. Bueno, adiós, señora Blythe. Pasaré la semana que viene a por el *obichario*.

Capítulo XXII

—Se ha dejado enredar, querida señora del doctor —dijo Susan, que había oído la mayor parte de la conversación mientras limpiaba la plata en la despensa.

—¿Verdad que sí? Pero en realidad quiero escribir ese obituario, Susan. Me caía bien Anthony Mitchell... Lo poco que lo he tratado... Y estoy segura de que se revolvería en su tumba si su obituario fuera del montón, como los que sacan en el *Daily Enterprise*. Anthony tenía un sentido del humor inoportuno.

—Anthony Mitchell era un hombre muy agradable de joven, aunque un poco soñador, según decían. No se dio demasiada prisa en cortejar a Bessy Plummer, pero se ganó la vida honradamente y siempre pagaba sus deudas. Naturalmente se casó con la mujer que menos le convenía. Claro que, aunque Bessy Plummer ahora pueda parecer una novia cómica, entonces era guapísima. Algunas, querida señora del doctor, ni siquiera podemos recordar eso —concluyó Susan con un suspiro.

—Mami —dijo Walter—, el porche trasero está plagado de dragoncillos. Y un par de petirrojos están haciendo un nido en el alféizar de la ventana de la despensa. ¿Verdad que tú les dejas, mami? ¿Verdad que no abrirás la ventana para espantarlos?

Ana había visto a Anthony Mitchell un par de veces, a pesar de que la casita gris donde vivía, entre el mar y los bosques de píceas, cubierta por un sauce grande como un paraguas gigantesco, se encontraba en Lower Glenn, y era el médico de Mowbray Narrows quien atendía a la mayor parte de los vecinos de esa zona. Pero Gilbert le compraba heno de vez en cuando, y una vez que el señor Mitchell fue a llevarles un carro de heno, Ana le enseñó todo el jardín y descubrieron que hablaban el mismo idioma. Le gustó Anthony Mitchell: tenía un rostro amable, arrugado y enjuto; los ojos valientes y astutos, de un color avellana tirando a amarillo, nunca habían titubeado ni hecho amago alguno de engatusar... Salvo una vez, quizá, cuando engañado por la belleza frívola y efímera de Bessy Plummer contrajo un matrimonio absurdo. Aun así, nunca parecía infeliz o insatisfecho. Mientras pudiese arar, cultivar y cosechar estaba contento como un pasto soleado. Tenía el pelo negro, muy levemente salpicado de plata, y un espíritu sereno y maduro que se manifestaba con infrecuentes pero encantadoras sonrisas. Sus viejos campos le habían procurado pan y placer, la alegría de la conquista y consuelo en la tristeza. Ana se alegraba de que lo hubieran enterrado cerca de su casa. Quizá se hubiera «ido felizmente», pero también había vivido felizmente. El médico de Mowbray Narrows les había contado que, cuando le dijo a Anthony Mitchell que no podía darle esperanzas de recuperación, el buen hombre sonrió y contestó: «Bueno, la vida resulta un poquitín monótona a veces, ahora que me estoy haciendo viejo. La muerte será un cambio. Me da mucha curiosidad». Incluso la señora Mitchell, entre sus muchas divagaciones absurdas, había dejado caer algunas cosas que revelaban cómo era Anthony de verdad. Unas noches después, junto a la ventana de su dormitorio, Ana escribió *La sepultura del anciano* y leyó lo escrito con satisfacción:

Ponedla allí donde los vientos soplen
suaves y fuertes entre las ramas de los pinos,
allí donde el murmullo del mar
llegue desde los prados del levante
y canten con dulzura las gotas de la lluvia
para acunar su sueño.

Allí donde los amplios prados
despliegan su verdor por todas partes,
en los campos que él labró y segó con sus manos,
en las laderas de trébol que miran a poniente,
en los huertos donde hoy brotan y crecen
los árboles que plantó hace tantos años.

Ponedla allí donde el tenue fulgor de las estrellas
pueda estar siempre muy cerca de él,
donde la aurora extienda su opulento
esplendor a los pies de su lecho
y las hierbas perladas de rocío
sean el dulce manto que cobija su sueño.

Si todas estas cosas tan queridas le fueron,
a lo largo de muchos y bien vividos años,
seguro que querrán acompañarlo
dondequiera que esté su lugar de descanso,
y el murmullo del mar entonará para él
una eterna elegía.

—Creo que a Anthony Mitchell le habría gustado —dijo Ana mientras abría la ventana para asomarse a la primavera. Ya empezaban a brotar las hileras torcidas de las lechuguitas en el huerto de los niños; los atardeceres por detrás del arcedal eran sonrosados y suaves; en la Hondonada resonaban los dulces y tenues ecos de las risas infantiles—. La primavera es tan bonita que no soporto irme a dormir y perderme un solo instante —dijo Ana.

La señora Mitchell vino a buscar su *obichario* una tarde de la semana siguiente. Ana se lo leyó con un punto de orgullo secreto, pero el rostro de la mujer no manifestó una satisfacción plena.

—¡Madre mía, eso es lo que yo llamo apabullante! Se expresa usted muy bien. Pero... pero... no dice ni una palabra de que esté en el cielo. ¿No está usted segura de que esté ahí?

—Tan segura que no hacía falta decirlo, señora Mitchell.

—Bueno, algunos podrían ponerlo en duda. Es que... Anthony no iba a la iglesia tanto como debía... Aunque era un feligrés de buena posición. Y tampoco dice usted cuántos años tiene... Ni menciona las flores. ¡Eran incontables las coronas que había sobre el ataúd! ¡Las flores son muy poéticas, creo yo!

—Lo siento...

—No se lo reprocho... No se lo reprocho ni una pizca. Lo ha hecho usted lo mejor que ha podido y suena precioso. ¿Cuánto le debo?

—Pues... pues... nada, señora Mitchell. Ni se me pasa por la cabeza.

—Bueno, como he pensado que probablemente me diría eso, le he traído una botella de mi vino de diente de león. Calma el estómago si alguna vez le molestan los gases. También quería traerle una botella de mi té de yerbas, pero he pensado que quizá al doctor no le parezca bien. Pero si a usted le gusta y cree que puede tomarlo sin que él se entere, no tiene más que decírmelo.

—No, no, gracias —dijo Ana, en un tono muy convencido. Aún no se había recuperado por completo del «apabullante».

—Como usted quiera. Lo tiene a su disposición. Yo no voy a necesitar más medicinas esta primavera. Cuando murió mi primo segundo, Malachi Plummer, este invierno, le pedí a su viuda que me diese las tres botellas de medicina que le habían sobrado... Las compraban a docenas. La mujer iba a tirarlas, pero yo nunca he consentido que se desperdicie nada. No podría tomarme más de una botella yo sola, pero le di las otras dos al hombre que nos ayuda en las tierras. «Si no le hace ningún bien, tampoco le hará ningún mal», le dije. No le voy a ocultar que ha sido una alegría que no quiera usted dinero por el *obichario*, porque ahora mismo ando muy justa. Un funeral es una cosa muy cara, y eso que la funeraria de D. B. Martin es casi la más barata de la zona. Todavía no he pagado la ropa de luto. No tendré la sensación de estar de luto de verdad hasta que la haya pagado. Afortunadamente no he tenido que comprarme un sombrerito nuevo. Este es el que me hice para el funeral de mi madre, hace diez años. Es una suerte que el negro me favorezca, ¿verdad? ¡Si viera usted a la viuda de Malachi Plummer, con esa cara cetrina que tiene! Bueno, me tengo que ir marchando. Y le estoy muy agradecida, señora Blythe, aunque... Bueno, estoy segura de que lo ha hecho usted lo mejor que ha podido y ha escrito una poesía preciosa.

—¿No quiere quedarse a comer con nosotras? —propuso Ana—. Susan y yo estamos solas... El doctor Blythe ha salido y los niños han ido a hacer su primer pícnic en la Hondonada.

—No tengo inconveniente —dijo la señora Mitchell, volviendo a sentarse de buena gana—. Me gustará quedarme un rato más. No sé por qué, pero una tarda mucho en descansar cuando se hace mayor. Además —añadió con una sonrisa beatífica en la cara sonrosada—, ¿no huele a nabos fritos?

Ana casi se arrepintió de los nabos cuando salió el *Daily Enterprise* la semana siguiente. En la página de los obituarios aparecía *La sepultura del anciano*... ¡Con cinco estrofas en lugar de las cuatro originales! Y la quinta decía:

Un perfecto marido, puntal y compañero,
mejor que él nunca lo hizo Dios;
un marido perfecto, cariñoso y leal;
uno entre un millón, Anthony, tú eras.

—¡...! —exclamaron en Ingleside.

—Espero que no le haya molestado que incluyera otra estrofa —le dijo la señora Mitchell a Ana en la siguiente reunión del Instituto—. Es que quería elogiar a Anthony un poquito más, y se lo pedí a mi sobrino, Johnny Plummer. Se sentó y lo garabateó en un santiamén. Es como usted... No parece listo pero sabe poetizar. Lo ha sacado de su madre..., que era una Wickford. Los Plummer no tienen ni gota de poesía en el alma: ni gota.

—Es una lástima que no le pidiese a él que escribiera el *obichario* del señor Mitchell desde el principio —fue la fría respuesta de Ana.

—Sí, ¿verdad? Es que yo no tenía noticia de que el chico escribiese poesía, y quería darle a Anthony una buena despedida. Luego su madre me enseñó un poema que había escrito, de una ardilla ahogada en un cubo de sirope de arce... Una cosa muy conmovedora. Pero el suyo también era muy bonito, señora Blythe. Creo que al combinar los dos ha salido algo fuera de lo común, ¿no le parece?

—Desde luego que sí —asintió Ana.

Capítulo XXIII

Los niños de Ingleside tenían mala suerte con las mascotas. El cachorrito negro, peludo y nervioso que papá les trajo una tarde de Charlottetown se marchó un buen día, la semana siguiente, y se esfumó. Nunca más se supo de él, y aunque corrían rumores de que habían visto a un marinero de la Punta del Puerto con un perrito negro a bordo la noche en que el barco zarpó, su destino pasó a ser uno de los misterios sin resolver más profundos y oscuros de las crónicas de Ingleside. Walter se lo tomó peor que Jem, que aún no se había sobrepuesto al disgusto por la muerte de Gyp y sabiamente no quería volver a encariñarse demasiado con un perro. Luego ocurrió que a Tigre Tom, que vivía en el establo y a quien nunca le dejaban entrar en casa por su propensión al robo, pero que recibía un montón de mimos a pesar de todo, lo encontraron tieso y frío en el suelo del establo y tuvieron que enterrarlo en la Hondonada con pompa y circunstancia. Para terminar, Bun, el conejo que Jem le había comprado a Joe Russell por un cuarto de dólar, se puso enfermo y murió. Tal vez su muerte se viera acelerada por la dosis de medicina que le dio Jem o tal vez no. Joe se lo había recomendado, y Joe seguramente sabía bien lo que decía. Pero Jem tenía la sensación de haber asesinado a Bun.

—¿Hay una maldición en Ingleside? —preguntó con tristeza cuando enterraron a Bun al lado del Tigre Tom. Walter le escribió un epitafio y tanto él como Jem y las gemelas llevaron un brazalete negro durante una semana, para escándalo de Susan, que estaba convencida de que eso era un sacrilegio. Susan no parecía destrozada por la muerte de Bun, que una vez se escapó y había causado estragos en el huerto. Y mucho menos aún le gustaban los dos sapos que Walter dejó en el sótano. Susan sacó a uno en cuanto se hizo de noche y lo dejó libre, pero al otro no consiguió encontrarlo, y Walter se pasó la noche en vela y preocupado.

«A lo mejor eran marido y mujer —pensaba—. A lo mejor se sienten solísimos y tristísimos ahora que están separados. El que sacó Susan era el pequeño, conque supongo que sería la sapita, y a lo mejor está muerta de miedo ahí sola, en ese patio tan grande, sin nadie que la proteja..., como una viuda».

Walter no soportaba imaginar las penas de la viuda, así que bajó al sótano a hurtadillas a buscar al marido, pero lo único que consiguió fue tirar un montón de cacharros de cocina viejos que Susan había apilado y hacer un estruendo capaz de despertar a los muertos. Sin embargo, solo despertó a Susan. Bajó al sótano con una vela temblorosa que le proyectaba unas sombras rarísimas en la cara demacrada.

—¡Walter Blythe! ¿Qué estás haciendo aquí?

—Susan, tengo que encontrar a ese sapo —dijo Walter, desesperado—. Susan, piensa cómo te sentirías sin tu marido, si es que lo tuvieras.

—¿Qué narices estás diciendo? —preguntó la desconcertada Susan, con toda la razón.

Fue entonces cuando el marido sapo, que claramente se había dado a sí mismo por perdido al entrar en escena la mujer, salió de un salto de detrás del tonel donde Susan hacía sus encurtidos al eneldo. Walter se abalanzó sobre él y lo soltó por la ventana al jardín, donde era de esperar que se reuniera con su supuesta enamorada y vivieran felices para siempre.

—Sabes que no deberías haber traído a esos bichos al sótano —señaló Susan con severidad—. ¿De qué iban a alimentarse?

—Yo pensaba cazar insectos para ellos, por supuesto —dijo Walter, ofendido—. Quería estudiarlos.

—¡No hay quien pueda con ellos! —se lamentó Susan mientras seguía al indignado Walter Blythe por las escaleras. Y no se refería a los sapos.

Tuvieron mejor suerte con su petirrojo. Lo encontraron en el mes de junio, cuando era poco más que un polluelo, en el umbral de la puerta, después de una noche de lluvia y viento. Tenía el lomo gris, el pecho moteado y los ojos brillantes, y desde el primer momento manifestó una confianza total en toda la familia de Ingleside, sin excepción siquiera del Canijo, que nunca intentó molestarlo, ni siquiera cuando Petirrojo Presumido tuvo la desfachatez de acercarse a saltitos a su cuenco y servirse tranquilamente. Al principio lo alimentaban con lombrices, y tenía tan buen apetito que Shirley se pasaba casi el día entero cazándolas. Las almacenaba en latas y dejaba las latas alrededor de la casa, para disgusto de Susan, que de todos modos habría soportado mucho más que esto por Petirrojo Presumido, que se posaba sin ningún temor en sus manos curtidas y se ponía a trinar delante de sus narices. Susan le había tomado mucho cariño a Petirrojo Presumido y consideró que valía la pena contarle en una carta a Rebecca Dew que ya empezaba a cambiarle el color del pecho y a ponerse de un rojo cobrizo precioso.

«No vaya usted a pensar, se lo ruego, que se me está reblandeciendo el cerebro, querida señorita Dew —le decía—. Supongo que es muy absurdo sentir tanto cariño por un pájaro, pero el corazón humano tiene sus debilidades. No está prisionero como un canario —cosa que nunca habría podido tolerar, querida señorita Dew—, sino que circula a su antojo por toda la casa y el jardín, y duerme en una rama, al lado de la plataforma del manzano donde Walter sube a estudiar, la que mira a la ventana de Rilla. Una vez que lo llevaron a la Hondonada se escapó volando, pero volvió al caer la tarde, para inmensa alegría de los niños, y sinceramente también mía, tengo que reconocerlo».

La Hondonada ya no era «la Hondonada». Walter había empezado a pensar que un sitio tan maravilloso merecía un nombre más acorde con sus posibilidades románticas. Una tarde de lluvia tuvieron que jugar en el desván, pero luego estalló el sol, inundando todo el pueblo de esplendor. «¡Mida qué azcoíriz tan bonito!», dijo Rilla con su gracioso chapurreo.

Era el arcoíris más magnífico que habían visto nunca. Uno de los extremos parecía apoyarse justo en la aguja de la iglesia presbiteriana y el otro hundirse en el cañaveral del estanque, en el recodo que subía por la punta más alta del valle. Y fue entonces cuando Walter le puso el nombre de Valle del Arcoíris.

El Valle del Arcoíris se había convertido en un universo para los niños de Ingleside. Las brisas siempre jugaban allí sin descanso, y los trinos de los pájaros resonaban de sol a sol. Los abedules blancos lo cubrían con sus destellos y desde uno en particular —la Dama Blanca— Walter se imaginaba que todas las noches venía una dríade chiquitita a hablar con ellos. A un arce y una pícea, que crecían muy juntos, con las ramas entrelazadas, les puso el nombre de «Los árboles enamorados» y colgó de ellas una cuerda de trineo vieja con muchos cascabeles, para que sonaran como las campanillas de los duendes cuando el viento los sacudiera. Un dragón custodiaba el puente de piedra que habían construido sobre el arroyo. Los árboles que crecían sobre el puente podían ser moros infieles en caso de necesidad, y los musgos verdes que cubrían las orillas eran alfombras de Samarcanda: ni allí las había más bonitas. Robin Hood y sus alegres secuaces merodeaban por todas partes; tres ninfas de agua vivían en la fuente; la casa Barclay de las afueras de Glen, vieja y abandonada, con su acequia cubierta de hierba y su jardín invadido por la alcaravea, se transformó con facilidad en un castillo asediado. La Espada de los Cruzados llevaba mucho tiempo oxidada, pero la hoja del cuchillo del carnicero de Ingleside se había forjado en un país mágico, y cada vez que Susan echaba en falta la tapa de su cazuela sabía que un caballero de flamante armadura y penacho de plumas, inclinado a vivir aventuras fabulosas, se la había llevado al Valle del Arcoíris para usarla como escudo.

A veces jugaban a los piratas, por contentar a Jem, que a sus diez años empezaba a desarrollar gustos algo sangrientos en sus diversiones, pero Walter siempre se negaba a pasear por la plancha, que para Jem era la mejor parte del juego. A veces ponía en duda que Walter tuviera fuerza suficiente para ser un bucanero, pero su lealtad lo llevaba a descartar la idea y en más de una ocasión había tenido una pelea sonada con los chicos que en el colegio llamaban a Walter «Niñita Blythe» y los había ganado a todos... O se lo llamaron hasta que vieron que siempre acababan a la gresca con Jem, que tenía una habilidad desconcertante con los puños.

A Jem ahora le dejaban ir de vez en cuando a la Boca del Puerto por las tardes a comprar pescado. Y a él le encantaba hacer este recado, porque podía sentarse en la cabaña del capitán Malachi Russell, a los pies de un prado que había cerca del muelle, y escuchar las historias que contaban el capitán y sus compinches, que en el pasado habían sido jóvenes capitanes intrépidos. Todos tenían algo que añadir cuando alguien empezaba a hilvanar una historia. Al viejo Oliver Reese —de quien en realidad se sospechaba que en su juventud había sido pirata— se lo había llevado cautivo un rey caníbal... Sam Elliott había vivido el terremoto de San Francisco... William «el Bravo» MacDougall había librado un combate espeluznante con un tiburón... Andy Baker se había quedado atascado en un tubo de desagüe. Además, Andy aseguraba que podía escupir más recto que nadie en Cuatro Vientos. El capitán Malachi, con su nariz ganchuda y su mandíbula angulosa, su bigote hirsuto y gris, era el favorito de Jem. Con solo diecisiete años había sido capitán de un bergantín que llevaba a Buenos Aires cargamentos de madera. Tenía un ancla tatuada en cada mejilla y un maravilloso reloj antiguo al que se daba cuerda con una llave. Cuando estaba de buen humor le dejaba a Jem que le diese cuerda y cuando estaba de muy buen humor se lo llevaba a pescar bacalao o a buscar almejas con la marea baja, y cuando estaba de un humor espléndido le enseñaba las muchas maquetas de barco que había tallado en madera. Jem no conocía nada más fascinante. Había un barco vikingo, con su vela cuadrada pintada de rayas y un temible dragón en la proa... Una carabela de Colón... El *Mayflower*... Un elegante navío llamado *El holandés errante*... Y un sinfín de preciosos bergantines, goletas, bricbarcas, clíperes y barcos madereros.

—¿Me enseñará a tallar barcos como estos, capitán Malachi? —le suplicaba Jem.

El capitán movía la cabeza y escupía, contemplando el golfo con aire pensativo.

—Esto no se enseña, hijo. Tienes que navegar los mares treinta o cuarenta años, y entonces quizá llegues a conocer los barcos lo suficiente para poder hacerlos... Conocerlos y quererlos. Los barcos son como las mujeres, hijo... Hay que entenderlas y quererlas: de lo contrario nunca revelan sus secretos. Y hasta cuando crees que conoces un barco de proa a popa, por dentro y por fuera, de repente ves que se te resiste y que no te revela su alma. Si lo soltaras se te escaparía volando como un pájaro. Hubo un barco en el que navegué y nunca he sido capaz de tallarlo, y eso que lo he intentado tantas veces que ya he perdido la cuenta. ¡Era un barco díscolo y testarudo! Y hubo una mujer... Pero bueno, ya está bien de darle a la lengua. Tengo un barco a punto para meterlo en una botella y te voy a enseñar ese secreto, hijo.

Así que Jem nunca supo más de la «mujer», ni falta que le hacía, porque las únicas mujeres que a él le interesaban eran mamá y Susan. Y ellas no eran «mujeres». Solo eran mamá y Susan.

Cuando murió Gyp, Jem pensó que no quería volver a tener otro perro en la vida; pero el tiempo lo cura todo de un modo increíble y Jem empezaba a sentirse perruno otra vez. El cachorrito en realidad no contaba como un perro... Solo había sido un paréntesis. Jem puso a desfilar a sus perros alrededor de las paredes de su guarida del desván donde guardaba la curiosa colección del capitán Jim de... perros recortados de revistas: un mastín imponente... Un *bulldog* con los mofletes caídos... Un salchicha que parecía como si alguien hubiera sujetado a un perro de la cabeza y las patas y lo hubiera estirado como una goma elástica... Un caniche afeitado, con una borla en la punta de la cola... Un fox terrier... Un galgo ruso (Jem se preguntaba si los galgos rusos comían alguna vez)... Un insolente pomerania... Un dálmata con sus manchas negras... Y un *spaniel* con unos ojos suplicantes. Todos eran perros de pedigrí, pero a todos les faltaba algo a ojos de Jem... No sabía qué exactamente.

Y entonces apareció el anuncio en el *Daily Enterprise*. «Se vende un perro. Preguntar por Roddy Crawford en la Punta del Puerto». Nada más. Jem no habría podido explicar por qué el anuncio se le quedó grabado ni por qué tenía la sensación de que había tristeza en su propia brevedad. Averiguó por medio de Craig Russell quién era Roddy Crawford.

—El padre de Roddy murió hace un mes y Roddy tiene que irse a vivir con su tía en la ciudad. Su madre murió hace años. Y Jake Millison ha comprado la granja. Pero la casa van a derribarla. A lo mejor su tía no le deja quedarse con el perro. No es gran cosa como perro, pero a Roddy siempre le ha parecido increíble.

—No sé cuánto pedirá por él. Solo tengo un dólar —dijo Jem.

—Yo diría que él busca sobre todo un buen hogar para el perro —dijo Craig—. Pero seguro que tu padre te daría el dinero para comprarlo, ¿no?

—Sí, pero quiero comprarlo con mi dinero. Así me parecería que el perro es más mío.

Craig se encogió de hombros. Estos chicos de Ingleside eran muy raros. ¿Qué más daba quién pusiera el dinero para comprar un perro viejo?

Esa tarde, Gilbert llevó a Jem a la granja Crawford, una casa vieja, cochambrosa y destartalada, donde encontraron a Roddy y a su perro. Roddy era un niño más o menos de la edad de Jem: pálido, con el pelo rojizo y lacio, y un montón de pecas; el perro tenía las orejas marrones, muy sedosas, el hocico y la cola marrones y los ojos castaños claros más bonitos que se han visto jamás en la cara de un perro. Nada más ver aquella preciosidad de perro, con una raya blanca en la frente que le separaba los ojos y le enmarcaba el hocico, Jem supo que tenía que ser suyo.

—¿Quieres vender tu perro? —preguntó con mucho interés.

—No *quiero* venderlo —dijo Roddy con pena—. Pero Jake dice que si no lo vendo, él lo ahoga. Dice que la tía Vinnie no quiere perros.

—¿Cuánto pides por él? —preguntó Jem, con miedo a que Roddy pusiera un precio prohibitivo.

Roddy tragó saliva ostensiblemente. Le tendió el perro.

—Toma, llévatelo —dijo con brusquedad—. No voy a venderlo... No puedo. El dinero nunca podría pagar lo que vale Bruno. Si le das un buen hogar... y eres bueno con él...

—Sí, seré bueno con él —le garantizó Jem—. Pero tienes que aceptar mi dólar. Si no lo aceptas no sentiría que es mi perro. Si no lo aceptas no me lo llevo. —Le puso el dólar a Roddy en la mano por la fuerza... Acercó a Bruno a su pecho. El perrito miró a su amo. Jem no le vio los ojos, pero sí vio los de Roddy.

—Si lo quieres tanto...

—Lo quiero pero no puedo tenerlo —dijo Roddy de malos modos—. Hay cinco personas que han venido a buscarlo, pero no se lo he dado a nadie... Jake se enfadó muchísimo pero a mí me da igual. No eran buenas para Bruno. Tú en cambio... Quiero que lo tengas *tú* si *yo* no puedo. ¡Y apártalo de mi vista cuanto antes!

Jem obedeció. El perrito estaba temblando en sus brazos pero no protestaba. No dejó de abrazarlo en todo el camino hasta Ingleside.

—Papá, ¿cómo sabía Adán que un perro era un perro?

—Porque un perro no podía ser otra cosa más que un perro —dijo Gilbert, sonriendo—. ¿O sí?

Jem estaba demasiado emocionado para dormir mucho rato esa noche. Nunca había visto un perro que le gustara tanto como Bruno. Era normal que a Roddy le diera tanta pena separarse de él. Pero Bruno no tardaría en olvidarse de Roddy y en quererlo a él. Serían amigos. Tenía que acordarse de decirle a mamá que le pidiera al carnicero que les mandase huesos.

«Quiero a todo el mundo y a todas las cosas —dijo Jem—. Querido Dios, bendice a todos los gatos y perros del mundo, pero sobre todo a Bruno».

Por fin se quedó dormido. Tal vez el perrito tumbado a los pies de la cama, con la barbilla entre las patas extendidas, también se quedara dormido; o tal vez no.

Capítulo XXIV

El Petirrojo Presumido había dejado de alimentarse únicamente de lombrices y ya comía arroz, maíz, lechuga y semillas de capuchina. Había crecido mucho, estaba enorme —«el petirrojo grande» de Ingleside empezaba a ser famoso en el vecindario— y su pecho se había vuelto de un color rojo precioso. Se posaba en el hombro de Susan a verla tejer. Salía volando al encuentro de Ana, cuando volvía de hacer cualquier recado, y entraba en casa dando saltitos por delante de ella. Iba todas las mañanas al alféizar de la ventana de Walter a buscar migas. Se daba su baño diario en un balde, en el jardín de atrás, en el rincón del seto de escaramujo, y armaba un escándalo de mil demonios si por casualidad no había agua en el balde. El doctor Blythe se quejaba de que sus plumas y sus cerillas siempre estaban desperdigadas por la biblioteca, pero nadie se compadecía de él, y hasta él mismo se dio por vencido un día, cuando el Petirrojo Presumido se atrevió a posarse en su mano para llevarse la semilla de una flor. Todos estaban embrujados por el Petirrojo Presumido: todos quizá menos Jem, que había puesto en Bruno todo su cariño y poco a poco iba aprendiendo una amarga lección: que uno puede comprar un perro pero no su amor.

Al principio ni siquiera lo sospechaba. Era natural que Bruno se sintiera solo y tuviera nostalgia los primeros días, pero se le pasaría enseguida. Jem vio que no se le pasaba. Bruno era el perrito más obediente del mundo; hacía exactamente lo que le decían y hasta Susan tuvo que reconocer que no había animal mejor educado. Pero no tenía vida. Cuando Jem lo sacaba de casa, los ojos de Bruno cobraban un brillo expectante: movía la cola y echaba a correr muy contento. Pero al cabo de un rato el brillo se borraba de sus ojos y la carrera daba paso a un trote manso y cabizbajo al lado de Jem. Todos lo trataban con cariño: le ofrecían los huesos más jugosos y con más carne; nadie ponía la más mínima objeción a que durmiese a los pies de la cama de Jem todas las noches. Pero Bruno seguía muy distante..., inaccesible..., como un desconocido. A veces, Jem se despertaba a medianoche y se agachaba para acariciar el cuerpecito robusto, pero el perro nunca respondía con un lametón o moviendo el rabo. Bruno permitía las caricias pero no reaccionaba.

Jem estaba dispuesto a resistir. No era precisamente determinación lo que le faltaba a James Matthew Blythe, y no se dejaría vencer por un perro... Por su perro, comprado honradamente con el dinero que había ahorrado de su paga con esfuerzo. Y ahora Bruno *tenía* que dejar de echar de menos a Roddy... *Tenía* que dejar de mirarlo con los ojos tristes de un animal perdido... *Tenía* que aprender a quererlo.

Jem tuvo que salir en defensa de Bruno, porque los niños de la escuela, que sospechaban cuánto quería al perro, siempre intentaban «chincharlo» a cuenta de Bruno.

—Tu perro tiene pulgas... Unas pulgas enormes —le dijo Perry Reese. Jem tuvo que darle una buena tunda para evitar que Perry volviera a atreverse a decir que Bruno tenía una sola pulga: ni una sola.

—A mi perro le dan ataques una vez a la semana —presumió Rob Russell—. Seguro que el tuyo no ha tenido un ataque en la vida. Si yo tuviera un perro como ese lo echaría a la picadora de carne.

—Una vez tuvimos un perro como ese —dijo Mike Drew— y lo ahogamos.

—Mi perro es malísimo —dijo Sam Warren con mucho orgullo—. Mata a todos los pollos y muerde toda la ropa los días de colada. Seguro que tu perro nunca ha tenido el valor de hacer eso.

Con mucha pena, Jem reconoció ante sí mismo, no así ante Sam, que Bruno nunca había hecho eso. Casi quería que lo hiciese. Y le dolió que Watty Flagg dijera a grito pelado: «Tu perro es muy bueno... Nunca ladra los domingos», porque Bruno no ladraba ningún día.

Pero a pesar de todo era un perrito adorable y encantador.

—Bruno, ¿por qué no me quieres? —le preguntaba Jem, casi llorando—. Yo haría cualquier cosa por ti... Podríamos pasarlo muy bien juntos. —Pero no reconocía su derrota ante nadie.

Una noche, Jem se fue corriendo de una mejillonada en la Boca del Puerto porque sabía que se acercaba una tormenta. El mar lo anunciaba con sus gemidos. Todo tenía un aire siniestro y solitario. Justo cuando Jem entraba en Ingleside, el largo estruendo de un trueno rasgó el cielo.

—¿Dónde está Bruno? —preguntó a voces.

Era la primera vez que iba a alguna parte sin Bruno. Pensó que el camino hasta la Boca del Puerto era demasiado largo para un perrito. No quería reconocer que un camino tan largo con un perro que no daba muestras de ilusión sería también demasiado duro para él.

Resultó que nadie sabía dónde estaba Bruno. No lo habían visto desde que Jem se marchó, después de cenar. Lo buscó por todas partes sin ningún resultado. Llovía a cántaros y los relámpagos azotaban el mundo. ¿Estaba Bruno fuera, en la noche negra..., perdido? A Bruno le asustaban las tormentas. Únicamente se acercaba a Jem con algo de afecto cuando el cielo se desgarraba.

Jem estaba muy preocupado, y cuando pasó la tormenta Gilbert le dijo:

—Tengo que subir a la Punta del Puerto a ver cómo sigue Roy Westcott. Puedes venir conmigo, y a la vuelta pasaremos por la granja de los Crawford. Algo me dice que Bruno ha vuelto allí.

—¿A diez kilómetros? ¡No podría!

Pero había podido. Cuando llegaron a la casa oscura y deshabitada, hecho un ovillo en el húmedo umbral de la puerta encontraron a un perrito desamparado, tembloroso y empapado que los miró sin alegría y con cansancio. No protestó cuando Jem lo envolvió con sus brazos para llevarlo a la calesa entre una maraña de hierba que le llegaba hasta las rodillas.

Jem estaba feliz. ¡Cómo corría la luna por el cielo cuando las nubes la dejaban atrás! ¡Qué deliciosos eran los aromas de los bosques lavados por la lluvia a lo largo del camino! ¡Qué mundo tan magnífico!

—Creo que Bruno estará contentó en Ingleside después de esta noche, papá.

—Es posible —fue la escueta respuesta de papá. No le gustaba nada echar jarros de agua fría, pero sospechaba que el corazón del perrito, que había perdido su hogar, estaba destrozado sin remedio.

Bruno nunca había comido mucho, pero a raíz de esa noche comía cada vez menos, hasta que un día ya no quiso comer nada. Avisaron al veterinario, que no encontró ninguna enfermedad.

—Conocí a un perro que murió de pena y creo que a este le pasa lo mismo —le dijo aparte al doctor Blythe.

Dejó un «tónico», que Bruno se tomó sin protestar antes de volver a tumbarse, con la cabeza entre las patas y la mirada perdida. Jem se quedó un buen rato observándolo, con las manos en los bolsillos, y luego fue a la biblioteca para tener una conversación con su padre.

Gilbert fue a la ciudad al día siguiente, hizo algunas averiguaciones y volvió a Ingleside con Roddy Crawford. Cuando Roddy subió los peldaños de la terraza, Bruno, que había oído sus pasos desde la sala de estar, levantó la cabeza e irguió las orejas. Enseguida arrastró por la alfombra el cuerpecito consumido para acercarse al niño pálido y de ojos castaños.

—Querida señora del doctor —dijo Susan esa noche, con la voz llena de asombro—, el perro estaba llorando: llorando. Le caían las lágrimas por el hocico. No voy a reprocharle que no se lo crea. Yo nunca lo habría creído si no lo hubiera visto con mis propios ojos.

Roddy estrechó a Bruno contra su corazón y miró a Jem con un gesto mitad de súplica, mitad de desafío.

—Lo compraste, ya lo sé... Pero es mío. Jake me mintió. La tía Vinnie dice que no le molesta nada tener un perro, pero no me parecía bien pedirte que me lo devolvieras. Aquí tienes tu dólar... Nunca lo he tocado... No podía.

Jem dudó solo un momento. Luego vio los ojos de Bruno. «¡Qué cochino soy!», pensó asqueado de sí mismo. Y aceptó el dólar.

Roddy sonrió entonces. La sonrisa transformó por completo su rostro mustio, aunque solo acertó a decir un áspero: «Gracias».

Roddy durmió esa noche con Jem y con un Bruno pletórico, tendido entre los dos niños. Pero antes de acostarse, Roddy se arrodilló para rezar y Bruno se sentó a su lado, con las patas delanteras apoyadas en la cama. Si un perro ha rezado alguna vez, Bruno rezó ese día: una oración de gracias por haber recuperado la alegría de vivir.

Cuando Roddy le ofreció comida, Bruno la devoró con avidez, sin apartar la vista del niño en ningún momento. Luego, lleno de brío, fue correteando hasta el pueblo detrás de Jem y Roddy.

—Nunca se ha visto un perro más alegre —declaró Susan.

Pero al día siguiente, por la noche, cuando Roddy y Bruno ya se habían marchado, Jem se quedó un buen rato en los peldaños de la puerta lateral, a la hora de las lechuzas. No quiso ir a buscar a las hordas piratas en el Valle del Arcoíris con Walter... El fabuloso espíritu valiente y bucanero lo había abandonado. Ni siquiera hacía caso al Canijo, que estaba agazapado entre la menta, sacudiendo la cola como un feroz león de las montañas a la espera de lanzar su ataque. ¿Cómo se atrevían los gatos a estar felices en Ingleside mientras los perros sufrían tanto?

Estaba de mal humor incluso con Rilla, que fue a ofrecerle su elefante de terciopelo azul. ¡Elefantes de terciopelo cuando Bruno se había ido! Y a Nan le dio un buen corte cuando se acercó a proponerle que dijeran los dos en voz baja lo que pensaban de Dios.

—¿No creerás que le echo a Dios la culpa de esto? —protestó Jem, muy serio—. No tienes ningún sentido de la proporción, Nan Blythe.

Nan se fue muy chafada, a pesar de que no tenía la menor idea de lo que Jem quería decir, y Jem descargó su ira contra las brasas del incendio del atardecer. Se oía ladrar a los perros por todo Glen. Los Jenkins, que vivían algo más adelante, estaban llamando a sus perros... Los llamaban por turnos. Todo el mundo podía tener un perro, hasta los Jenkins... Todos menos él. La vida se extendía ante sus ojos como un desierto en el que nunca habría perros.

Ana fue a sentarse un peldaño más abajo, con cuidado de no mirarlo. Jem sintió su cariño.

—Mamita —dijo con la voz ahogada—, ¿por qué Bruno no me quería si yo lo quería tanto? ¿Tú crees que soy de esos niños que no caen bien a los perros?

—No, cariño. Acuérdate de cuánto te quería Gyp. Es que Bruno solo tenía una cantidad de amor que dar... Y ya la había dado toda. Hay perros que son así... De un sola persona.

—De todos modos, Bruno y Roddy están contentos —dijo Jem, satisfecho aunque triste, mientras se agachaba para besar la coronilla suave y rizada de su madre—. Pero nunca volveré a tener otro perro.

Ana pensó que ya se le pasaría; tuvo la misma reacción cuando murió Gyppy. Pero esta vez no fue así. El hierro se había clavado muy dentro del alma de Jem. Habría otros perros en Ingleside, yendo y viniendo... Perros buenos que serían de la familia, a los que Jem mimaría y con los que jugaría, como los demás. Pero nunca habría un «perro de Jem» hasta que un tal «Perrito Lunes» se adueñó de su corazón y demostró quererlo con un amor que superaba con creces el de Bruno: un amor que haría historia en Glen. Pero para esto aún faltaban varios largos años, y el niño que esa noche subió a la cama de Jem se sentía muy solo.

«¡Ojalá fuera una niña —pensó furioso— para hartarme a llorar!».

Capítulo XXV

Nan y Di ya iban a la escuela. Empezaron la última semana de agosto.

—¿Esta noche ya lo sabremos *todo*, mami? —preguntó Di, muy seria, la primera mañana.

Ahora, a primeros de septiembre, Ana y Susan ya se habían acostumbrado, y hasta disfrutaban viendo salir por las mañanas a las dos ratoncitas, tan chiquitinas, despreocupadas y pulcras, para quienes ir a la escuela era toda una aventura. Siempre guardaban en su cesta una manzana para la maestra y siempre llevaban sus batas de cuadros con volantes, una azul y la otra rosa. Como no se parecían ni una gota nunca se vestían las dos iguales. Diana, la pelirroja, no podía ir de rosa; en cambio a Nan, que era con diferencia la más guapa de las gemelas de Ingleside, el rosa le sentaba muy bien. Tenía los ojos y el pelo castaños, y un cutis precioso, del que con solo siete años ya era consciente. Parecía en parte hecha a semejanza de las estrellas. Llevaba la cabeza erguida, con orgullo, y la barbilla pequeña y desafiante un poquito alta, de ahí que ya la considerasen bastante «estirada».

—Va a imitar todas las poses y costumbres de su madre —señaló la señora de Alec Davies—. Ya tiene todo el encanto de su madre y se da los mismos aires, me parece a mí.

Las gemelas eran diferentes no solo en su aspecto. Di, a pesar del parecido físico con su madre, era mucho más hija de su padre en cualidades y carácter. Ya empezaba a manifestar las cualidades de Gilbert: su espíritu práctico, su sencillo sentido común y su ingenioso sentido del humor. Nan había heredado íntegramente el don de la imaginación de su madre y ya era capaz de crearse una vida interesante por sus propios medios. Por ejemplo, lo había pasado en grande todo el verano haciendo tratos con Dios parecidos a este: «Si tú haces tal y cual cosa yo haré tal y cual otra».

Todos los niños de Ingleside se habían iniciado en la vida con el clásico: «Con Dios me acuesto...». De ahí pasaron al padrenuestro, y luego los animaron a hacer sus peticiones con las palabras que ellos quisieran. No está claro qué fue lo que dio a Nan la idea de que podía inducir a Dios a que le concediera peticiones con promesas de buen comportamiento o con demostraciones de fortaleza. Quizá una guapa y joven maestra de catequesis fuese indirectamente responsable de esta costumbre, por sus frecuentes advertencias de que, si no eran buenas niñas, Dios no les daría tal o cual cosa. Era muy fácil dar la vuelta a esta idea por completo y llegar a la conclusión de que si tú *eras* tal y cual, o *hacías* tal y cual, tenías derecho a esperar que Dios hiciera lo que tú quisieras. El primer «trato» de Nan en primavera había salido tan bien que vino a compensar otros fracasos, y la niña se animó a seguir así todo el verano. Nadie lo sabía, ni siquiera Di. Nan acariciaba su secreto y había tomado la costumbre de rezar a horas intempestivas y en sitios de lo más variopintos, no solo de noche. A Di no le parecía bien, y se lo dijo.

—No mezcles a Dios con *todo*. Lo vuelves demasiado *vulgar* —le dijo, muy seca.

Ana, que la había oído, le llamó la atención.

—Dios está en *todas las cosas*, hija. Es el amigo que siempre está cerca de nosotras para darnos fuerza y valor. Y Nan hace muy bien rezando donde quiera y cuando quiera. —Claro que, si Ana hubiera sabido cómo era en realidad la fe de su hija, se habría quedado horrorizada.

Una noche de mayo, Nan había dicho: «Querido Dios, si haces que me crezca el diente antes de la fiesta de Amy Taylor, la próxima semana, me tomaré sin rechistar todas las cucharadas de aceite de ricino que me dé Susan».

Y justo al día siguiente, el diente que faltaba desde hacía demasiado tiempo y que había dejado un hueco tan feo en la boca preciosa de Nan empezó a asomar, y para el día de la fiesta ya había crecido del todo. ¿Qué señal más clara se podía pedir? Nan cumplió fielmente su parte del trato, y Susan se quedaba tan perpleja como encantada cada vez que le daba el aceite de ricino. Nan se lo tomaba sin una sola mueca de protesta, aunque a veces lamentaba no haber fijado un límite temporal: por ejemplo, tres meses.

Dios no siempre respondía. Pero cuando Nan le pidió un botón especial para su cuerda de botones —la afición a coleccionar botones se había propagado como la varicela entre las niñas de Glen—, prometiendo que nunca protestaría cuando Susan le pusiera a ella el plato desportillado..., el botón apareció justo el día siguiente. Susan lo encontró en un vestido viejo, en el desván. Era un botón rojo precioso, con unos diamantes diminutos, o lo que Nan creía que eran diamantes. Se convirtió en la envidia de todas las niñas gracias a este botón tan elegante y, esa noche, cuando Di se negó a aceptar el plato desportillado, Nan dijo, como un ejemplo vivo de virtud: «Dámelo a mí, Susan. A partir de ahora lo aceptaré *siempre*». A Susan le pareció un gesto de generosidad angelical, y así se lo dijo. A lo que Nan reaccionó con una satisfacción que era al mismo tiempo fingida y sincera. Consiguió que hiciera un buen día en el pícnic de catequesis, cuando la noche anterior todo el mundo vaticinaba lluvia, con la promesa de cepillarse los dientes todas las mañanas sin esperar a que se lo dijeran. Recuperó el anillo que había perdido con la condición de llevar las uñas impolutas; y, cuando Walter le dio la estampa de un ángel volador que codiciaba desde hacía mucho tiempo, se comió la grasa de la carne sin protestar a partir de ese día.

Sin embargo, cuando le pidió a Dios que rejuveneciera a su maltrecho y remendado osito de peluche, a cambio de tener su escritorio siempre ordenado, algo falló. El osito no volvió a ser joven, a pesar de que Nan esperaba el milagro todas las mañanas, con impaciencia y deseando que Dios se diera prisa. Al final se resignó a aceptar la edad del osito. En el fondo era un oso mayor muy bonito y sería muy duro tener el escritorio siempre ordenado. Cuando papá le trajo un osito nuevo, a Nan en realidad no le gustó, y aunque su conciencia infantil puso algunos reparos, decidió que no necesitaba esforzarse demasiado en ordenar el cajón del escritorio. Recuperó la fe cuando, después de pedirle a Dios que su gato de porcelana recuperase el ojo que había perdido, el ojo apareció en su sitio a la mañana siguiente, aunque un poco torcido, lo que le daba al gato el aire de estar bizco. Susan lo encontró barriendo y lo pegó con pegamento, pero Nan nunca lo supo y cumplió alegremente la promesa de dar catorce vueltas a cuatro patas alrededor del establo. No se paró a pensar qué bien podía hacerle a Dios ni a nadie que ella diera catorce vueltas a cuatro patas alrededor del establo. Nan no soportaba andar a cuatro patas: en el Valle del Arcoíris, los chicos siempre les pedían a ella y a Di que hiciesen de animales... Y es posible que su tierna conciencia se formara la vaga idea de que este castigo tal vez fuera del agrado del misterioso Ser que daba o quitaba a su antojo. El caso es que a lo largo del verano se le ocurrieron varias cosas raras y peligrosas que dejaron a Susan pasmada y le hicieron preguntarse a menudo de dónde narices sacarían los niños ciertas ideas.

—¿Por qué cree usted, querida señora del doctor, que Nan tiene que dar dos vueltas al cuarto de estar todos los días sin pisar el suelo?

—¡Sin pisar el suelo! ¿Cómo lo hace, Susan?

—Saltando de mueble en mueble, incluido el guardafuegos. Ayer se resbaló ahí y se cayó de cabeza en el cubo del carbón. ¿Cree usted que necesitará una cucharada de jarabe para las lombrices, querida señora del doctor?

Este año siempre se recordaría en las crónicas de Ingleside como «el año en que papá estuvo *a punto* de pillar la neumonía y mamá *la pilló*». Una noche, Ana, que ya tenía un resfriado de aúpa, fue con Gilbert a una fiesta en Charlottetown: se había puesto un vestido nuevo, muy favorecedor, y el collar de perlas de Jem. Estaba guapísima, y los niños, que fueron a verla antes de que se marchara, pensaron que era maravilloso tener una madre de la que uno podía sentir tanto orgullo.

—Qué ruido tan agradable hacen las enaguas —dijo Nan, suspirando—. ¿Cuando sea mayor podré tener unas enaguas de tafetán como las tuyas, mami?

—No creo que las chicas lleven enaguas para entonces —dijo Gilbert—. Retiro lo dicho, Ana, y reconozco que ese vestido es deslumbrante, aunque no me gustaran las lentejuelas. No intentes seducirme, vampiresa. Ya te he hecho todos los cumplidos que pienso hacerte esta noche. Acuérdate de lo que hemos leído hoy en el *Medical Journal*: «La vida solo es un delicado equilibrio de química orgánica»; y que eso sirva para hacerte humilde y modesta. ¡Lentejuelas, hay que ver! Y enaguas de tafetán, además. Solo somos «una concatenación fortuita de átomos». Eso dice el gran doctor Von Bemburg.

—No me cites a ese horrible Von Bemburg. Seguro que padece de indigestión crónica grave. Puede que él sea una concatenación de átomos, pero yo no.

Unos días después Ana era una «concatenación de átomos» muy enferma y Gilbert, una muy preocupada. Susan iba de un lado a otro agobiada y cansada mientras la enfermera entraba y salía con cara de angustia: una sombra oscura y sin nombre se abatió y se extendió de repente sobre Ingleside. Los niños no estaban al corriente de que la enfermedad de su madre era grave, y ni siquiera Jem se daba cuenta del todo. Pero todos notaban el frío y el temor, y todos estaban tristes y callados. Por una vez no se oían risas en el arcedal ni había juegos en el Valle del Arcoíris. Aunque lo peor de todo era que no les dejaban ver a mamá. No había una madre que los recibía con sonrisas cuando volvían a casa, ni una madre que entraba sin hacer ruido para darles un beso de buenas noches, ni una madre que consolaba, apoyaba y comprendía, ni una madre con la que reírse de los chistes... Nadie se reía como su madre. Esto era mucho peor que cuando se iba de viaje, porque entonces ellos sabían que volvería... Mientras que ahora... no sabían nada. Nadie les decía nada... Todos los esquivaban.

Nan volvió de la escuela muy pálida por algo que le había dicho Amy Taylor.

—Susan, ¿está mamá..., no está mamá..., no está a punto de morirse, Susan?

—Claro que no —dijo Susan, con demasiada contundencia y demasiado deprisa. Le temblaban las manos cuando le sirvió a Nan su vaso de leche—. ¿Quién te ha dicho eso?

—Amy. Ha dicho que... ¡Ay, Susan, ha dicho que creía que mamá estaría preciosa muerta!

—No le hagas ni caso, cielo. Los Taylor tienen la lengua muy larga. Tu bendita madre está muy enferma, pero se va a recuperar, no tengas ninguna duda. ¿No sabes que tu padre lleva el timón?

—Dios no permitiría que mamá se muera, ¿verdad que no, Susan? —preguntó Walter, con los labios blancos y una solemnidad tan profunda que a Susan le resultó muy difícil mentir para consolarlo. Le daba mucho miedo que su respuesta pudiera ser mentira. Estaba asustadísima. La enfermera le había calentado la cabeza esa tarde. Y el doctor Blythe no había querido bajar a cenar.

—Supongo que el Todopoderoso sabe lo que hace —murmuró mientras lavaba los platos de la cena... y rompía tres. Pero por primera vez en su vida sencilla y honrada, Susan lo ponía en duda.

Nan no paraba de dar vueltas, muy triste. Papá estaba sentado a la mesa de la biblioteca, con la cabeza entre las manos. Luego entró la enfermera y Nan la oyó decir que creía que la crisis llegaría esa noche.

—¿Qué es una crisis? —le preguntó a Di.

—Creo que es cuando una mariposa sale del capullo —dijo Di, que no estaba muy segura—. Vamos a preguntárselo a Jem.

Jem lo sabía, y se lo explicó antes de subir a encerrarse en su habitación. Walter había desaparecido... Estaba tumbado boca abajo a los pies de la Dama Blanca, en el Valle del Arcoíris... Y Susan había ido a acostar a Shirley y a Rilla.

Nan salió a sentarse en las escaleras. En la casa, a sus espaldas, reinaba una quietud insólita y aterradora. Ante sus ojos, Glen resplandecía a la luz del atardecer, pero la carretera larga y roja estaba envuelta en una neblina polvorienta, y la sequía había calcinado las hierbas inclinadas de los campos del puerto. Llevaba semanas sin llover y las flores del jardín estaban mustias... Las flores que mamá tanto quería.

Nan estaba pensando muy a fondo. Ahora más que nunca era el momento de hacer un pacto con Dios. ¿Qué podía prometer para pedirle que curase a mamá? Tenía que ser algo tremendo... Algo que para Dios tuviera mucho valor. Nan se acordó de una cosa que Dicky Drew le había dicho a Stanley Reese un día en la escuela: «Te reto a pasear por el cementerio cuando se haga de noche». A Nan le entraron escalofríos solo de oírlo. ¿Quién podía atreverse a pasear por el cementerio de noche..., quién podía imaginarlo siquiera? A Nan el cementerio le inspiraba un terror que nadie en su familia sospechaba. Amy Taylor le había contado una vez que estaba lleno de gente muerta... «Pero no siempre *se quedan* muertos», añadió de un modo incomprensible y misterioso. Nan casi no se atrevía a pasar por delante siquiera a plena luz del día.

A lo lejos, los árboles de un monte cubierto por un velo dorado rozaban el cielo. Nan pensaba muchas veces que si pudiera llegar hasta ese monte ella también podría rozar el cielo. Dios vivía justo al otro lado... Quizá la oyese mejor desde allí arriba. Pero no podía llegar hasta ese monte... Tenía que hacer lo que pudiera desde Ingleside.

Entrelazó las manitas morenas y volvió al cielo el rostro cubierto de lágrimas.

—Querido Dios —susurró—, si haces que mamá se ponga bien, pasearé por el cementerio de noche. Te lo pido *por favor, por favor*, querido Dios. Y si me concedes esto no volveré a molestarte en mucho tiempo.

Capítulo XXVI

Fue la vida, no la muerte, lo que vino a Ingleside a esa hora de la noche en la que salen los espíritus. Los niños, por fin dormidos, debieron de notar incluso en sueños que la Sombra se retiraba tan deprisa y en silencio como había llegado, porque al despertarse al día siguiente, un día oscuro de lluvia bienvenida, todos llevaban en los ojos la luz del sol. Susan, que parecía diez años más joven, casi no tuvo que contarles la buena noticia. La crisis había pasado y mamá estaba fuera de peligro.

Era sábado y no había clase. No podían salir... ¡Con lo mucho que les gustaba jugar bajo la lluvia! Estaba cayendo un aguacero monumental y tenían que quedarse en casa muy calladitos, pero nunca habían sentido una felicidad más grande. Papá, que llevaba casi una semana sin pegar ojo, se desplomó en la cama de la habitación de invitados y dormía a pierna suelta: no sin antes hablar por conferencia con una casita de Avonlea, con sus tejas verdes, donde dos señoras temblaban cada vez que sonaba el teléfono.

Susan, que llevaba días desanimada, preparó un glorioso «suflé de naranja» para comer, prometió brazo de gitano relleno de mermelada para cenar y horneó un lote doble de galletas de mantequilla y caramelo. Petirrojo Presumido iba cantando por todas partes. Hasta las sillas parecían tener ganas de bailar. Las flores del jardín levantaron la cabeza con valentía cuando la lluvia impregnó la tierra seca. Y Nan, que no cabía en sí de felicidad, intentaba afrontar las consecuencias de su pacto con Dios.

No era su intención incumplirlo pero lo aplazaba continuamente, con la esperanza de reunir algo más de valor. «Se le helaba la sangre» de solo pensarlo, como tanto le gustaba decir a Amy Taylor. Susan sabía que a la niña le pasaba algo, y le había dado aceite de ricino sin observar ninguna mejoría. Nan se tomó su cucharada con obediencia, aunque no podía dejar de pensar que Susan le daba aceite de ricino mucho más a menudo que antes de hacer su anterior pacto con Dios. Pero ¿qué era el aceite de ricino comparado con pasear por el cementerio de noche? La verdad es que Nan no se veía capaz de hacerlo. Y tenía que hacerlo.

Mamá seguía muy débil; no dejaban a nadie que entrase a verla y solo podían asomarse un momento. Además, estaba muy delgada y pálida. ¿Era porque Nan no cumplía el pacto?

«Tenemos que darle tiempo», decía Susan.

Nan no sabía cómo se le daba tiempo a alguien. Pero sí sabía por qué su madre no se recuperaba más deprisa. Se armó de valor. Mañana volvía a ser sábado, y por la noche cumpliría lo prometido.

Llovió de nuevo al día siguiente y Nan no encontraba un solo instante de paz. La noche iba a ser lluviosa: nadie, ni siquiera Dios, podía pedirle que saliera a pasear por los cementerios. A mediodía paró de llover, pero entonces la niebla subió del puerto y cubrió todo Glen, envolviendo también la casa de Ingleside con su magia misteriosa. Aun así, Nan no perdía la esperanza. Si había niebla tampoco podría ir. Pero a la hora de cenar se levantó el viento y el paisaje perdió ese aire fantasmagórico que cobraba con la niebla.

—Esta noche no habrá luna —dijo Susan.

—Ay, Susan, ¿tú no sabes *hacer* una luna? —dijo Nan, desesperada. Si tenía que pasear por el cementerio *necesitaba* que hubiese luna.

—¡Qué cosas dices, hija! Nadie puede hacer lunas. Solo quería decir que estará nublado y no se verá la luna. Además, ¿qué te importa a ti si hay o no hay luna?

Eso era precisamente lo que Nan no podía explicar, y Susan estaba más preocupada que nunca. *Algo* le pasaba a la niña... Llevaba toda la semana rara. No comía ni la mitad de lo suficiente y estaba mustia. ¿Estaría preocupada por su madre? No tenía necesidad... La querida señora del doctor se estaba recuperando bien.

Sí, pero Nan sabía que su madre dejaría de recuperarse bien si ella no cumplía su pacto. Al atardecer se fueron las nubes y salió la luna. Pero ¡qué luna tan extraña!: una luna enorme y roja como la sangre. Nan nunca había visto una luna igual. Le daba pánico. Casi hubiera preferido la oscuridad.

Las gemelas se acostaron a las ocho y Nan tuvo que esperar hasta que Di se quedara dormida. Di se lo tomó con calma. Estaba muy triste y desilusionada para dormirse enseguida. Su amiga inseparable, Elsie Palmer, había vuelto a casa al salir de la escuela con otra niña, y Di creía que la vida prácticamente había acabado para ella. Dieron las nueve antes de que a Nan le pareciese seguro salir de la cama y vestirse, con tal temblor en los dedos que a duras penas acertaba a abrocharse los botones. Luego bajó sin hacer ruido y salió por la puerta lateral mientras Susan dejaba el pan preparado en la cocina y pensaba con satisfacción en las personas que tenía a su cargo: todos estaban en la cama a buen recaudo, menos el pobre doctor, que había recibido un aviso por correo urgente, de una casa de la Boca del Puerto donde un bebé se había tragado una tachuela.

Nan salió y bajó al Valle del Arcoíris. Tenía que cruzarlo para atajar y subir a los prados del monte. Sabía que una de las gemelas de Ingleside deambulando por la carretera y cruzando el pueblo llamaría la atención y alguien seguramente se empeñaría en llevarla a casa. ¡Qué fría era la noche de finales de septiembre! No había pensado en esto y no se había puesto la chaqueta. El Valle del Arcoíris por la noche no era el mismo rincón encantado que de día. La luna había menguado hasta cobrar un tamaño razonable y ya no estaba roja, pero lanzaba unas sombras negras y siniestras. A Nan siempre le habían dado mucho miedo las sombras. ¿Eso que se veía en la oscuridad, entre los helechos marchitos de la orilla del arroyo, eran huellas de pisadas muy suaves?

Nan levantó la cabeza y subió la barbilla.

—No tengo miedo —dijo en voz alta, con valentía—. Lo único que pasa es que tengo el estómago un poquito raro. Soy una heroína.

La grata idea de ser una heroína le dio ánimos para llegar hasta la mitad del monte. Entonces, una sombra extraña oscureció el mundo: una nube pasaba por delante de la luna... Y Nan se acordó del Pájaro. Amy Taylor le había contado una vez una historia espeluznante, de un enorme pájaro negro que bajaba por la noche y se llevaba a los niños. ¿Era la sombra del Pájaro la que se había extendido sobre ella? Pero mamá le había dicho que no existía ese pájaro enorme y negro.

—No creo que mamá me haya mentido... *Mamá* no haría eso —dijo Nan. Y siguió adelante hasta que llegó a la tapia. Detrás estaba la carretera... Y al otro lado el cementerio. Nan se detuvo a recuperar el aliento.

Otra nube vino a ocultar la luna. Todo cuanto veía alrededor era un paisaje desconocido, oscuro y extraño.

—¡Qué grande es el mundo! —exclamó con un escalofrío, acurrucándose contra la tapia. ¡Ojalá estuviera en casa!—. Pero... Dios me está mirando —dijo la pobre niña de siete años... Y saltó la tapia.

Cayó al otro lado, se arañó la rodilla y se rompió el vestido. Al levantarse, un tocón afilado le atravesó la zapatilla y le hizo un corte en el pie. De todos modos, cruzó la carretera cojeando hasta la verja del cementerio.

El viejo camposanto se extendía por su parte oriental a la sombra de los abetos. A un lado estaba la iglesia metodista, al otro la casa parroquial presbiteriana, oscura y silenciosa a esta hora, en ausencia del párroco. La luna salió de pronto de detrás de la nube y el cementerio se llenó de sombras: de sombras que se movían y bailaban; de sombras que te sujetaban si te confiabas y te aventurabas entre ellas. Un periódico que alguien había tirado revoloteaba por la carretera como una bruja bailarina, y aunque Nan sabía que era solo un periódico, contribuía al misterio de la noche. Los vientos silbaban en los abetos. Una hoja alargada del sauce que crecía al lado de la verja le rozó la mejilla de repente, como la mano de un duende. Se le paró el corazón unos segundos... De todos modos, puso la mano en el cerrojo de la verja.

¡Imagínate que un brazo largo *sale de una tumba y te arrastra dentro*!

Nan dio media vuelta. Sabía que, con pacto o sin pacto, *jamás* sería capaz de pasear por aquel cementerio de noche. De repente oyó un gruñido truculento, muy cerca de ella. Solo era la vaca de la señora de Ben Baker, que estaba pastando al lado del camino y acababa de salir de entre unas píceas. Pero Nan no esperó a ver qué era. Con un ataque de pánico incontrolable, bajó la cuesta a todo correr, cruzó el pueblo y siguió por la carretera hasta Ingleside. En la puerta del jardín cayó de cabeza en lo que Rilla llamaba un «*chasco* de barro». Pero estaba en casa, veía la luz suave en las ventanas, y poco después entraba a tropezones en la cocina de Susan, cubierta de barro y con los pies sangrando.

—¡Por el amor de Dios! —exclamó Susan, atónita.

—No he podido pasear por el cementerio, Susan... ¡No he podido! —dijo Nan jadeando.

Susan no hizo preguntas al principio. Se ocupó de la niña desconsolada y aterida de frío. Le quitó las zapatillas y los calcetines mojados. La desnudó, le puso el camisón y la llevó a la cama. Luego bajó a prepararle un «tentempié». Al margen de lo que hubiera hecho, Susan no podía consentir que se acostara con el estómago vacío.

Nan se tomó un tentempié y se bebió a sorbitos un vaso de leche caliente. ¡Qué maravilloso estar en una habitación iluminada y calentita, a salvo y bien arropada en su cama! Pero no quiso contarle nada a Susan.

—Es un secreto entre Dios y yo, Susan.

Susan se fue a la cama prometiéndose que sería una mujer feliz cuando la querida señora del doctor estuviera por fin recuperada.

—Son superiores a mis fuerzas —dijo con un suspiro de impotencia.

«Seguro que mamá ahora se muere». Nan se despertó con esta convicción aterradora. No había cumplido su parte del pacto y no podía contar con que Dios cumpliera la suya. La vida se volvió espantosa para Nan la semana siguiente. No encontraba placer en nada, ni siquiera viendo a Susan hilar en el desván, que siempre la fascinaba tanto. No sería capaz de volver a reírse, hiciera lo que hiciera. Le regaló a Shirley su perro de serrín, al que Ken Ford le había arrancado las orejas y al que quería incluso más que a su osito viejo —a Nan siempre le gustaban más las cosas viejas—, porque a Shirley siempre le había encantado; y a Rilla le regaló su querida casita de conchas, la que le había traído de las Antillas el capitán Malachi, con la esperanza de que Dios quedara satisfecho: pero Nan se temía que no y, cuando su nuevo gatito —el que le había regalado a Amy Taylor porque Amy Taylor lo quería— volvió a casa y se empeñó en seguir volviendo, Nan supo que Dios no estaba contento. Dios no se conformaría con nada menos que el prometido paseo por el cementerio; y la pobre y desesperada Nan era consciente de que nunca sería capaz. Era una cobarde y una tramposa. Solo los tramposos, como había dicho Jem una vez, intentaban no cumplir los pactos.

A Ana le permitieron sentarse en la cama. Ya casi estaba recuperada de la enfermedad. Pronto podría volver a ocuparse de la casa, leer sus libros, tumbarse cómodamente entre sus almohadas, comer lo que quisiera, sentarse junto a su chimenea, contemplar su jardín, ver a sus amistades, enterarse de cotilleos jugosos, dar la bienvenida a los días relucientes como piedras preciosas que formaban el collar del año, ser parte del colorido espectáculo de la vida.

Había comido de maravilla: la pierna de cordero rellena que le preparó Susan estaba cocinada a la perfección. Era delicioso tener hambre de nuevo. Echó un vistazo a todas las cosas queridas de su dormitorio. Tenía que hacer unas cortinas nuevas: de un color entre el verde primavera y el dorado pálido; y poner sin falta en el cuarto de baño unos armarios nuevos para las toallas. Luego miró por la ventana. Había magia en el ambiente. Vislumbraba un destello azul del puerto entre los arces; el abedul llorón del césped era como una llovizna de oro. La bóveda de los inmensos jardines celestiales cubría la tierra opulenta que era dueña absoluta del otoño: una tierra de increíbles colores, luz tenue y sombras alargadas. Petirrojo Presumido disfrutaba como loco en la rama de un abeto; los niños se reían en el huerto, recogiendo las manzanas. La risa había vuelto a Ingleside. «La vida es algo más que un "delicado equilibrio de química orgánica"», pensó Ana, feliz.

Nan entró a hurtadillas en el dormitorio, con la nariz y los ojos enrojecidos de tanto llorar.

—Mami, *tengo* que contarte... No puedo esperar más. Mami, *he engañado* a Dios.

Ana se emocionó al sentir de nuevo el tacto suave de la mano menuda que se aferraba a la suya: de una niña que buscaba ayuda y consuelo ante un problemita muy grave. Escuchó mientras Nan le contaba toda la historia, entre sollozos, y consiguió no perder la seriedad. Ana siempre era capaz de conservar la seriedad cuando la ocasión lo requería, aunque después se riera con Gilbert a carcajada limpia. Sabía que la preocupación de Nan era auténtica y aterradora; y también era consciente de que su hija necesitaba algunas aclaraciones teológicas.

—Cariño, estás muy equivocada. Dios no hace pactos con nadie. Dios *da*... Nos da sin pedirnos a cambio nada más que amor. Cuando nos pides a papá o a mí algo que quieres, nosotros no hacemos ningún pacto contigo... Y Dios es mil veces más bueno que nosotros. Y sabe mucho mejor que nosotros lo que conviene dar.

—Entonces... ¿No hará que te mueras, mami, porque no he cumplido mi promesa?

—Claro que no, cariño.

—Mami, aunque me haya equivocado con Dios... ¿No tendría que haber cumplido el pacto que hice? Es que lo prometí. Y papá dice que tenemos que cumplir siempre lo que prometemos. ¿No *caeré en desgracia para siempre* si no lo hago?

—Cuando esté bien recuperada, cielo, iré contigo una noche... Y te esperaré en la puerta... Creo que así no tendrás ningún miedo de pasear por el cementerio. Así podrás quedarte con la conciencia tranquila y... ¿no volverás a hacer más pactos absurdos con Dios?

—No —prometió Nan, con la triste sensación de estar renunciando a algo que, a pesar de sus muchos inconvenientes, había sido muy emocionante. Pero el brillo volvía a iluminar sus ojos y su voz había cobrado algo de su antigua viveza.

—Voy a lavarme la cara y luego volveré a darte un beso, mami. Y voy a traerte todos los dragoncillos que encuentre. Ha sido horrible estar sin ti, mami.

—Ay, Susan —dijo Ana cuando Susan vino a traerle la cena—. ¡Qué mundo este! ¡Qué mundo tan bonito, interesante y maravilloso! ¿Verdad que sí, Susan?

—Estoy dispuesta a reconocer —dijo Susan, recordando la preciosa hilera de pasteles que acababa de dejar en la despensa— que es bastante aceptable.

Capítulo XXVII

Octubre fue un mes muy feliz en Ingleside ese año, lleno de días en los que era *imposible* no correr y cantar y silbar. Mamá se había levantado, se negaba a seguir siendo una convaleciente, hacía planes para el jardín, volvía a reírse —Jem siempre había pensado que su madre tenía una risa preciosa, muy alegre— y respondía a mil preguntas. «Mami, ¿cuánta distancia hay desde aquí hasta el atardecer?... Mami, ¿por qué no podemos recoger la luz que derrama la luna?... Mami, ¿de verdad vienen en Halloween las almas de los difuntos?... Mami, ¿cuál es la causa de la causa?... Mami, ¿tú no preferirías que te matase una serpiente de cascabel en vez de un tigre, porque el tigre te descuartizaría antes de comerte?... Mami, ¿qué es un cuchitril?... Mami, ¿es verdad que una viuda es una mujer que ha hecho sus sueños realidad? Wally Taylor ha dicho que era eso... Mami, ¿qué hacen los pajarillos cuando llueve mucho?... Mami, ¿de verdad somos una familia demasiado romántica?».

Esta última pregunta era de Jem, que había oído decir en la escuela que la señora de Alec Davies lo había dicho. A Jem no le caía bien la señora Davies, porque siempre que se encontraba con mamá o con papá lo señalaba con un dedo muy largo y preguntaba: «¿Se porta bien Jemmy en la escuela?». ¡Jemmy! Quizá fueran *un poco* románticos. Susan seguramente lo pensó al ver que habían decorado el camino de tablas que llevaba al establo con suntuosos brochazos de pintura roja. «Los necesitábamos para simular la batalla, Susan —explicó Jem—. Representan un montón de cadáveres».

Al caer la noche una hilera de gansos surcó el cielo por delante de la luna baja y roja, y a Jem, al verlos, misteriosamente le entraron unas ganas irresistibles de irse con ellos... a costas desconocidas, y volver de allí con monos..., leopardos..., loros..., cosas así... De explorar la América Española.

Expresiones como «la América Española» siempre tenían para Jem un encanto insuperable. Otra era «los secretos del mar». Verse atrapado entre los letales anillos de una pitón y librar un combate con rinocerontes heridos era para Jem una tarea de lo más corriente. Y el simple nombre de «dragón» le inspiraba una emoción escalofriante. Su imagen favorita, pegada a los pies de su cama, era la de un caballero de armadura a lomos de un espléndido y robusto caballo blanco levantado de manos mientras el caballero atravesaba con la lanza a un dragón que tenía una cola preciosa, enroscada con muchas vueltas y con la punta en forma de tenedor. Una dama con una túnica rosa estaba tranquilamente arrodillada en segundo plano, con las manos unidas. No cabía la menor duda de que la dama se parecía mucho a Maybelle Reese, por cuyas atenciones a sus nueve años ya se rompían muchas lanzas en la escuela de Glen. Hasta Susan apreciaba el parecido y le gastaba bromas a Jem, que se ponía rojo de ira. Pero el dragón en realidad era un poco decepcionante... Parecía muy pequeño, insignificante, debajo del enorme caballo. No daba la impresión de que atravesarlo con la lanza requiriese un valor especial. Los dragones de los que Jem rescataba a Maybelle en sus sueños secretos eran mucho más dragoniles. El lunes pasado la había rescatado del ganso de Sarah Palmer. ¡Por ventura! Ah, «por ventura» sonaba de maravilla... Maybelle se había fijado en el aire caballeresco con que Jem sujetó al escandaloso animal del cuello serpentino y lo lanzó por encima de la cerca. Pero un ganso en realidad no era ni mucho menos tan romántico como un dragón.

Fue un octubre de vientos... Vientos ligeros que ronroneaban en el valle y vientos fuertes que azotaban las copas de los arces... Vientos que aullaban a lo largo de las playas de arena pero se agazapaban al llegar a las rocas: se agazapaban y saltaban. Las noches tan frescas, con su serena luna roja del cazador, hacían de una cama caliente una idea agradable; los arándanos se tiñeron de escarlata; los helechos secos cobraron un tono rojizo intenso; los zumaques ardían detrás del establo; los pastos salpicaban el paisaje aquí y allá como retazos verdes en los campos marchitos de Upper Glen, y había crisantemos rojizos y dorados en el rincón del césped donde crecían las píceas. El alegre parloteo de las ardillas resonaba por todas partes y una orquesta de grillos invitaba a ejecutar danzas de hadas en mil cerros. Había manzanas que cosechar, zanahorias que desenterrar. A veces, los niños iban a buscar coquinas con el capitán Malachi cuando las misteriosas mareas lo permitían: las mareas que entraban a acariciar la tierra pero regresaban a su mar profundo. Todo Glen olía a rastrojos quemados. En el establo había un montón de enormes calabazas amarillas y Susan preparó las primeras tartas de arándanos rojos.

Las risas resonaban en Ingleside desde el amanecer hasta el crepúsculo. Incluso cuando los hermanos mayores estaban en la escuela, porque Shirley y Rilla ya tenían edad suficiente para seguir la tradición de las risas. Hasta Gilbert se reía este otoño más que de costumbre. «Me gusta que un padre se sepa reír», pensaba Jem. El doctor Bronson, de Mowbray Narrows, nunca se reía. Decían que había levantado su consulta gracias a su aire de lechuza sabia; pero papá tenía una consulta mucho mejor, y si la gente no se reía de sus bromas era porque ya estaba muy lejos de este mundo.

Ana trabajaba en el jardín todos los días templados, embriagada de color como de vino cuando los últimos rayos del sol iluminaban los arces granates para revelar la exquisita melancolía de la belleza efímera. Una tarde de bruma gris y dorada, entre Jem y ella plantaron todos los bulbos de tulipanes que en el mes de junio experimentarían una resurrección de colores rosas, granates, violetas y dorados.

—¿No es bonito prepararse para la primavera cuando sabes que antes tienes que afrontar el invierno, Jem?

—Y también es bonito poner el jardín precioso —dijo Jem—. Susan dice que es Dios quien crea todas las cosas bonitas, pero podemos ayudarlo un poco, ¿verdad, mamá?

—Siempre..., siempre, Jem. Dios comparte ese privilegio con nosotros.

Sin embargo, nunca hay nada que sea del todo perfecto. Los niños de Ingleside estaban preocupados por Petirrojo Presumido. Les habían dicho que cuando se marcharan los petirrojos él también querría irse.

—Encerradlo hasta que se hayan ido todos los demás y llegue la nieve —les aconsejó el capitán Malachi—. Así se olvidará un poco y aguantará hasta la primavera.

Y fue así como Petirrojo Presumido se convirtió en una especie de rehén. Estaba muy inquieto. Revoloteaba por la casa sin rumbo o se sentaba en el alféizar de la ventana y miraba con añoranza a sus compañeros, que ya se disponían a seguir quién sabe qué llamada misteriosa. Perdió el apetito y ni siquiera se dejaba tentar por las nueces más ricas de Susan. Los niños le indicaban todos los peligros que podía encontrar... Frío, hambre, soledad, tormentas, noches negras, gatos. Pero Petirrojo Presumido había sentido u oído la llamada, y anhelaba responder con todo su ser.

Susan se resistía a darse por vencida. Pasó unos días muy seria. Y al final dijo: «Dejad que se vaya. Retenerlo va en contra de la naturaleza».

Lo dejaron en libertad el último día de octubre, cuando llevaba un mes encerrado. Se despidieron de él con lágrimas y besos. Se fue volando, feliz, y aún volvió al día siguiente a por las migas de Susan antes de desplegar sus alas para el largo vuelo.

—A lo mejor vuelve a casa en primavera, cariño —le dijo Ana a la llorosa Rilla. Pero Rilla no se dejaba consolar.

—Eso está muy lejos —dijo, sollozando.

Ana sonrió y suspiró. Las estaciones que a la pequeña Rilla le parecían tan largas empezaban a pasar demasiado deprisa para Ana. Otro verano había terminado y se despedía de la vida mientras los álamos de Lombardía encendían sus eternas antorchas de oro. Pronto —demasiado pronto— los niños de Ingleside ya no serían niños. Pero seguirían siendo suyos... Suyos para darles la bienvenida a casa de noche... Suyos para colmar la vida de asombro y placer… Suyos para quererlos, animarlos y reñirlos… un poco. Porque a veces eran muy traviesos, aunque ni mucho menos merecían que la señora de Alec Davies los llamara «esa caterva de demonios de Ingleside» cuando se enteró de que Bertie Shakespeare Drew se había quemado un poco en la hoguera cuando interpretaba el papel de piel roja en el Valle del Arcoíris. Jem y Walter tardaron algo más de lo acordado en desatarlo. Ellos también se chamuscaron un poco, pero de ellos nadie se compadecía.

Noviembre fue un mes lúgubre ese año… Un mes de niebla y vientos del este. Algunos días el único movimiento era el de la niebla fría por la tierra, o a la deriva, sobre el mar gris, más allá de la barra de arena. Los álamos temblones se desprendieron de sus últimas hojas. El jardín estaba muerto, despojado de toda su personalidad y todo su color; solo el bancal de los espárragos seguía siendo una fascinante jungla dorada. Walter tuvo que abandonar su plataforma de estudio en el arce y aprenderse las lecciones en casa. Llovía… y llovía… y llovía. «¿Volverá a secarse el mundo algún día?», se lamentaba Di, desesperada. Después llegó la semana del veranillo del membrillo, rebosante de magia, y al caer la tarde, cuando refrescaba, mamá arrimaba una cerilla para avivar las brasas y Susan asaba patatas para la cena.

La enorme chimenea era el centro del hogar esas tardes. Y el momento culmen del día llegaba cuando se reunían al calor del fuego después de cenar. Ana cosía y planeaba el vestuario de invierno: «Nan debe tener un vestido rojo, porque le hace mucha ilusión». Y a veces se acordaba de otra Ana bíblica, que todos los años tejía un abriguito para su hijo Samuel. Las madres seguían siendo las mismas a través de los siglos: componían una gran hermandad de amor y servicio; tanto las recordadas como las olvidadas.

Los niños hacían sus ejercicios de ortografía, deletreando en voz alta para Susan, y después podían entretenerse como quisieran. Walter, que vivía en su mundo de imaginación y sueños hermosos, estaba enfrascado en la escritura de una serie de cartas que la ardilla listada del Valle del Arcoíris dirigía a la ardilla listada que vivía detrás del establo. Susan fingía que no valían gran cosa cuando el niño se las leía, pero luego las copiaba en secreto y se las enviaba a Rebecca Dew.

«A mí me resultan entretenidas, querida señorita Dew, aunque puede que a usted le parezcan demasiado triviales para leerlas con detenimiento. En tal caso, sé que perdonará usted a una *sentimental* como yo por molestarla con estas cosas. En la escuela lo consideran muy inteligente, y al menos estas composiciones no son poesías. También podría contarle que Jem sacó un 9,9 en el examen de aritmética la semana pasada y nadie entiende por qué le quitaron una décima. Tal vez no debería decirlo, querida señorita Dew, pero estoy convencida de que ese niño *ha nacido para ser grande*. Tal vez no vivamos para verlo, pero podría llegar a primer ministro de Canadá».

El Canijo tomaba el sol suave y la gatita de Nan, Sauce Ceniza, que siempre parecía una remilgada damisela vestida de negro y plata, trepaba por las piernas de todo el mundo sin discriminación. «Dos gatos en casa, y la despensa llena de huellas de ratones», se lamentaba Susan. Los niños hablaban de sus pequeñas aventuras y el gemido lejano del mar llegaba a través de la fría noche de otoño.

A veces la señorita Cornelia pasaba a charlar un rato mientras su marido intercambiaba opiniones en el almacén de Carter Flagg. Los niños abrían los oídos de par en par, porque la señorita Cornelia siempre traía los últimos cotilleos y se enteraban de cosas interesantísimas del vecindario. Era muy divertido sentarse en la iglesia el domingo siguiente y mirar a la gente, con ese aire tan recatado y tan formal, saboreando lo que ahora sabían de algunos.

—¡Caramba lo bien que está aquí, Ana, hija! Hace un frío que pela y está empezando a nevar. ¿Ha salido el doctor?

—Sí. Me ha dado mucha rabia que se fuera… Pero han llamado de la Punta del Puerto: la señora de Brooker Shaw estaba empeñada en verlo —dijo Ana, mientras Susan, deprisa y a escondidas, quitaba de la alfombrilla de la chimenea una enorme raspa de pescado que el Canijo había llevado allí, rezando para que la señorita Cornelia no se hubiera dado cuenta.

—Esa está tan enferma como yo —protestó Susan—. Pero me han contado que tiene un *camisón de encaje nuevo*, y seguro que quiere que el doctor la vea con él puesto. ¡Camisones de encaje!

—Se lo trajo su hija Leona de Boston. Llegó el viernes por la tarde, con *cuatro baúles* —anunció la señorita Cornelia—. Me acuerdo de cuando se fue a Estados Unidos, hace nueve años, arrastrando una bolsa de cuero rota, vieja y tan llena de cosas que no podía cerrarla. Eso fue cuando estaba muy tristona porque Phil Turner le había dado calabazas. Intentaba ocultarlo pero todo el mundo lo sabía. Ahora ha vuelto «a cuidar a su madre», dice. Seguro que intenta coquetear con el doctor: se lo advierto, Ana, hija. Aunque no creo que a él le interese, por muy hombre que sea. Además, usted no es como la mujer del doctor Bronson, el de Mowbray Narrows. Está muy celosa de las pacientes de su marido, según me han dicho.

—Y también de las enfermeras —añadió Susan.

—Bueno, es que algunas enfermeras son demasiado guapas para ese trabajo —dijo la señorita Cornelia—. Janie Arthur, por ejemplo. Ahora mismo se está tomando un descanso entre caso y caso para evitar que dos jóvenes descubran respectivamente la existencia del otro.

—Por muy guapa que sea, ya no es una chiquilla —sentenció Susan—; más le valdría elegir y sentar la cabeza. Miren su tía Eudora: dijo que no pensaba casarse hasta que se hartara de coquetear, y ya ven el resultado. Aún intenta coquetear con el primero que pasa, y eso que ya ha cumplido los cuarenta y cinco como poco. Es lo que pasa cuando se tiene una costumbre. ¿Sabe usted, querida señora del doctor, lo que le dijo a su prima Fanny cuando se casó? «Te quedas con mis sobras», eso le dijo. Por lo visto saltaron chispas, y no han vuelto a hablarse desde entonces.

—La vida y la muerte están en manos de la lengua —murmuró Ana, distraída.

—Qué gran verdad, hija. Hablando de eso, me gustaría que el señor Stanley fuese algo más sensato en sus sermones. Ha ofendido a Wallace Young y Wallace no piensa volver a la iglesia. Todo el mundo dice que el sermón del domingo pasado iba dirigido a él.

—Cuando el sermón de un sacerdote parece que acierta con alguien en concreto, la gente piensa que lo ha hecho con intención.

—Parece razonable —asintió Susan—. Y a mí Wallace Young me trae sin cuidado. Hace tres años dejó que una empresa pintara anuncios publicitarios en sus vacas. En mi opinión eso es *pasarse* de económico.

—Su hermano David por fin se va a casar —dijo la señorita Cornelia—. Lleva mucho tiempo decidiendo qué le salía más barato: si casarse o contratar una criada. «Puedes llevar la casa sin necesidad de una mujer, aunque cuesta tirar del carro, Cornelia», me dijo una vez, después de que muriera su madre. Me dio la sensación de que me estaba tanteando, pero no le di pie a nada. Y por fin se va a casar con Jessie King.

—¡Jessie King! Pues yo creía que estaba cortejando a Mary North.

—Él dice que no podía casarse con una mujer que come coles. Pero se cuenta por ahí que le pidió matrimonio y ella le dio una colleja. Y Jessie King por lo visto ha dicho que le habría gustado encontrar un hombre más guapo pero que tendría que conformarse con él. Desde luego, las hay que se agarran a un clavo ardiendo.

—Yo no creo, señora de Marshall Elliott, que la gente de por aquí diga la mitad de las cosas que supuestamente se dice que han dicho —protestó Susan—. Mi opinión es que Jessie King será una esposa mucho mejor de lo que David Young se merece... Claro que, si nos fijamos en las apariencias, reconozco que muy buena pinta el hombre no tiene.

—¿Sabía que Alden y Stella han tenido una niña? —preguntó Ana.

—Eso tengo entendido. Espero que Stella sea un poco más sensata con esa niña de lo que Lisette lo fue con *ella*. ¿Se puede creer, Ana, que Lisette lloró de verdad porque la niñita de su prima Dora aprendió a andar antes que Stella?

—Las madres somos una raza muy boba —dijo Ana, sonriendo—. Recuerdo que me entraron ganas de asesinar cuando Bob Taylor, que había nacido solo un día antes que Jem, echó tres dientes mientras Jem solo echaba uno.

—A Bob Taylor tienen que operarle de anginas —dijo la señorita Cornelia.

—¿Por qué a nosotros nunca nos operan, mamá? —preguntaron Walter y Di a la vez en tono ofendido. Muchas veces decían lo mismo al mismo tiempo. Y luego entrelazaban el dedo índice y pedían un deseo. «Pensamos y sentimos lo mismo sobre *todas las cosas*», le gustaba explicar a Di, muy seria.

—¿Podré olvidar algún día la boda de Elsie Taylor? —dijo la señorita Cornelia, evocadoramente—. Su mejor amiga, Maisie Millison, iba a interpretar la marcha nupcial, pero se equivocó y tocó la marcha fúnebre del *Saúl*. Naturalmente, siempre dijo que había sido sin querer, porque era muy despistada, pero la gente tenía otra opinión: que Maisie quería a Mac Moorside para ella. Un sinvergüenza bien guapo y con un pico de oro... Siempre les decía a las mujeres lo que creía que ellas querían oír. Le hizo la vida insoportable a Elsie. Bueno, Ana, hace mucho tiempo que se fueron los dos a la Tierra del Silencio, y Maisie lleva años casada con Harley Russell y ya nadie se acuerda de que él se lo pidió con la esperanza de que ella le dijera que «no» pero le dijo que «sí». Ni Harley se acuerda ya; típico de los hombres. Cree que se ha llevado a la mejor mujer del mundo y se felicita por haber tenido la inteligencia de conquistarla.

—¿Por qué se lo pidió si quería que ella le dijera que no? Me parece una forma de actuar muy rara —dijo Susan. Y enseguida añadió, con una humildad aplastante—: Claro que yo *de estas cosas* no entiendo nada.

—Se lo ordenó su padre. Harley no quería, pero pensó que no corría ningún peligro... Aquí está el doctor Blythe.

Al llegar Gilbert, un remolino de nieve entró en casa con él. Se quitó el abrigo y se sentó con gusto al lado de su chimenea.

—He tardado más de lo que esperaba...

—Seguro que ese camisón de encaje era muy atractivo —dijo Ana, mirando a la señorita Cornelia con una mueca juguetona.

—¿De qué hablas? Supongo que será una broma femenina que escapa a mi torpe entendimiento masculino. He ido a Upper Glen a ver a Walter Cooper.

—Es un misterio cómo resiste ese hombre —dijo la señorita Cornelia.

—Ya he perdido la paciencia con él —Gilbert sonrió—. Hace un año le di dos meses y aquí sigue, vivo y destrozando mi reputación.

—Si conociera usted a los Cooper tan bien como yo, no se arriesgaría a hacer predicciones. ¿No sabía que su abuelo resucitó, cuando ya habían cavado la sepultura, y salió del ataúd? El de las pompas fúnebres se negó a llevárselo después. De todos modos, parece ser que Walter Cooper lo está pasando en grande ensayando su funeral: típico de los hombres. Bueno, ya oigo acercarse las campanillas de Marshall... Y este tarro de peras en conserva son para usted, Ana, hija.

Todos fueron a la puerta a despedir a la señorita Cornelia. Walter escudriñó en la noche tormentosa con sus ojos grises y oscuros.

—Estoy pensando dónde estará esta noche Petirrojo Presumido y si nos echará de menos —dijo con añoranza. A lo mejor el pajarito se había ido a ese lugar misterioso que la señora Elliott siempre llamaba la Tierra del Silencio.

—Petirrojo Presumido está en el sur, en un país donde hace sol —dijo Ana—. Volverá en primavera, estoy segura, y para eso solo quedan cinco meses. Chiquitines, deberíais estar todos en la cama hace un buen rato.

—Susan —estaba diciendo Di en la despensa—, ¿te gustaría tener un hijo? Yo sé dónde podrías conseguir uno... nuevecito.

—Ah, sí, ¿dónde?

—Tienen uno nuevo en casa de Amy. Amy dice que lo han traído los ángeles y no entiende cómo los ángeles tienen tan poco conocimiento, porque ya son ocho hermanos, sin contar este. Ayer te oí decir que te daba pena ver que Rilla se está haciendo tan mayor... Que te estabas quedando sin tu niña. Estoy segura de que la señora Taylor te daría el suyo.

—¡Qué cosas se les ocurren a estos niños! Es costumbre de los Taylor tener muchos hijos. El padre de Andrew Taylor nunca sabía decir de primeras cuántos hijos tenía... Siempre tenía que pararse a contarlos. Pero creo que de momento no voy a aceptar ningún bebé de fuera.

—Susan, Amy Taylor dice que eres una solterona. ¿Es verdad, Susan?

—Así lo ha dispuesto la Providencia en su inmensa sabiduría —contestó Susan, sin inmutarse.

—¿Te gusta ser una solterona, Susan?

—Sinceramente no puedo decir que sí, pequeña. Pero —añadió Susan, recordando el destino de algunas mujeres casadas que conocía— he visto que tiene sus ventajas. Anda, llévale a tu padre la tarta de manzana y yo le llevo el té. El pobre hombre tiene que estar desfallecido de hambre.

—Mamá, tenemos el hogar más bonito del mundo, ¿a que sí? —dijo Walter mientras subía las escaleras adormilado—. Aunque... ¿no crees que mejoraría si tuviéramos unos cuantos fantasmas?

—¿Fantasmas?

—Sí. La casa de Jerry Palmer está llena de fantasmas. Jerry ha visto uno... El de una señora alta, vestida de blanco, con la mano de esqueleto. Se lo conté a Susan y me dijo que eso era una mentirijilla de Jerry o que le pasaba algo en el estómago.

—Pues Susan tenía razón. Y aquí en Ingleside solo ha vivido siempre gente feliz... Así que no creo que podamos tener fantasmas. Y ahora, a rezar y a dormir.

—Mamá, creo que anoche hice una cosa mala. Dije «Danos *mañana* nuestro pan de cada día», en vez de *hoy*. Me parecía más *lógico*. ¿Tú crees que a Dios le habrá molestado, mamá?

Capítulo XXVIII

El Petirrojo Presumido volvió cuando Ingleside y el Valle del Arcoíris volvían a arder con las llamas verdes y esquivas de la primavera, y trajo con él una novia. Entre los dos hicieron un nido en el manzano de Walter y Petirrojo Presumido retomó todas sus antiguas costumbres, pero su novia era más tímida o menos aventurera y nunca dejaba que nadie se le acercara demasiado. Susan estaba convencida de que el regreso de Petirrojo Presumido era un milagro, y esa misma noche escribió a Rebecca Dew para contárselo.

Las candilejas del pequeño teatro de la vida en Ingleside cambiaban de vez en cuando para iluminar a uno o a otro de sus personajes. Habían pasado el invierno sin que a nadie le ocurriese nada demasiado extraordinario, y en junio le tocó a Di vivir una aventura.

Había llegado a la escuela una niña nueva: una niña que cuando la maestra le preguntó cómo se llamaba dijo: «Soy Jenny Penny», como quien dice: «Soy la reina Isabel» o «Soy Helena de Troya». Nada más oírla, uno tenía la sensación de que no conocer a Jenny Penny era un síntoma de ignorancia y de que no recibir la condescendencia de Jenny Penny significaba sencillamente que uno no existía. Al menos así fue como se sintió Diana Blythe, si es que hubiera podido expresarlo con estas palabras exactas.

Jenny Penny tenía nueve años y Di ocho, pero desde el primer momento Jenny Penny cerró filas con las «niñas mayores», las de diez y once, que vieron que no podían ni mirarla por encima del hombro ni ignorarla. No era guapa pero llamaba la atención: todo el mundo la miraba dos veces. Tenía la cara redonda y cremosa, enmarcada por una nube de pelo suave, sin brillo y negro como el hollín, y unos ojos azules enormes, como el cielo al atardecer, con las pestañas muy oscuras, largas y rizadas. Cuando levantaba despacio esas pestañas y te miraba con esos ojos de desprecio, te sentías como un gusano a quien le hacen el honor de no pisarlo. El desprecio de Jenny Penny era preferible al halago de cualquier otra persona, y ser la elegida de Jenny Penny como confidente temporal era un honor casi difícil de llevar, porque las confidencias de Jenny Penny eran emocionantes. Estaba claro que los Penny no eran gente común. Lina, la tía de Jenny, por lo visto tenía un collar precioso, de oro y granate, que le había regalado su marido millonario. Una de las primas de Jenny Penny tenía una sortija de diamantes que costaba mil dólares y otra había ganado un premio de elocución por el que competían mil setecientos concursantes. Tenía una prima que era misionera y trabajaba en la India, con los leopardos. En resumidas cuentas, las colegialas de Glen, al menos por algún tiempo, aceptaron a Jenny Penny de acuerdo con el valor que ella misma se asignaba, la miraban con una mezcla de admiración y envidia, y hablaban tanto de ella en casa, a la hora de cenar, que sus padres al final no tuvieron más remedio que fijarse.

—¿Quién es esa niña con la que Di parece tan entusiasmada, Susan? —preguntó Ana una noche, después de que Di hubiera estado hablando de «la mansión» donde vivía Jenny, con una celosía de madera blanca alrededor del tejado, cinco miradores, un bosque de abedules maravilloso y una chimenea de mármol rojo en la sala de estar—. Penny es un apellido que nunca había oído en Cuatro Vientos. ¿Tú sabes algo de ellos?

—Son una familia nueva que se ha instalado en la antigua granja de los Conway en Base Line, querida señora del doctor. El señor Penny dicen que es carpintero, pero no conseguía ganarse el sustento con su oficio... Porque tengo entendido que al mismo tiempo se ocupaba de demostrar que Dios no existe... y ahora ha decidido probar suerte con la granja. Por lo que he oído son una gente muy rara. Los hijos hacen exactamente lo que les viene en gana. El padre dice que casi lo matan a órdenes cuando era pequeño y que sus hijos no van a pasar por lo mismo que él. Por eso esta Jenny va a la escuela de Glen. Están más cerca de Mowbray Narrows, y sus hermanos van a la otra escuela, pero Jenny quería venir a Glen. La mitad de la granja Conway cae en este municipio, así que el señor Penny paga impuestos en los dos sitios y, naturalmente, puede mandar a sus hijos a los dos si le apetece. Aunque por lo visto esta Jenny es su sobrina, no su hija. El padre y la madre de la niña murieron. Dicen que fue George Andrew Penny el que metió a la oveja en el sótano de la iglesia baptista de Mowbray Narrows. Yo no digo que no sean respetables, pero son muy *desaliñados*, querida señora del doctor: tienen la casa manga por hombro... Y si puedo tomarme la libertad de aconsejarle, no deje usted que Diana se mezcle con una tribu de monos como ellos.

—No puedo evitar que Di se relacione con Jenny en la escuela, Susan. En realidad no sé nada que vaya en contra de la niña, aunque está claro que exagera muchísimo cuando habla de su familia y sus aventuras. De todos modos, a Di seguramente se le pasará pronto el «enamoramiento» y no volveremos a oír nada de Jenny Penny.

Pero siguieron oyendo muchas cosas. Jenny le dijo a Di que le caía mejor que ninguna otra niña de Glen, y Di, como si una reina se hubiera rebajado a hablar con ella, respondió con adoración. Se hicieron inseparables en los recreos; se escribían notas los fines de semana; se daban trozos de chicle la una a la otra; intercambiaban botones y coleccionaban baratijas juntas; y, un día, Jenny le pidió a Di que fuera a su casa después de clase y se quedara a pasar la noche.

Mama dijo que «no», rotundamente, y Di lloró a mares.

—Me dejaste quedarme a pasar la noche con Persis Ford —protestó Di, entre sollozos.

—Eso... es distinto —dijo Ana, con cierta vaguedad. No quería que Di se convirtiera en una esnob, pero todo lo que había oído decir de la familia

Penny le hacía pensar que quedaban totalmente descartados como amigos de sus hijos, y estaba muy preocupada por la evidente fascinación que Jenny despertaba en Diana.

—Yo no veo ninguna diferencia —insistió Di, lloriqueando—. Jenny es una niña tan bien educada como Persis, ¡que lo sepas! *Nunca* come chicles *comprados*. Tiene una prima que se sabe todas las reglas de etiqueta y Jenny las ha aprendido todas de ella. Dice que *aquí* no sabemos lo que es la etiqueta. Y ha vivido unas aventuras muy emocionantes.

—¿Eso quién lo dice? —preguntó Susan.

—Me lo ha contado ella. Su familia no es rica, pero tienen parientes muy ricos y muy respetables. Jenny tiene un tío que es juez y un primo de su madre es capitán del barco más grande del mundo. Jenny lo bautizó cuando lo echaron al agua. Nosotros no tenemos un tío juez y tampoco una tía misionera de los leopardos.

—Son leprosos, hija, no leopardos.

—Jenny dijo leopardos. Supongo que ella lo sabrá mejor, si es su tía. Y en su casa hay muchas cosas que quiero ver... Su dormitorio está empapelado de loros... Y su cuarto de estar lleno de lechuzas disecadas... Y tienen una alfombra de ganchillo con el dibujo de una casa en el vestíbulo... Y las cortinas todas cubiertas de rosas... Y una *casa de verdad* para jugar... La ha hecho su tío... Y su yaya vive con ellos y es la persona más vieja del mundo. Jenny dice que ya vivía antes del diluvio. A lo mejor no vuelvo a tener la oportunidad de conocer a una persona que vivía antes del diluvio.

—La abuela tiene cerca de cien, me han dicho —dijo Susan—, pero eso de que ya vivía antes del diluvio es una trola de tu Jenny. A saber lo que pillarías en una casa así.

—Ya han pasado todo lo que podían pasar hace mucho tiempo —protestó Di—. Jenny dice que han pasado las paperas, la varicela, la tos ferina y la escarlatina, todo el mismo año.

—Yo no descartaría que tengan la viruela —murmuró Susan—. ¡Dicen que están embrujados!

—A Jenny tienen que quitarle las anginas —añadió Di, entre sollozos—. Pero eso no es contagioso, ¿verdad? Jenny tenía una prima que se murió cuando la operaron de las anginas... Se desangró y se murió sin recuperar el conocimiento. Por eso es probable que a Jenny le pase lo mismo, si es cosa de familia. Es delicada... La semana pasada se desmayó tres veces. Pero está *muy preparada*. Y en parte por eso tiene tantas ganas de que me quede a pasar la noche en su casa... Para que pueda acordarme de ella cuando ya no esté. Por favor, mamá. Si me dejas, renuncio al sombrero nuevo con cintas que me prometiste.

Pero mamá no dio su brazo a torcer y Di se fue entonces a llorar en la almohada. Nan no le demostró ni un poquito de compasión... A Nan «le traía sin cuidado» Jenny Penny.

—No sé qué le ha entrado a esa niña —dijo Ana, preocupada—. Nunca se había portado así. Como tú dices, Susan, parece que esa Jenny la ha embrujado.

—Ha hecho usted muy bien en no dejarla ir a casa de una gente que está muy por debajo de ella, querida señora del doctor.

—Ay, Susan, yo no quiero que Di sienta que nadie está «por debajo» de ella. Pero en algún sitio habrá que trazar la raya. No es tanto por Jenny... Creo que es inofensiva, al margen de esa costumbre de exagerarlo todo... Pero me han dicho que los chicos son tremendos. La maestra de Mowbray Narrows ya no sabe qué hacer con ellos.

—¿Te *trianizan* de ese modo? —preguntó Jenny con altivez cuando Di le contó que no le dejaban ir—. Yo no permitiría que nadie me tratara así. Tengo demasiado carácter. Hasta duermo toda la noche fuera cuando me apetece. Supongo que a ti ni se te ocurre hacer eso.

Di miró con admiración a esta niña misteriosa que «dormía toda la noche fuera» a menudo. ¡Qué maravilloso!

—Entonces, no te enfadas conmigo si no voy, Jenny. Tú sabes que yo quiero ir...

—Claro que no me enfado. Algunas niñas no lo tolerarían, desde luego, pero supongo que no puedes hacer nada. Lo habríamos pasado muy bien. Había planeado salir de pesca a la luz de la luna, en el arroyo que está detrás de casa. Vamos muy a menudo. He pescado una trucha *así* de larga. Y tenemos unos lechoncitos preciosos y un potrillo muy lindo, y una camada de cachorritos. Bueno, tendré que invitar a Sadie Taylor. A ella su padre y su madre *sí* le dejan ser dueña de su vida.

—Mi padre y mi madre son muy buenos conmigo —protestó Di, en un arranque de lealtad—. Y mi padre es el mejor médico de la isla del Príncipe Eduardo. Todo el mundo lo dice.

—Te das aires por tener padre y madre cuando yo no tengo —dijo Jenny con desprecio—. Pues que sepas que *mi* padre tiene alas y lleva una corona de oro. Pero yo no voy con la cabeza tan alta por eso, ¿o sí? Bueno, Di, no quiero pelearme contigo, pero no soporto que nadie presuma de su familia. No es de buen gusto. Y yo he decidido ser toda una señora. Cuando esa tal Persis Ford de la que te pasas la vida hablando venga este verano a Cuatro Vientos, no pienso relacionarme con ella. Mi tía Lina dice que a la madre de esa niña le pasa algo raro. Que se casó con un muerto y resucitó.

—No, no fue nada de eso, Jenny. Yo lo sé: mi madre me lo ha contado... La tía Leslie...

—No quiero saber nada de ella. Sea lo que sea, es algo de lo que es mejor no hablar, Di. Ya está sonando la campana.

—¿De verdad se lo vas a pedir a Sadie? —preguntó Di, con la voz ahogada y los ojos agrandados de dolor.

—Bueno, no ahora mismo. Ya veré. A lo mejor te doy otra oportunidad. Pero si te la doy será la última.

Unos días después, Jenny Penny buscó a Di en el recreo.

—He oído decir a Jem que tus padres se fueron ayer y no vuelven hasta mañana por la noche.

—Sí, han ido a Avonlea a ver a la tía Marilla.

—Entonces es *tu oportunidad*.

—¿Mi oportunidad?

—De quedarte conmigo esta noche.

—Ay, Jenny... No puedo.

—Claro que puedes. No seas miedica. Nunca lo sabrán.

—Pero Susan no me dejaría.

—No tienes que preguntárselo. Vente a casa conmigo al salir de la escuela. Nan puede decirle adonde has ido, para que no se preocupe. Y no se chivará cuando vuelvan tus padres. Le dará mucho miedo que le echen la culpa a ella.

Di estaba hecha un mar de dudas. Sabía perfectamente que no podía ir a casa de Jenny pero la tentación era irresistible. Jenny dirigió contra Di toda la artillería de sus ojos impresionantes.

—Es tu última oportunidad —repitió con dramatismo—. No puedo relacionarme con una persona que se cree demasiado importante para venir a mi casa. Si no vienes, nos *separamos para siempre.*

Esto fue definitivo. Di, que seguía bajo el hechizo de la fascinación de Jenny Penny, no podía soportar la idea de separarse para siempre. Nan volvió a casa sola esa tarde y le dijo a Susan que Di se había ido a pasar la noche con esa Jenny Penny.

Si Susan se hubiera encontrado en su estado de actividad acostumbrado habría ido directamente a casa de los Penny y habría vuelto a Ingleside con Di. Pero Susan se había torcido el tobillo esa mañana y, aunque podía apañarse para hacer las tareas renqueando y preparar las comidas de los niños, sabía que no podía ir andando un kilómetro y medio por la carretera de Base Line. Los Penny no tenían teléfono y Jem y Walter se negaban en redondo a ir. Los habían invitado a una mejillonada en el faro y nadie iba a comerse a Di en casa de los Penny. Susan tuvo que resignarse a lo inevitable.

Di y Jenny fueron a casa atajando por los campos, lo que reducía la distancia a algo menos de medio kilómetro. Di, a pesar de los remordimientos de conciencia, estaba feliz. Paseaban rodeadas de belleza: pequeñas ensenadas de helechos encantadas por los duendes, el profundo verdor de los claros del bosque, una vaguada de rumorosos vientos donde se hundieron hasta las rodillas en botones de oro, un sendero sinuoso a los pies de los jóvenes arces, un arroyo que era como una bufanda de flores de los colores del arcoíris, un prado soleado y plagado de fresas. Di, que empezaba a ser consciente de la belleza del mundo, estaba embelesada y casi hubiera preferido que Jenny no hablara tanto. En la escuela le parecía muy bien, pero en ese momento Di no estaba segura de querer saber qué pasó cuando Jenny se envenenó..., «por *acidente*, claro»..., al equivocarse de medicina. Jenny describía de maravilla su agonía mortal pero no explicaba con claridad por qué al final no se había muerto. Había «perdido el conocimiento», pero el médico consiguió salvarla cuando ya estaba al borde de la tumba.

—Aunque no he vuelto a ser la misma desde entonces. ¿Qué miras, Di Blythe? Creo que no me estabas escuchando.

—Sí te escuchaba —dijo Di, sintiéndose culpable—. Creo que has tenido una vida maravillosa, Jenny, pero fíjate en las vistas.

—¿Las vistas? ¿Qué es eso?

—Pues... pues... las cosas que se ven. Eso... —Abarcó con la mano la panorámica de los prados, los bosques, los montes escindidos por las nubes y el surco azul zafiro del mar entre las laderas.

Jenny sorbió por la nariz.

—Un puñado de vacas y árboles viejos. Lo he visto ya cien veces. Eres muy rara a veces, Di Blythe. No quiero herir tus sentimientos, pero a veces creo que en realidad no estás aquí. Lo creo de verdad. Supongo que no lo puedes evitar. Dicen que tu madre siempre está delirando. Bueno, esa es nuestra casa.

Al ver la casa de los Penny, Di se llevó su primera desilusión. ¿Sería esa la «mansión» de la que hablaba Jenny? Grande era, desde luego, y tenía los cinco miradores; pero pedía a gritos una mano de pintura y le faltaba buena parte de la «celosía» de madera. El porche estaba hundido de mala manera y el tragaluz en forma de abanico de la puerta principal, que había sido precioso, estaba roto. Las persianas estaban torcidas, había varios cristales sustituidos por cartones y «el precioso bosque de abedules» de detrás de la casa estaba representado por unos pocos árboles nervudos y enjutos. Los establos estaban casi en ruinas, el patio cubierto de maquinaria vieja y oxidada, y el huerto era una jungla de malas hierbas. Di no había visto un sitio así en la vida, y por primera vez se le ocurrió pensar si *todas* las cosas que contaba Jenny eran ciertas. ¿Era posible que alguien se hubiera librado de la muerte por los pelos tantas veces como ella decía, incluso en nueve años?

La casa por dentro no era mucho mejor. Jenny la llevó a un cuarto húmedo y polvoriento que era la sala de estar. El techo estaba descolorido y lleno de grietas. La famosa repisa de la chimenea, de mármol rojo, solo estaba pintada —hasta Di se daba cuenta— y cubierta con un horroroso pañuelo japonés sujeto por una hilera de tazas «bigoteras». Las deshilachadas cortinas de encaje tenían un color feo y agujeros por todas partes. Las persianas de papel azul, con una enorme cesta de rosas dibujada en el centro, estaban agrietadas y rotas. Y la sala llena de lechuzas disecadas en realidad era una vitrina pequeña puesta en un rincón, con tres aves bastante desaliñadas, una de ellas sin ojos. Para Di, acostumbrada a la belleza y la dignidad de Ingleside, aquello era una imagen sacada de una pesadilla. Lo raro, sin embargo, era que Jenny no parecía consciente de que hubiera ninguna discrepancia entre la realidad y sus descripciones. Di hasta se preguntó si no habría soñado que Jenny le había dicho tal o cual cosa.

La parte de fuera no estaba tan mal. La casa de juegos que el señor Penny había construido en un rincón de las píceas, como una casa en miniatura, era muy interesante, y tanto los lechoncitos como el potrillo eran «muy lindos». Y los cachorritos mestizos eran unas bolitas de algodón tan deliciosas que parecían descender de la más alta aristocracia canina. Uno de ellos era especialmente adorable, con las orejas largas de color marrón, una mancha blanca en la frente, una lengüecita rosa y las patas blancas. Fue muy amarga la decepción de Di al saber que todos estaban ya prometidos.

—Aunque no sé si habríamos podido darte uno aunque no lo estuvieran —dijo Jenny—. Mi tío es muy quisquilloso con sus perros. Hemos oído decir que en Ingleside no conseguís que los perros duren *nada*. Seguro que os pasa algo raro. Mi tío dice que los perros *saben* cosas que la gente no sabe.

—¡Estoy segura de que no saben nada malo de *nosotros*! —protestó Di.

—Bueno, eso *espero*. ¿Tu padre es cruel con tu madre?

—¡No, por supuesto que no!

—Pues he oído que le pega... Que le pega hasta que ella *grita*. Pero yo no me lo creí, claro. ¿Verdad que la gente cuenta unas mentiras horribles? De todos modos, tú siempre me has caído bien, Di, y siempre te defenderé.

Di tuvo la sensación de que tenía que estarle muy agradecida a Jenny por aquellas palabras, pero por algún motivo no lo estaba. Empezaba a sentirse muy fuera de lugar, y todo el glamur que Jenny había tenido hasta entonces para ella se esfumó de golpe y sin remedio. Ya no sentía la misma emoción cuando Jenny le contó la historia de esa vez que había estado a punto de ahogarse en la represa del molino. Di *no se lo creyó*... Jenny solo se *imaginaba* esas historias. Y probablemente el tío millonario y la sortija de diamantes de mil dólares y la misionera de leopardos también eran imaginados. Di se quedó más chafada que un globo pinchado.

Pero aún faltaba la yaya. Seguro que la yaya era de verdad. Cuando Di y Jenny volvieron a la casa, la tía Lina, una mujer de pechos grandes y mejillas coloradas, con un vestido de algodón no demasiado limpio, les dijo que la yaya quería conocer a la invitada.

—La yaya está postrada en la cama —explicó Jenny—. Siempre llevamos a todo el mundo que viene a casa a que la vea. Si no, se enfada mucho.

—No te olvides de preguntarle cómo está del dolor de espalda —le advirtió la tía Lina—. No le gusta que la gente no se acuerde de su espalda.

—Y por el tío John —añadió Jenny—. No te olvides de preguntarle cómo está el tío John.

—¿Quién es el tío John? —preguntó Di.

—Un hijo suyo que murió hace cincuenta años —explicó la tía Lina—. Estuvo años enfermo antes de morir, y la yaya se acostumbró a que la gente preguntase por él. Ahora lo echa de menos.

En la puerta de la habitación de la yaya, Di se acobardó. De repente le daba muchísimo miedo una mujer tan increíblemente vieja.

—¿Qué pasa? —le dijo Jenny—. ¡Nadie te va a morder!

—¿Es verdad que... es verdad que ya vivía antes del diluvio, Jenny?

—Claro que no. ¿Quién ha dicho eso? Pero tendrá cien años, si vive hasta su próximo cumpleaños. ¡Vamos!

Di entró con cautela. La yaya estaba tendida en una cama enorme, en un dormitorio pequeño y abarrotado de cosas. Su cara, arrugada y encogida hasta un extremo increíble, parecía la de un mono viejo. Miró a Di con los ojos enrojecidos y hundidos y le habló de mal humor.

—Deja de mirarme. ¿Quién eres?

—Es Diana Blythe, yaya —dijo Jenny... Una Jenny de lo más sumisa.

—¡Ja! Menudo nombre más rimbombante. Me han dicho que tienes una hermana muy orgullosa.

—Nan no es orgullosa —protestó Di, en un arranque de valor. ¿Había estado Jenny criticando a Nan?

—Y tú eres un poco descarada, ¿no? A mí no me enseñaron a hablar así a los mayores. Tu hermana *es* orgullosa. Todo el que lleva la cabeza tan alta como mi Jenny dice que la lleva tu hermana *es* orgulloso. ¡Una engreída! No me lleves la contraria.

La yaya parecía tan enfadada que Di se apresuró a preguntarle cómo estaba de la espalda.

—¿Quién dice que tengo espalda? ¡Qué pretensión! Mi espalda es asunto mío. ¡Ven aquí..., acércate a la cama!

Di se acercó, con ganas de estar a mil kilómetros de allí. ¿Qué iba a hacerle esa vieja espantosa? La yaya se incorporó en el borde de la cama, muy alerta, y puso una mano como una garra en el pelo de Di.

—Un poco zanahoria pero muy suave. Llevas un vestido muy bonito. Súbete la falda y enséñame las enaguas.

Di obedeció, dando las gracias por haberse puesto las enaguas blancas con la puntilla de encaje que Susan le había hecho a ganchillo. Pero ¿qué clase de familia te pedía que le enseñaras las enaguas?

—Siempre he juzgado a una chica por sus enaguas —dijo la yaya—. Las tuyas aprueban. Ahora las calzas.

Di no se atrevía a negarse. Se levantó las enaguas.

—¡Ja! ¡También con encaje! ¡Qué extravagancia! ¡Y no me has preguntado por John!

—¿Cómo está? —preguntó Di con la voz entrecortada.

—Que cómo está, dice la niña descarada. Podría estar muerto, vete tú a saber. Dime una cosa. ¿Es verdad que tu madre tiene un dedal de oro..., un dedal de oro macizo?

—Sí, se lo regaló papá por su último cumpleaños.

—Vaya, no me lo creía. Mi Jenny me contó que lo tenía, pero de las cosas que dice mi Jenny no te puedes creer ni una palabra. ¡Un dedal de oro macizo! En la vida he oído cosa igual. Bueno, más vale que vayáis a cenar. Comer nunca pasa de moda. Jenny, súbete los bombachos, que te asoma una pernera por debajo del vestido. Tengamos al menos decencia.

—La pernera de mis bom..., de mi calza no asoma —dijo Jenny, llena de indignación.

—Bombachos para las Penny y calzas para las Blythe. Esa es la diferencia entre vosotras, y siempre lo será. No me lleves la contraria.

La familia Penny al completo se había reunido a la mesa en la gran cocina. Di no había visto a ninguno, aparte de la tía Lina, pero le bastó con echar un vistazo a los allí presentes para comprender por qué mamá y Susan no querían que fuera a aquella casa. El mantel estaba roto y lleno de manchas de salsa incrustadas. Los platos eran un surtido indescriptible. Y los Penny... Di nunca se había sentado a una mesa con semejante compañía y quería volver a Ingleside, donde se sentía segura, pero ahora tenía que aguantarse.

El tío Ben, como Jenny lo llamaba, se sentó a la cabecera de la mesa; tenía la barba roja como el fuego y la cabeza calva, con algunos flecos grises. Su hermano soltero, Parker, lánguido y sin afeitar, se había sentado en ángulo, para poder escupir en una caja de madera a intervalos muy frecuentes. Los chicos, Curt, de doce años, y George Andrew, de trece, tenían los ojos azules muy claros, como de pez, y la mirada desafiante, y se les veía la piel entre los agujeros de la camisa. Curt se había cortado la mano con una botella rota y se la había vendado con un trapo que estaba empapado de sangre. Annabel Penny, de once, y «Gert» Penny, de diez, eran dos niñas bastante guapas, de ojos castaños y redondos. «Tuppy», de dos años, tenía unos rizos preciosos y las mejillas sonrosadas, y el bebé de ojos traviesos que la tía Lina tenía en el regazo sería adorable si estuviera limpio.

—Curt, ¿por qué no te has limpiado las uñas si sabías que teníamos una invitada? —preguntó Jenny—. Annabel, no hables con la boca llena. Soy la única que intenta enseñar a esta familia unos mínimos modales —le explicó a Di.

—Cállate —dijo el tío Ben con una voz atronadora.

—No pienso callarme... Tú no puedes hacerme callar —protestó Jenny.

—No seas insolente con tu tío —dijo la tía Lina sin alterarse—. Vamos, niñas, portaos como damas de buena familia. Curt, pásale las patatas a la señorita Blythe.

—Ja, ja, señorita Blythe... —se burló Curt.

Pero, al menos, para Diana aquel había sido un momento emocionante. Por primera vez en su vida, le habían dicho «señorita Blythe».

Sorprendentemente, la comida fue generosa y muy buena. Di, que tenía hambre, habría podido disfrutar... de no haber sido porque no soportaba beber en una taza desportillada —que además no tenía claro que estuviera limpia— y porque todos se peleaban sin parar. Había rencillas personales entre todos: entre George Andrew y Curt, entre Curt y Annabel, entre Gert y Jen... Incluso entre el tío Ben y la tía Lina, que tuvieron una pelea tremenda y se acusaron mutuamente de cosas horribles. La tía Lina le restregó al tío Ben todos los hombres guapos con los que habría podido casarse, y el tío Ben contestó que ojalá se hubiera casado con cualquiera menos con él.

«¿No sería horroroso que mis padres se pelearan así? —pensó Di—. ¡Ay, ojalá pudiera estar en casa!».

—No te chupes el pulgar, Tuppy.

Esto último lo dijo sin pensarlo, porque lo habían pasado muy mal con Rilla para quitarle la manía de chuparse el pulgar.

Curt enrojeció de ira al instante.

—¡Déjale en paz! —gritó—. ¡Puede chuparse el pulgar si quiere! A nosotros no nos matan a órdenes como a vosotros en Ingleside. ¿Quién te has creído que eres?

—¡Curt, Curt! La señorita Blythe va a pensar que no tienes modales —dijo la tía Lina. Volvía a estar muy tranquila y sonriente, y le puso dos cucharadas de azúcar al tío Ben en el té—. No le hagas caso, hija. Toma otro trozo de empanada.

Di no quería otro trozo de empanada. Solo quería irse a casa... y no sabía cómo decirlo.

—Bueno —vociferó el tío Ben mientras sorbía los últimos restos de té del plato haciendo mucho ruido—, se acabó lo que se daba. Te levantas por la mañana... Trabajas sin parar el día entero... Comes tres veces y te vas a la cama. ¡Qué vida esta!

—A papá le gusta gastar bromas —explicó la tía Lina, sonriendo.

—Hablando de bromas... Hoy he visto al sacerdote metodista en el almacén de Flagg. Intentó llevarme la contraria cuando dije que Dios no existe. «Usted habla los domingos —le dije—. Ahora me toca a mí. Demuéstreme que Dios existe». Y va y me dice: «Es usted quien tiene ganas de hablar». Y todos se rieron como bobos. Les pareció muy ingenioso.

¡Que Dios no existía! Di tuvo la sensación de que su mundo se derrumbaba. Tenía ganas de llorar.

Capítulo XXIX

La cosa empeoró después de la cena. Antes al menos Jenny y ella estaban solas. Ahora había una muchedumbre. George Andrew la llevó de la mano a galope tendido por un charco de barro antes de que pudiera zafarse de él. En la vida la habían tratado así. Jem y Walter se metían con ella, y también Ken Ford, pero nunca había visto chicos como estos Penny.

Curt le ofreció un trozo de chicle que se sacó directamente de la boca y se ofendió mucho cuando Di lo rechazó.

—¡Te voy a echar encima un ratón vivo! —gritó—. ¡Engreída! ¡Estirada! ¡Tu hermano es una niñita!

—¡Walter no es una niñita! —dijo Di. Estaba casi mareada de miedo, pero no podía consentir que insultaran a Walter.

—Sí que lo es... Escribe *posías*. ¿Sabes lo que haría yo si tuviera un hermano que escribe *posías*? Lo ahogaría..., como hacen con los gatitos.

—Hablando de gatitos, hay un montón de gatitos salvajes en el establo —dijo Jen—. Vamos a ahuyentarlos.

Di sencillamente no quería ir a ahuyentar gatitos con aquellos niños, y lo dijo.

—En casa tenemos muchos gatitos. Tenemos once —dijo con orgullo.

—¡No me lo creo! —gritó Jen—. No es verdad. Nadie ha tenido nunca once gatitos. No es *normal* tener once gatitos.

—Una gata ha tenido cinco y la otra seis. Pero no pienso ir al establo de todos modos. El invierno pasado me caí del pajar de Amy Taylor. Si no hubiera aterrizado en un montón de paja me habría matado.

—Pues yo por casi me caigo del pajar una vez, si Curt no hubiera estado allí para sujetarme —dijo Jen de mal humor. Solamente ella tenía derecho a caerse de los pajares. ¡Di Blythe viviendo aventuras! ¡Pero qué desfachatez!

—Se dice solo *«casi»* —le corrigió Di. Y en ese preciso instante supo que todo había acabado entre Jenny y ella.

Pero había que soportar la noche como fuera. No se acostaron hasta tarde, porque en casa de los Penny nadie se acostaba temprano. El dormitorio grande al que subió con Jenny a eso de las diez y media tenía dos camas. Annabel y Gert se estaban preparando para acostarse en la suya. Di miró la otra cama. La almohada daba pena. La colcha pedía un lavado a gritos. El papel pintado —el famoso papel de «loros»— estaba descolorido y ya ni los loros parecían loros. En una mesita, al lado de la cama, había una jarra de granito y un lavamanos medio lleno de agua sucia. Nunca sería capaz de lavarse la cara *ahí*. Bueno, por una vez podría acostarse sin lavarse la cara. Al menos el camisón que le había prestado la tía Lina estaba limpio.

Cuando Di se incorporó después de rezar, Jenny se burló de ella.

—Madre mía, qué anticuada eres. Qué graciosa y qué santa parecías rezando. No sabía de nadie que rezara hoy en día. Rezar no sirve de nada. ¿Para qué rezas?

—Para salvar mi alma —dijo Di, citando a Susan.

—Yo no tengo alma —se burló Jenny.

—Tú puede que no, pero yo sí —dijo Di, incorporándose.

Jenny la miró. Pero los ojos de Jenny habían perdido toda su magia. Di nunca más sucumbiría a sus encantos.

—No eres la niña que yo creía, Diana Blythe —dijo Jenny con pena, como si estuviera muy decepcionada.

Antes de que Di pudiera responder, George Andrew y Curt habían entrado corriendo. George Andrew llevaba una careta... Una cosa horrible con una nariz enorme. Di lanzó un grito.

—¡Deja de gritar como un cerdo degollado! —ordenó George Andrew—. Tienes que darnos un beso de buenas noches.

—Si no nos lo das te encerraremos en ese armario..., y está lleno de ratas —le advirtió Curt.

George Andrew avanzó hacia Di, que volvió a gritar y retrocedió. La careta tenía un efecto paralizante. Sabía perfectamente que solo era George Andrew quien se ocultaba detrás, y él no le daba miedo; pero se moriría si esa careta horrenda se le acercaba... Estaba segura. Justo cuando le pareció que la espantosa nariz le rozaba la cara, tropezó con un taburete y al caer de espaldas al suelo se dio un golpe en la cabeza contra la esquina de la cama de Annabel. Se quedó un momento aturdida, con los ojos cerrados.

—¡Se ha muerto! ¡Se ha muerto! —dijo Curt, resoplando y echándose a llorar.

—¡La paliza que te vas a ganar como la hayas matado, George Andrew! —dijo Annabel.

—A lo mejor solo está fingiendo —dijo Curt—. Ponedle una lombriz encima. Tengo varias en esta lata. Si es mentira esto la revivirá.

Di oyó lo que decía Curt, pero estaba demasiado asustada para abrir los ojos. *(A lo mejor se marchaban y la dejaban sola, si creían que estaba muerta. Pero si le ponían una lombriz encima...).*

—Pínchala con un alfiler. Si sangra es que no está muerta —dijo Curt.

(Un alfiler podía soportarlo, una lombriz, no).

—No está muerta... No es posible —susurró Jenny—. Solo le ha dado un ataque del susto. Pero cuando vuelva en sí se va a poner a gritar y el tío Ben nos va a moler a palos. ¡Ojalá no la hubiera invitado! ¡Engreída!

—¿Crees que podríamos llevarla a casa antes de que se despierte? —propuso George Andrew.

(Ay, ojalá pudieran).

—No podemos..., está muy lejos —dijo Jenny.

—Campo a través solo es medio kilómetro. La cargamos cada uno de un brazo o una pierna... Tú, Curt, Annabel y yo.

A nadie más que a los Penny se les habría ocurrido semejante idea, y mucho menos llevarla a cabo. Pero estaban acostumbrados a hacer cualquier cosa que se les metiera en la cabeza, y una paliza del cabeza de familia era algo que evitar a toda costa. El padre no se preocupaba por ellos hasta cierto punto, pero, como se pasaran de ese punto..., ¡se acabó!

—Si vuelve en sí mientras la llevamos, la soltamos y nos vamos corriendo —dijo George Andrew.

No había el más mínimo peligro de que Di volviera en sí. Tembló de agradecimiento al notar que la levantaban entre los cuatro. Bajaron las escaleras sin hacer ruido y salieron de la casa; cruzaron el patio y el campo de tréboles; dejaron atrás los bosques; bajaron la cuesta. Tuvieron que soltarla dos veces para descansar. Estaban casi seguros de que Di se había muerto y solo querían llevarla a su casa sin que nadie los viera. Si Jenny Penny nunca había rezado, entonces rezó... para que en el pueblo todo el mundo estuviera durmiendo. Si conseguían dejar a Di Blythe en casa, dirían que le entró la nostalgia a la hora de acostarse y se empeñó en irse. Lo que le hubiera pasado después no era asunto de ellos.

Di se atrevió a abrir los ojos una vez mientras tramaban el plan. El mundo dormido le pareció muy extraño. Los abetos tenían unas formas oscuras y desconocidas. Las estrellas se reían de ella. *(No me gusta un cielo tan grande. Si aguanto un poco más llegaré a casa. Si descubren que no estoy muerta me dejarán aquí y no seré capaz de volver sola en la oscuridad).*

Los Penny la dejaron en el porche de Ingleside y se fueron corriendo como locos. Di no se atrevía a volver en sí demasiado pronto, pero por fin tuvo el valor de abrir los ojos. Sí, estaba en casa. Era casi demasiado bonito para ser verdad. Se había portado fatal, pero estaba segurísima de que no volvería a hacerlo nunca. Se sentó en los peldaños, y el Canijo se acercó a escondidas y se puso a restregarse contra ella y a ronronear. Di lo abrazó. ¡Qué bonito y cálido y cariñoso era! No creía que pudiese entrar: sabía que Susan cerraba todas las puertas cuando papá estaba fuera y no se atrevía a despertarla a esas horas. Pero no le importaba. Aunque la noche de junio

era bastante fría, se acostaría en la hamaca y se acurrucaría con el Canijo, sabiendo que a su lado, detrás de aquellas puertas cerradas, estaban Susan y los chicos y Nan... y su casa.

¡Qué extraño era el mundo en la oscuridad! ¿Estaban todos dormidos menos ella? Las grandes rosas blancas de los rosales que bordeaban las escaleras parecían caras diminutas en la noche. El olor de la menta era como un amigo. En el huerto se veía el resplandor de una libélula. Al final podría presumir de «haber pasado toda la noche fuera».

Pero no fue así. Dos siluetas oscuras entraron por la puerta del jardín y subieron por la avenida. Gilbert rodeó la casa por la parte de atrás para abrir una ventana de la cocina, pero Ana subió al porche y se quedó de piedra al encontrarse con aquella cosita sentada con el gato entre los brazos.

—Mami... ¡Ay, mami! —Estaba a salvo, en brazos de mamá.

—¡Di, cariño! ¿Qué pasa?

—Ay, mami, he sido mala... Pero lo siento muchísimo... Y tú tenías razón... Y la yaya era horrorosa... Pero es que creía que no volvíais hasta mañana.

—Papá ha recibido un aviso de Lowbridge... Tienen que operar a la señora Parker mañana y el doctor Parker le ha pedido que vaya. Hemos vuelto en el tren de la tarde y venimos andando desde la estación. Anda, cuéntame...

Y Di ya había contado la historia entera, sollozando, cuando Gilbert abrió la puerta principal. Estaba seguro de haber entrado con el mayor sigilo, pero los oídos de Susan detectaban hasta el gemido de un murciélago cuando la seguridad de Ingleside estaba en juego, y bajó las escaleras renqueando, con un chal encima del camisón.

Se deshizo en explicaciones, hasta que Ana la cortó en seco.

—Nadie le echa la culpa, querida Susan. Di se ha portado muy mal, pero se ha dado cuenta y creo que ya ha recibido su castigo. Siento mucho haberla despertado. Vuelva ahora mismo a la cama y el doctor le mirará ese tobillo.

—No he llegado a dormirme, querida señora del doctor. ¿Cree usted que podía dormir sabiendo dónde estaba esa pobre niña? Y tobillos aparte, voy a prepararles a los dos una taza de té.

—Mami —dijo Di desde su almohada blanca—, ¿ha sido cruel papá contigo alguna vez?

—¡Cruel! ¿Conmigo? Pero, Di…

—Los Penny lo han dicho… Han dicho que te pega…

—Cariño, ahora ya sabes cómo son los Penny, así que no dejes que esa cabecita tuya se preocupe por lo que dicen. En todas partes siempre hay habladurías maliciosas… La gente como ellos se inventa esas cosas. No les hagas ningún caso.

—¿Vas a regañarme por la mañana, mami?

—No. Creo que has aprendido la lección. Ahora, a dormir, preciosa.

«Qué *razonable* es mamá», fue el último pensamiento consciente de Di. Y Susan, al estirarse en la cama, por fin en paz y con el tobillo cómodamente vendado por unas manos expertas, pensó: «Mañana voy a salir de caza… Y cuando vea a la excelente señorita Jenny Penny le voy a echar un rapapolvo que no olvidará en la vida».

Jenny Penny no llegó a recibir la prometida bronca, porque nunca volvió a la escuela de Glen. Se fue con los demás a la de Mowbray Narrows, de donde llegaron rumores de las historias que contaba, entre otras cosas que Di Blythe, que vivía en «la casa grande» de Glen St. Mary pero iba muchas veces a dormir con ella, una noche se desmayó, y ella, Jenny Penny, la llevó a casa a cuestas a medianoche, sola y sin ayuda de nadie. En Ingleside se arrodillaron a sus pies y le besaron las manos como muestra de gratitud, y el doctor Blythe en persona había sacado la calesa, con su capota de flecos y su famoso caballo gris moteado, para llevarla a casa. «Y si alguna vez hay algo que pueda hacer por usted, señorita Penny, no tiene más que decirlo, en atención a la amabilidad que ha tenido con mi adorada hija. Ni todo el oro del mundo bastaría para recompensarla. Sería capaz de ir a África Ecuatorial en pago por lo que ha hecho». Esto había prometido el doctor Blythe.

Capítulo XXX

—Yo sé algo que tú no sabes... Algo que tú no sabes —canturreó Dovie Johnson mientras se balanceaba en el filo del embarcadero, adelante y atrás.

Esta vez le tocaba a Nan ser el centro de atención... Le tocaba añadir su historia a la colección de recuerdos de Ingleside para los años venideros. Y Nan, hasta el último día de su vida, se pondría colorada cuando se lo recordaban. Había sido muy tonta.

Nan temblaba al ver cómo se balanceaba Dovie... Y al mismo tiempo parecía fascinada. Estaba segura de que Dovie acabaría cayéndose. ¿Y entonces? Pero nunca se caía. Nunca le fallaba la buena suerte.

Todo lo que hacía Dovie, o lo que decía que hacía —que quizá eran dos cosas muy distintas—, era fascinante para Nan. Pero Nan, que se había criado en Ingleside, donde nadie decía nunca nada que no fuese la verdad, ni siquiera en broma, era demasiado inocente y crédula para darse cuenta. Dovie, que tenía once años y había vivido en Charlottetown desde pequeña, sabía muchas más cosas que Nan, que tenía solo ocho. Charlottetown, según Dovie, era el único sitio donde la gente sabía algo. ¿Qué podía saber nadie que viviera encerrado en una aldea tan insignificante como Glen St. Mary?

Dovie estaba pasando parte de sus vacaciones en Glen con su tía Ella, y se había hecho íntima amiga de Nan, a pesar de la diferencia de edad. Quizá porque Nan admiraba a Dovie, que a ella le parecía casi adulta, con esa adoración que nos sentimos obligados a ofrecer a lo más elevado cuando lo vemos... o creemos verlo. A Dovie le gustaba su humilde y adoradora acólita.

«No hay nada malo en Nan Blythe... Solo es un poco blanda», le dijo a su tía Ella.

La familia de Ingleside, muy atenta, tampoco veía nada fuera de lo normal en Dovie —aunque, pensó Ana, su madre era prima de los Pye de Avonlea— y no puso ninguna objeción a que Nan se hiciera amiga suya, a pesar de que Susan desconfió desde el primer momento de aquellos ojos como las grosellas verdes con unas pestañas doradas muy claras. Pero ¿qué iba a decir ella? Dovie era una niña «de buenos modales», bien vestida, educada y que no hablaba demasiado. Susan no podía dar ninguna razón para justificar su desconfianza, así que guardó silencio. Dovie volvería a casa cuando empezaran las clases y, mientras, no había necesidad de echar un rapapolvo a nadie.

Y así Nan y Dovie pasaban la mayor parte de su tiempo libre juntas en el muelle, donde casi siempre había un par de barcos con las alas plegadas, y ese mes de agosto el Valle del Arcoíris apenas supo nada de Nan. A los niños de Ingleside Dovie no les caía demasiado bien, ni ellos a ella. Dovie le gastó una broma pesada a Walter y Di se puso hecha una furia y «le dijo cosas». Por lo visto a Dovie le gustaba gastar bromas pesadas. Quizá por eso ninguna de las otras chicas de Glen quiso quitársela a Nan.

—Ay, cuéntamelo, por favor —le suplicó Nan.

Pero Dovie se limitó a guiñar un ojo con malicia y a decir que Nan era demasiado pequeña para contárselo. Y eso era desquiciante.

—*Por favor*, Dovie, cuéntamelo.

—No puedo. Me lo contó en secreto la tía Kate, y está muerta. Ahora soy la única persona del mundo que lo sabe. Cuando me lo dijo le prometí que nunca se lo contaría a nadie. Y tú lo contarías... No podrías evitarlo.

—¡No lo contaría! ¡Sí podría! —insistió Nan.

—La gente dice que en Ingleside os lo contáis todo. Susan te lo sacaría en un visto y no visto.

—No. Sé un montón de cosas que nunca le he contado a Susan. Secretos. Yo te cuento los míos si tú me cuentas el tuyo.

—No me interesan los secretos de una niña pequeña como tú —dijo Dovie.

¡Eso era un buen insulto! A Nan sus secretillos le parecían preciosos: el cerezo silvestre que había encontrado en flor en el bosque de píceas, detrás del establo del señor Taylor... Su sueño con un hada blanca diminuta que flotaba sobre la hoja de un nenúfar en las marismas... Sus fantasías sobre un barco que llegaba al puerto remolcado por cisnes con cadenas de plata... La romántica historia que empezaba a tejer sobre la señora guapísima de la antigua casa de los MacAllister. Todos eran maravillosos y mágicos para Nan, y más tarde, al recordar este momento, se alegraba de no habérselos contado a Dovie finalmente.

Pero ¿qué sabía Dovie de *ella* que *ella* no supiera? La duda perseguía a Nan como una mosca.

Al día siguiente, Dovie volvió a hablar de su secreto.

—Lo he estado pensando, Nan..., y creo que *deberías* saberlo, porque trata de ti. Seguro que lo que quería decir la tía Kate era que no podía contárselo a nadie más que a la persona interesada. Verás, si me das tu ciervo de porcelana te contaré lo que sé de ti.

—Eso no puedo dártelo, Dovie. Me lo regaló Susan por mi último cumpleaños. Le dolería mucho.

—Muy bien. Tú sabrás si prefieres quedarte con el ciervo o saber algo importante de ti. A mí me trae sin cuidado. En realidad lo prefiero. Siempre me gusta saber cosas que las otras chicas no saben. Eso te hace *importante*. El próximo domingo en la iglesia te miraré y pensaré: «Si tú supieras lo que sé de ti, Nan Blythe...». Será divertido.

—¿Es bonito lo que sabes de mí? —preguntó Nan.

—Bueno, es *muy* romántico... Parece sacado de un cuento. Pero da igual. A *ti* no te interesa y *yo sé lo que sé*.

A estas alturas, Nan estaba loca de curiosidad. La vida no merecería la pena si no lograba enterarse del misterioso secreto de Dovie. De repente tuvo una inspiración.

—Dovie, no puedo darte el ciervo, pero si me cuentas lo que sabes de mí te daré mi parasol rojo.

A Dovie se le iluminaron los ojos de grosella. Se moría de envidia por ese parasol.

—¿El rojo nuevo que te trajo tu madre de la ciudad la semana pasada? —Dovie quería confirmarlo.

Nan asintió. Se le aceleró el pulso. ¿De verdad era posible que Dovie se lo contara?

—¿Te dejará tu madre? —preguntó Dovie.

Nan asintió de nuevo, aunque con reservas. No estaba segura, ni mucho menos. Dovie detectó la incertidumbre.

—Tienes que traer el parasol antes de que te lo cuente —le ordenó Nan en un tono tajante—. Sin parasol no hay secreto.

—Lo traeré mañana —prometió al instante Nan. *Tenía* que saber lo que Dovie sabía de ella, y punto.

—Bueno, lo pensaré —dijo Dovie, algo dudosa—. No te hagas muchas ilusiones. No creo que al final te lo cuente. Eres demasiado pequeña... Ya te lo he dicho muchas veces.

—Soy mayor que ayer —razonó Nan—. Vamos, Dovie, no seas mala.

—Creo que tengo derecho a guardar mis secretos. —Esta respuesta de Dovie fue un mazazo para Nan—. Se lo contarías a Ana..., a tu madre...

—Ya sé cómo se llama mi madre —dijo Nan, un pelín picada en su dignidad. Secretos aparte, todo tenía sus límites—. Ya te he dicho que no se lo contaré *a nadie* de Ingleside.

—¿Me lo juras?

—¿Jurarlo?

—No repitas como un loro. Quiero decir que lo prometas solemnemente.

—Lo prometo solemnemente.

—Con más solemnidad.

Nan no sabía cómo ser más solemne. Se le iba a quedar la cara petrificada si lo intentaba.

—Junta las manos, mira el cielo y di: «Que me caiga muerta aquí mismo si te miento» —le ordenó Dovie.

Nan hizo el ritual.

—Mañana trae el parasol y ya veremos —dijo Dovie—. ¿Qué hacía tu madre antes de casarse, Nan?

—Era maestra de escuela... Y enseñaba muy bien.

—Bien, lo pregunto solo por curiosidad. Mi madre dice que tu padre cometió un error al casarse con ella. Nadie sabía nada de su familia. Y él habría podido casarse con quien quisiera, dice mi madre. Tengo que irme. *Au revoir.*

Nan sabía que eso significaba «hasta mañana». Estaba muy orgullosa de tener una amiga que hablaba francés. Se quedó sentada en el muelle un buen rato después de que Dovie se hubiera marchado. Le gustaba ver entrar y salir las barcas de pesca, y a veces un barco grande deslizarse por la bahía con rumbo a tierras muy lejanas. Como Jem, muchas veces soñaba con navegar en un barco... Surcar la bahía azul hasta más allá de la barra de dunas sombrías y más allá de la punta del faro, donde la luz giratoria de Cuatro Vientos se convertía de noche en un misterioso puesto de vigilancia... Hasta la neblina azul que envolvía el golfo en verano y mucho más lejos: hasta islas encantadas bajo la luz de amaneceres dorados. Nan volaba con las alas de su imaginación por el mundo entero sin moverse del embarcadero viejo y medio hundido.

Pero esa tarde estaba muy emocionada con el secreto de Dovie. ¿De verdad se lo contaría? ¿Qué sería..., qué *podía* ser? ¿Y quiénes eran esas chicas con las que su padre habría podido casarse? Le gustaba especular sobre esas chicas. Una habría podido ser su madre. ¡Eso era horrible! Nadie más que su madre podía ser su madre. Era una idea sencillamente impensable.

—*Creo* que Dovie Johnson va a contarme un secreto —le confió esa noche a su madre, cuando fue a darle un beso—. Pero no se lo podré contar a nadie, mami, ni siquiera a ti, porque lo he prometido. No te molesta, ¿verdad, mami?

—Nada —dijo Ana, muy divertida.

Al día siguiente, Nan buscó el parasol antes de ir al muelle. Era suyo, pensó. Se lo habían regalado y por tanto tenía todo el derecho a hacer con él lo que quisiera. Tranquilizada su conciencia con esta reflexión, se escabulló en un momento en que nadie la veía. Le daba pena pensar que iba a regalar su querido y bonito parasol, pero el ansia por descubrir qué sabía Dovie se había vuelto irresistible a estas alturas.

—Aquí está el parasol, Dovie —dijo sin resuello—. Y ahora cuéntame el secreto.

Dovie se quedó de piedra. No pretendía que las cosas llegaran tan lejos... Nunca llegó a creer que a Nan Blythe su madre le diera permiso para regalar el parasol rojo. Apretó los labios.

—En realidad no sé si ese tono de rojo me favorece. Es muy *chillón*. Creo que no te lo voy a contar.

Nan tenía mucho carácter y Dovie no había llegado a encandilarla hasta el extremo de la sumisión ciega. Nada enardecía a Nan tanto como la injusticia.

—¡Un pacto es un pacto, Dovie Johnson! *Dijiste* que el parasol a cambio del secreto. Aquí está el parasol, y ahora tienes que cumplir tu promesa.

—Vale, muy bien —accedió Dovie con aire aburrido.

Todo quedó en silencio. Las rachas de viento se calmaron. El agua dejó de gorgotear alrededor de los pilares del embarcadero. Nan sintió un delicioso temblor de éxtasis. Por fin iba a descubrir lo que Dovie sabía.

—¿Conoces a Jimmy Thomas, el de la Boca del Puerto? —quiso saber Dovie—. ¿El Jimmy Thomas que tiene seis dedos de los pies?

Nan asintió. Naturalmente que conocía a los Thomas. Jimmy Seisdedos a veces iba a Ingleside a vender pescado. Susan decía que nunca se sabía si el pescado que traía era bueno. A Nan no le gustaba la pinta de Jimmy. Tenía la coronilla calva y una maraña de pelo blanco y rizado alrededor, y la nariz ganchuda y roja. Pero ¿qué narices pintaban los Thomas en todo este asunto?

—¿Y conoces a Cassie Thomas? —añadió Dovie.

Nan había visto a Cassie Thomas una vez, cuando Jimmy Seisdedos la trajo con él en la carreta. Cassie era más o menos de la edad de Nan, con una buena melena de rizos pelirrojos y unos ojos verdosos muy descarados. Le había sacado la lengua a Nan.

—Bueno... —Dovie dio un largo suspiro—. Ahora vas a saber la *verdad*. *Tú* eres Cassie Thomas y *ella* es Nan Blythe.

Nan se quedó perpleja, mirando a Dovie. No tenía la más remota idea de lo que Dovie quería decir. Sus palabras no tenían ningún sentido.

—¿Yo qué? ¿Qué quieres decir?

—A mí me parece que está muy claro —contestó Dovie con una sonrisa compasiva. Ya que la *obligaban* a contar el secreto quería disfrutar mientras lo contaba—. Tú y ella nacisteis la misma noche. Eso fue cuando los Thomas vivían en Glen. La enfermera entregó a los Thomas a la gemela de Di y la dejó en la cuna, y a ti te llevó con la madre de Di. No se atrevió a llevarse también a Di, aunque le faltó muy poco. Odiaba a tu madre, y fue así como se vengó de ella. O sea, que tú en realidad eres Cassie Thomas y tendrías que vivir ahí abajo, en la Boca del Puerto, y la pobre Cass tendría que estar arriba en Ingleside, lejos de esa madrastra que la zurra a todas horas. Me da mucha pena de ella montones de veces.

Nan se creyó esta descabellada historia de principio a fin. Nunca jamás le habían mentido y ni por un instante puso en duda que Dovie no estuviera diciendo la verdad. Nunca se le había ocurrido que nadie, y mucho menos su querida Dovie, quisiera o pudiera inventarse semejante patraña. Miraba a Dovie con angustia y desilusión.

—¿Cómo lo descubrió tu tía Kate? —preguntó con los labios secos.

—Se lo contó la enfermera en su lecho de muerte —dijo Dovie con un aire muy solemne—. Supongo que le remordía la conciencia. La tía Kate nunca se lo contó a nadie más que a mí. Cuando vine a Glen y vi a Cassie Thomas..., a Nan Blythe, quiero decir, la examiné a conciencia. Es pelirroja y tiene los ojos del mismo color que tu madre. Tú tienes los ojos y el pelo castaños. Por eso no te pareces a Di... Las gemelas siempre son idénticas. Y Cass tiene las mimas orejas que tu padre... Muy bonitas y bien pegadas a la cabeza. Supongo que la cosa ya no tiene remedio, pero muchas veces he pensado que no era justo que tú vivas tan bien y entre algodones mientras la pobre Cass..., bueno, Nan, vaya en harapos y muchas veces ni siquiera le den de comer lo suficiente. ¡Y Jimmy Seisdedos le pega cuando vuelve a casa borracho...! ¿Qué pasa? ¿Por qué me miras así?

El dolor de Nan era insoportable. Por fin lo veía todo espantosamente claro. A todo el mundo siempre le había parecido raro que Di y ella no se parecieran nada. Y ahora sabía *por qué*.

—¡Te odio por contarme esto, Dovie Johnson!

Dovie encogió los hombros rechonchos.

—Yo no dije que fuera a gustarte, ¿o sí? Tú me has *hecho* contarlo. ¿Adónde vas?

Porque Nan, blanca y mareada, se había levantado.

—A casa..., a contárselo a mi madre —dijo con desesperación.

—¡No puedes! ¡No hagas eso! ¡Recuerda que juraste no contarlo! —gritó Dovie.

Nan se quedó mirándola. Era cierto que había prometido no contarlo. Y su madre siempre decía que no se puede romper una promesa.

—Creo que yo también me voy a casa —dijo Dovie, a quien no le gustaba del todo la pinta de Nan.

Le arrebató el parasol y echó a correr por el embarcadero, con el sol parpadeando en las pantorrillas regordetas. Atrás dejó a una niña destrozada, sentada entre las ruinas de su pequeño universo. A Dovie le traía sin cuidado. Blando no era un buen calificativo para Nan. En realidad no había sido tan divertido engañarla. Seguro que se lo decía a su madre en cuanto llegara a casa y entonces se descubriría el engaño.

«Menos mal que me voy a casa el domingo», pensó Dovie.

Nan se quedó en el muelle un rato que le parecieron horas: ciega, destrozada, desesperada. ¡No era hija de su madre! ¡Era hija de Jimmy Seisdedos...! Un hombre que siempre le había dado miedo simplemente por tener seis dedos. No tenía derecho a vivir en Ingleside, querida por su madre y por su padre. «¡Ay», se le escapó un gemido lastimero. Su madre y su padre no la querrían si lo supieran. Todo su amor sería para Cassie Thomas.

Nan se llevó una mano a la cabeza:

—Me estoy mareando —dijo.

Capítulo XXXI

—¿Por qué no comes nada, niña? —le preguntó Susan a la hora de cenar.

—¿Has estado demasiado tiempo al sol, cielo? —dijo su madre, preocupada—. ¿Te duele la cabeza?

—Sííí —asintió Nan. Pero no era la cabeza lo que le dolía. ¿Estaba mintiendo a su madre? En tal caso, ¿cuántas más mentiras tendría que contarle? Porque Nan sabía que nunca podría volver a comer... Nunca, mientras ese horrible secreto siguiera dentro de ella. Y también sabía que nunca podría contárselo a su madre. No tanto por la promesa que había hecho (¿no dijo Susan una vez que una mala promesa era mejor romperla que guardarla?), sino porque a mamá le haría mucho daño. Por algún motivo, Nan no tenía la menor duda de que a su madre le haría un daño horroroso. Y a su madre no debía..., no podía..., hacerle daño. A su padre tampoco.

Sin embargo..., pensaba en Cassie Thomas. No era capaz de llamarla Nan Blythe. Le producía un horror indescriptible pensar que Cassie Thomas era Nan Blythe. Era como si *ella* se borrara por completo. ¡Si no era Nan Blythe no era nadie! No quería ser Cassie Thomas.

Pero estaba obsesionada con Cassie Thomas. Se pasó una semana entera sin quitársela de la cabeza... Una semana atroz, mientras Ana y Susan estaban preocupadísimas por la niña, que no quería comer, no quería jugar y, como decía Susan: «Anda muy mustia». ¿Era porque Dovie Johnson se había ido a casa? Nan dijo que no era por eso. Dijo que no era *por nada*. Papá la examinó y le recetó un medicina que Nan se tomó con obediencia. No sabía tan mal como el aceite de ricino, pero ni siquiera el aceite de ricino le importaba en ese momento. Nada le importaba, aparte de Cassie Thomas... y de la aterradora pregunta que brotó de su confusión mental y se había apoderado de ella.

¿No debería Cassie Thomas *disfrutar de sus derechos legítimos*?

¿Era justo que ella, Nan Blythe —se aferraba a su identidad con todas sus fuerzas— disfrutara de todas las cosas que a Cassie Thomas se le negaban aun siendo suyas por derecho propio? No, no era justo. Nan tenía la desesperante certeza de que no era justo. Había en Nan un sentido muy acusado de la justicia y el juego limpio. Y cada vez estaba más convencida de que lo justo era que Cassie Thomas supiera la verdad.

En el fondo, tal vez a nadie le importara demasiado. Mamá y papá se disgustarían un poco al principio, claro está, pero en cuanto supieran que Cassie Thomas era su hija volcarían todo su amor en ella y Nan ya no valdría nada. Mamá besaría a Cassie Thomas y le cantaría en la penumbra de las noches de verano... Le cantaría la canción que a Nan más le gustaba...

Navegando por el mar he visto, he visto venir
un velero cargadito de tesoros para mí.

Nan y Di hablaban con frecuencia del día en que llegaría su barco. Pero ahora los tesoros —o al menos parte de ellos— serían para Cassie Thomas. Cassie Thomas se quedaría con el papel de Nan en la próxima función de catequesis, el de Reina de las Hadas, y llevaría *su* deslumbrante cinta de oropel. ¡Con la ilusión que le hacía a Nan! Susan prepararía hojaldres de fruta para Cassie Thomas y Sauce Ceniza ronronearía para ella. Jugaría con las muñecas de Nan en la casa de juegos alfombrada de musgo que Nan tenía en el arcedal y dormiría en su cama. ¿Le gustaría eso a Di? ¿Le gustaría a Di tener como hermana a Cassie Thomas?

Llegó un día en el que Nan vio que no podía soportarlo más. Tenía que hacer lo que era justo. Iría a la Boca del Puerto y les contaría la verdad a los Thomas. *Ellos* se lo contarían a mamá y a papá. A Nan le resultaba imposible contárselo.

Se sintió algo mejor una vez tomada la decisión, a pesar de que estaba muy muy triste. Intentó cenar algo, porque esa sería su última cena en Ingleside.

«Siempre llamaré "mamá" a mamá —pensó con desesperación—. Y a Jimmy Seisdedos no pienso llamarle "papá". Le llamaré solo "señor Thomas", con mucho respeto. Seguro que eso no le ofende».

Pero tuvo la sensación de que se ahogaba. Al levantar la vista leyó en los ojos de Susan «aceite de ricino». Poco podía imaginar Susan que esa noche Nan no estaría allí para tomarlo. Le tocaría tragárselo a Cassie Thomas. Era la única razón por la que Nan no envidiaba a Cassie Thomas.

Nan se fue inmediatamente después de cenar. Tenía que salir antes de que anocheciera, de lo contrario perdería el valor. Iba con el vestido de cuadritos que se ponía para jugar: no se había atrevido a cambiarse, por miedo a que Susan o su madre le hicieran preguntas. Además, todos sus vestidos bonitos en realidad eran de Cassie Thomas. Pero se puso el delantal nuevo que le había hecho Susan: un mandil precioso con una cenefa de color rojo pavo. A Nan le encantaba ese delantal. Seguro que así Cassie Thomas no le guardaría rencor por llevárselo.

La indómita y valiente niña bajó hasta el pueblo, lo cruzó, dejó atrás la carretera del muelle y siguió por la del puerto. No tenía la menor idea de que era una heroína. Al contrario, le daba vergüenza ver lo mucho que le costaba hacer lo que era justo y bueno, lo mucho que le costaba no odiar a Cassie Thomas, lo mucho que le costaba no tener miedo de Jimmy Seisdedos y lo mucho que le costaba aguantarse las ganas de dar media vuelta y volver corriendo a Ingleside.

Empezaba a caer la tarde. Sobre el mar se cernía un nubarrón negro, como un enorme vampiro oscuro. Los relámpagos iluminaban el puerto y los bosques de las laderas con un juego intermitente. Una luz rojiza que irradiaba del interior de las nubes inundaba las casas de los pescadores amontonadas en la Boca del Puerto. Aquí y allá los charcos de agua resplandecían como rubíes gigantescos. Un barco silencioso, de velas blancas, se deslizaba por delante de las dunas tenues y brumosas en respuesta a la misteriosa llamada del océano; había algo extraño en los graznidos de las gaviotas.

A Nan no le gustaba el olor de las pescaderías y tampoco los grupos de niños sucios que veía jugando, peleando y gritando en los arenales. La miraron con curiosidad cuando se paró a preguntarles por la casa de Jimmy Seisdedos.

—Esa de ahí —señaló un niño—. ¿Qué asuntos tienes con él?

—Gracias —dijo Nan, dando media vuelta.

—¿Es que no tienes educación? —gritó una niña—. ¡La muy tiesa no puede contestar una pregunta civilizada!

El niño se puso delante de Nan.

—¿Ves la casa que está detrás de la de los Thomas? —dijo—. Pues ahí dentro tienen una serpiente marina, y como no me digas para qué quieres a Jimmy Seisdedos te encerraré ahí.

—Vamos, señorita Orgullosa —le ordenó una niña mayor—. Tú eres de Glen y los de allí se creen que son la pera. ¡Contesta lo que Bill te ha preguntado!

—En cuanto te descuides —dijo otro niño— voy a ahogar a unos gatitos y a lo mejor te meto con ellos a ti también.

—Si llevas encima diez centavos te vendo un diente —le ofreció con una sonrisa una niña de cejas negras—. Me lo sacaron ayer.

—No tengo diez centavos y tu diente no me serviría para nada —dijo Nan, haciendo acopio de valor—. Dejadme en paz.

—¡No seas impertinente! —protestó la de las cejas negras.

Nan echó a correr. El que había dicho lo de la serpiente marina adelantó un pie y le puso la zancadilla. Nan se quedó tendida sobre la arena rizada por las olas todo lo larga que era.

—Ahora no llevarás la cabeza tan alta, supongo —dijo la de las cejas negras—. ¡Presumiendo por aquí con tus cenefas rojas!

Entonces uno anunció a voces:

—¡Ahí llega el barco de Blue Jack! —Y todos echaron a correr. La nube negra estaba ahora más baja y los charcos de color rubí se habían vuelto grises.

Nan se levantó. Tenía el vestido lleno de pegotes de arena y los leotardos sucios. Pero se había librado de los torturadores. ¿Serían estos niños sus futuros compañeros de juegos?

No debía llorar... ¡No debía! Subió por la desvencijada escalera de madera que llevaba a la puerta de Jimmy Seisdedos. Al igual que todas las casas de la Boca del Puerto, la de los Thomas estaba levantada sobre una plataforma de madera, para librarse de las mareas que alcanzaban una altura poco común, y el hueco de debajo de la plataforma lo habían rellenado con una mezcolanza de platos rotos, latas vacías, nasas viejas y todo tipo de escombros. Los restos de una comida seguían sobre la mesa desnivelada, asediados por un enjambre de moscas negras, grandes y horrendas. Una mujer despeinada y canosa estaba sentada en una mecedora amamantando a un bebé que parecía una bola de grasa... Un bebé casi gris, de pura mugre.

«Mi hermana», pensó Nan.

No había rastro de Cassie o de Jimmy Seisdedos, y Nan se alegró de esto último.

—¿Quién eres y qué quieres? —preguntó la mujer con muy poca cortesía.

No invitó a Nan a entrar, pero Nan entró de todos modos. Empezaba a llover y un trueno ensordecedor hizo temblar la casa. Nan sabía que tenía que decir lo que había venido a decir antes de que le faltara el valor y diese media vuelta para huir de aquella casa horrible y aquel bebé horrible y aquellas moscas horribles.

—Quiero ver a Cassie, por favor. Tengo *algo importante* que decirle.

—¡No me digas! Debe de ser muy importante, a juzgar por el tamaño que tienes. Pues Cass no está. Se ha ido de paseo con su papá a Upper Glen, y con la tormenta que se avecina no hay forma de saber cuándo volverán. Siéntate.

Nan se sentó en una silla rota. Sabía que la gente de la Boca del Puerto era pobre, pero hasta entonces no conocía a nadie igual. La señora de Tom Fitch, que vivía en Glen, era pobre, pero tenía una casa tan pulcra y ordenada

como Ingleside. Claro que todo el mundo sabía que Jimmy Seisdedos se bebía todo lo que ganaba. ¡Y este iba a ser su hogar en adelante!

«Bueno, intentaré limpiarlo», pensó Nan con desolación. Pero tenía el corazón como si fuera de plomo. Había llegado allí atraída por la llama del noble sacrificio, pero su luz se había apagado.

—¿Para qué quieres ver a Cassie? —preguntó con curiosidad la mujer de Seisdedos mientras le limpiaba al bebé la cara sucia con un delantal más sucio todavía—. Si es por lo de la función de catequesis, Cassie no puede ir y no hay más que hablar. No tiene ropa decente. ¿Cómo voy a comprársela?, te pregunto.

—No, no es por la función —dijo Nan, abatida. Podía contarle la historia a la señora Thomas. Se enteraría de todos modos—. He venido a decirle... a decirle que... ¡Que ella es yo y yo soy ella!

Quizá podamos perdonar a la señora Seisdedos por pensar que la explicación de Nan no era muy lógica.

—Debes de estar majareta. ¿Qué narices quieres decir?

Nan levantó la cabeza. Lo peor ya había pasado.

—Quiero decir que Cassie y yo nacimos la misma noche y... y... la enfermera nos cambió porque le tenía manía a mi madre, y... y... Cassie debería vivir en Ingleside... y disfrutar de los privilegios.

Esta última frase se la había oído decir a la profesora de catequesis, y Nan pensó que era un digno final para un discurso muy torpe.

La señora Seisdedos la miraba con asombro.

—¿Estoy loca o lo estás tú? Lo que dices no tiene pies ni cabeza. ¿Quién te ha contado ese cuento?

—Dovie Johnson.

La señora Seisdedos levantó la cabeza despeinada y se echó a reír. Podía ser sucia y desaliñada, pero tenía una risa agradable.

—Tendría que haberlo imaginado. Me he pasado todo el verano lavando para su tía, y esa niña es tonta de remate. ¡Piensa que es elegante engañar a la gente! Bueno, señorita Comotellames, más vale que no te creas todos los cuentos de Dovie o te verás metida en muchos líos.

—¿Quiere decir que no es verdad? —preguntó Nan casi sin voz.

—Es un cuento chino. ¡Madre mía! Tú debes de estar muy verde para creerte una cosa así. Cass tiene por lo menos un año más que tú. ¿Quién narices eres, de todos modos?

—Soy Nan Blythe. —¡Qué idea tan bonita! ¡*Sí* que era Nan Blythe!

—¡Nan Blythe! ¡Una de las gemelas de Ingleside! Yo me acuerdo de la noche que naciste. Pasé por Ingleside de casualidad, para hacer un recado. Entonces yo no estaba casada con Seisdedos —qué desgracia la mía— y la madre de Cass aún estaba viva y sana, y Cass empezaba a dar sus primeros pasos. Tú te pareces a la madre de tu padre... Estaba allí esa noche, más contenta que unas pascuas con sus nietas gemelas. ¡Mira que creerte semejante disparate! ¿Cómo es que no tienes más cabeza?

—Tengo la costumbre de creer a los demás —dijo Nan, levantándose con un aire algo majestuoso, pero tan exultante y feliz que no quería ser altiva con la señora Seisdedos.

—Pues es una costumbre que más te vale quitarte en este mundo —fue la cínica observación de la señora Seisdedos—. Y deja de mezclarte con chicas que disfrutan engañando a los demás. Siéntate, niña. No puedes volver a casa hasta que pase el chaparrón. Está diluviando y todo oscuro como boca de lobo. ¡Uy, se ha ido! ¡La niña se ha ido!

La silueta de Nan ya se había borrado en el chaparrón. Únicamente la euforia indescriptible que le infundían las garantías de la señora Seisdedos habría podido llevarla a casa bajo semejante tormenta. El viento la abofeteaba, la lluvia le caía encima a chorros, los truenos aterradores le hacían pensar que el mundo había estallado. Solo el incesante resplandor azul hielo del relámpago le indicaba el camino. Resbaló y se cayó varias veces. Pero al fin, chorreando y dando tumbos, entró en el vestíbulo de Ingleside.

Su madre vino corriendo a abrazarla.

—¡Cariño, qué susto nos has dado! ¿Dónde estabas?

—Espero que Jem y Walter no se mueran de una pulmonía, porque han salido a buscarte con esta lluvia —dijo Susan en un tono de voz que reflejaba la tensión que había sentido.

Nan estaba casi sin aliento. Solamente acertaba a jadear mientras se dejaba envolver por los brazos de su madre.

—Ay, mamá. Soy yo... Lo soy de verdad. No soy Cassie Thomas, y nunca volveré a ser nadie más que yo.

—La pobrecita está delirando —dijo Susan—. Ha debido de comer algo que le ha sentado mal.

Ana le dio un baño y la metió en la cama antes de permitirle contar nada. Entonces escuchó la historia completa.

—Ay, mami, ¿de verdad soy tu hija?

—Pues claro que sí, cariño. ¿Cómo puedes pensar otra cosa?

—Ni siquiera se me ocurrió que Dovie me estuviera mintiendo... *Dovie* no. Mami, ¿hay que creer lo que diga *todo el mundo*? Jen Penny le contó cosas horribles a Di...

—Son solo dos niñas entre todas las que conocéis, cielo. Ninguna otra amiguita os ha contado nunca algo que no fuera verdad. En el mundo hay personas así, niños y mayores. Cuando tengas unos años más te costará menos separar «el grano de la paja».

—Mami, me gustaría que Walter y Jem y Di no supieran lo tonta que he sido.

—No tienen por qué saberlo. Di ha ido a Lowbridge con papá, y los chicos solo saben que te alejaste por la carretera del puerto y te pilló la tormenta. Has sido tonta por creer a Dovie, pero también has sido una niña muy buena y muy valiente, por ir a ofrecerle a la pobre Cassie Thomas lo que tú creías que era suyo. Estoy orgullosa de ti.

La tormenta había pasado. La luna contemplaba un mundo fresco y feliz.

«¡Ay, qué contenta estoy de ser *yo*!», fue lo último que pensó Nan antes de quedarse dormida.

Gilbert y Ana pasaron luego a ver las caritas de las gemelas, tan dulces, pegaditas la una a la otra. Diana tenía un gesto firme en los labios apretados, pero Nan se había quedado dormida sonriendo. Gilbert ya se había enterado de todo y estaba tan enfadado que Dovie Johnson podía considerarse afortunada de estar a más de cincuenta kilómetros de allí. Pero Ana tenía remordimientos de conciencia.

—Tendría que haber averiguado por qué estaba tan preocupada, pero he estado tan ocupada con otras cosas esta semana... Con cosas que en realidad no tenían ninguna importancia en comparación con el sufrimiento de una niña. Imagínate lo que ha pasado la pobrecita.

Se inclinó, arrepentida, y se deleitó mirando a sus hijas. Seguían siendo suyas... Enteramente suyas, para cuidarlas, quererlas y protegerlas. Aún la buscaban con todo el amor y la pena de sus corazones infantiles. Seguirían siendo suyas unos pocos años más... ¿Y luego? Ana se estremeció. La maternidad era preciosa..., pero terrible también.

—Me gustaría saber qué les reserva la vida —dijo entre susurros.

—Al menos esperemos y confiemos en que las dos encuentren un marido tan bueno como el que encontró su madre —bromeó Gilbert.

Capítulo XXXII

—O sea que las señoras de la Asociación de Ayuda van a hacer su sesión de costura de colchas en Ingleside —dijo el doctor Blythe—. Saca tu vajilla elegante, Susan, y ofrece luego varias escobas para barrer los restos de las reputaciones hechas añicos.

Susan sonrió con desgana, como una mujer que tolera la incapacidad de un hombre para entender las cosas vitales pero no tiene ganas de sonreír... Al menos hasta que todo lo relacionado con la reunión y la cena de las señoras estuviera a punto.

—Empanada caliente de pollo —se fue murmurando—, puré de patatas y guisantes con nata como plato principal. Y será una buena ocasión para que luzca usted el mantel nuevo de encaje, querida señora del doctor. En Glen nunca se ha visto nada igual y estoy segura de que causará sensación. Tengo muchas ganas de ver la cara que pone Annabel Clow cuando lo vea. Y ¿quiere usted que usemos el cesto azul y plateado para las flores?

—Sí, lo llenaremos de pensamientos y helechos del arcedal, que ahora mismo están entre verdes y amarillos. Y quiero que ponga esos tres geranios rosas suyos en alguna parte, que son magníficos... En la sala de estar, si es que nos sentamos a coser ahí, o en la barandilla del porche, si hace buena temperatura para estar al aire libre. Me alegro de que aún queden tantas flores. El jardín nunca ha estado tan bonito como este verano, Susan. Aunque todos los otoños digo lo mismo, ¿verdad?

Había mucho que organizar. Quién se sentaba al lado de quién... Era imposible, por ejemplo, sentar a la señora de Simon Millison al lado de la señora de William McCreery, porque no se dirigían la palabra desde los días de la escuela, cuando tuvieron una oscura rencilla. Luego estaba la cuestión de a quién convocar..., porque la anfitriona tenía el privilegio de contar con algunas invitadas al margen de la Asociación.

—Voy a invitar a la señora Best y a la señora Campbell —dijo Ana.

Susan no parecía muy convencida.

—Son recién llegadas, querida señora del doctor —señaló, como podría haber dicho: «Son cocodrilos».

—El doctor Blythe y yo también fuimos recién llegados un día, Susan.

—Pero el tío del doctor llevaba muchos años aquí. Nadie sabe nada de esos Best ni de esos Campbell. Claro que esta es su casa, querida señora del doctor, y ¿quién soy yo para poner reparos a quien usted quiera invitar? Recuerdo una vez, hace muchos años, cuando la señora de Carter Flagg invitó a una desconocida a una reunión como esta. Se presentó vestida de trapillo... ¡Dijo que no creía que valiera la pena vestirse para una reunión así! Al menos con la señora Campbell no hay nada que temer. Va muy bien vestida... Aunque *yo* nunca me vería de azul hortensia para ir a la iglesia.

Ana tampoco, pero no se atrevió a sonreír.

—A mí me pareció que el vestido le quedaba precioso con el pelo de plata, Susan. Y, por cierto, me ha pedido su receta de la salsa de grosellas con especias. Dice que la probó en la cena de la Cosecha y estaba deliciosa.

—Bueno, querida señora del doctor..., es que no todo el mundo sabe hacer las grosellas con especias. —Y aquí acabaron los reproches a los vestidos azul hortensia. En lo sucesivo, la señora Campbell podía aparecer si quería vestida de isleña de las Fiyi, que Susan encontraría el modo de disculparla.

El año empezaba a envejecer, pero el otoño aún recordaba al verano y el día de costura parecía más de junio que de octubre. Todas las señoras de la Asociación que podían asistir asistieron, con la agradable ilusión de disfrutar de un buen cotilleo y una cena en Ingleside, además, quizá, de ver alguna novedad de moda, porque la mujer del doctor Blythe había estado en la ciudad recientemente.

Susan, sin dejarse doblegar por las cargas culinarias que le habían caído encima, estaba atenta para recibir a las señoras y acompañarlas a la sala, con la serenidad que le daba saber que ninguna de ellas tenía un delantal con una orla de encaje de ganchillo de ocho centímetros hecho con hilo del número 100. Susan había ganado el primer premio de la Exposición de Charlottetown la semana anterior con este encaje. Pasó un día estupendo en la ciudad con Rebecca Dew y, cuando volvió a casa esa noche, no había en la Isla del Príncipe Eduardo mujer más orgullosa que ella.

Aunque era muy dueña de sus gestos, de vez en cuando sazonaba sus pensamientos con una pizca de malicia.

«Celia Reese ha venido buscando algo de lo que reírse, para variar. Bueno, cenando en nuestra mesa no lo encontrará, por descontado. Myra Murray de terciopelo rojo... Un poquito excesivo para una reunión de costura, en mi opinión, aunque no niego que le siente bien. Al menos no va de trapillo. Agatha Drew... con las gafas atadas de una cuerda, como de costumbre. Sarah Taylor... Podría ser su última colcha... Está muy mal del corazón, según el doctor Blythe, pero ¡hay que ver qué espíritu! La señora de Donald Reese... Gracias a Dios que no ha venido con Mary Anna, aunque seguro que no para de hablar de ella. Jane Burr, de Upper Glen... No es de la Asociación. Bueno, tendré que contar las cucharas después de cenar, por descontado. Esa familia tiene los dedos muy largos. Candace Crawford... Normalmente no se molesta en asistir a las reuniones de la Asociación, pero la colcha es una buena excusa para presumir de sus manos bonitas y su sortija de diamante. Emma Pollock enseñando las enaguas por debajo del vestido, ¡cómo no!... Una mujer guapa pero insustancial como toda esa tribu. Tillie MacAllister, no se te ocurra tirar la gelatina en el mantel como hiciste en casa de la señora Palmer. Martha Crothers, por una vez tendrás una comida decente. Es una pena que tu marido no haya podido venir también... Me han dicho que tiene que conformarse con frutos secos o algo así. La señora de Elder Baxter... Por lo visto el viejo ha espantado por fin a

Harold Reese, para que no se acerque a Mina. Harold siempre ha tenido espina en vez de columna vertebral, y un corazón cobarde nunca ha conquistado a una mujer guapa, como dice el Buen Libro. Bueno, tenemos mujeres suficientes para dos colchas y algunas de más para enhebrar las agujas».

Las colchas se extendieron en el porche y todo el mundo tenía tarea que hacer con los dedos y la lengua. Ana y Susan estaban en la cocina, enfangadas con los preparativos de la cena, y Walter, que ese día no había ido a la escuela porque le dolía un poco la garganta, se agazapó en las escaleras del porche, oculto a la vista de las costureras por la cortina de la parra. Siempre le gustaba oír la conversación de las personas mayores. Decían cosas sorprendentes, muy misteriosas... Cosas en las que uno podía pensar después y tejer con ellas un buen drama, cosas que reflejaban los colores y las sombras, las comedias y las tragedias, las alegrías y las penas del vecindario de Cuatro Vientos.

De todas las mujeres presentes, la que mejor le caía a Walter era la señora Myra Murray, con su risa fácil y contagiosa y esas arruguitas tan simpáticas alrededor de los ojos. Sabía contar la historia más sencilla de una manera que resultaba muy viva y dramática; alegraba la vida con su presencia; y estaba muy guapa de terciopelo rojo cereza, con esas ondas suaves en el pelo negro y unos pendientes rojos en forma de colgantes. La señora de Tom Chubb, que era delgada como una aguja y un alfiler, le gustaba menos... Quizá porque una vez Walter oyó que se refería a él como «un niño enfermizo». La señora de Allan Milgrave le parecía exactamente una gallina gris acicalada y la señora de Grant Clow simplemente un tonel con piernas. La joven señora de David Ransome, con el pelo de color miel, era muy guapa, «demasiado guapa para vivir en una granja», como dijo Susan cuando Dave se casó con ella. La señora de Morton MacDougall, recién casada, parecía una amapola blanca adormilada. Edith Baley, la modista de Glen, con sus tirabuzones plateados como la neblina y sus graciosos ojos negros, no parecía «una solterona». A Walter le gustaba la señora Meade, la mayor del grupo, que tenía unos ojos amables y comprensivos y escuchaba mucho más de lo que hablaba, y no le gustaba Celia Reese, con ese aire ladino y divertido, como si se riera de todo el mundo.

Las costureras en realidad no habían empezado a hablar todavía... Solo hacían comentarios sobre el tiempo y debatían si hacer la colcha con rombos o con abanicos, de manera que Walter podía pensar en la belleza del día maduro, en el amplio césped con sus magníficos árboles y en que el mundo parecía como envuelto entre los brazos dorados de un ser muy grande y bueno. Las hojas de colores caían despacio de las ramas, pero las elegantes malvarrosas seguían alegremente erguidas delante de la pared de ladrillo y los álamos urdían un sortilegio trémulo a lo largo del camino hasta el establo. Tanto se enfrascó Walter en la belleza del jardín que la conversación de las costureras ya estaba en su apogeo cuando tomó nota de un pronunciamiento de la señora de Simon Millison.

—Esa familia era famosa por sus espléndidos funerales. ¿Alguna de vosotras, si estuvisteis allí, podrá olvidar lo que pasó en el funeral de Peter Kirk?

Walter aguzó el oído. La cosa sonaba interesante. Sin embargo, para su desilusión, la señora Millison no contó qué había pasado. Todas debían de haber asistido al funeral o conocían la historia.

(«Pero ¿por qué parecen tan incómodas?»).

—Está claro que todo lo que Clara Wilson dijo de Peter era cierto, pero ya está enterrado, pobre hombre, así que mejor lo dejamos tranquilo —sentenció la señora Chubb, como si alguien hubiera propuesto exhumarlo.

—Mary Anna siempre dice cosas muy inteligentes —dijo la señora Reese—. ¿Sabéis qué dijo el otro día, cuando salimos para el funeral de Margaret Hollister?: «Mamá, ¿darán helado en el funeral?».

Varias señoras cruzaron disimuladamente unas sonrisas divertidas. Casi todas ignoraban a la señora Reese. Era lo único que podían hacer cuando empezaba a meter a Mary Anna en la conversación, como hacía sistemáticamente, tanto si venía a cuento como si no. A poco pie que se le diera se ponía insoportable. «¿Sabéis que dijo Mary Anna?» era un estribillo muy famoso en Glen.

—Hablando de funerales —dijo Celia Reese—, hubo uno muy curioso en Mowbray Narrows cuando yo era pequeña. Stanton Lane se fue a vivir al oeste del país, y un día llegó la noticia de que había fallecido. Su familia puso un telegrama para pedir que enviaran el cadáver, y así se hizo, pero Wallace MacAllister, el de la funeraria, les aconsejó que no abrieran el féretro. El funeral había empezado muy bien, cuando de pronto apareció Stanton Lane, vivito y coleando. Nunca se supo de quién era el cadáver en realidad.

—¿Qué hicieron con él? —preguntó Agatha Drew.

—Lo enterraron. Wallace dijo que era imposible aplazarlo. Pero no se puede decir que aquello fuera exactamente un funeral, porque todo el mundo estaba contentísimo al ver que Stanton había vuelto. El señor Dawson cambió el último himno y, en vez de «Alegraos, cristianos», tocó «A veces una luz sorprende», aunque la mayoría pensó que habría sido mejor no cambiar nada.

—¿Sabéis lo que me dijo Mary Anna el otro día? Me dijo: «Mamá, ¿los sacerdotes lo saben *todo*?».

—El señor Dawson siempre pierde la cabeza en momentos de crisis —dijo Jane Burr—. Upper Glen estaba a su cargo por aquel entonces, y recuerdo que un domingo despidió a la congregación y luego se acordó de que no había hecho la colecta. Y ¿qué hizo? Pues coger una bandeja y pasarla por el patio. La verdad es que ese día dio dinero gente que nunca había dado antes ni volvió a dar después. Al párroco no podían negárselo. Pero fue muy poco digno de su parte.

—Lo que a mí no me gustaba del señor Dawson —dijo la señorita Cornelia— era la crueldad con que se extendía en las oraciones en los funerales. Se alargaba tanto que la gente decía que envidiaba al difunto. En el funeral de Letty Grant se superó a sí mismo. Vi que su madre estaba a punto de desmayarse, y tuve que darle al señor Dawson un buen golpe en la espalda con la sombrilla y decirle que ya había rezado bastante.

—Él enterró a mi pobre Jarvis —dijo la señora Carr, sin poder contener las lágrimas. Siempre lloraba cuando hablaba de su marido, a pesar de que llevaba muerto veinte años.

—Su hermano también era sacerdote —dijo Christine Marsh—. Estaba en Glen cuando yo era pequeña. Una noche hicimos una función en la parroquia y él, que era uno de los oradores, se sentó en el escenario. Estaba tan nervioso como su hermano, y no paraba de mover la silla adelante y atrás, hasta que en una de esas se cayó de cabeza, con silla y todo, en el banco de flores y plantas que habíamos puesto alrededor del escenario. Solo se le veían las piernas, asomando por encima de la tarima. No sé por qué, pero desde entonces sus sermones se estropearon para mí. Tenía unos pies *enormes*.

—Puede que el funeral de Lane fuera una decepción —dijo Emma Pollock—, pero más vale algo que nada. ¿Os acordáis de la confusión de los Cromwell?

El recuerdo provocó un coro de carcajadas.

—Cuente la historia —dijo la señora Campbell—. Piense, señora Pollock, que soy forastera y todas las sagas familiares me son desconocidas.

Emma no sabía a qué «sagas» se refería la señora Campbell, pero le encantaba contar una historia.

—Abner Cromwell vivía cerca de Lowbridge, en una de las granjas más grandes de la zona, y por aquel entonces era diputado provincial, uno de los peces más gordos de los *tories* y conocido por todo el que tuviera alguna importancia en la isla. Estaba casado con Julie Flagg, que era Reese por parte de su madre y Clow por parte de su abuela, o sea, que también estaban emparentados con casi todas las familias de Cuatro Vientos. Un día apareció en el *Daily Enterprise* una noticia: el señor Abner Cromwell había fallecido en Lowbridge de forma repentina, y el funeral se celebraría a las dos de la tarde del día siguiente. Por alguna razón, la familia de Abner Cromwell no vio la noticia... Y, claro, en esa época no había teléfono en las zonas rurales. Al día siguiente, Abner se fue a Halifax para asistir a una convención de los liberales. A las dos de la tarde empezó a llegar la gente al funeral, con puntualidad para encontrar un buen sitio, suponiendo que habría una multitud, dado que Abner era un hombre tan importante. Y la había, os lo aseguro. Se formó una cola de calesas de muchos kilómetros en todas las carreteras de los alrededores, y hasta las tres de la tarde estuvieron llegando riadas de gente. A la señora Abner le faltó poco para volverse loca, intentando convencer a todo el mundo de que su marido no había muerto. Algunos al principio no la creían. A mí me dijo, llorando, que por lo visto creían que ella se había deshecho del cadáver. Y cuando por fin se convencían reaccionaban como si pensaran que Abner mereciese estar muerto. Y encima pisotearon los arriates de flores de los que la señora Abner estaba tan orgullosa. Aparecieron también algunos parientes lejanos, contando con cena y cama para pasar la noche, y Julie no tenía mucho que darles... Nunca fue muy previsora, las cosas como son. Cuando Abner volvió a casa, dos días después, la encontró en la cama con postración nerviosa: tardó meses en recuperarse. Estuvo seis semanas sin comer nada... Bueno, casi nada. Oí decir que había dicho que si de verdad hubiera tenido que celebrar el funeral no se habría llevado un disgusto más grande. Pero yo nunca me creí que hubiera dicho eso.

—No lo sabemos —dijo la señora MacCreery—. La gente dice cosas tremendas. Cuando se alteran, la verdad siempre sale a la luz. La hermana de Julie, Clarice, no faltó a cantar en el coro, como siempre, el domingo siguiente al entierro de su marido.

—A Clarice las penas le duraban poco, así fuera el entierro de un marido —señaló Agatha Drew—. No tenía ni pizca de seriedad. Siempre estaba bailando y cantando.

—Yo *antes* cantaba y bailaba... En la playa, donde nadie me oía —confesó Myra Murray.

—Ya, pero desde entonces te has vuelto más sensata —dijo Agatha.

—Noooo, más tonta —corrigió Myra Murray—. Tan tonta que ya no bailo en la playa.

—Al principio —añadió Emma para no distraerse, porque aún no había acabado de contar la historia— pensaron que la publicación de la noticia había sido una broma..., porque Abner había perdido las elecciones unos días antes..., pero resultó que el fallecido era un tal Amasa Cromwell, que vivía en los bosques, al otro lado de Lowbridge, con quien Abner no tenía ningún parentesco. Este sí que había muerto. El caso es que la gente tardó mucho tiempo en perdonarle a Abner la decepción, si es que llegaron a perdonarlo.

—Bueno, es que era incómodo venir desde tan lejos, y encima en plena siembra, y ver que uno había hecho el viaje en balde —dijo la señora Chubb con el ánimo de justificarlo.

—Y a la gente en general le gustan los funerales —añadió con brío la señora Reese—. Somos como niños, me parece a mí. Llevé a Mary Anna al funeral de su tío Gordon y disfrutó mucho. Me dijo: «Mamá, ¿no podríamos desenterrarlo para volver a divertirnos con el entierro?».

De esta *sí* se rieron. Todas menos la señora Baxter, que hizo un gesto remilgado con la cara larga y fina mientras daba un despiadado tirón a la colcha. Hoy en día ya no se respetaba nada. Todo el mundo se reía de todo. Pero ella, viuda de un presbítero, no estaba dispuesta a permitirse ni una sola risa relacionada con un funeral.

—Hablando de Abner, ¿os acordáis del obituario que escribió su hermano John para *su* mujer? —dijo la señora Milgrave—. Empezaba diciendo: «Dios, por razones que solo Él conoce, ha querido llevarse a mi hermosa mujer y dejar con vida a la mujer de mi primo William, que es muy fea». ¡Nunca olvidaré la que se organizó!

—¿Cómo es que llegaron a publicar siquiera una cosa así? —preguntó la señora Best.

—Es que él era el editor del *Enterprise* en ese momento. Adoraba a su mujer: Bertha Morris, se llamaba. Y odiaba a la mujer de William Cromwell, porque ella no quería que él se casara con Bertha. Decía que Bertha era una atolondrada.

—Pero era guapa —dijo Elizabeth Kirk.

—La cosa más guapa que he visto en mi vida —asintió la señora Milgrave—. Todos los Morris tienen la guapura garantizada. Pero caprichosa: caprichosa como la brisa. Nadie entendía cómo llego a aguantar el tiempo suficiente para casarse con John sin cambiar de opinión. Dicen que fue su madre quien le impidió salirse del carril. Bertha estaba enamorada de Fred Reese, que era un donjuán notorio. «Más vale pájaro en mano que ciento volando», le dijo la señora Morris.

—Llevo toda la vida oyendo ese refrán —dijo Myra Murray—, y no sé yo si es verdad. A lo mejor los cien que vuelan podrían *cantar* y el que tienes en la mano no.

Nadie sabía qué contestar a esto, pero la señora Chubb contestó de todos modos.

—Qué extravagante eres siempre, Myra.

—¿Queréis saber lo que me dijo Mary Anna el otro día? —saltó la señora Reese—. Me dijo: «Mamá, ¿qué haré si nadie me pide que me case con él?».

—*Nosotras*, las solteronas, podemos darle la respuesta, ¿verdad? —dijo Celia Reese, dando un codazo a Edith, porque Edith seguía siendo muy guapa y aún no estaba del todo fuera de la competición.

—Gertrude Cromwell era fea —dijo la señora Clow—. Tenía el cuerpo como una tabla. Pero era un ama de casa estupenda. Lavaba todas las cortinas una vez al mes, mientras que Bertha lavaba las suyas como mucho una vez al año. Y *siempre* tenía las persianas sucias. Gertrude decía que daba grima pasar por delante de casa de John Cromwell. Y aun así John Cromwell adoraba a Bertha, y William a Gertrude solo la soportaba. Los hombres son muy raros. Dicen que William se levantó muy tarde el día de su boda y se vistió tan deprisa que fue a la iglesia con los zapatos viejos y los calcetines desparejados.

—Pues eso es mejor que lo que le pasó a Oliver Random —dijo la señora Carr con una risita juguetona—. Se *olvidó* de encargar el traje de boda, y su traje viejo de los domingos era un desastre en toda regla. Estaba lleno de *parches*, así que le pidió a su hermano su mejor traje, que le sobraba por aquí y le apretaba por allá.

—Pero al final William y Gertrude se casaron —dijo la señora Simon—. Su hermana Caroline *no*. Caroline y Ronny Drew discutieron por ver quién los casaba, y al final no se casaron. Ronny se enfadó tanto que se casó con Edna Stone sin darse tiempo a que se le pasara el calentón. Caroline fue a la boda. Llevaba la cabeza muy alta pero tenía cara de funeral.

—Pero al menos Caroline supo morderse la lengua —dijo Sarah Taylor—. Philippa Abbey no. Cuando Jim Mowbray la dejó plantada, Philippa fue a su boda y dijo cosas horribles en voz alta durante la ceremonia. Eran todos anglicanos, claro —concluyó Sarah Taylor, como si eso explicara cualquier rareza.

—¿Y es verdad que luego fue al convite luciendo todas las joyas que Jim le había regalado cuando eran novios? —preguntó Celia Reese.

—¡Qué va! No entiendo quién se inventa esas cosas. Casi parece que lo único que algunos hacen en la vida es repetir habladurías. Yo creo que Jim Mowbray acabó arrepentido de no haberse quedado con Philippa. Su mujer lo llevaba a raya... Aunque él siempre se corría una juerga cuando ella no estaba.

—La única vez que he visto a Jim Mowbray fue la noche que los escarabajos voladores estuvieron a punto de producir una estampida entre la congregación, cuando se celebraba el aniversario de la construcción de la iglesia de Lowbridge —dijo Christine Crawford—. Y lo que no hicieron los abejorros lo consiguió Jim Mowbray. Hacía mucho calor esa noche y todas las ventanas estaban abiertas. Los escarabajos entraron a cientos y la liaron. A la mañana siguiente recogieron ochenta y siete bichos muertos de la plataforma del altar. Algunas mujeres se pusieron histéricas cuando los bichos se les acercaban a la cara. Justo enfrente de mí, al otro lado del pasillo, estaba la mujer del párroco, del señor Peter Loring. Llevaba un sombrero con plumas de avestruz y un encaje muy ancho...

—Todo el mundo la tenía por demasiado peripuesta y llamativa para ser la mujer de un clérigo —interrumpió la señora Baxter.

—«Mira cómo quito ese escarabajo del sombrero de la mujer del párroco», le oí susurrar a Jim Mowbray... Estaba sentado justo detrás de ella. Se acercó y le dio un golpe al bicho... Falló, pero el sombrero se torció, cayó en el pasillo y fue rebotando hasta la barandilla del altar. Jim casi estuvo a punto de cazar un escarabajo. Cuando el párroco vio que el sombrero de su mujer salía volando por los aires, perdió el hilo del sermón, no fue capaz de encontrarlo y tuvo que desistir, desesperado. El coro no paraba de dar manotazos para espantar a los bichos mientras cantaba el último himno. Jim fue a por el sombrero y se lo devolvió a la señora Loring. Esperaba que le echase un rapapolvo, porque decían que la mujer tenía mucho carácter, pero se limitó a ponerse el sombrero en la cabeza rubia y a reírse de él. «Si no hubiera hecho usted lo que ha hecho —le dijo—, Peter habría seguido predicando otros veinte minutos, y nos habríamos vuelto todos locos de atar». Desde luego que fue un detalle de su parte no enfadarse, pero a la gente no le pareció bien que dijera una cosa así de su marido.

—No te olvides de cómo nació —le recordó Martha Crothers.

—Y *¿cómo* fue?

—Se llamaba Bessy Talbot y venía del oeste. La casa de su padre se incendió una noche, y en mitad del revuelo y la confusión nació Bessy... *En el jardín...* Bajo las estrellas.

—¡Qué romántico! —exclamó Myra Murray.

—¡Romántico! A mí me parece muy poco *respetable*.

—Pero ¡imagínate nacer bajo las estrellas! —insistió Myra, fascinada—. ¡Si es que tenía que ser hija de las estrellas!: deslumbrante, hermosa, valiente, auténtica... Con ese brillo en los ojos.

—Era todas esas cosas —reconoció Martha—, tanto si hay que darle las gracias a las estrellas como si no. Y lo pasó muy mal en Lowbridge, donde todos pensaban que la mujer del párroco tenía que ser recatada y mojigata. Uno de los presbíteros la sorprendió un día bailando alrededor de la cuna de su bebé y le dijo que no se regocijara demasiado hasta que supiera si su hijo había sido *elegido* o no.

—Hablando de bebés, ¿sabéis lo que dijo Mary Anna el otro día? Me dijo: «Mamá, ¿las *reinas* tienen bebés?».

—Ese debió de ser Alexander Wilson —dijo la señora Allan—. Un cascarrabias de campeonato. No permitía a su familia una sola palabra en la mesa, me han dicho. Ni reírse... En *su* casa nadie se reía.

—¡Imaginaos una casa sin risas! —dijo Myra—. Eso es... un *sacrilegio*.

—A Alexander le daban arrebatos y se pasaba tres días seguidos sin hablarle a su mujer —añadió la señora Allan—. Era un descanso para ella —explicó.

—Alexander Wilson al menos era un empresario honrado —dijo la señora Clow, muy tiesa. El tal Alexander era su cuarto sobrino y los Wilson eran muy de su familia—. Dejó cuarenta mil dólares al morir.

—Qué lástima que tuviera que *dejarlos* —dijo Celia Reese.

—Su hermano Jeffry no dejó ni un centavo —añadió la señora Clow—. Era el tarambana de la familia, tengo que reconocerlo. Eso sí, bien a gusto que se reía. Se gastaba todo lo que ganaba... Se llevaba bien con todo el mundo... Y murió sin blanca. ¿Qué sacó de la vida con tanta aventura y tanta juerga?

—No mucho, tal vez —concedió Myra—, pero piensa en todo lo que invirtió. Siempre estaba *dando*: alegría, simpatía, amistad, incluso dinero. Al menos era rico en amigos... Mientras que Alexander no tuvo un solo amigo en toda su vida.

—A Jeff no lo enterraron sus amigos —replicó la señora Allan—. Tuvo que encargarse Alexander... Y una lápida bien bonita que le hizo. Costó cien dólares.

—Pero cuando Jeff le pidió un préstamo de cien dólares para pagar una operación que podría haberle salvado la vida, ¿Alexander no se los negó? —preguntó Celia Drew.

—Venga, venga, estamos siendo un poco crueles —protestó la señora Carr—. Al fin y al cabo la vida no es un jardín de rosas y todo el mundo tiene sus defectos.

—Lem Anderson se casa hoy con Dorothy Clark —dijo la señora Millison, pensando que ya era hora de que la conversación tomara un rumbo más alegre—. Y no hace ni un año que juró que se volaría los sesos si Jane Elliott no se casaba con él.

—Los jóvenes dicen cosas muy raras —señaló la señora Chubb—. Lo han llevado muy en secreto... Hasta hace tres semanas no se supo que estaban prometidos. La semana pasada yo estuve hablando con su madre, y ni siquiera insinuó que la boda sería tan pronto. No estoy segura de que me guste demasiado una mujer que es capaz de convertirse en una esfinge.

—Pues a mí me sorprende que Dorothy Clark se lleve a Lem Anderson —dijo Agatha Drew—. La primavera pasada pensé que iba a casarse con Frank Clow.

—Yo le he oído decir a Dorothy que Frank era el mejor partido, pero que no podía soportar la idea de ver esa nariz asomando por encima de las sábanas todas las mañanas al despertarse.

La señora Baxter se estremeció como una mojigata y se negó a sumarse a las carcajadas.

—No deberías decir esas cosas delante de una chica tan joven como Edith —le dijo Celia, guiñando un ojo a todas las mujeres reunidas alrededor de la colcha.

—¿Se ha prometido ya Ada Clark? —preguntó Emma Pollock.

—No, no exactamente —dijo la señora Millison—. Pero tiene esperanzas. Lo meterá en vereda. Esas chicas tienen un don para elegir marido. Su hermana Pauline se ha casado con la mejor *granja* del puerto.

—Pauline es guapa pero siempre ha tenido la cabeza llena de pájaros —dijo la señora Milgrave—. No sé si sabrá nunca lo que es el sentido común.

—Seguro que sí —dijo Myra Murray—. Algún día tendrá hijos y le transmitirán sabiduría… Como hicimos tú y yo.

—¿Dónde van a vivir Lem y Dorothy? —preguntó la señora Meade.

—Pues Lem ha comprado una granja en Upper Glen. La que era de los Carey, esa donde la pobre mujer de Roger Carey mató a su marido.

—¡Mató a su marido!

—No digo que él no se lo mereciera, pero a todo el mundo le pareció que ella se había pasado un poco de la raya. Sí, lo envenenó con hierbas en el té… ¿O era en la sopa? Todo el mundo lo sabía pero nadie hizo nada nunca. Celia, la bobina, por favor.

—¿Quiere usted decir, señora Millison, que nunca la juzgaron… ni la castigaron? —preguntó la señora Campbell, atónita.

—Bueno, nadie quería ver a una vecina en semejante aprieto. Los Carey estaban bien relacionados en Upper Glen. Además, la mujer lo hizo empujada por la desesperación. Naturalmente que nadie aprueba el asesinato, pero si alguna vez ha habido un hombre que mereciese que lo asesinaran, ese era Roger Carey. Ella se marchó a Estados Unidos y volvió a casarse. Hace años que murió. Su segundo marido aún vive. Todo ocurrió cuando yo era una niña. La gente decía que el fantasma de Roger Carey *paseaba* por aquí.

—Seguro que nadie cree en los fantasmas en estos tiempos científicos —observó la señora Baxter.

—¿Por qué no vamos a creer en los fantasmas? —dijo Tillie MacAllister—. Los fantasmas son interesantes. *Conozco* a un hombre a quien lo perseguía un fantasma que siempre se reía de él… Como si lo despreciara. Lo volvía loco. Las tijeras, por favor, señora MacDougall.

Dos veces tuvo que pedirle las tijeras a la recién casada, quien se las dio entre grandes rubores. Aún no estaba acostumbrada a que la llamaran «señora MacDougall».

—La antigua casa de los Truax, la del puerto, estuvo años hechizada… Golpes y arañazos por todas partes… Un caso de lo más misterioso —dijo Christine Crawford.

—Es que los Truax padecían del estómago —dijo la señora Baxter.

—Desde luego que si uno no cree en los fantasmas los fantasmas no aparecen —señaló la señora MacAllister de mal humor—. Pero mi hermana trabajó en una casa de Nueva Escocia que estaba embrujada, se oían carcajadas.

—¡Qué fantasma tan alegre! —dijo Myra—. No me importaría tener uno así.

—Seguramente eran lechuzas —observó la escéptica señora Baxter con mucha convicción.

—Mi madre veía ángeles alrededor de su cama cuando se estaba muriendo —dijo Agatha Drew, con un aire quejumbroso y triunfal a la vez.

—Los ángeles no son fantasmas —replicó la señora Baxter.

—Hablando de madres, ¿cómo está tu tío Parker, Tillie? —preguntó la señora Chubb.

—Muy pachucho a ratos. No sabemos en qué va a acabar la cosa. Nos tiene a todos sin saber qué hacer... Con la ropa de invierno, quiero decir. Pero yo le dije a mi hermana el otro día: «Mejor que compremos vestidos negros por si acaso, y así pase lo que pase da lo mismo».

—¿Sabéis lo que dijo Mary Anna el otro día? Me dijo: «Mamá, voy a dejar de pedirle a Dios tirabuzones. Llevo una semana entera pidiéndoselo todas las noches y no me hace caso».

—Yo llevo veinte años pidiéndole una cosa —fue la amarga contestación de la señora Duncan, que hasta ese momento no había dicho una sola palabra ni apartado los ojos negros de la colcha. Era famosa por las colchas preciosas que hacía... Quizá porque nunca se distraía cotorreando y daba todas las puntadas en el sitio exacto.

Un breve silencio cayó sobre el círculo de mujeres. Todas adivinaban qué le pedía a Dios... Pero no era algo que se pudiera comentar mientras cosían. La señora Duncan no volvió a decir palabra.

—¿Es verdad que May Flagg y Billy Carter han roto y que él se ha ido con una de los MacDougall, los de más allá del puerto? —preguntó Martha Crothers después de un intervalo decoroso.

—Sí, aunque nadie sabe qué ha pasado.

—Es una lástima... las cosas tan curiosas por las que la gente a veces parte peras —dijo Candace Crawford—. Fijaos en Dick Pratt y Lilian MacAllister: él justo iba a declararse, en un pícnic, cuando de pronto le empezó a sangrar la nariz. Tuvo que ir al arroyo... Y allí se encontró con una chica desconocida que le prestó un pañuelo. Se enamoró de ella y en cuestión de dos semanas ya se habían casado.

—¿Os habéis enterado de lo que le pasó a Jim MacAllister el grande el pasado sábado por la noche en la tienda de la Punta del Puerto? —preguntó la señora Simon, creyendo que ya iba siendo hora de que alguien sacara un tema de conversación más alegre que los fantasmas y las calabazas—. Había tomado la costumbre de sentarse encima de la estufa todo el verano. Pero el sábado por la noche hacía frío y Milt tenía el fuego encendido, así que el pobre Jim se sentó y... Bueno, se chamuscó el...

La señora Simon no dijo qué se había chamuscado Jim MacAllister pero se palpó en silencio una parte de su anatomía.

—El culo —dijo Walter muy serio, asomando la cabeza entre la cortina de la parra. Creía sinceramente que la señora Simon no encontraba la palabra que buscaba.

Un silencio horrorizado envolvió a las costureras. ¿Llevaba Walter Blythe todo el tiempo ahí sentado? Todas repasaron a fondo las historias que habían contado, para ver si había alguna poco apta para los oídos de un niño. La señora Blythe tenía fama de ser muy quisquillosa con lo que oían sus hijos. Antes de que las lenguas paralizadas de las mujeres se hubieran recuperado, Ana salió a decirles que pasaran a cenar.

—Denos solo diez minutos más, señora Blythe, y terminaremos las dos colchas —dijo Elizabeth Kirk.

Terminaron las colchas, las sacudieron, las pusieron en alto y las admiraron.

—Me pregunto quién dormirá debajo de ellas —dijo Myra Murray.

—A lo mejor una madre primeriza abraza a su bebé debajo de una de ellas —dijo Ana.

—O unos niños se acurrucan con ellas en el prado una noche fría —sugirió inesperadamente la señorita Cornelia.

—O algún pobre cuerpo reumático se reconforta gracias a ellas —apuntó la señora Meade.

—Espero que nadie *muera* debajo de ellas —dijo con pena la señora Baxter.

—¿Sabéis lo que me dijo Mary Anna antes de venir aquí? —anunció la señora Reese mientras entraban al comedor en fila—. Me dijo: «Mamá, recuerda que tienes que comerte *todo* lo que te pongan en el plato».

Dicho lo cual todas se sentaron, comieron y bebieron para rendir gloria a Dios, porque habían hecho un buen trabajo y en realidad había muy poca malicia en la mayoría de estas señoras.

Después de cenar se marcharon a casa. Jane Burr fue andando hasta el pueblo con la señora Millison.

—Tengo que acordarme de todas las guarniciones para contárselo a mamá —dijo con lástima, sin saber que en ese momento Susan estaba contando las cucharas—. No sale nunca desde que está postrada en la cama pero le encanta enterarse de todo. Esa mesa va a ser todo un festín para ella.

—Era igualita a las que salen en las revistas —asintió la señora Simon con un suspiro—. Yo, si me lo propongo, soy capaz de preparar una cena tan buena como cualquiera, pero no tengo *prestigio* por arreglar la mesa con un mínimo estilo. Y a ese Walter, de buena gana le daría yo un azote en el culo. ¡Menudo susto me ha dado!

—Y supongo que ahora Ingleside está sembrado de cadáveres —estaba diciendo el doctor Blythe.

—Yo no he estado cosiendo, así que no he oído lo que decían —dijo Ana.

—Nunca lo oye, hija —señaló la señorita Cornelia, que se había quedado para ayudar a Susan a ribetear las colchas—. Cuando usted está delante nunca se sueltan. Creen que no le gustan las habladurías.

—Eso depende del tipo que sean —contestó Ana.

—Bueno, hoy nadie ha dicho nada horrible. La mayoría de la gente de la que han hablado ya está muerta... O debería estarlo —explicó la señorita Cornelia, recordando con una sonrisa la historia del funeral fallido de Abner Cromwell—. Solo que la señora Millison se ha empeñado en contar una vez más esa historia truculenta de Madge Carey y su marido. Yo lo recuerdo perfectamente. No había ni una sola prueba de que Madge lo hubiera asesinado..., aparte de que un gato murió después de comer un poco de la misma sopa. El gato llevaba una semana enfermo. Mi opinión es que Roger Carey murió de apendicitis... Claro que entonces no sabíamos que teníamos apéndice.

—Y yo creo que es una lástima que se haya descubierto —se lamentó Susan—. Las cucharas estaban intactas, querida señora del doctor, y al mantel no le ha pasado nada.

—Bueno, tengo que irme a casa —dijo la señorita Cornelia—. Ya mandaré unas costillas la semana que viene, cuando Marshall mate el cerdo.

Walter volvía a estar sentado en las escaleras, con los ojos cargados de sueños. Había caído el crepúsculo. ¿Desde dónde caía?, pensó. ¿Existía un gran espíritu con alas de murciélago que lo vertía sobre el mundo con una jarra púrpura? Estaba saliendo la luna y tres píceas viejas y retorcidas por el viento parecían tres brujas viejas, enjutas y jorobadas que iban renqueando por una loma cuesta arriba. ¿Era un fauno pequeño, con las orejas peludas, eso que estaba agazapado entre las sombras? Si abriera la puerta de la tapia de ladrillo *ahora mismo*, ¿llegaría no al jardín familiar, sino a un extraño mundo de fantasía donde las princesas hechizadas despertaban de su sueño y donde quizá pudiera encontrar y seguir a Eco, como tantas veces quería? No se atrevía a hablar. Algo podía desvanecerse si hablaba.

—Cariño —dijo su madre, que salió a buscarlo—, no puedes quedarte aquí más tiempo. Empieza a hacer frío. Acuérdate de tu garganta.

Las palabras habían roto el hechizo. Una luz mágica se había apagado. El césped seguía siendo precioso, pero ya no era mágico. Walter se levantó.

—Mamá, ¿me cuentas qué pasó en el funeral de Peter Kirk?

Ana reflexionó un momento... Y se estremeció.

—Ahora no, cariño. Quizá en otro momento...

Capítulo XXXIII

Ana, a solas, porque Gilbert había salido a atender un aviso, pasó un rato sentada junto a la ventana de su dormitorio, en comunión con la noche apacible y el fascinante encanto de la luz de la luna. Digan lo que digan, pensó, una habitación a la luz de la luna siempre tiene un aire algo extraño. Su personalidad cambia por completo. No resulta tan amable..., tan humana. Se vuelve distante, altiva y hermética. Casi como si te tomara por una intrusa.

Estaba cansada del ajetreo del día, y ahora una preciosa calma lo presidía todo: los niños dormían; el orden se había restablecido en Ingleside. No se oía en la casa nada más que unos golpes rítmicos en la cocina, donde Susan estaba amasando el pan.

Pero por la ventana abierta llegaban los sonidos de la noche, y Ana los conocía y los quería a todos. Unas risas suaves subían del puerto en el aire tranquilo. Alguien cantaba en Glen algo que parecían las notas inolvidables de una canción oída hacía mucho tiempo. La luna dibujaba sobre el agua estelas de plata mientras una capucha de sombras cubría Ingleside. Los árboles murmuraban «oscuras expresiones antiguas» y una lechuza ululaba en el Valle del Arcoíris.

«Qué feliz ha sido este verano», pensó Ana... Y luego se acordó con cierta pena de algo que le había oído decir una vez a la tía Highland Kitty de Upper Glen: «El mismo verano nunca vuelve dos veces».

Nunca idéntico. Vendría otro verano... Pero los niños serían un poco más mayores y Rilla ya iría a la escuela... «Y ya no me quedará ningún hijo pequeño», pensó Ana con tristeza. Jem tenía doce años y en casa ya empezaban a hablar de la prueba de «Ingreso»... Jem, que ayer mismo era un bebé diminuto en la Casa de los Sueños. Walter estaba dando un estirón, y esa misma mañana Ana había oído a Nan reírse de Di por algún «chico» de la escuela; y Di se puso colorada y levantó la cabeza pelirroja con mucho ímpetu. En fin, así era la vida. Alegría y dolor..., esperanza y temor... y cambio. ¡Siempre cambio! Era inevitable. Había que soltar lo viejo y aceptar lo nuevo en el corazón: aprender a quererlo y soltarlo también cuando llegase su momento. La primavera, aunque era preciosa, necesariamente daba paso al verano y el verano se perdía en el otoño. Nacimiento... Boda... Muerte...

De repente se acordó del interés de Walter por lo que había pasado en el funeral de Peter Kirk. Hacía muchos años que no pensaba en eso, pero no lo había olvidado. Nadie que estuviera presente lo había olvidado ni lo olvidaría nunca, estaba convencida. A la luz crepuscular de la luna, Ana lo recordó todo.

Ocurrió en noviembre, el primer mes de noviembre que pasaban en Ingleside, después de unos días de veranillo del membrillo. Los Kirk vivían en Mowbray Narrows pero iban a la iglesia de Glen, y Gilbert era su médico; por eso él y Ana asistieron al funeral.

Era, lo recordaba bien, un día gris perla, suave y apacible. El paisaje solitario de noviembre se extendía a lo largo del camino, entre marrón y granate, salpicado de luz aquí y allá en las zonas altas y en las laderas, donde el sol asomaba por alguna grieta entre las nubes. «Kirkwynd» se encontraba muy cerca de la costa y el soplo salado del viento recorría los adustos abetos erguidos detrás de la casa. Era una casa grande y de aspecto próspero, pero Ana siempre había pensado que el hastial de la L parecía literalmente una cara larga, estrecha y rencorosa.

Familia Blythe

Se detuvo a charlar con un grupo de mujeres en el severo césped sin flores. Todas ellas eran personas buenas y muy trabajadoras, para quienes un funeral no era una ocasión agradable.

—Se me ha olvidado traer un pañuelo —se estaba lamentando la señora de Bryan Blake—. ¿Qué voy a hacer cuando llore?

—¿Y por qué tienes que llorar? —le preguntó con tono brusco su cuñada, Camilla Blake. A Camilla no le gustaban las mujeres que lloraban con demasiada facilidad—. Peter Kirk no es familia tuya, y nunca te ha caído bien.

—Creo que llorar en un funeral es lo que *procede* —contestó la señora Blake con frialdad—. Demuestra *delicadeza* cuando un vecino es llamado a emprender su largo viaje.

—Si en el funeral de Peter solo llorasen quienes lo apreciaban habría muy pocas lágrimas —dijo con aspereza la señora de Curtis Rodd—. Esa es la verdad, y no hay por qué callarla. Peter era un santurrón y un embustero, bien lo sé yo, si nadie más lo sabe. ¿Quién es esa que se acerca a la cancela? No me... *No* me digas que es Clara Wilson.

—Lo es —susurró incrédula la señora Bryan.

—Bueno, ya sabéis que cuando murió la primera mujer de Peter, Clara le dijo que no volvería a entrar en su casa hasta que tuviera que asistir a su funeral, y ha cumplido su palabra —dijo Camilla Blake—. Es hermana de la primera mujer de Peter —le explicó a Ana, que miró con curiosidad a Clara Wilson cuando pasó al lado del grupo, sin verlas, con la vista al frente y los ojos topacio ardiendo de rencor. Era una mujer muy menuda y delgada, con las cejas oscuras, el pelo negro y un rostro trágico coronado por uno de esos sombreritos absurdos que seguían llevando las señoras mayores... Una cosa con plumas y flecos y con un velo escueto, hasta la nariz. No miró a nadie ni habló con nadie mientras cruzaba el césped, entre el rumor de su falda de tafetán negra y larga, y subía luego las escaleras del porche—. El que está en la puerta es Jed Clinton, poniendo su cara de funeral —dijo Camilla con sarcasmo—. Está claro que cree que ya va siendo hora de que entremos. Siempre presume de que en *sus* funerales se sigue el horario previsto. Nunca le ha perdonado a Winnie Clow que se desmayara *antes* del sermón. Así no habría salido todo tan mal después. Bueno, no es probable que nadie se desmaye en este funeral. Olivia no es de las que se desmayan.

—Jed Clinton... es el funerario de Lowbridge —dijo la señora Reese—. ¿Por qué no han contratado al de Glen?

—¿Quién? ¿Carter Flagg? Hija mía, Peter y él llevan toda la vida con las espadas en alto. Ya sabes que Carter quería a Amy Wilson.

—Muchos la querían —dijo Camilla—. Era una chica muy guapa, con el pelo cobrizo y los ojos negros como la tinta. Aunque la gente entonces decía que Clara era la más guapa de las dos. Es raro que nunca se casara. Ah, por fin llega el párroco. Y el reverendo Owen de Lowbridge viene con él. Claro, es que es primo de Olivia. Ninguna pega, aparte de que mete demasiadas exclamaciones en los rezos. Mejor que entremos antes de que a Jed le dé un ataque.

Ana se detuvo un momento a mirar a Peter Kirk mientras se acercaba a una silla. Nunca le había caído bien. «Tiene una cara cruel», pensó la primera vez que lo vio. Guapo, sí..., pero con unos ojos fríos como el acero, y ya por aquel entonces con bolsas en los párpados y la boca cruel del avaro, con los labios muy finos y apretados. Tenía fama de ser egoísta y arrogante en sus tratos con los demás a pesar de su profesión de piedad y sus empalagosas oraciones. «Siempre consciente de su importancia», le había oído Ana decir a alguien una vez. Aunque en general lo habían tratado con respeto y admiración.

Era tan arrogante muerto como vivo, y había algo en los dedos demasiado largos, entrelazados sobre el pecho inmóvil, que a Ana le produjo un escalofrío. Pensó que aquellos dedos atenazaban el corazón de una mujer y se fijó en Olivia Kirk, que estaba enfrente de ella, de luto. Olivia era guapa, alta y rubia, con los ojos grandes y azules —«A mí ninguna mujer me parece fea», había dicho Peter Kirk en cierta ocasión— y un gesto calculadamente inexpresivo. No había señal de llanto en sus facciones... Claro que Olivia era una Random, y los Random eran muy poco emotivos. Al menos sabía sentarse con decoro, y ni la viuda más apenada del mundo habría llevado luto más riguroso.

El ambiente estaba muy cargado con el perfume de las flores que rodeaban el féretro... Para Peter Kirk, que nunca había tenido noticia de que existieran las flores. Su logia había enviado una corona, la iglesia había enviado otra, la Asociación Conservadora había enviado otra, la Junta Escolar había enviado otra y la Comisión del Queso había enviado otra. Su único hijo, con el que estaba enemistado desde hacía mucho tiempo, no envió nada, pero el clan de los Kirk tuvo a bien encargar una enorme ancla de rosas blancas con una leyenda —«Por fin el puerto»— escrita con rosas rojas de lado a lado, y también había flores de la propia Olivia: una almohada de calas. Camilla Blake torció el gesto al verla, y Ana se acordó de que una vez le había oído contar a Camilla que estuvo en Kirkwynd poco después de que Peter volviera a casarse en segundas nupcias y que lo vio tirar por la ventana una maceta de calas que había traído la novia. Dijo que no estaba dispuesto a llenar la casa de yerbajos.

Olivia por lo visto se lo tomó con mucha calma y nunca más hubo calas en Kirkwynd. ¿Sería posible que...? Pero Ana examinó la plácida expresión de la señora Kirk y descartó la sospecha. Al fin y al cabo, normalmente era el florista quien escogía las flores.

El coro interpretó «La muerte como un mar angosto nos separa de la tierra celestial» y Ana, al cruzar una mirada con Camilla, supo que las dos se estaban haciendo exactamente la misma pregunta: ¿cómo encajaría Peter Kirk en la tierra celestial? Ana casi le oyó decir a Camilla: «Imagínate a Peter Kirk con un arpa y un halo, si es que te atreves».

El reverendo Owen leyó un capítulo y rezó con muchas exclamaciones y muchas peticiones de consuelo para los corazones afligidos. El párroco de Glen dio luego un discurso que muchos en privado consideraron de todo punto excesivo, aunque comprendían que algo bueno había que decir del difunto. Oír que se referían a Peter Kirk como un padre cariñoso y un marido tierno, un vecino amable y un ferviente cristiano, era, en opinión de muchos, un uso impropio del lenguaje. Camilla se refugió en su pañuelo, *no* para llorar, y Stephen MacDonald carraspeó un par de veces. La señora Bryan debía de haber conseguido un pañuelo prestado, porque también sollozaba por detrás del paño, mientras que los ojos azules de Olivia, con los párpados entornados, no derramaban una sola lágrima.

Jed Clinton ya estaba tranquilo. Todo había salido de maravilla. Otro himno..., el consabido desfile para mirar «los restos» por última vez... y ya podría añadir otro funeral espléndido a su larga lista de éxitos.

Hubo un pequeño revuelo en un rincón del salón y Clara Wilson se abrió paso entre el laberinto de sillas hasta la mesa colocada junto al ataúd. Allí dio media vuelta y miró a los asistentes. El absurdo sombrerito se le había deslizado ligeramente hacia un lado y un mechón de pelo negro y denso que se había soltado del moño le caía sobre un hombro. Pero nadie pensó que Clara Wilson tuviera un aspecto absurdo. La cara larga y cetrina se había puesto colorada, y una llama ardía en sus ojos trágicos y atormentados. Era una mujer poseída. La amargura, como una enfermedad incurable y corrosiva, parecía impregnar todo su ser.

—Os han contado una sarta de mentiras... A todos los que habéis venido aquí «a presentar vuestros respetos» o a saciar vuestra curiosidad, lo mismo da. Ahora os voy a contar la verdad sobre Peter Kirk. Yo no soy una hipócrita... Nunca lo temí en vida y tampoco lo temo ahora que está muerto. Nadie se ha atrevido nunca a decirle la verdad a la cara, pero ahora ha llegado el momento... Aquí, en su funeral, donde se ha dicho que era un buen marido y un vecino amable. ¡Un buen marido! Se casó con mi hermana Amy... Mi preciosa Amy. Todos sabéis lo encantadora y dulce que era. Y él le hizo la vida imposible. La torturaba y la humillaba... Porque así *disfrutaba*. No faltaba a la iglesia... y rezaba mucho... y pagaba sus deudas. Pero era un tirano y un matón... Hasta su perro se escondía cuando lo oía llegar.

»Le dije a Amy que se arrepentiría de casarse con él. La ayudé a hacer el vestido de novia... Habría preferido hacer su sudario. Ella estaba loca por él entonces, la pobre, pero no tardó ni una semana en darse cuenta de cómo era. Su madre había sido una esclava y esperaba que su mujer también lo fuera. "En *mi* casa no consiento discusiones", le dijo. Como si ella tuviera fuerzas para discutir... Estaba destrozada. Sé muy bien lo que sufrió mi pobre y querida hermana. Él le llevaba la contraria en todo. No le dejaba plantar flores en el jardín... No podía siquiera tener un gatito... Le regalé uno, y él lo ahogó. Tenía que rendirle cuentas de lo que gastaba, hasta el último centavo. ¿La visteis alguna vez con un vestido decente? La reñía por ponerse el sombrero bueno si parecía que iba a llover. La lluvia no podía estropear ningún sombrero que tuviese la pobre Amy. ¡Con lo que a ella le gustaba la ropa bonita! Siempre despreciaba a nuestra familia. No se rio ni una sola vez en la vida... ¿Alguien le ha oído reírse de verdad alguna vez? Sonreía..., eso sí, siempre sonreía: encantador, sereno, y mientras hacía auténticas barbaridades. Sonreía cuando el bebé de Amy nació muerto y le dijo que ya podía haberse muerto ella también, porque no era capaz de parir otra cosa que mocosos muertos. Ella murió después de haberlo soportado diez años... Y yo me alegré de que se librara de él. Entonces le dije que no volvería a pisar su casa hasta que viniera a su funeral. Algunos me oísteis. He cumplido mi palabra y he venido a contar la verdad. Esta *es* la verdad..., y muchos lo sabéis... —señaló con fiereza a Stephen MacDonald—. Tú lo sabes —el largo dedo apuntó a Camilla Blake—. Tú lo sabes. —Olivia Kirk no movió un solo músculo—. Tú lo sabes. —El propio párroco tuvo la sensación de que ese dedo lo atravesaba de lado a lado—. Lloré en la boda de Peter Kirk, pero le dije que en su funeral me reiría. Y eso voy a hacer.

Se abalanzó con violencia sobre el ataúd. El sufrimiento enquistado tantos años encontraba su venganza. Por fin daba rienda suelta a su odio. Temblaba de los pies a la cabeza, rebosante de triunfo y satisfacción, mientras contemplaba el rostro frío e inmóvil de un muerto. Todo el mundo esperaba el estallido de la risa vengativa. No llegó a producirse. El rostro de Clara Wilson perdió de repente la expresión de ira... Se contrajo... y se arrugó como el de una niña. Estaba... llorando. Con las ajadas mejillas cubiertas de lágrimas, se dispuso a retirarse. Pero Olivia Kirk se levantó delante de ella y le puso una mano en el brazo. Las dos se miraron un momento. Un silencio que parecía una presencia personal engulló la sala.

—Gracias, Clara —dijo Olivia Kirk. Aunque su expresión seguía siendo inescrutable, había un acento en su voz firme y serena que estremeció a Ana. Tuvo la sensación de que un pozo se abría de repente ante sus ojos. Por mucho que Clara Wilson odiase a Peter Kirk, tanto vivo como muerto, Ana sintió que ese odio era insignificante en comparación con el de Olivia Kirk.

Clara se fue llorando y pasó por delante de un Jed furibundo, que ahora tenía entre manos un funeral desastroso. El párroco, que pretendía anunciar un último himno, «Descansa en el Señor», se lo pensó mejor y optó por terminar con una bendición temblorosa. Jed no dio el aviso habitual para que familiares y amigos se acercaran a ofrecer su último adiós a «los restos». Creyó que lo más digno que podía hacer era cerrar el féretro inmediatamente y enterrar a Peter Kirk para quitarlo de la vista lo antes posible.

Ana bajó las escaleras del porche con un largo suspiro. Qué delicioso era respirar el aire fresco de la tarde viniendo de aquel salón sofocante y cargado de perfume donde dos mujeres habían aireado su amargura contra el causante de su tormento.

La tarde se había vuelto más fresca y gris. Los asistentes comentaban el incidente en voz baja, repartidos por el césped en pequeños grupos. Clara Wilson aún seguía a la vista, cruzando un prado marchito de camino a casa.

—Bueno, ¿habíais visto algo peor? —dijo Nelson, estupefacto.

—¡Escandaloso..., escandaloso! —exclamó Elder Baxter.

—¿Por qué no le hemos parado los pies? —preguntó Henry Reese.

—Porque todos queríais oír lo que quería decir —le contestó Camilla.

—No ha sido... decoroso —añadió el tío Sandy MacDougall. Había encontrado una palabra que le gustaba y la saboreó en silencio. «No era decoroso. Un funeral tenía que ser decoroso por encima de todo: decoroso».

—Anda que no tiene gracia la vida —dijo Augustus Palmer.

—Me acuerdo de cuando Peter y Amy se hicieron novios —murmuró el viejo James Porter—. Yo estaba cortejando a mi mujer ese mismo invierno. Clara estaba de muy buen ver por aquel entonces. ¡Y qué tarta de cereza hacía!

—Siempre tuvo la lengua un poco afilada —dijo Boyce Warren—. Al verla llegar he pensado que iba a soltar alguna bomba, pero esto no me lo imaginaba. ¡Y Olivia! ¿Os esperabais algo así? Mira que son *raras* las mujeres.

—No se nos olvidará en la vida —dijo Camilla—. La verdad es que si no pasaran cosas como esta, supongo que la historia sería muy aburrida.

Jed, desmoralizado, había reunido a sus porteadores para sacar el féretro. Cuando el coche fúnebre pasó por el camino, seguido por la lenta procesión de calesas, se oyó el aullido desgarrador de un perro en el establo. Quizá, a pesar de todo, un ser vivo lloraba a Peter Kirk.

Stephen MacDonald se sumó a Ana, que estaba esperando a Gilbert. Era un vecino de Upper Glen, alto y con la cabeza de un emperador romano. A Ana siempre le había caído bien.

—Huele a nieve —dijo—. Siempre me parece que noviembre es una época nostálgica. ¿Ha sentido lo mismo alguna vez, señora Blythe?

—Sí. El mundo contempla con tristeza su primavera perdida.

—¡La primavera..., la primavera! Señora Blythe, me estoy haciendo viejo. A veces me sorprendo pensando que las estaciones han cambiado. El invierno ya no es lo que era... No reconozco el verano... ¿Y la primavera? Ya no hay primaveras. Al menos así nos sentimos cuando algunas personas no vuelven a compartir las estaciones con nosotros. Pero pobre Clara Wilson... ¿Qué le ha parecido todo?

—Ha sido muy triste. ¡Tanto odio...!

—Sííí. Es que ella estuvo enamorada de Peter hace mucho tiempo... Locamente enamorada. Clara era la chica más guapa de Mowbray Narrows por aquel entonces... Con esos tirabuzones oscuros y una piel blanca como la nata... Pero Amy era una cosa vivaracha y risueña. Peter dejó a Clara y se fue con Amy. Es muy extraña la pasta de la que estamos hechos, señora Blythe.

Había un temblor inquietante en los abetos azotados por el viento a espaldas de Kirkwynd; a lo lejos, una ventisca de nieve blanqueaba un cerro donde una hilera de álamos de Lombardía hundía sus lanzas en el cielo gris. Todo el mundo se apresuró a retirarse antes de que la tormenta llegase a Mowbray Narrows.

«¿Tengo algún derecho a ser feliz cuando otras mujeres son tan desgraciadas?», pensó Ana cuando volvían a casa, recordando los ojos de Olivia Kirk cuando le dio las gracias a Clara Wilson.

Ana se alejó de la ventana. Habían pasado casi doce años. Clara Wilson había muerto y Olivia Kirk se marchó a vivir a la costa y volvió a casarse. Era mucho más joven que Peter.

«El tiempo es más benévolo de lo que imaginamos —pensó Ana—. Es un error inmenso cultivar la amargura años y años..., guardarla en el corazón como un tesoro. Pero creo que Walter no debe saber nunca lo que ocurrió en el funeral de Peter Kirk. No es una historia apta para niños».

Capítulo XXXIV

Rilla estaba sentada en la escalera del porche con una rodilla encima de la otra —unas rodillitas adorables, rechonchas y morenas—, muy ocupada con su sufrimiento. Y si alguien se pregunta cómo puede sufrir una niña tan querida, será porque ha olvidado su infancia, cuando las cosas que para los adultos eran insignificantes para nosotros eran atroces y desgarradoras tragedias. Rilla estaba sumida en los abismos de la desesperación porque Susan le había dicho que iba a meter un bizcocho al horno para hacer una de sus tartas de oro y plata, porque esa noche se daba una fiesta para el orfanato, y que ella, Rilla, tenía que llevarla a la iglesia por la tarde.

No me preguntéis por qué Rilla pensó que prefería morirse antes que cruzar el pueblo con una tarta y llevarla a la iglesia presbiteriana de Glen St. Mary. A los niños a veces se les meten ideas raras en la cabeza y, por algún motivo, en la de Rilla se había alojado la idea de que era una vergüenza y una humillación que la viesen a una llevando una tarta a *cualquier parte*. Quizá porque un día, cuando solo tenía cinco años, se encontró con Tillie Pake, que llevaba una tarta por la calle, y todos los niños del pueblo la perseguían aullando y riéndose de ella. Tillie vivía en la Boca del Puerto y era una mujer vieja, sucia y harapienta. Los niños cantaban:

Tillie Pake
robó un bizcocho
y se le puso el estómago pocho.

Rilla simplemente no podía soportar que la metieran en el mismo saco que a Tillie Pake. Se le había grabado en la cabeza que «ser una señorita» era incompatible con ir por ahí llevando tartas. Por eso estaba en las escaleras del porche, desconsolada, sin su sonrisa de costumbre en la boquita encantadora, donde ahora se veía el hueco de un diente caído. Lejos de dar la impresión de que entendía en qué pensaban los narcisos o de que compartía con la rosa dorada un secreto que solo ella sabía, parecía hundida para siempre. Hasta sus ojos grandes y como la avellana, que casi se cerraban cuando se reía y normalmente eran remansos de fascinación, tenían un aire triste y atormentado. «Las hadas te han hechizado esos ojos», le había dicho una vez la tía Kitty MacAllister. Su padre siempre decía que era una conquistadora nata y que le había sonreído al doctor Parker media hora después de nacer. Rilla aún hablaba mejor con los ojos que con la lengua, porque tenía un ceceo muy fuerte. Pero se le pasaría..., estaba creciendo rápido. El año anterior su padre la midió con un rosal; este año con el polemonio; pronto sería con la malvarrosa y entonces iría a la escuela. Rilla había sido muy feliz y estaba muy contenta consigo misma hasta que Susan le hizo este anuncio aterrador. «La verdad —le dijo al cielo, indignada— es que Susan no tiene ningún sentido del ridículo». En realidad, Rilla dijo «Zuzan» y «zentido», pero el precioso cielo azul claro pareció como si lo entendiera.

Mamá y papá se habían ido a Charlottetown esa mañana y los demás a la escuela, así que Rilla y Susan estaban solas en Ingleside. Cualquier otro día, Rilla estaría encantada en estas circunstancias. Nunca se sentía sola y habría disfrutado sentándose en las escaleras, o en su piedra particular, cubierta de musgo verde, en el Valle del Arcoíris, en compañía de un par de gatitos mágicos y tejiendo fantasías con todo lo que encontraba a la vista: el rincón del césped, que parecía un alegre universo de mariposas en miniatura... Las amapolas que flotaban sobre el jardín... Esa nube grande y esponjosa sola en mitad del cielo... Los enormes abejorros que zumbaban entre las capuchinas… La madreselva que le rozaba los rizos rojizos con un dedo amarillo… El viento quc soplaba hacia…, ¿hacia dónde? Y Petirrojo Presumido, que había vuelto y estaba paseando, con un aire de mucha importancia, por la barandilla del porche, sin entender por qué Rilla no jugaba con él… Rilla solo podía pensar en la terrible certeza de que tendría que llevar una tarta… Una *tarta*… por todo el pueblo, hasta la iglesia, para la fiesta que habían organizado para los huérfanos. Tenía la vaga idea de que el orfanato estaba en Lowbridge y de que en él vivían niños pobres sin padre ni madre. Le daban muchísima pena, pero ni siquiera por el más huérfano de los huérfanos estaba Rilla Blythe dispuesta a dejarse ver en público *llevando una tarta*.

A lo mejor, si llovía se libraba de ir. No parecía que fuese a llover, pero Rilla entrelazó las manos —se le formaba un hoyuelo en la base de cada dedo cuando hacía esto— y rezó con fervor:

—Por favor, Dioz, haz que llueva mucho. Haz que caigan chuzoz de punta. O zi no —Rilla pensó alguna otra posibilidad de salvación—, haz que a Zuzan ze le queme el bizcocho… Que ze le achicharre.

Por desgracia, a la hora de comer, el bizcocho estaba en su punto, rellenado y con su cobertura, presidiendo con aire triunfal la mesa de la cocina. Aquella era la tarta favorita de Rilla… «Tarta de oro y plata» sonaba de lo más *lujoso*… Y ahora tenía la sensación de que nunca volvería a ser capaz de probarla.

Pero… ¿era un trueno eso que retumbaba en las lomas del puerto? Tal vez Dios hubiera escuchado sus oraciones… Tal vez hubiera un terremoto antes de que llegase la hora de salir. ¿No podía entrarle dolor de estómago si las cosas se ponían muy mal? No. Rilla se echó a temblar. Entonces le darían aceite de ricino. ¡Mejor el terremoto!

Sus hermanos no se fijaron en que Rilla, sentada en su querida silla, la que tenía unos traviesos patitos blancos bordados en el respaldo, estaba muy callada. «¡Cerdoz egoíztaz!». Mamá sí se habría fijado si estuviera en casa. Un día horrible, cuando en el *Daily Enterprise* salió un retrato de papá, mamá notó enseguida lo preocupada que estaba Rilla. La encontró en la cama, llorando amargamente, y supo que creía que solo a los asesinos los sacaban en los periódicos. Mami no tardó nada en aclarar las cosas. ¿Le gustaría a mami ver a *su* hija llevando una tarta por Glen como Tillie Pake?

Le costaba cenar algo, a pesar de que Susan le había puesto su precioso plato azul con una corona de capullos de rosas, el que le envió la tía Rachel Lynde por su último cumpleaños y que normalmente solo le dejaban usar los domingos. «¡Platoz azulez y capulloz de rozaz!». ¡Cuando una tenía que hacer algo tan vergonzoso! De todos modos, las nubes de fruta que Susan les dio de postre *estaban* ricas.

—Zuzan, ¿no pueden Nan y Di llevar el bizcocho dezpuéz de claze? —le rogó.

—Di se va a casa de Jessie Reese y a Nan precisamente hoy le duele una pierna —dijo Susan con la impresión de estar siendo graciosa—. Además, hay que llevarla antes. El comité quiere que todas las tartas estén allí a las tres, para poder cortarlas y preparar las mesas antes de irse a casa a cenar. ¿Por qué no quieres ir tú, saltimbanqui? Siempre te parece muy divertido ir a la estafeta.

Rilla *era* bastante saltimbanqui, pero no soportaba que la llamaran así.

—No quiero que nadie hiera miz zentimientoz —contestó, muy tiesa.

Susan se echó a reír. Rilla empezaba a decir cosas que hacían reír a su familia. Ella no entendía que se rieran, porque siempre las decía muy en serio. La única que nunca se reía era mamá; no se rio ni siquiera cuando supo que Rilla pensaba que su padre era un asesino.

—La fiesta se hace para recaudar dinero y dárselo a esos pobres niños y niñas que no tienen padres o madres que los quieran —explicó Susan, ¡como si Rilla fuera un bebé y no lo entendiese!

—Yo zoy cazi huérfana —contestó—. Zolo tengo un padre y una madre.

Susan volvió a reírse. *Nadie* entendía nada.

—Ya sabes que tu madre prometió esa tarta, cielo. Yo no tengo tiempo de llevarla y *tiene* que llegar, conque ve a ponerte el vestido azul y en marcha.

—Mi muñeca eztá enferma —dijo Rilla, desesperada—. Tengo que acoztarla y quedarme con ella. A lo mejor tiene acetona.

—A tu muñeca no le pasará nada hasta que vuelvas. Puedes ir y volver en media hora —fue la cruel respuesta de Susan.

No había esperanza. Hasta Dios le había fallado... No había señal de lluvia. Rilla, tan al borde del llanto que ni siquiera podía seguir protestando, subió a ponerse su vestido nuevo de organdí y su sombrero de domingo, adornado con margaritas. A lo mejor, si parecía *respetable*, la gente no la comparaba con Tillie Pake.

—Creo que tengo la cara limpia, pero ¿zeríaz tan amable de mirarme detráz de laz orejaz? —le pidió a Susan con mucha solemnidad.

Tenía miedo de que Susan la riñese por haberse puesto su mejor vestido y sombrero. Pero Susan se limitó a pasarle revista a las orejas, le dio la cesta en la que había puesto la tarta, le recordó que tuviera buenos modales y por el amor de Dios no se parase a hablar con todos los gatos que se cruzaran en su camino.

Rilla dirigió una mirada «rebelde» a Gog y Magog antes de salir. Susan se quedó mirándola con cariño.

«¡Nuestra chiquitina ya tiene edad de ir sola a la iglesia a llevar una tarta!», pensó, con una mezcla de orgullo y pena, mientras volvía al trabajo, felizmente ajena a la tortura a la que estaba sometiendo a esa pobre niña por la que habría estado dispuesta a dar la vida.

Rilla no había vuelto a pasar tanta vergüenza desde el día en que se quedó dormida en la iglesia y se cayó del banco. Normalmente le encantaba ir al pueblo, porque había montones de cosas interesantes que ver: pero hoy el fascinante tendal de la señora Flagg, con todas sus colchas tan preciosas, no recibió ni una sola mirada de Rilla, y el nuevo ciervo de hierro fundido que el señor Augustus Palmer había puesto en el patio de su casa la dejó indiferente. Nunca había pasado por delante sin pedir el deseo de que pusieran un ciervo como aquel en el jardín de Ingleside. Pero ¿qué era hoy un ciervo de hierro fundido? El sol cálido se derramaba por la calle como un río y todo el mundo estaba fuera de casa. Pasaron dos niñas, cuchicheando. ¿Hablarían de ella? Se imaginó qué dirían. Un hombre que venía en una calesa por el camino se quedó mirándola. En realidad el hombre pensaba si era posible que aquella niña fuese la pequeña de los Blythe y lo guapa que era. Pero Rilla tuvo la sensación de que atravesaba la cesta con los ojos y veía la tarta. Y cuando Annie Drew pasó con su padre en la calesa, Rilla estaba segura de que se rio de ella. Annie Drew tenía diez años y era una chica muy mayor a los ojos de Rilla.

Luego vio a un montón de niños y niñas en la esquina de Russell. *Tenía que pasar por delante.* Era horrible notar que todos la miraban y luego se miraban entre sí. Siguió de largo, disimulando su desesperación con tanto orgullo que la tomaron por una engreída a la que había que bajarle un poco los humos. ¡Se iba a enterar esa niña con cara de gatita! ¡Una arrogante como todas las niñas de Ingleside! ¡Solo porque vivían arriba, en la casa grande!

Millie Flagg empezó a seguirla, pavoneándose exageradamente para imitar los andares de Rilla y levantando nubes de polvo alrededor de las dos.

—¿Adónde va esa cesta con esa niña? —preguntó Drew el Pringoso a grito pelado.

—Tienes una mancha en la nariz, cara de jamón —se burló Bill Palmer.

—¿Se te ha comido la lengua el gato? —le dijo Sarah Warren.

—¡Pulga! —añadió Beenie Bentley con desprecio.

—No te apartes del camino si no quieres que te obligue a comerte un escarabajo —le advirtió el grandote Sam Flagg, que dejó de mordisquear una zanahoria el tiempo imprescindible para decir esto.

—Mirad qué colorada se pone —dijo Mamie Taylor con una risita.

—Seguro que llevas una tarta a la iglesia presbiteriana —dijo Charlie Warren—. Un mazacote, como todas las tartas de Susan Baker.

El orgullo no permitía llorar a Rilla, pero su aguante tenía un límite... Y una tarta de Ingleside...

—La próxima vez que alguno de vozotroz ze ponga malo le diré a mi padre que no oz dé ninguna medicina —amenazó, desafiante.

Luego se quedó horrorizada. El que acababa de torcer la esquina por la carretera del puerto ¡no podía ser Kenneth Ford! ¡No podía ser! ¡Lo era!

Qué fatalidad. Ken y Walter eran amigos y Rilla estaba convencida, en lo más profundo de su corazoncito, de que Ken era el niño más guapo y simpático del mundo entero. Casi nunca se fijaba mucho en ella... Aunque una vez le había dado un pato de chocolate. Y un día inolvidable se había sentado a su lado en una piedra cubierta de musgo en el Valle del Arcoíris y le había contado el cuento de los Tres Osos y la Casita del Bosque. Pero ella se conformaba con adorarlo en secreto. Y ahora, este ser maravilloso ¡la había pillado *llevando una tarta*!

—¡Anda, si es la saltimbanqui! Hace un calor que abrasa, ¿eh? Espero probar un trozo de esa tarta esta noche.

¡O sea que sabía que era una tarta! ¡Todo el mundo lo sabía!

Rila cruzó el pueblo pensando que lo peor ya había pasado cuando pasó lo peor. Por una calle lateral venía su profesora de catequesis, la señorita Emmy Parker. La señorita Parker aún estaba algo lejos, pero Rilla la reconoció por el vestido..., un vestido de organdí con volantes, de color verde claro y con racimos de florecitas blancas: «el vestido del cerezo en flor». Así lo llamaba Rilla en secreto. La señorita Emmy lo llevaba el domingo pasado en catequesis y a Rilla le pareció el vestido más precioso que había visto en la vida. Claro que la señorita Emmy siempre llevaba vestidos bonitos... Unas veces con encajes y puntillas, y otras veces de seda susurrante.

Rilla adoraba a la señorita Emmy. Era muy guapa y muy delicada, con la piel muy muy blanca, los ojos muy muy castaños y una sonrisa dulce y triste... Triste, le había dicho un día otra niña a Rilla al oído, porque el hombre con el que iba a casarse había muerto. Rilla se alegraba mucho de ir a clase con la señorita Emmy. Sería horrible ir con la señorita Florrie Flagg... Florrie Flagg era *fea*, y Rilla no soportaba a una profesora fea.

Cuando se encontraba con la señorita Emmy fuera de catequesis y ella le sonreía y se paraba a hablar con la niña, el momento era para Rilla de los mejores de su vida. El mero hecho de que la señorita Emmy la saludara con la cabeza le inspiraba una alegría extraña, repentina, y cuando la señorita Emmy invitó a toda la clase a una fiesta de pompas de jabón, donde hicieron pompas rojas con zumo de fresa, Rilla casi se muere de pura felicidad.

Pero encontrarse con la señorita Emmy cuando llevaba una tarta era sencillamente insoportable, y Rilla no estaba dispuesta a soportarlo. Además, la señorita Emmy sacaría el tema de la próxima función de catequesis, y Rilla tenía la esperanza de que le ofreciera el papel de hada... Un hada vestida de rojo, con un cucurucho verde. Y sería imposible albergar esa esperanza si la señorita Emmy la veía *llevando una tarta*.

¡La señorita Emmy no la vería! Rilla había llegado al puentecillo que cruzaba el arroyo, que justo en ese punto se ensanchaba y era muy profundo. Sacó la tarta de la cesta y la tiró al arroyo, donde los alisos entrelazaban sus ramas sobre una charca oscura. La tarta se enganchó entre las zarzas y se hundió con un *plof* y un borboteo. Sintió una liberación y un alivio inconmensurables cuando dio media vuelta para encontrarse con la señorita Emmy, que según vio Rilla entonces, llevaba un paquete de papel muy grande.

La señorita Emmy sonrió a la niña por debajo de un sombrerito verde con una diminuta pluma naranja.

—Ah, qué guapa eztá, profezora: qué guapa —dijo Rilla, boquiabierta de adoración.

La señorita Emmy sonrió de nuevo. Incluso cuando una tiene el corazón destrozado —y la señorita Emmy creía sinceramente que el suyo lo estaba— no es desagradable recibir un cumplido sincero.

—Tal vez sea el sombrero nuevo, hija. Las cosas bonitas, ya sabes. Supongo —se fijó en la cesta vacía— que vienes de llevar tu tarta para la fiesta. Qué lástima que estés volviendo en vez de ir. Yo llevo aquí la mía. Es enorme, de chocolate y de lo más empalagosa.

Rilla se quedó mirando a la señorita Emmy desconsolada e incapaz de decir una sola palabra. La señorita Emmy *llevaba una tarta*, y por tanto llevar una tarta no podía ser una deshonra. Y ella... Ay, ¿qué había hecho? Había tirado al arroyo la preciosa tarta de oro y plata de Susan... Y había perdido la oportunidad de ir andando hasta la iglesia con la señorita Emmy, ¡*cada una* con su tarta!

La señorita Emmy siguió adelante y Rilla volvió a casa con su horrible secreto. Se enterró en el Valle del Arcoíris hasta la hora de la cena, cuando una vez más nadie se fijó en que estaba muy callada. Le daba pánico que Susan le preguntase a quién le había dejado la tarta, pero no hubo preguntas incómodas. Después de cenar, cuando los demás se fueron a jugar al Valle del Arcoíris, Rilla se quedó sola en las escaleras del porche hasta que se puso el sol, cuando el cielo surcado por el viento se cubrió totalmente de oro, por detrás de Ingleside, y las luces del pueblo se encendieron a sus pies.

Siempre le gustaba ver cómo aparecían de repente, aquí y allá, por todo Glen, pero esta noche nada le interesaba. No había sufrido tanto en la vida. Sencillamente no sabía cómo seguir viviendo. El cielo se tiñó de violeta oscuro y Rilla se puso más triste todavía. Le llegaba un olor riquísimo, a bollitos de sirope de arce... Susan había esperado a última hora, cuando refrescaba, para hacer la hornada de la familia... Pero los bollitos de sirope de arce, como todo lo demás, eran pura vanidad. Desgarrada de pena subió las escaleras y se acostó debajo de la colcha nueva, de flores rosas, de la que tan orgullosa estaba antes. No podía dormir. El fantasma de la tarta que había tirado al arroyo seguía rondándola. Mamá había prometido esa tarta al comité... ¿Qué pensarían de ella por no haberla enviado? ¡Y habría sido la tarta más bonita de todas! El viento tenía un gemido tristísimo esta noche. Le reprochaba a Rilla. Le decía: «Tonta..., tonta..., tonta», una y otra vez.

—¿Por qué no te has dormido, mi niña? —dijo Susan, que entró con un bollito de sirope de arce.

—Ay, Zuzan, ez que... Eztoy muy canzada de zer *yo*.

Susan se quedó preocupada. Ahora que se paraba a pensarlo, la niña parecía cansada a la hora de cenar.

«Y el doctor está fuera de casa. En casa del herrero cuchillo de palo», pensó. Luego, en voz alta, dijo:

—Voy a ver si tienes fiebre, mi niña.

—No, no, Zuzan. Ez que... He hecho algo horrible, Zuzan... Lo he hecho yo zola... He tirado la tarta al arroyo.

—¡Madre del amor hermoso! —dijo Susan, perpleja—. ¿Por qué has hecho eso?

—¿Qué ha hecho? —Era mamá, que había vuelto de la ciudad. Susan se alegró de poder retirarse y dejar el caso en manos de la señora del doctor. Rilla le contó la historia entera sin parar de sollozar.

—Cariño, no lo entiendo. ¿Por qué creías que era tan horroroso llevar una tarta a la iglesia?

—Penzé que me parecería a Tillie Pake, mami. ¡Y ahora te he dezhonrado, mami! Ay, mami, zi me perdonaz, no volveré a zer mala nunca máz... Y le diré al comité que tú enviazte una tarta.

—No te preocupes por el comité, cariño. Tendrán tartas más que suficientes..., como siempre. No creo que nadie se dé cuenta de que no la hemos enviado. No se lo contaremos a nadie. Pero a partir de hoy, Bertha Marilla Blythe, recuerda que ni Susan ni tu madre te pedirían que hicieras algo deshonroso.

La vida volvía a ser dulce. Papá se asomó a la puerta para decir: «Buenas noches, Gatita», y Susan entró a anunciar que haría empanada de pollo para comer mañana.

—¿Con mucha zalza, Zuzan?

—¡Toneladas de salsa!

—¿Y puedo tomar un huevo moreno para el dezayuno, Zuzan? No me lo merezco, pero...

—Tomarás dos, si quieres. Y ahora, cómete el bollito y a dormir, mi niña.

Rilla se comió su bollito, pero antes de dormirse se deslizó de la cama y se arrodilló. Muy seria, rezó:

—Querido Dioz, por favor, haz que zea ziempre una niña buena y obediente, me pidan lo que me pidan. Y bendice a la querida zeñorita Emmy y a todoz loz pobrez huérfanoz.

Capítulo XXXV

Los niños de Ingleside jugaban juntos, paseaban juntos y vivían toda clase de aventuras juntos; y cada cual, además, tenía su propia vida interior de sueños y fantasías: sobre todo Nan, que desde muy pequeña se había creado un teatro secreto al margen de lo que oía, veía o leía, y vivía en mundos de prodigios y aventuras insospechados para su familia. Al principio se inventaba historias de bailes de duendes y hadas en valles encantados y de dríades entre los abedules. Compartía secretos en voz baja con el enorme sauce de la puerta del jardín, y la antigua casa de los Bailey, en el punto más alto del Valle del Arcoíris, que ahora estaba deshabitada, eran las ruinas de una torre encantada. Podía pasar semanas siendo la hija de un rey, prisionera en un castillo solitario junto al mar... O meses siendo una enfermera en una colonia de leprosos de la India o cualquier otro país «muy muy lejano». «Muy muy lejano» siempre habían sido palabras mágicas para Nan: como una música suave en la cima de un monte ventoso.

A medida que iba haciéndose mayor pasó a construir sus historias a partir de la gente real que formaba parte de su pequeño mundo, en especial la gente de la iglesia. A Nan le gustaba observar a los demás en la iglesia, donde todo el mundo iba muy bien vestido. Era casi un milagro. No se parecían nada a ellos mismos en los días laborables.

Los muy respetables ocupantes de los distintos bancos familiares se habrían sorprendido mucho, y quizá horrorizado un tanto, de haber sabido las fantasías que elaboraba la recatada señorita de ojos castaños en el banco de Ingleside. Annetta Millison, una mujer de cejas negras y corazón bondadoso, se habría quedado de piedra si hubiera llegado a saber que Nan Blythe se imaginaba que secuestraba niños y los hervía vivos para hacer pócimas con las que conservarse eternamente joven. Nan se representaba la escena con tanta nitidez que un día se llevó un susto de muerte al encontrarse en la penumbra del atardecer con Annetta Millison, en un callejón animado por el rumor dorado de los botones de oro. Fue totalmente incapaz de responder al amable saludo de Annetta y esta pensó que Nan Blythe verdaderamente se estaba volviendo una niña grosera y altanera que necesitaba un mínimo de buenos modales. La pálida señora de Rod Palmer nunca pudo imaginar que había envenenado a alguien y los remordimientos ahora la estaban matando. El anciano Gordon MacAllister, un hombre de rostro solemne, no tenía la menor idea de que una bruja le había echado una maldición en el momento de nacer y por eso nunca podía sonreír. Poco podía sospechar el irreprochable Fraser Palmer, de oscuros bigotes, que los pensamientos de Nan Blythe cuando lo miraban eran: «Estoy segura de que ese hombre ha cometido un acto truculento. Parece como si guardara en la conciencia un secreto horripilante». Y Archibald Fyfe ni por asomo se imaginaba que cuando Nan Blythe lo veía acercarse se ponía a inventar una rima en respuesta a cualquier comentario que él pudiera hacer, porque a Archibald Fyfe solo le estaba permitido hablarle en rima. Aunque él nunca le dirigía la palabra, porque los niños le daban pánico, Nan lo pasaba en grande inventando rimas a marchas forzadas.

Yo estoy muy bien, gracias, señor.
Espero que su mujer ya esté mejor.
Sí, es verdad que hace un día radiante.
Hoy brilla el sol lo mismo que un diamante.

Y no hay forma de saber qué habría pensado la señora de Morton Kirk si le hubieran dicho que Nan Blythe nunca iba a su casa —suponiendo que la hubiese invitado— porque en el umbral de la puerta había una *huella de pisada roja*; y su cuñada, la plácida, amable y solitaria Elizabeth Kirk, no sospechaba que era una solterona porque su novio se había caído muerto en el altar cuando iban a casarse, justo antes de que empezara la ceremonia.

Todo era muy interesante y muy divertido, y Nan nunca llegó a perderse entre la realidad y la ficción hasta que quedó poseída por la Dama de los Ojos Misteriosos.

Es inútil preguntar cómo surgen los sueños. La propia Nan no sabría explicar cómo ocurrió. Todo empezó con la CASA TENEBROSA... Nan la veía siempre así, escrita en mayúsculas. Le gustaba inventar fantasías también de lugares, además de personas, y la CASA TENEBROSA era el único de los alrededores, aparte de la vieja casa de los Bailey, que se prestaba a sus aventuras. Nan nunca había visto la casa en sí... Solamente sabía dónde estaba —en un bosque de píceas enorme y oscuro, en la carretera secundaria de Lowbridge—; y que llevaba vacía desde «tiempos inmemoriales», en palabras de Susan. Nan no entendía qué significaba esto, pero le parecía una expresión fascinante y perfecta para casas tenebrosas.

Siempre echaba a correr como una loca al pasar junto al callejón que subía hasta la CASA TENEBROSA cuando iba a casa de su amiga Dora Clow. Era un camino alargado y oscuro, cubierto por una bóveda de árboles, con penachos de hierba entre las rodadas y helechos que crecían a la sombra de las píceas y le llegaban hasta la cintura. Había una rama de arce larga y gris, muy cerca de la destartalada puerta del jardín, que parecía exactamente un brazo viejo y retorcido empeñado en crecer hacia abajo con la intención de apoderarse de ella. Nan nunca sabía cuándo el brazo alcanzaría unos centímetros más y podría atraparla. Era muy emocionante librarse de él.

Un día, llena de asombro, Nan le oyó decir a Susan que Thomasine Fair se había instalado en la CASA TENEBROSA... Aunque Susan dijo «la vieja casa de los MacAllister», con muy poco romanticismo.

—Le resultará muy solitaria, supongo —contestó mamá—. Está muy apartada.

—A ella eso no le importa —dijo Susan—. Nunca sale a ninguna parte; ni siquiera a la iglesia. Hace años que no va a ninguna parte... Aunque dicen que de noche pasea por el jardín. ¡Hay que ver adónde ha ido a parar...! ¡Con lo guapa que era, y una coqueta de mucho cuidado! ¡La de corazones que rompió en su día! ¡Y ahora! En fin, es una advertencia, eso seguro.

A quién exactamente iba dirigida la advertencia Susan no lo explicó, y ahí acabó la cosa, porque en Ingleside nadie sentía demasiado interés por Thomasine Fair. Pero Nan, que estaba algo cansada de sus antiguas fantasías y necesitaba alguna novedad, aprovechó a Thomasine Fair en la CASA TENEBROSA. Poco a poco, día tras día, noche tras noche —de noche era posible creer *cualquier cosa*— fue tejiendo una leyenda sobre esta mujer, hasta que la ficción cobró la forma de una nebulosa y pasó a ser para Nan un sueño más querido que ninguno de los anteriores. Nada hasta entonces había sido tan emocionante, tan *real*, como esta visión de la Dama de los Ojos Misteriosos. Unos ojos enormes de terciopelo negro..., unos ojos *huecos*..., unos ojos *hechizados*... llenos de remordimiento por los corazones que había roto. Uno ojos *malévolos*: una mujer que había roto corazones y no iba a la iglesia tenía que ser mala. La gente mala era muy interesante. Esta mujer se había apartado del mundo como castigo por sus delitos.

¿Sería una princesa? No, las princesas escaseaban en la Isla del Príncipe Eduardo. Pero era alta, esbelta, altiva, hermosa y gélida como una princesa, con el pelo largo y negro como la tinta, recogido en dos trenzas que le llegaban hasta los pies. Tenía un rostro de marfil, con sus líneas bien talladas; una preciosa nariz griega, como la de Artemisa con su Arco de Plata; y unas preciosas manos blancas que se retorcerían mientras paseaba por el jardín, de noche, arrastrando sobre la hierba su falda de terciopelo negro, a la espera del verdadero amor al que había despreciado y tardado demasiado tiempo en aprender a amar: ¿veis cómo iba creciendo la leyenda? Llevaría un cinturón dorado y unos pendientes de grandes perlas, y tendría que vivir una vida de sombra y misterio hasta que su amor viniese a liberarla. Entonces se arrepentiría de su maldad y su crueldad, le tendería las preciosas manos y al fin inclinaría ante él con humildad la orgullosa cabeza. Se sentarían al lado de la fuente —a estas alturas ya había una fuente— y renovarían sus votos:

y ella lo seguiría «por esos montes y más allá de los confines púrpura», como la Princesa Dormida del poema que mamá le había leído una noche, de un antiguo volumen de Tennyson que papá le regaló hacía mucho tiempo. Pero a la Dama de los Ojos Misteriosos su enamorado le regalaba joyas sin comparación posible.

Por supuesto, la CASA TENEBROSA estaría exquisitamente amueblada y tendría habitaciones y escaleras secretas, y la Dama de los Ojos Misteriosos dormiría en una cama hecha de madreperla, bajo un dosel de terciopelo púrpura. Viviría en compañía de un galgo..., de un par de galgos..., de un séquito de galgos... Y siempre a la escucha..., a la escucha..., a la escucha... de la música de un arpa muy lejana. Pero no podría oírla mientras siguiera siendo mala y su amor no viniera a perdonarla... Y ahí estamos.

Naturalmente que parece una historia muy absurda. Los sueños parecen muy absurdos cuando se cuentan con palabras duras y frías. Nan, a sus diez años, nunca ponía sus sueños en palabras... Únicamente los vivía. Este sueño de la malvada Dama de los Ojos Misteriosos se volvió para ella tan real como la vida que transcurría a su alrededor. Se apoderó de ella. Hacía ya dos años que había pasado a formar parte de sí misma... Curiosamente llegó a creerlo a pies juntillas. Por nada del mundo se lo habría contado a nadie, ni siquiera a su madre. Era su tesoro especial, su secreto inalienable, sin el que ya no podía imaginar la vida. Prefería irse a escondidas a soñar con la Dama de los Ojos Misteriosos antes que jugar en el Valle del Arcoíris.

Ana observaba esta tendencia con cierta preocupación. Nan se estaba aficionando demasiado a ser así. Gilbert quería enviarla de visita a Avonlea pero Nan, por primera vez, le suplicó no ir. No quería marcharse de casa, dijo con mucha pena. Y en su fuero interno pensó que se moriría si la mandaban tan lejos de la triste y adorable Dama de los Ojos Misteriosos. Era cierto que esta mujer nunca iba a ninguna parte. Pero era *posible* que algún día saliera de casa, y si Nan no estaba en Ingleside no la vería. ¡Sería maravilloso verla aunque fuera de lejos! El suelo que pisara se volvería mágico para siempre. El día en que esto ocurriera sería distinto a todos. Nan lo marcaría con un círculo en el calendario. Había llegado a un punto que su deseo de verla era inmenso, al menos una vez. Sabía muy bien que la mayor parte de las cosas que imaginaba sobre esta mujer solo eran fantasías. Pero no tenía la menor duda de que Thomasine Fair era joven, guapísima, malvada y fascinante —a estas alturas Nan estaba convencida de que Susan lo había dicho—, y mientras fuese así, podía seguir imaginándola eternamente.

Casi no daba crédito a lo que oía cuando Susan le dijo una mañana:

—Quiero enviarle un paquete a Thomasine Fair, la que vive en la antigua casa de los MacAllister. Lo trajo tu padre anoche de la ciudad. ¿Me harías el favor de llevarlo esta tarde, cielo?

¡Tal cual! Nan se quedó sin habla. ¿Le *haría* el favor? ¿De verdad los sueños se hacían realidad de este modo? Iba a ver la CASA TENEBROSA... Iba a ver a la hermosa y malvada Dama de los Ojos Misteriosos. A verla en persona... Quizá la oyese hablar... Quizá —¡qué felicidad!— podría rozarle la esbelta mano blanca. Y los galgos y la fuente y todo lo demás, Nan sabía que eran solamente fruto de su imaginación, pero seguro que la realidad le resultaba igual de fascinante.

Se pasó la mañana mirando el reloj, con la sensación de que poco a poco, muy despacio, el momento estaba cada vez más cerca. Cuando el trueno retumbó con un ruido siniestro y empezó a llover, Nan casi no pudo contener las lágrimas.

—No entiendo cómo Dios permite que llueva hoy —murmuró con enfado.

Pero no fue más que un chaparrón pasajero y enseguida volvió a salir el sol. Nan casi no pudo comer de la emoción.

—Mami, ¿puedo ponerme el vestido amarillo?

—¿Por qué quieres arreglarte tanto para ir a casa de una vecina, hija?

¡Una vecina! Su madre no lo entendía, claro... No podía entenderlo.

—*Por favor*, mami.

—Bueno. —Ese vestido se le iba a quedar pequeño muy pronto. Mejor que Nan lo aprovechara todo lo posible.

Le temblaban las piernas cuando salió de casa con el valioso paquete en la mano. Tomó un atajo por el Valle del Arcoíris, ladera arriba, hasta la carretera secundaria. Las gotas de lluvia seguían posadas en las hojas de la malvarrosa, como espléndidas perlas; había en el aire una frescura deliciosa; las abejas revoloteaban entre el trébol blanco que bordeaba el arroyo;

las delicadas libélulas azules resplandecían sobre el agua: caballitos del diablo, los llamaba Susan; las margaritas del prado la saludaban con la cabeza..., se cimbreaban a su paso..., le hacían señas..., se reían de Nan con una risa fresca de oro y plata. Todo era precioso y ella iba a ver a la malvada Dama de los Ojos Misteriosos. ¿Qué le diría esta señora? ¿Sería del todo seguro verla? ¿Y si se quedaba unos minutos con ella y de pronto descubría que habían pasado cien años, como en el cuento que había leído con Walter la semana pasada?

Capítulo XXXVI

Nan sintió un extraño cosquilleo en la columna vertebral al entrar en el callejón. ¿Se había movido el brazo del arce muerto? No: se había librado sana y salva... Había conseguido pasar de largo. «Ajá, vieja bruja, ¡no me has pillado!». Ni el barro ni las rodadas del callejón tenían poder suficiente para estropear su ilusión. Solo unos pasos más y... ahí estaba la CASA TENEBROSA, entre los árboles goteantes y oscuros. ¡Por fin estaba a punto de verla! Se estremeció un poco... sin saber que en cierto modo era por el secreto temor inconsciente a perder su sueño... Porque perder un sueño siempre es una tragedia, tanto en la infancia como en la mediana edad o en la vejez.

Se abrió camino por un hueco entre la selva de retoños que ahogaba el final del camino. Avanzaba con los ojos cerrados: ¿se atrevería a abrirlos? Por un momento el pánico se apoderó de ella y le faltó muy poco para dar media vuelta y salir corriendo. Al fin y al cabo... aquella mujer *era* malvada. ¿Quién sabía lo que podría hacerle? Incluso era posible que fuese una bruja. ¿Cómo no se le había ocurrido hasta entonces que la malvada Dama podía ser una bruja?

Al fin abrió los ojos, con determinación, y se quedó mirando con lástima.

¿Esta era la CASA TENEBROSA...? ¿La oscura y lujosa mansión de sus fantasías, con torres y torretas? *¡Esta!*

Nan tenía delante una casa grande, en otro tiempo blanca y ahora gris como el fango; con persianas rotas aquí y allá, desvencijadas y en otro tiempo verdes. Las escaleras de la entrada estaban rotas. La desolada puerta acristalada tenía la mayor parte de los cristales agrietados. El adorno de volutas de la terraza estaba roto. ¡Aquello solo era una casa vieja, agotada de vivir!

Nan miró a su alrededor con desesperación. No había ninguna fuente..., ningún jardín... Bueno, nada que pudiera llamarse un jardín. La maleza cubría la zona de delante de la casa, rodeada por una cochambrosa cerca de madera, y la maraña de hierba llegaba hasta las rodillas. Un cerdo más bien flaco hozaba al otro lado de la cerca. La bardana crecía a lo largo del paseo. En las esquinas había matojos de rudbeckias despeinadas, pero también había un matorral espléndido de belicosos lirios tigre y, justo al lado de los erosionados peldaños, un alegre arriate de caléndulas.

Nan avanzó despacio por el sendero hacia las caléndulas. La CASA TENEBROSA se había esfumado para siempre. Pero aún no había visto a la Dama de los Ojos Misteriosos. Seguro que ella sí era auténtica... ¡Tenía que serlo! ¿Qué dijo en realidad Susan de esta mujer hacía mucho tiempo?

—¡Caray qué susto me has dado! —exclamó una voz algo titubeante pero amable.

Nan miró a la persona erguida de repente en el arriate de caléndulas. ¿Quién era? No podía ser... Se negaba a creer que esta fuese Thomasine Fair. ¡Sería horroroso!

«Pero si es... ¡vieja!», pensó Nan, destrozada por la desilusión.

Thomasine Fair, si es que aquella mujer era Thomasine Fair —y ahora Nan sabía que sí—, era decididamente muy mayor. ¡Y gorda! Parecía un colchón de plumas enrollado y atado con una cuerda en el centro, como la angulosa Susan acostumbraba a describir a las señoras entradas en carnes. Iba descalza, con un vestido verde tirando a amarillento, por lo descolorido, y un sombrero de fieltro, viejo y masculino sobre el pelo escaso y de un color gris arenoso. Tenía la cara redonda como una «O», colorada y llena de arrugas, y la nariz respingona. Unas simpáticas patas de gallo le rodeaban los ojos, de un azul desvaído.

«Ay, mi dama... Mi encantadora y malvada Dama de los Ojos Misteriosos, ¿dónde estás? ¿Qué ha sido de ti? ¡Tú existías!».

—Bueno, niña linda, ¿quién eres? —preguntó Thomasine Fair.

Nan hizo uso de sus buenos modales.

—Soy... Soy Nan Blythe. Vengo a traerle esto.

Thomasine sopesó el paquete alegremente.

—¡Ay, qué alegría recuperar mis lentes! —dijo—. Los he echado muchísimo de menos para leer el almanaque los domingos. ¿Eres hija de los Blythe? ¡Qué pelo tan bonito tienes! Siempre he tenido ganas de conoceros. He oído decir que vuestra mamá os está educando científicamente. ¿Eso te gusta?

—¿Si me gusta... qué? —«Ah, dama malvada y seductora, tú no leías el almanaque los domingos. Y tampoco hablabas de "mamá"».

—Pues que te eduquen científicamente.

—Me gusta cómo me están educando —asintió Nan, tratando de sonreír pero sin conseguirlo apenas.

—Bueno, tu madre es una mujer estupenda. Sigue su propio camino. Te aseguro que la primera vez que la vi, en el funeral de Libby Taylor, pensé que era una recién casada, por lo feliz que parecía. Cuando la veo entrar en cualquier parte, siempre me parece que todo el mundo se yergue, como si esperase que fuera a ocurrir algo. ¡Y lo bien que le sientan las modas nuevas! La mayoría no estamos hechas para lucirlas. Pero pasa y siéntate un rato... Me alegro de ver a alguien... Esto a ratos es muy solitario. No puedo permitirme poner el teléfono. Las flores me hacen compañía... ¿Has visto unas caléndulas más bonitas? Y tengo un gato.

Nan quería esconderse en el último rincón de la tierra, pero no podía herir los sentimientos de la señora negándose a pasar. Thomasine, con la enagua asomando por debajo de la falda, encabezó la marcha por las escaleras desvencijadas hasta una habitación que claramente hacía las veces de cocina y cuarto de estar: impoluta y decorada con alegres plantas de interior. Un agradable olor a pan recién hecho impregnaba el ambiente.

—Siéntate aquí —le ofreció amablemente Thomasine, acercando una mecedora con un alegre almohadón de retazos—. Voy a quitar esa cala de en medio. Espera que me ponga los dientes de abajo. Estoy rara sin ellos, ¿verdad? Es que me hacen un poquito de daño. Ya está, así te puedo hablar con más claridad.

Un gato con manchas, que lanzaba todo tipo de maullidos para encandilar, salió a recibirlas. ¡Ay, los galgos del sueño hechos pedazos!

—Ese gato es un buen cazador —dijo Thomasine—. La casa está llena de ratas. Pero aquí no entra la lluvia y ya estaba harta de vivir con mis parientes. No era dueña de mi vida. Me mangoneaban como si fuera una basura. La mujer de Jim era la peor de todos. Una noche se quejó al verme haciendo muecas a la luna. ¿Y qué si las hacía? ¿Acaso le hacía yo algún daño a la luna? Y me dije: «No pienso seguir siendo el alfiletero de nadie». Entonces me vine aquí sola, y aquí me quedaré mientras pueda usar las piernas. Bueno, ¿qué te apetece? ¿Quieres que te prepare un sándwich de cebolla?

—No... No, gracias.

—Van muy bien para el resfriado. Yo acabo de pasar uno... ¿Notas lo ronca que estoy? Pero cuando me acuesto me ato al cuello un trozo de franela roja con aguarrás y grasa de oca. No hay nada mejor.

«¡Franela roja con grasa de oca! ¡Y aguarrás, para colmo!».

—Si no quieres un sándwich (¿seguro que no quieres?) voy a ver qué hay en la caja de las galletas.

Las galletas, con forma de patos y gallos, estaban sorprendentemente ricas y se derretían en la boca que daba gloria. La señora Fair miraba a Nan con un brillo de felicidad en los ojos redondos y desvaídos.

—¿Te caeré bien? Me gusta caer bien a las niñas.

—Lo intentaré —dijo Nan, que en ese momento odiaba a Thomasine Fair como solo podemos odiar a quienes destruyen nuestras ilusiones.

—Tengo varias nietas en el oeste, ¿sabes?

¡Nietas!

—Te enseñaré un retrato. ¿Verdad que son guapas? Ese es el retrato de mi pobre y querido Poppa. Hace ya veinte años que murió.

El retrato del pobre y querido Poppa era el dibujo «a lápiz» de un hombre barbudo, con un flequillo blanco y rizado alrededor de la coronilla calva.

¡Ay, amor despreciado!

—Fue un buen marido, aunque a los treinta años ya estaba calvo —dijo con cariño la señora Fair—. ¡Y yo tenía novios a montones para elegir cuando era joven! Ahora soy vieja, pero hubo una época muy bonita en la que fui joven. ¡Los novios, los domingos por la noche! ¡Intentaban echarse los unos a los otros! ¡Y yo con la cabeza alta como una reina! Poppa fue uno de los primeros, pero yo al principio no tenía nada que decirle. A mí me gustaban algo más atrevidos. Por ejemplo, Andrew Metcalf... A puntito estuve de fugarme con él. Pero sabía que eso nos traería mala suerte. No te fugues nunca. Trae mala suerte, y no dejes que nadie te diga lo contrario.

—Bueno... No lo haré... Seguro que no.

—Al final me casé con Poppa. Un buen día se le agotó la paciencia y me dio veinticuatro horas para decidir si lo tomaba o lo dejaba. Mi padre quería que sentara la cabeza. Se puso nervioso cuando Jim Hewitt se ahogó aposta porque yo no lo aceptaba. Poppa y yo fuimos muy felices cuando nos acostumbramos el uno al otro. Decía que yo le convenía porque no pensaba demasiado. Él opinaba que las mujeres no estaban hechas para pensar. Según él pensar las dejaba secas y las volvía antinaturales. Le sentaban fatal las alubias guisadas y tenía ataques de lumbago, pero yo siempre se los curaba con mi bálsamo de Judea. Un especialista de la ciudad le aseguró que podía curarlo para siempre, pero Poppa siempre decía que si te pones en manos de los especialistas ya no te sueltan... nunca. Lo echo de menos para engordar al cerdo. A él le gustaba mucho el cerdo. Nunca puedo probar un trozo de beicon sin pensar en él. La del retrato que está enfrente de Poppa es la reina Victoria. A veces le digo: «Si te quitaran todo el encaje y las joyas, hija mía, dudo mucho que resultaras más atractiva que yo».

No consintió que Nan se marchara sin antes darle una bolsa de pastillas de menta, una zapatilla de cristal rosa para poner flores y un tarro de dulce de grosella.

—Esto es para tu mamá. Siempre he tenido buena mano para el dulce de grosella. Algún día iré a Ingleside. Quiero ver esos perros de porcelana suyos. Dile a Susan Baker que le agradezco mucho el guiso de hojas de nabo que me mandó en primavera.

¡Hojas de nabo!

—Es verdad que le di las gracias en el funeral de Jacob Warren, pero se fue enseguida. A mí me gusta tomarme con calma los funerales. Desde hace un mes no ha habido ninguno. Se me hace aburrido cuando no hay funerales. En la parte de Lowbridge siempre hay funerales a montones. No me parece justo. Vuelve a verme, ¿sí? Tienes algo especial... «El favor que se hace con amor vale más que la plata y el oro», eso dice el Buen Libro, y supongo que tiene razón.

Sonrió a Nan con un gesto muy agradable... *Tenía* una sonrisa encantadora. Era entonces cuando se veía a la guapa Thomasine de tiempos pasados. Nan consiguió sonreír a su vez. Le escocían los ojos. Como no saliera de allí enseguida iba a echarse a llorar.

—Una niña simpática y bien educada —murmuró Thomasine Fair desde la ventana, mientras Nan se alejaba—. No ha sacado de su madre el don de la conversación, pero puede que incluso sea mejor así. Hoy en día la mayor parte de los niños se creen muy listos cuando solo son impertinentes. La visita de esta niña en parte me ha hecho sentirme rejuvenecer.

Thomasine suspiró y fue a seguir podando sus caléndulas y a arrancar unos lampazos.

«Menos mal que me conservo ágil», pensó.

Nan volvió a Ingleside más pobre, porque había perdido un sueño. No encontraba ningún placer en la vaguada rebosante de margaritas... El agua la llamaba en vano con su canto. Quería llegar a casa y encerrarse donde nadie la viera. Se cruzó con dos chicas que se rieron al pasar a su lado. ¿Se burlaban de ella? ¡Cuánto se reirían todos si supieran! La tonta de Nan Blythe había tejido una telaraña de fantasías románticas sobre una reina pálida, envuelta en el misterio, y en su lugar se había encontrado con la viuda de Poppa y una bolsa de pastillas de menta.

¡Pastillas de menta!

Nan no quería llorar. Las niñas de diez años no lloraban. Pero se había llevado una decepción indescriptible. Algo precioso se había esfumado...

Desvanecido... Una secreta fuente de alegría que, según creía ahora, jamás volvería a ser suya. Cuando llegó a Ingleside, un delicioso olor a galletas con especias invadía la casa, pero Nan no fue a la cocina para que Susan le diera unas cuantas. Apenas tenía apetito a la hora de cenar, y eso que leía la amenaza del aceite de ricino en los ojos de Susan. Ana había notado a Nan muy callada desde que volvió de llevar el paquete a Thomasine Fair... Y Nan se pasaba el día entero cantando literalmente, de la mañana a la noche. ¿Habría sido un esfuerzo excesivo para la niña la caminata, con el calor que hacía?

—¿A qué viene esa cara de angustia, hija? —preguntó Ana, como por casualidad, cuando entró en el dormitorio de las gemelas a última hora de la tarde para llevar unas toallas limpias y encontró a Nan acurrucada en el banco de la ventana, en vez de estar con los demás persiguiendo a los tigres en las junglas ecuatoriales del Valle del Arcoíris.

Nan no tenía intención de contarle a *nadie* lo tonta que había sido. Pero a mamá era como si no fuera necesario contarle nada, porque las propias cosas se lo contaban.

—Ay, mamá, ¿todo en la vida es una decepción?

—No todo, cielo. ¿Quieres contarme qué te ha decepcionado hoy?

—Bueno, mami, Thomasine Fair es... ¡Es *buena*! ¡Y tiene la nariz respingona!

—¿Y por qué te preocupa que tenga la nariz respingona o no? —preguntó Ana con sincero asombro.

Entonces se desveló todo. Ana escuchó como siempre, con gesto serio, rezando para no delatar que se estaba aguantando las carcajadas. Se acordó de cuando era pequeña, en Tejas Verdes. Se acordó del Bosque Encantado y de dos niñas aterrorizadas de sus propias fantasías. Y sabía lo amargo que era perder un sueño.

—No puedes tomarte tan a pecho que las ilusiones se desvanezcan, cariño.

—No lo puedo evitar. —Nan estaba desesperada—. Si pudiera volver a nacer, nunca me imaginaría *nada*. Nunca volveré a imaginarme nada.

—¡No me seas tontina...! No digas eso, tontina mía. Es maravilloso tener imaginación... Pero como cualquier don, tenemos que dominarlo nosotras y no permitir que nos domine. Te tomas tus fantasías un poquito demasiado en serio. ¡Es delicioso...! Yo conozco ese arrebato. Pero tienes que aprender a quedarte a este lado de la frontera entre lo que es real y lo que no. *Entonces*, el poder de refugiarte en un mundo propio y maravilloso cuando lo necesites te ayudará muchísimo a sortear las dificultades de la vida. Yo siempre resuelvo mejor un problema después de hacer un viaje a las Islas Encantadas.

Nan sintió que recuperaba el amor propio con estas palabras de consuelo y sabiduría. A mamá en el fondo no le parecía una tontería. Y era indudable que en algún lugar del mundo había una hermosa y malvada Dama de los Ojos Misteriosos, aunque no viviera en la CASA TENEBROSA... Que bien pensado tampoco era tan horrible, con sus caléndulas naranjas, su cariñoso gato moteado, sus geranios y el retrato del pobre y querido Poppa. En realidad era una casa muy alegre, y quizá algún día fuese a visitar a Thomasine Fair y a tomar esas galletas tan ricas. Ya no odiaba a Thomasine.

—¡Qué madre tan buena eres! —dijo con un suspiro, en el refugio sagrado de aquellos brazos tan queridos.

El crepúsculo gris cárdeno empezaba a extenderse sobre el cerro. La noche estival se oscurecía alrededor de Ingleside: una noche de terciopelo y susurros. Una estrella asomó por encima del manzano. Cuando llegó la señora de Marshall Elliott y mamá tuvo que bajar, Nan volvía a estar contenta. Su madre le había dicho que pensaba empapelar el dormitorio con un papel amarillo precioso, de botones de oro, y comprar un arcón de cedro para que ella y Di guardaran sus cosas. Solo que no sería un simple arcón de cedro. Sería un cofre del tesoro encantado y no se podría abrir sin pronunciar ciertas palabras mágicas. Una palabra quizá podría susurrársela la Bruja de la Nieve, la blanca, preciosa y fría Bruja de la Nieve. El viento tal vez le revelara otra al pasar a su lado: un viento triste, quejumbroso y gris. Tarde o temprano encontraría todas las palabras para abrir el cofre y descubrir un opulento tesoro de perlas, rubíes y diamantes. ¿No era «opulento» una palabra bonita?

Ah, la magia no se había esfumado. El mundo seguía estando lleno de magia.

Capítulo XXXVII

—¿Puedo ser tu mejor amiga este año? —preguntó Delilah Green esa tarde, en el recreo.

Delilah tenía los ojos azul oscuro muy redondos, unos rizos largos del color del azúcar moreno, la boca sonrosada y menuda, y una voz emocionante, con un leve temblor. Diana Blythe respondió de inmediato al encanto de esa voz.

Todo el mundo en la escuela de Glen sabía que Diana Blythe estaba desesperada por encontrar una amiga. Los dos últimos años no se había separado de Pauline Reese, pero la familia de Pauline se había mudado y Diana se sentía muy sola. Pauline era estupenda. Es cierto que no tenía la misteriosa fascinación de la ya casi olvidada Jenny Penny, pero era una niña práctica, muy divertida y *sensata*. Este último adjetivo era de Susan, el mayor elogio que se permitía hacer. Estaba muy contenta con Pauline como amiga de Diana.

Diana tenía sus dudas. Miró a Delilah y echó luego un vistazo al otro lado del patio, donde estaba Laura Carr, que también era una chica nueva. Laura y Diana habían pasado un rato muy agradable juntas en el recreo de media mañana. Pero Laura era bastante feúcha, con pecas y un pelo estropajoso ingobernable. No tenía ni una pizca de la belleza de Delilah Green y tampoco una chispa de su encanto.

Delilah entendió la mirada de Diana y su rostro cobró una expresión dolida. Sus ojos azules parecían a punto de llenarse de lágrimas.

—Si la quieres a *ella* no puedes quererme *a mí*. Elige —le ordenó Delilah, tendiendo las manos con dramatismo. Su voz resultó más emocionante que nunca: Diana incluso notó un escalofrío en la columna. Tomó las manos tendidas de Delilah y se miraron las dos solemnemente, con la sensación de comprometerse y sellar el pacto. Al menos así fue como lo vivió Diana.

—¿Me querrás *siempre*? —preguntó Delilah, rezumando pasión.

—Siempre —prometió Diana, con la misma pasión.

Delilah pasó un brazo por la cintura de Diana y bajaron juntas al arroyo. Los niños y niñas de cuarto curso supieron que acababa de firmarse una alianza. A Laura Carr se le escapó un pequeño suspiro. Le había caído muy bien Diana Blythe, pero sabía que no estaba en condiciones de competir con Delilah.

—Cuánto me alegra que me dejes quererte —iba diciendo Delilah—. Yo soy muy cariñosa... No puedo evitar querer a la gente. Por favor, sé buena conmigo, Diana. Soy hija de la tristeza. Me maldijeron al nacer. Nadie... *nadie* me quiere.

Delilah consiguió dar a ese «nadie» la carga de largos siglos de soledad y desamor. Diana la abrazó con más fuerza.

—A partir de ahora no tendrás que volver a decir eso, Delilah. Yo siempre te querré.

—¿Hasta el fin del mundo?

—Hasta el fin del mundo —le aseguró Diana. Se besaron, como en un ritual. Dos chicos que estaban en la valla las abuchearon y se burlaron de ellas, pero ¿qué más les daba a ellas?

—Te voy a caer mucho mejor que Laura Carr —dijo Delilah—. Ahora que somos tan amigas puedo decir una cosa que ni en *sueños* te habría dicho si la hubieras elegido a ella. *Es una mentirosa.* Mentirosa a más no poder. Cuando te tiene delante hace como que es tu amiga, pero en cuanto vuelves la espalda se ríe de ti y dice cosas *horribles*. Me lo ha contado una chica de

Mowbray Narrows que fue a la escuela con ella. Te has librado por los pelos. *Yo* soy muy distinta. No soy de oro falso.

—Seguro que sí. Pero ¿qué significa que eres hija de la tristeza, Delilah?

Delilah agrandó los ojos hasta que cobraron un tamaño descomunal.

—Tengo una *madrastra* —susurró.

—¿Una madrastra?

—Cuando tu madre muere y tu padre se vuelve a casar, su mujer es una madrastra —explicó Delilah con una emoción mucho más profunda en la voz—. Ahora lo sabes todo, Diana. ¡No te imaginas cómo me trata! Pero nunca me quejo. Sufro en silencio.

De ser cierto que Delilah sufría en silencio, cabía preguntarse de dónde sacaba Diana toda la información que compartió con su familia a lo largo de las semanas siguientes. Estaba profundamente conmovida por la perseguida y atribulada Delilah, que le inspiraba una compasión y una adoración sin límites, y tenía que hablar de ella a todo el que se prestara a escucharla.

—Supongo que esta nueva fascinación se agotará a su debido tiempo —dijo Ana—. ¿Quién es Delilah, Susan? No quiero que mis hijos sean esnobs, pero después de la experiencia con Jenny Penny…

—Los Green son una familia muy respetable, querida señora del doctor. Son muy conocidos en Lowbridge. Se han instalado en la antigua casa de los Hunter este verano. La señora Green es la segunda mujer del padre, y tiene dos hijos propios. No sé mucho de ella, pero parece una mujer tranquila, amable y de trato fácil. Me cuesta creer que trate a Delilah como dice Di.

—No des demasiada credibilidad a todo lo que te cuente Delilah —le advirtió Ana a su hija—. Puede que tenga tendencia a exagerar un poco. Acuérdate de Jenny Penny…

—Mamá, Delilah no se parece en nada a Jenny Penny —protestó Di, indignada—. Ni una gota. Es *escrupulosamente* sincera. Si la vieras, mamá, sabrías que no puede contar una mentira. En casa todos se meten con ella porque es muy *diferente*. Y tiene un carácter de lo más cariñoso. Le han hecho la vida imposible desde que nació. Su madrastra la *odia*. Me rompe el corazón cuando me cuenta lo mucho que sufre. Fíjate, mamá, que ni siquiera le dan de comer suficiente, de verdad que no. Nunca sabe lo que es no tener hambre. Montones de veces la mandan a la cama sin cenar y se queda dormida llorando. *¿Tú* has llorado de hambre alguna vez, mamá?

—Bastantes veces.

Diana se quedó pasmada, sin viento alguno en las alas de su pregunta retórica.

—Yo pasé hambre a menudo antes de llegar a Tejas Verdes: en el orfanato... y antes. No me gusta hablar de esa época.

—Bueno, entonces comprenderás a Delilah —dijo Di, sobreponiéndose a su perplejidad—. Cuando tiene *mucha* hambre, se sienta y se imagina cosas que comer. ¡Fíjate: imaginando cosas de comer!

—Bastante os imagináis ya Nan y tú —dijo Ana. Pero Di no escuchaba.

—Su sufrimiento no es solo físico, sino *espiritual*. ¡Hasta quiere ser misionera, mamá! Consagrar su vida... Y todos *se ríen de ella*.

—Eso es muy cruel —reconoció Ana. Pero había en su tono algo que levantó las sospechas de Di.

—Mamá, ¿por qué eres tan escéptica? —preguntó con reproche.

—Por segunda vez —dijo Ana, sonriendo— tengo que pedirte que te acuerdes de Jenny Penny. A ella también la creías.

—Entonces era *pequeña* y era muy fácil engañarme —contestó Diana con aire majestuoso. Tenía la sensación de que su madre no era tan comprensiva y compasiva como de costumbre en el caso de Delilah Green. A partir de este día, Diana solo hablaba de Delilah con Susan, porque Nan se limitaba a asentir con la cabeza cuando oía pronunciar el nombre de Delilah. «Está celosa», pensaba Diana con tristeza.

Tampoco es que Susan demostrara demasiada compasión. Pero Diana necesitaba hablar con alguien de Delilah y el tonillo burlón de Susan no le dolía tanto como el de su madre. De Susan no esperaba que lo entendiera todo. Mamá en cambio había sido una niña que... Mamá había querido mucho a la tía Diana... Mamá tenía un corazón muy tierno. ¿Cómo era posible que la dejase tan fría lo mal que trataban a la pobre Delilah?

«A lo mejor también está un poco celosa al ver que quiero tanto a Delilah —pensó Diana con sabiduría—. Dicen que las madres se vuelven así: muy *posesivas*».

—Me hierve la sangre saber cómo trata a Delilah su madrastra —le dijo a Susan—. La tiene *martirizada*, Susan. Nunca le dan más que unas pocas gachas para desayunar y cenar: poquísimas. Y no le dejan ponerse azúcar en las gachas. Yo he dejado de ponerme azúcar en las gachas, Susan, para no sentirme culpable.

—¡Ah, es por eso! Bueno, el azúcar ha subido un centavo, conque mejor así.

Diana se prometió no volver a contarle a Susan nada más de Delilah, pero al día siguiente por la tarde su indignación era tal que no pudo contenerse.

—Susan, anoche a Delilah su madrastra la persiguió con un *hervidor de té al rojo vivo*. Imagínatelo, Susan. Por supuesto Delilah dice que no lo hace muy a menudo: solo cuando está *muy desquiciada*. Normalmente solo la encierra en un desván oscuro... Un desván *embrujado*. ¡La de fantasmas que ha visto la pobrecilla, Susan! Eso no puede ser bueno para la salud. La última vez que su madrastra la encerró en el desván vio una cosa *rarísima*: un personaje negro, muy pequeño, sentado delante de la rueca, *tarareando*.

—¿Cómo era? —preguntó Susan muy seria. Empezaba a disfrutar con las tribulaciones de Delilah y las cursivas de Di, y luego se reía en secreto con la señora del doctor.

—No lo sé... Solo un *personaje*. La llevó al borde del suicidio. Tengo mucho miedo de que aún pueda empujarla a hacer eso. Ya sabes, Susan, que Delilah tenía un tío que se suicidó *dos veces*.

—¿No le bastó con una? —preguntó Susan, sin piedad.

Di se marchó refunfuñando, pero al día siguiente tuvo que volver con otra historia desgarradora.

—Delilah nunca ha tenido una muñeca, Susan. Le hacía mucha ilusión encontrar una en su calcetín las últimas Navidades. ¿Y qué crees que encontró en vez de una muñeca? ¡Una *vara*! Le dan una paliza casi a diario. ¡Una paliza, Susan, pobrecilla!

—A mí me dieron varias de pequeña y aquí me tienes —dijo Susan, que habría sido capaz de cualquier cosa si alguien se hubiera atrevido a levantarle la mano a alguno de los niños de Ingleside.

—Cuando le hablé a Delilah de nuestros árboles de Navidad, se echó a llorar, Susan. Ella nunca ha tenido un árbol de Navidad. Pero está empeñada en que este año lo va a tener. Ha encontrado una sombrilla vieja, solo con las varas, y piensa ponerla en un cubo y decorarla como un árbol de Navidad. ¿No te parece *muy triste*, Susan?

—¿No hay píceas a montones por todas partes? La parte de atrás de su casa se ha convertido prácticamente en un bosque en los últimos años —dijo Susan—. Me gustaría que a esa niña le hubieran puesto cualquier otro nombre que no fuera Delilah. ¡Qué nombre para una niña cristiana!

—Pues es bíblico, Susan. Delilah está muy orgullosa de tener un nombre bíblico. Hoy en clase, Susan, le he contado que mañana íbamos a cenar pollo y me ha dicho... ¿Tú qué crees que me ha dicho, Susan?

—No creo que pudiera adivinarlo nunca —dijo Susan con mucho énfasis—. Y tú no deberías hablar en clase.

—No hablamos. Delilah dice que no podemos incumplir las normas. Es muy estricta para esas cosas. Nos escribimos cartas en la pizarra y las intercambiamos. Bueno, pues Delilah me dijo: «¿Podrías traerme un hueso, Diana?». Se me llenaron los ojos de lágrimas. Voy a llevarle un hueso... Con mucha carne. *Necesita* alimentarse bien. Trabaja como una esclava... Como una esclava, Susan. Tiene que hacer todas las tareas domésticas... Bueno, casi todas. Y si no las hace bien *le dan una paliza*... o la mandan a comer *con los criados*.

—Los Green solo tienen a un chiquillo francés que los ayuda en la granja.

—Pues tiene que comer con él. Y el chico se sienta a comer en calcetines y en mangas de camisa. Delilah dice que esas cosas ya le dan igual, ahora que me tiene a mí para quererla. No tiene a nadie que la quiera, Susan: solo a mí.

—¡Tremendo! —exclamó Susan con una expresión de profunda seriedad.

—Delilah dice que si tuviera un millón de dólares me lo daría todo, Susan. Yo no lo aceptaría de ninguna manera, pero eso demuestra que tiene muy buen corazón.

—Tan fácil es dar un millón como cien, cuando no tienes ni lo uno ni lo otro —fue todo lo más que Susan se atrevió a decir.

Capítulo XXXVIII

Diana estaba eufórica. Al final, su madre no estaba celosa... Su madre no era posesiva... Su madre era comprensiva.

Los padres de Diana iban a pasar el fin de semana en Avonlea, y mamá le había dicho que podía invitar a Delilah Green a pasar la noche del sábado y el día del domingo en Ingleside.

—Vi a Delilah en el pícnic de catequesis —le dijo Ana a Susan—. Es muy guapa, parece una señora en miniatura... Aunque seguro que exagera. Es posible que su madrastra sea algo dura con ella... Y dicen que su padre es bastante agrio y estricto. Probablemente tiene motivos de queja y le gusta dramatizar un poco para despertar simpatía.

Susan tenía sus dudas.

«Al menos todo el que viva en casa de Laura Green será una persona limpia», pensó. Las liendreras no contaban en este caso.

Diana había pensado muchos planes para que Delilah se divirtiera.

—¿Podemos comer pollo asado, Susan..., con montones de guarnición? Y *empanada*. No sabes la cantidad de tiempo que la pobre niña lleva queriendo probarla. En su casa nunca hacen empanada... Su madrastra es muy tacaña.

Susan se portó muy bien. Jem y Nan también se habían ido a Avonlea y Walter estaba con Kenneth Ford en Cuatro Vientos. No había nada que pudiera estropear la visita de Delilah y lo cierto es que todo iba como la seda. La invitada llegó el sábado por la mañana muy arreglada, con un vestido de muselina rosa... Al menos la madrastra la tenía bien provista en cuestión de ropa. Y, tal como Susan vio al instante, llevaba las orejas y las uñas impecables.

—Este es el mejor día de mi vida —le dijo a Diana con aire solemne—. ¡Madre mía, qué casa tan magnífica! ¡Y ahí están los perros de porcelana! ¡Son una maravilla!

Todo era una maravilla. Delilah acabó desgastando la palabra de tanto decirla. Ayudó a Diana a poner la mesa y eligió la cestita de cristal con arvejillas rosas para ponerla en el centro.

—Ay, no te imaginas cuánto me gusta hacer algo solo porque me apetece —le dijo a Diana—. ¿Hay algo más que pueda hacer, *por favor*?

—Puedes cascar las nueces para la tarta que voy a preparar esta tarde —dijo Susan, que empezaba a sucumbir al hechizo de la voz y la belleza de Delilah. Quizá fuera verdad que Laura Green era una salvaje. Uno no siempre podía fiarse de las apariencias en público. Le sirvió a Delilah un plato enorme de pollo con guarnición y salsa, y le dio un segundo trozo de empanada sin que la niña lo insinuara siquiera.

—Muchas veces me he imaginado cómo sería comer todo lo que quisiera por una vez. Es una sensación maravillosa —le dijo a Diana cuando se retiraron de la mesa.

Pasaron una tarde muy alegre. Susan le había dado a Diana una caja de caramelos y Diana los compartió con Delilah. A Delilah le encantó una de las muñecas de Di y Di se la regaló. Limpiaron el arriate de pensamientos y arrancaron algunos dientes de león descarriados que habían invadido el césped. Ayudaron a Susan a abrillantar la plata y también a preparar la cena. Delilah era una niña tan ordenada y eficaz que Susan capituló definitivamente. Solo dos incidentes deslucieron la tarde: Delilah se las ingenió para mancharse el vestido de tinta y perdió su collar de perlas, pero Susan consiguió eliminar la mancha de tinta —y de paso algo del color del tejido— con sales de limón, y Delilah dijo que el collar no tenía importancia. *Nada* tenía importancia, porque estaba en Ingleside con su queridísima Diana.

—¿No vamos a dormir en la cama de la habitación de invitados? —preguntó Diana cuando llegó la hora de acostarse—. Siempre alojamos ahí a las visitas, Susan.

—Es que tu tía Diana viene mañana con tus padres —dijo Susan—. La habitación ya está preparada para ella. Además, en tu cama puedes dormir con el Canijo, pero en la habitación de invitados no.

—¡Madre mía, qué bien huelen tus sábanas! —dijo Delilah cuando se acurrucaron.

—Susan las hierve siempre con raíz de iris —explicó Diana.

Delilah suspiró.

—No sé si eres consciente de la suerte que tienes, Diana. Si yo viviera en un hogar como el tuyo... Pero, bueno, es mi destino en este mundo. Tengo que soportarlo.

Susan, cuando hizo la ronda nocturna por toda la casa antes de retirarse, entró a decirles que dejaran de cotorrear y se durmieran. Y les dio dos bollitos de sirope de arce por cabeza.

—Nunca podré olvidar su amabilidad, señorita Baker —dijo Delilah, con la voz temblando de emoción. Susan se fue a la cama pensando que en la vida había visto una niña más encantadora y mejor educada. Ciertamente había juzgado mal a Delilah Green. Aunque en ese momento no se le ocurrió pensar que, para ser una niña que nunca comía lo suficiente, Delilah Green tenía los huesos muy bien cubiertos.

Delilah se fue a casa el domingo por la tarde, y mamá y papá llegaron por la noche con la tía Diana. Fue el lunes cuando el rayo proverbial cayó del cielo. Cuando volvió a clase después de comer, Diana oyó que la nombraban al entrar por la puerta de la escuela. Delilah Green era el centro de un grupo de niñas curiosas.

—Ingleside me ha decepcionado mucho. Después de tanto oír a Di presumir de su casa me esperaba una *mansión*. Es bastante grande, sí, pero algunos muebles están muy raídos. Y las sillas necesitan tapizarse *con urgencia*.

—¿Has visto los perros de porcelana? —preguntó Bessy Palmer.

—No son nada del otro mundo. Ni siquiera tienen pelo. Nada más verlos le dije a Diana que me había llevado una desilusión.

Diana estaba «clavada en el suelo»... O al menos en el umbral de la puerta. No pensó en que estaba escuchando a escondidas... Simplemente se había quedado petrificada y boquiabierta.

—Me da pena Diana —añadió Delilah—. Es escandaloso cómo se desentienden sus padres de su familia. Su madre es una frívola. Es increíble que se marche y deje a sus hijos al cuidado de Susan, que es tan mayor... Y está medio chiflada. Al final acabará dejándolos en el asilo de pobres. Si vierais el derroche que se hace en esa cocina no os lo podríais creer. La señora Blythe no cocina siquiera cuando está en casa, porque es demasiado atolondrada y perezosa, así que Susan lo hace todo a su manera. Quería darnos de comer *en la cocina*, y tuve que decirle: «¿Soy una invitada o no soy una invitada?». Y me soltó que como le faltase al respeto me encerraba en el armario. Le dije: «No se atreverá», y no se atrevió. «A los niños de Ingleside podrá mangonearlos, Susan Baker, pero *a mí* no», eso le dije. Os aseguro que le paré los pies muy bien a esa Susan. Y yo no le daría a Rilla sirope relajante. «¿No sabe que es veneno para los niños?», tuve que decirle.

»Luego en las comidas me lo hizo pagar. ¡Qué raciones tan pequeñas! Había pollo y a mí solo me dio el trasero, y nadie me preguntó siquiera si quería repetir empanada. Aunque es verdad que Susan me habría dejado dormir en la habitación de invitados, pero Di dijo que ni hablar..., por pura maldad. Es muy celosa. De todos modos, me da pena. Me ha contado que Nan la pellizca *cosa mala*. Tiene los brazos llenos de cardenales. Dormimos en su dormitorio y pasamos la noche con un gato sarnoso y en celo a los pies de la cama. No era nada *higiénico*, y tuve que decírselo a Di. Y mi collar de perlas *desapareció*. No quiero decir ni mucho menos que Susan me lo quitara. Creo que es *honrada*... Pero fue raro. Y Shirley me tiró encima un frasco de tinta. Me destrozó el vestido, pero no me importa. Mamá tendrá que comprarme uno nuevo. Bueno, a pesar de todo, hice el esfuerzo de arrancar todos los dientes de león del césped y abrillantar la plata. Tendríais que haberla visto. No sé yo si la habían limpiado *alguna vez*. La verdad es que Susan se lo toma todo con mucha calma cuando la señora no está en casa. Le di a entender que la había calado. «¿Por qué no friega siquiera la cazuela de las patatas, Susan?», le pregunté. ¡Si hubierais visto la cara que puso! Mirad mi sortija nueva, chicas. Me la ha regalado un chico de Lowbridge.

—Esa sortija se la he visto yo muchas veces a Diana Blythe —dijo Peggy MacAllister con desprecio.

—Y no me creo ni una sola palabra de lo que has contado de Ingleside, Delilah Green —dijo Laura Carr.

Antes de que Delilah pudiera contestar, Diana, que había recuperado el habla y la capacidad locomotriz, entró en el vestíbulo como un huracán.

—¡Judas! —vociferó. Luego se arrepintió y pensó que eso no era muy propio de una señorita. Pero estaba dolida en el alma y cuando las emociones se desbordan una no puede pararse a elegir las palabras.

—¡Yo no soy Judas! —murmuró Delilah, colorada, probablemente por primera vez en la vida.

—¡Sí que lo eres! ¡No hay en ti ni una pizca de sinceridad! ¡No vuelvas a dirigirme la palabra mientras vivas!

Diana salió corriendo y se fue a casa. No podía quedarse en la escuela esa tarde... ¡No podía! La puerta de Ingleside se cerró con un golpe más fuerte que nunca.

—¡Cariño! ¿Qué pasa? —preguntó Ana, viendo interrumpida su conferencia con Susan en la cocina por una niña que venía llorando y desesperada por recibir el consuelo materno.

Di contó toda la historia algo deslavazada y entre sollozos.

—Me han herido en *lo más profundo*, mamá. ¡Nunca volveré a creer en nadie!

—Hija, no todas tus amigas serán así. Pauline no lo era.

—Ya es la *segunda* vez —señaló Diana con amargura, dolida todavía por la sensación de traición y pérdida—. No habrá una tercera.

—Es muy triste que Di haya perdido la fe en la humanidad —dijo Ana con mucho pesar cuando la niña ya había subido a su cuarto—. Esto es una auténtica tragedia para ella. Ha tenido mala suerte con algunas amigas. Primero Jenny Penny... y ahora Delilah Green. El problema es que siempre se siente atraída por las niñas que cuentan cosas interesantes. Y la posición de víctima de Delilah era muy atractiva.

—Si me lo pregunta a mí, querida señora del doctor, esa niña es una caradura redomada —dijo Susan, mucho más implacable en su veredicto por haberse dejado engañar tan a fondo con los ojos y las artimañas de Delilah—. ¡Mira que llamar sarnoso a nuestro gato! Y no digo yo que no haya gatos en celo, pero las niñas no deberían hablar de esas cosas. Yo no soy amante de los gatos, pero el Canijo tiene siete años y se merece un mínimo *respeto*. Y lo de mi cazuela de las patatas...

Pero Susan no fue capaz de expresar lo que sentía por su cazuela.

En su cuarto, Di estaba pensando que quizá aún no fuera demasiado tarde para ser la «mejor amiga» de Laura Carr. Laura era *sincera*, aunque no fuese muy emocionante. Di suspiró. La vida había perdido algo de color al desvanecerse la fe en el triste destino de Delilah.

Capítulo XXXIX

Un fuerte viento de levante rugía alrededor de Ingleside como una vieja gruñona. Era uno de esos días frescos y lluviosos de finales de agosto que te quitan el ánimo, uno de esos días en los que todo sale mal... Lo que en los tiempos de Avonlea se llamaba «un día de perros». El cachorrito que Gilbert había traído a casa para los niños mordisqueó el barniz de la pata de la mesa del comedor... Susan descubrió que las polillas se habían dado un festín en el armario de las mantas... El nuevo gatito de Nan destrozó el helecho más bonito... Jem y Bertie Shakespeare se pasaron toda la tarde haciendo un ruido espantoso en el desván, tocando el tambor con unos cubos de latón... La propia Ana rompió la pantalla de una lámpara, de cristal pintado. ¡Lo curioso es que le sentó muy bien oír cómo se hacía pedazos! A Rilla le dolían los oídos y Shirley tenía un misterioso sarpullido en el cuello que a Ana le preocupaba, mientras que Gilbert lo había mirado solo por encima y había dicho con aire distraído que no creía que tuviera importancia. ¡Cómo iba a tener importancia para él! ¡Shirley solo era su hijo! Y tampoco tenía importancia que la semana pasada hubiera invitado a los Trent y no se acordara de decírselo a Ana hasta que aparecieron a la hora de cenar. Resultó que Susan y Ana habían tenido un día de lo más ajetreado y decidieron cenar «de picoteo». ¡Y la señora Trent tenía fama de ser la anfitriona más elegante de Charlottetown! ¿Dónde estaban los calcetines de Walter: los negros por arriba, con los dedos azules? «¿Tú crees, Walter, que serías capaz de dejar una cosa en su sitio, al menos *una sola vez*? Nan, no sé dónde están los siete mares. ¡Por favor, deja de hacer preguntas! ¡No me extraña que envenenaran a Sócrates! No les quedó otra».

Walter y Nan se miraron boquiabiertos. Nunca habían oído a su madre hablar así. La cara de Walter molestó a Ana todavía más.

—Diana, ¿hace falta recordarte a todas horas que no abraces el taburete del piano con las piernas? Shirley, ¡has dejado la revista nueva pringada de mermelada! ¡A lo mejor alguien tiene la amabilidad de decirme dónde han ido a parar los prismas de la lámpara del techo!

Nadie pudo decírselo (Susan los había descolgado para lavarlos) y Ana se largó escaleras arriba para no ver los ojos tristes de sus hijos. En su habitación se puso a dar vueltas, desquiciada. *¿Qué* le pasaba? ¿Se estaba convirtiendo en una quejica que no tenía paciencia con nadie? Últimamente todo le molestaba. Una pequeña manía de Gilbert a la que nunca había prestado importancia ahora le ponía los nervios de punta. Estaba harta y agotada de no parar nunca, de obligaciones monótonas... Harta y cansada de satisfacer los caprichos de su familia. Antes todo lo que hacía por su casa y su familia era un placer para ella. Ahora tenía la sensación de que le daba igual. Se sentía continuamente como atrapada en una pesadilla con grilletes en los pies, intentando alcanzar a alguien.

Lo peor de todo era que Gilbert nunca notaba ningún cambio en ella. Estaba ocupado día y noche y no parecía interesarse por nada que no fuera su trabajo. Ese día, en la cena, solamente había abierto la boca para decir: «Pásame la mostaza, por favor».

«Bueno, *puedo* hablar con las sillas y la mesa, por supuesto —pensó Ana con resentimiento—. Estamos empezando a ser solo una *costumbre* el uno para el otro... Nada más. Anoche ni siquiera se fijó en que llevaba un vestido nuevo. Y hace tanto tiempo que no me llama "mi niña" que ya ni me acuerdo de cuándo fue la última vez. En fin, supongo que todos los matrimonios a la larga acaban igual. Seguro que a la mayoría de las mujeres les pasa lo mismo. Gilbert me da por sentada. Ahora su trabajo es lo único importante para él. *¿Dónde* está mi pañuelo?».

Ana encontró su pañuelo y se sentó en una butaca a torturarse bien a gusto. Gilbert ya no la quería. Cuando la besaba siempre estaba distraído... La besaba «por costumbre». Todo el encanto se había esfumado. Las anécdotas de las que antes se reían juntos ahora eran un recuerdo trágico. ¿Cómo había podido encontrarlas divertidas alguna vez? Que Monty Turner besaba a su mujer sistemáticamente una vez a la semana: lo anotaba en la agenda para acordarse. *(«Qué mujer puede querer esos besos»).* Que Curtis Ames un día vio a su mujer con un gorrito nuevo y no la reconoció. Que la señora de Clancy Dare había dicho: «No es que quiera muchísimo a mi marido, pero lo echaría de menos si no estuviera». *(«¡Supongo que Gilbert me echaría de menos si no estuviera! ¿A eso hemos llegado?»).* Que Nat Elliott le había dicho a su mujer, después de diez años de matrimonio: «Por si quieres saberlo, estoy cansado de estar casado». *(«¡Y nosotros llevamos quince años casados!»).* Bueno, a lo mejor todos los hombres eran así. La señorita Cornelia seguramente diría que sí. Al cabo de un tiempo no se dejaban manejar fácilmente. *(«Yo no quiero tener que "manejar" a mi marido»).* La señora de Theodore Clow, sin embargo, había dicho con orgullo en una reunión de la Asociación de Ayuda: «Llevamos veinte años casados y mi marido me quiere tanto como el día de la boda». Aunque era posible que la señora Clow se engañara o solo pretendiera «guardar las apariencias». Y eso que aparentaba incluso más años de los que tenía. *(«¿Será que empiezo a parecer mayor?»).*

Sentía el peso de los años por primera vez en la vida. Se acercó al espejo y se observó con espíritu crítico. Tenía unas arruguitas muy pequeñas alrededor de los ojos, pero solo se notaban cuando la luz era fuerte. Las líneas de la barbilla aún no se le habían borrado. Siempre había sido pálida. Tenía una buena melena ondulada y sin una sola cana. Pero ¿a alguien de verdad le gustaba el pelo rojo? Su nariz seguía siendo francamente bonita. La acarició con cariño, evocando ciertos momentos de su vida en los que aquella nariz había sido lo único que la ayudaba a seguir adelante. Y Gilbert ahora ni se fijaba en su nariz. Para el caso que le hacía, lo mismo le daría tenerla torcida o chata. Seguramente incluso se había olvidado de que *tenía* nariz. Como decía la señora Dare, quizá si no estuviera la echaría de menos.

«Bueno, tengo que ocuparme de Rilla y Shirley —pensó, muy abatida—. Al menos *ellos* todavía me necesitan, pobrecitos. ¿Por qué me he puesto tan irascible? Supongo que ahora estarán diciendo a mis espaldas: "¡Qué cascarrabias se está volviendo la pobre mamá!"».

No paraba de llover y el viento no paraba de gemir. La fanfarria de los cubos en el desván había terminado, pero el canto incesante de un grillo solitario en el cuarto de estar estaba a punto de volverla loca. Recibió dos cartas con el correo de la mañana. Una era de Marilla... Pero Ana la dobló con un suspiro. La letra de Marilla era cada vez más temblorosa y frágil. La otra carta era de la señora de Barrett Fowler, de Charlottetown, a la que Ana conocía muy poco. Y la señora en cuestión quería que el doctor Blythe y su señora cenaran con ella el próximo martes, a las siete, «para que puedan reunirse con su antigua amiga, la señora de Andrew Dawson, de Winnipeg, *de soltera* Christine Stuart».

Ana dejó caer la carta al suelo. La invadió una oleada de recuerdos..., algunos decididamente desagradables. Christine Stuart, de Redmond... La chica de quien la gente decía que estaba prometida con Gilbert... La chica de la que Ana había tenido unos celos tremendos... Sí, ahora lo reconocía, al cabo de veinte años... Había tenido celos... Había odiado a Christine Stuart. Llevaba años sin pensar en Christine pero la recordaba perfectamente. Alta, con la piel de marfil, los ojos de un azul oscuro y el pelo negro azulado. Y cierta elegancia. Aunque con la nariz muy larga... Sí, definitivamente larga. Guapa: sí, no se podía negar que Christine era muy guapa. Recordaba haber oído, hacía muchos años, que Christine se había «casado bien» y vivía en el oeste.

Gilbert vino a cenar a toda prisa —había epidemia de varicela en Upper Glen— y Ana le pasó la carta de la señora Fowler sin decir nada.

—¡Christine Stuart! Claro que iremos. Me gustará verla y recordar viejos tiempos —dijo, con una admiración que no había demostrado en muchas semanas—. La pobre chica lo ha pasado mal. Como sabes, perdió a su marido hace cuatro años.

Ana no lo sabía. ¿Y cómo se había enterado Gilbert? ¿Por qué no se lo había contado? ¿No se acordaba de que el próximo martes era *su* aniversario de boda? Una fecha en la que nunca aceptaban invitaciones y que celebraban con una fiestecita privada. Pues *ella* no iba a recordárselo. Le dejaría que viese a su Christine si eso era lo que quería. ¿Qué enigmática insinuación le había hecho una chica de Redmond una vez?: «Entre Gilbert y Christine había mucho más de lo que tú llegaste a saber, Ana». En su día se echó a reír: Claire Hallett era muy rencorosa. Pero quizá lo dijo por algún motivo. Ana recordó de repente, con un ligero escalofrío, que poco después de casarse había encontrado una foto pequeña de Christine dentro de un libro de bolsillo de Gilbert. Gilbert no le dio ninguna importancia: dijo que alguna vez se había preguntado qué habría sido de aquella foto antigua. Pero... ¿sería una de esas cosas sin importancia que revelan cosas de una importancia decisiva? ¿Era posible que... Gilbert siempre hubiera querido a Christine? ¿Había sido ella, Ana, el segundo plato? ¿El premio de consolación?

«Por supuesto que no estoy... celosa», pensó, intentando reírse. ¡Qué ideas tan absurdas! ¿No era lo más natural que a Gilbert le resultara agradable reencontrarse con una antigua amiga de Redmond? ¿No era lo más natural que un hombre atareado que llevaba quince años casado se olvidara de las horas, las estaciones, los días y los meses? Ana escribió a la señora Fowler para decirle que aceptaban la invitación..., y luego se pasó los tres días que faltaban para el martes deseando desesperadamente que alguna madre se pusiera de parto en Upper Glen el martes por la tarde a eso de las cinco y media.

Capítulo XL

El esperado bebé llegó demasiado pronto. Avisaron a Gilbert el lunes a las nueve de la noche. Ana se durmió llorando y se despertó a las tres. Antes le parecía delicioso despertarse de madrugada... Contemplar desde la cama la preciosa envoltura de la noche... Oír la respiración sosegada de Gilbert a su lado... Pensar en los niños, al otro lado del rellano, y en el hermoso día que se acercaba. ¡Y ahora! Seguía despierta cuando el amanecer verdoso y claro como la fluorita asomó por el cielo, a levante, y Gilbert por fin llegó a casa. «Gemelos», dijo con la voz hueca mientras se desplomaba en la cama, y en cuestión de segundos ya estaba dormido. ¡Vaya, gemelos! Es el amanecer del decimoquinto aniversario de tu boda y lo único que dice tu marido es: «Gemelos». Ni siquiera se acordaba del aniversario.

No dio muestras de acordarse tampoco cuando bajó a las once. Era la primera vez que no lo recordaba; la primera vez que no tenía un regalo para Ana. Muy bien, él tampoco recibiría ningún regalo. Ana lo tenía preparado desde hacía semanas... Una navaja de bolsillo con el mango de plata, la fecha en un lado y las iniciales de Gilbert en el otro. Y él por supuesto tendría que darle un centavo a cambio, para que la navaja no cortara su amor, según la superstición. Pero Gilbert se había olvidado, así que ella también se olvidaría, en venganza.

Gilbert pasó el día como si estuviera aturdido. Apenas habló con nadie y se dedicó a dar vueltas por la biblioteca. ¿Estaría distraído con la fascinante perspectiva de ver a Christine? Tal vez la hubiera añorado todos estos años en lo más profundo de sus pensamientos. Ana sabía que esta idea era de todo punto irrazonable, pero ¿cuándo habían sido los celos razonables? Era inútil tratar de tomárselo con filosofía. La filosofía no tenía ningún efecto en su estado de ánimo.

Se irían a la ciudad en el tren de las cinco.

—¿Podemoz ver cómo te viztez, mami? —preguntó Rilla.

—Lo que tú quieras... —dijo Ana. Y se irguió bruscamente. ¡Pero bueno, si le temblaba la voz!—. Pasa, cariño —añadió con arrepentimiento.

No había mayor placer para Rilla que observar a su madre mientras se arreglaba. Pero incluso Rilla se dio cuenta de que esa noche mami no estaba disfrutando mucho.

Ana se tomó su tiempo para decidir qué vestido llevar. ¡Como si tuviera importancia lo que se pusiera!, pensó con amargura. Gilbert ahora nunca se fijaba. Y el espejo ya no era amigo suyo: se veía pálida, cansada y... *no deseada*. Pero no podía presentarse ante Christine con un aire demasiado campesino y *passé*. *(«No quiero su compasión»).* ¿El de gasa verde manzana con el forro de capullos de rosa? ¿O el de seda color crema con chaqueta Eton de encaje Cluny? Se probó los dos y se decidió por el de gasa. Se hizo varios peinados y llegó a la conclusión de que el nuevo estilo *pompadour*, muy alto en la frente y suelto por detrás, resultaba muy favorecedor.

—Ay, mami, eztáz guapízima —murmuró Rilla con unos ojos llenos de admiración.

Bueno, se supone que los niños y los locos siempre dicen la verdad. ¿No le había dicho un día Rebecca Dew que era «relativamente guapa»? Y Gilbert antes le hacía cumplidos, pero ¿cuántos meses llevaba sin hacérselos? Ana no recordaba ni uno solo.

Gilbert pasó por allí camino del vestidor sin decir palabra sobre el vestido nuevo. Ana se sintió arder de rabia y luego se quitó el vestido de malos modos y lo tiró encima de la cama. Se pondría el negro viejo: un vestido insulso que en los círculos de Cuatro Vientos se consideraba «elegantísimo» pero que a Gilbert nunca le había gustado. ¿Qué le sentaría bien en el cuello? Las perlas de Jem, que a pesar de haberlas cuidado como un tesoro tenían ya un par de años y estaban algo estropeadas. En realidad no tenía un collar decente. Bueno... Sacó la cajita donde guardaba el corazón de esmalte rosa que Gilbert le había regalado en Redmond. Últimamente se lo ponía muy poco... Al fin y al cabo el rosa no quedaba bien con el pelo rojo... Pero se lo pondría esta noche. ¿Se fijaría Gilbert? Ya estaba lista. ¿Y Gilbert? ¿Por qué tardaba tanto? ¡Ah, seguro que se estaba afeitando a conciencia! Ana llamó a la puerta con unos golpes fuertes.

—Gilbert, vamos a perder el tren como no te des prisa.

—Lo has dicho como una maestrilla —dijo Gilbert, que salía en ese momento—. ¿Te pasa algo en los metatarsos?

¡Vaya, era capaz de gastar una broma! Ana no quería pensar lo bien que le sentaba el frac. En realidad, las modas modernas en cuestión de indumentaria masculina eran ridículas. No tenían ningún encanto. Qué maravillosos debieron de ser los «holgados tiempos de la Gran Isabel», cuando los hombres podían llevar jubones de raso blanco, capas de terciopelo rojo y gorgueras de encaje. Y no eran afeminados. Eran hombres formidables y los más aventureros que el mundo ha conocido.

—Venga, vamos, ya que tienes tanta prisa —añadió Gilbert con aire distraído. Ahora siempre estaba distraído cuando hablaba con ella..., como si fuera un mueble... ¡Sí, un mueble!

Jem los llevó a la estación en la calesa. Susan y la señorita Cornelia —que había venido a preguntarle a Susan si contaban con ella, como siempre, para hacer las patatas gratinadas para la cena de la parroquia— los miraron con admiración.

—Ana se conserva muy bien —señaló la señorita Cornelia.

—Sí —asintió Susan—, aunque estas últimas semanas a veces he pensado que necesita estimular un poco el hígado. Pero no ha perdido sus encantos. Y el doctor Blythe sigue teniendo el mismo vientre plano de siempre.

—Una pareja ideal —sentenció la señorita Cornelia.

La pareja ideal no dijo nada especialmente agradable en el trayecto hasta la ciudad. ¡Saltaba a la vista que Gilbert estaba muy emocionado ante la perspectiva de ver a su antiguo amor hablando con su mujer! Ana estornudó. Empezaba a notar la congestión de un resfriado. ¡Sería horroroso pasarse la cena sorbiendo por la nariz delante de la señora de Andrew Dawson, *de soltera* Christine Stuart! Le escocía una parte del labio: probablemente le estaba saliendo una calentura espantosa. ¿Había estornudado Julieta alguna vez? ¿Quién podía imaginarse a Portia con sabañones? ¿O a Helena la argiva con un ataque de hipo? ¿O a Cleopatra con callos?

Al bajar las escaleras de la residencia de Barrett Fowler, Ana tropezó con la cabeza del oso de la alfombra del vestíbulo y entró tambaleándose por la puerta de lo que la anfitriona llamaba su salón, sorteando una jungla de muebles y adornos, y acabó aterrizando en el sofá chéster, afortunadamente bien erguida. Llena de horror, buscó a Christine con la mirada y se acordó entonces, dando gracias, de que aún no había hecho acto de presencia. Habría sido abominable que estuviera allí sentada, ¡disfrutando con la entrada de borracha que acababa de hacer la mujer de Gilbert Blythe! Gilbert ni siquiera le preguntó si se había hecho daño. Ya estaba absorto en la conversación con el doctor Fowler y un tal doctor Murray, que venía de Nuevo Brunswick y era el autor de un notable estudio sobre enfermedades tropicales que estaba causando un gran revuelo en los círculos médicos. Pero Ana se dio cuenta de que, cuando Christine apareció en las escaleras, anunciada por una fragancia de vainilla, las enfermedades tropicales cayeron en el olvido. Gilbert se levantó, con un inequívoco brillo de interés en los ojos.

Christine hizo una impresionante pausa en la puerta, muy breve. Christine no tropezaba con la cabeza del oso. Christine, según recordó Ana, tenía la costumbre de pararse en la puerta para llamar la atención. Y sin duda ahora se le ofrecía una ocasión espléndida para mostrarle a Gilbert lo que se había perdido.

Llevaba un vestido de terciopelo púrpura con las mangas amplias, forradas de color dorado, y una cola muy larga con el forro de encaje también dorado. Una diadema dorada ceñía las alas todavía negras de su pelo. Lucía una cadenita de oro salpicada de diamantes. Nada más verla, Ana se sintió

provinciana, mal vestida, poco elegante, sin estilo y seis meses por detrás de la moda. Se arrepintió de haberse puesto aquel ridículo corazón de esmalte.

Christine estaba incuestionablemente tan guapa como siempre. Quizá demasiado arreglada y cuidada..., aunque con bastantes kilos más. La nariz no se le había acortado y la barbilla era la de una mujer de mediana edad, sin lugar a dudas. Al pararse en la puerta se notaba que tenía unos pies... considerables. ¿Y no resultaba algo ajada su elegancia? De todos modos, seguía teniendo las mejillas suaves como el marfil y los ojos grandes, azules y oscuros, seguían brillando por debajo de esa intrigante arruga en la frente que en Redmond despertaba fascinación. Sí, la señora de Andrew Dawson era una mujer muy atractiva... Y en absoluto daba la impresión de que hubiera enterrado el corazón definitivamente en la tumba del susodicho Andrew Dawson.

Se adueñó del salón nada más entrar. Ana tuvo la sensación de no estar allí. Pero se irguió en el asiento. No podía permitir que Christine detectara ninguna señal de decadencia. Se lanzaría a la batalla ondeando todas sus banderas. Sus ojos grises cobraron un tono muy verde y un leve rubor tiñó sus mejillas ovaladas. *(«¡Recuerda tu nariz!»).* El doctor Murray, que hasta ese momento no se había fijado demasiado en ella, pensó con cierta sorpresa que la mujer del doctor Blythe era una persona muy fuera de lo común. La tal señora Dawson, con esos aires de grandeza, resultaba de lo más corriente a su lado.

—Vaya, Gilbert Blythe, estás tan guapo como siempre —saludó Christine con aire pícaro... *¡Pícara!...*—. Da gusto ver que no has cambiado.

(«Tiene el mismo acento engolado. ¡Cuánto me fastidiaba siempre esa voz de terciopelo!»).

—Te miro y el tiempo no tiene ningún significado —dijo Gilbert—. ¿Dónde aprendiste el secreto de la eterna juventud?

Christine se echó a reír.

(«¿No tiene una risa un poco metálica?»).

—Siempre has sabido hacer un cumplido bonito, Gilbert. ¿Saben ustedes —añadió con una pícara mirada a la concurrencia— que el doctor Blythe fue un antiguo amor mío en esos tiempos de los que habla como si fuera ayer? ¡Y Ana Shirley! No has cambiando tanto como me habían dicho... Aunque no sé si te habría reconocido si nos hubiéramos cruzado en la calle. Tienes el pelo un poco más *oscuro*, ¿no? ¿Verdad que es *divino* volver a verse? Temía que tu lumbago no te permitiera venir.

—¿*Mi* lumbago?

—Sí, ¿no padeces de eso? Creía que sí...

—Debo de haberme confundido —se disculpó la señora Fowler—. Alguien me contó que estaba usted postrada con un ataque severo de lumbago.

—Esa es la mujer del doctor Parker, el de Lowbridge. Yo no he tenido lumbago en la vida —contestó Ana con voz monocorde.

—Qué suerte que no lo hayas tenido —dijo Christine, en un tono algo insolente—. Es una cosa horrible. Una tía mía está martirizada por el lumbago.

Lo dijo como si relegara a Ana a la generación de las tías. Ana acertó a sonreír con los labios pero no con los ojos. ¡Si se le ocurriera algo inteligente que decir! Sabía que esa noche, a las tres, probablemente se le ocurriría una respuesta ingeniosa que podría haber dado, pero ahora eso no le servía de nada.

—Me han contado que tienes siete hijos —dijo Christine, dirigiéndose a Ana pero mirando a Gilbert.

—Solo viven seis —puntualizó Ana con un gesto de tristeza. Aún no podía acordarse sin dolor de su pequeña y blanca Joyce.

—¡*Qué* familia! —dijo Christine.

Tener una familia numerosa parecía de repente absurdo y vergonzoso.

—Creo que tú no tienes ninguno —contestó Ana.

—Es que nunca me han gustado los niños. —Aunque Christine encogió los elegantes hombros, había un acento algo duro en su voz—. Me temo que no tengo instinto maternal. La verdad es que nunca he creído que la única misión de la mujer fuera traer hijos a un mundo que ya está superpoblado.

Pasaron entonces a cenar. Gilbert le dio el brazo a Christine, el doctor Murray a la señora Fowler, y el doctor Fowler, un hombre bajito y rotundo, incapaz de hablar con nadie que no fuera médico, se lo dio a Ana.

Ana tenía la sensación de que el ambiente estaba muy cargado. Notaba un misterioso olor empalagoso. A lo mejor la señora Fowler había quemado incienso. El menú estaba bien pero Ana cumplió con el ritual sin ningún apetito y sonriendo tanto que creyó que empezaba a parecerse al gato de *Alicia*. No podía apartar la vista de Christine, que no dejaba de sonreír a Gilbert. Tenía unos dientes preciosos..., casi demasiado bonitos. Parecían un anuncio de dentífrico. Y movía las manos con mucho encanto a la vez que hablaba. Tenía unas manos preciosas..., aunque muy grandes.

Estaba hablando con Gilbert de los ciclos rítmicos de la vida. ¿Qué narices era eso? ¿Lo sabía Ana? De ahí pasaron a la Pasión de Cristo de Oberammergau.

—¿Has estado alguna vez en Oberammergau? —le preguntó Christine a Ana.

¡Sabía perfectamente que Ana no había estado! ¿Por qué la pregunta más sencilla resultaba una insolencia cuando la hacía Christine?

—Está claro que la familia te ata muchísimo —señaló Christine—. Ah, ¿con quién crees que me encontré el otro día en Halifax? Con esa amiguita tuya... La que se casó con ese sacerdote tan feo... ¿Cómo se llamaba?

—Jonas Blake —dijo Ana—. Philippa Gordon se casó con él. Y a mí nunca me pareció que fuera feo.

—¿No? Claro, los gustos son muy distintos. Bueno, el caso es que me encontré con ellos. ¡*Pobre* Philippa!

Christine acentuó con mucha elocuencia la palabra «pobre».

—¿Por qué pobre? —quiso saber Ana—. Creo que Jonas y ella son muy felices.

—¡Felices! ¡Madre mía, si vieras dónde viven! En un pueblo pesquero de mala muerte, ¡donde lo más emocionante que ocurre es que los cerdos entren en un huerto! Me han contado que ese Jonas tenía una buena iglesia en Kingsport y renunció porque consideraba su «deber» irse con los pescadores que «lo necesitaban». A mí esos fanáticos no me gustan nada. «*¿Cómo* puedes vivir en un sitio tan aislado y perdido?», le pregunté a Philippa. ¿Y sabes qué me dijo?

Christine extendió las manos cargadas de anillos con un gesto muy expresivo.

—Tal vez lo mismo que diría yo de Glen St. Mary —contestó Ana—. Que es el mejor sitio del mundo para vivir.

—¡Qué bien que estés tan contenta! —dijo Christine con una sonrisa. *(¡Qué dentadura tan aterradora!)*—. ¿De verdad nunca has querido una vida más amplia? Tú eras muy ambiciosa, si mal no recuerdo. ¿No escribiste algunas cositas muy inteligentes cuando estabas en Redmond? Un poco fantasiosas y extravagantes, claro, pero de todos modos...

—Las escribí para quienes siguen creyendo en el país de las hadas. Hay mucha gente así, ¿sabes?, y les gusta tener noticias de ese país.

—¿Y ya lo has dejado?

—No del todo... Pero ahora escribo epístolas vivientes —explicó Ana, pensando en Jem y compañía.

Christine no reconoció la cita bíblica y puso cara de asombro. ¿Qué quería decir Ana Shirley? Bueno, en Redmond era famosa por sus comentarios misteriosos. Se conservaba estupendamente, aunque tal vez fuera de esas mujeres que dejan de pensar cuando se casan. ¡Pobre Gilbert! Ana ya lo había cazado antes de que él llegase a Redmond. Nunca tuvo la más mínima oportunidad de librarse de ella.

—¿Todavía se hace el juego de compartir la nuez? —preguntó el doctor Murray, que acababa de abrir una almendra gemela. Christine se volvió hacia Gilbert.

—¿Te acuerdas de que una vez lo hicimos?

(¿Habían cruzado una mirada cómplice?).

—¿Tú crees que podría olvidarlo? —dijo Gilbert.

Se lanzaron entonces a intercambiar «¿te acuerdas?» mientras Ana examinaba el cuadro de peces y naranjas colgado sobre el aparador. Nunca se había imaginado que Gilbert y Christine tuvieran tantos recuerdos en común. «¿Te acuerdas de ese pícnic en el río Arm? ¿Te acuerdas de la noche que fuimos a la iglesia de los negros? ¿Te acuerdas de la noche que fuimos al baile de disfraces? Tú ibas de española, con un vestido de terciopelo negro, abanico y mantilla de encaje».

Gilbert por lo visto se acordaba de todo al detalle. ¡Pero se había olvidado de que era su aniversario de boda!

Cuando volvieron al salón, Christine miró por la ventana hacia el exterior, donde el cielo empezaba a cobrar un pálido resplandor plateado a levante por detrás de los álamos oscuros.

—Gilbert, vamos a dar un paseo por el jardín. Quiero aprender de nuevo qué significa la salida de la luna en septiembre.

(¿Significa la salida de la luna en septiembre algo que no significa en otro mes? ¿Y por qué «de nuevo»? ¿Lo había aprendido ya… con él?).

Salieron. Ana tuvo la sensación de que la dejaban de lado con mucha elegancia y dulzura. Se sentó en una silla desde la que veía el jardín…, aunque no reconocería siquiera ante sí misma que la eligió por esta razón. Veía a Christine y Gilbert paseando por el sendero. ¿Qué se estarían diciendo? Parecía que era Christine quien llevaba en general la voz cantante. A lo mejor Gilbert se había quedado mudo de la emoción. Lo veía sonreír, mientras salía la luna, evocando recuerdos de los que ella nunca había formado parte. Recordó las noches que había pasado con Gilbert paseando a la luz de la luna por jardines de Avonlea. ¿Las recordaría él?

Christine miraba el cielo. Sabía, por supuesto, que al levantar la cabeza podía lucir el bonito cuello blanco en todo su esplendor. ¿Había tardado alguna vez tanto en salir la luna?

Otros invitados llegaron cuando ellos volvieron por fin. Había conversación, música y risas. Christine cantaba… muy bien. Siempre había sido aficionada a la música. Cantó *para Gilbert* «Esos inolvidables días tan queridos». Gilbert se acomodó en una butaca, extrañamente callado. ¿Estaría evocando con nostalgia esos días tan queridos? ¿Imaginaba cómo habría sido su vida si se hubiera casado con Christine? *(«Antes siempre sabía qué pensaba Gilbert. Empieza a dolerme la cabeza. Como no nos vayamos pronto acabaré vomitando y gritando. Menos mal que nuestro tren sale temprano»).*

Christine estaba en la terraza con Gilbert cuando salió Ana. Christine se acercó a él para quitarle una hoja del hombro, con un gesto que parecía una caricia.

—¿De verdad te encuentras bien, Gilbert? Pareces agotado. *Sé* que te desvives con el trabajo.

Una ola de terror invadió a Ana. Era verdad que Gilbert parecía cansado: agotado... ¡Y ella no se había dado cuenta hasta que Christine lo dijo! Jamás olvidaría la humillación de aquel momento. *(«He descuidado a Gilbert y encima le reprocho que él haga lo mismo»).*

Christine se volvió hacia Ana.

—Ha sido estupendo volver a verte. Como en los viejos tiempos.

—Igual —dijo Ana.

—Pero le estaba diciendo a Gilbert que parece algo cansado. Deberías cuidarlo mejor, Ana. Ya sabes que hubo un tiempo en el que tu marido me gustaba mucho. Creo sinceramente que fue el mejor novio que he tenido nunca. Pero no puedes guardarme rencor, porque no te lo quité.

Ana volvió a quedarse helada.

—A lo mejor ahora se arrepiente de que no lo hicieras —dijo Ana, subiendo a la calesa del doctor Fowler para ir a la estación con un aire de reina que a Christine no le resultaba desconocido en los tiempos de Redmond.

—¡Mira que eres rara! —dijo Christine, encogiendo sus bonitos hombros. Se quedó mirando a Gilbert y Ana como si algo le hiciera muchísima gracia.

Capítulo XLI

—¿Has pasado una velada agradable? —preguntó Gilbert mientras la ayudaba a subir al tren, más ausente que nunca.

—Sí, estupenda —contestó Ana... Con la sensación de haber «pasado la velada en un potro de tortura», recordando esa espléndida frase de Jane Welsh Carlyle.

—¿Por qué te has peinado así? —dijo Gilbert, todavía distraído.

—Es la nueva moda.

—Pues no te favorece. Quizá sea un peinado que siente bien a otro tipo de pelo pero no al tuyo.

—Sí, es una pena tener el pelo rojo —señaló Ana en un tono gélido.

Gilbert pensó que era más prudente evitar aquel tema peligroso. Ana, pensó, siempre había sido un poco susceptible con su pelo. Además, estaba demasiado cansado para hablar. Apoyó la cabeza en el respaldo del asiento y cerró los ojos. Por primera vez, Ana le vio unas hebras grises alrededor de las orejas. Pero aun así blindó su corazón.

Volvieron de la estación paseando en silencio, por el atajo que llevaba a Ingleside. El susurro de las píceas y los helechos inundaba el aire. La luna lucía sobre los campos humedecidos por el rocío. Pasaron por delante de una casa abandonada, con las ventanas que en otros tiempos bailaban rebosantes de luz tristes y rotas hoy. «Igual que mi vida». Todo cobraba para Ana un significado deprimente. La polilla blanquecina que pasó a su lado revoloteando por el césped era, pensó con tristeza, como el fantasma del amor marchito. Entonces metió el pie en un aro de croquet y estuvo a punto de caer de cabeza en una mata de polemonio. ¿Cómo narices dejaban los niños un aro ahí? ¡Mañana se iban a enterar!

Gilbert se limitó a decir «Uups» y a sujetarla con una mano. ¿Se lo habría tomado tan a la ligera si hubiera sido Christine quien tropezaba mientras desentrañaban el enigma de la salida de la luna?

Gilbert fue directo a su despacho nada más entrar en casa y Ana, sin decir nada, subió a su cuarto, donde la luz de la luna, fría, plateada y quieta, se había tendido en el suelo. Fue a abrir la ventana y se asomó. Era evidente que a los perros de Carter Flagg les tocaba una noche de aullidos y que Carter se estaba empleando a fondo con ellos. Las hojas de los álamos de Normandía brillaban como la plata a la luz de la luna. Parecía que la casa susurraba esta noche… Con unos susurros siniestros, como si ya no fuera amiga suya.

Ana se sentía enferma, fría y vacía. El brillo dorado de la vida había dado paso a las hojas marchitas. Nada tenía sentido. Todo parecía lejano e irreal.

Abajo, las olas acudían a su eterno encuentro amoroso con la costa. Ahora que Norman Douglas había talado el seto de píceas Ana veía la Casa de sus Sueños. Qué felices habían sido allí… ¡Cuando les bastaba con estar juntos, en su hogar, con sus fantasías, sus caricias, sus silencios! Cuando Gilbert la miraba con esa sonrisa en los ojos que reservaba solo para ella… Encontrando cada día una forma nueva de decir «te quiero»… Compartiendo la alegría y compartiendo la tristeza.

Y ahora… Gilbert se había cansado de ella. Los hombres siempre habían sido así… y siempre lo serían. Creía que Gilbert era una excepción pero de pronto veía la verdad. ¿Y cómo iba a adaptarse?

«Están los niños, por supuesto —pensó con abatimiento—. Tengo que seguir viviendo por ellos. Y nadie debe saberlo… *Nadie.* No quiero que me compadezcan».

¿Qué era ese ruido? Alguien subía las escaleras, de tres en tres, como hacía Gilbert muchos años antes, en la Casa de los Sueños..., y ahora llevaba tanto tiempo sin hacer. No podía ser Gilbert... ¡Lo era!

Irrumpió en el cuarto como una exhalación... Lanzó un paquetito encima de la mesa... Abrazó a Ana por la cintura y la llevó dando vueltas por la habitación, bailando un vals como un colegial eufórico, hasta que se detuvo a descansar, sin aliento, en un charco de luz de plata.

—Yo estaba en lo cierto, Ana... ¡Gracias a Dios estaba en lo cierto! La señora Garrow se va a curar... El especialista lo ha confirmado.

—¿La señora Garrow? ¿Gilbert, te has vuelto loco?

—¿No te lo conté? Seguro que sí... Bueno, es que me dolía tanto que no podía ni hablar del tema. Llevo dos semanas muerto de preocupación... No podía pensar en otra cosa, ni dormido ni despierto. La señora Garrow vive en Lowbridge y era paciente del doctor Parker. Él consultó conmigo... Yo di un diagnóstico distinto del suyo... Casi nos peleamos... Yo estaba seguro de que tenía razón... Insistí en que había una posibilidad... La mandamos a Montreal... Parker dijo que no volvería con vida... Su marido ya estaba preparado para pegarme un tiro en cuanto me viese asomar la cabeza. Cuando se marchó me quedé destrozado... Quizá estuviera equivocado. Quizá estuviera sometiéndola a una tortura inútil. He encontrado la carta en mi despacho al llegar... Y estaba en lo cierto... La han operado... Tenía muchas posibilidades de vivir. Ana, mi niña, ¡me siento capaz de llegar a la luna de un salto! Me he quitado veinte años de encima.

Ana no sabía si reír o llorar..., así que empezó por reírse. Era maravilloso volver a reír..., maravilloso tener ganas de reír. Todo se arreglaba de repente.

—Supongo que por eso te has olvidado de que hoy era nuestro aniversario —le dijo en broma.

Gilbert la soltó el tiempo justo para abalanzarse sobre el paquetito que había tirado encima de la mesa.

—No me he olvidado. Hace dos semanas que encargué esto en Toronto. Y no ha llegado hasta esta noche. Esta mañana me sentía una piltrafa, por no tener nada que regalarte, y por eso no he querido recordar qué día era...

Yo también creía que a ti se te había olvidado... y me he alegrado. Al entrar en el despacho, mi regalo estaba con la carta de Parker. A ver si te gusta.

Era un cadenita con un diamante. Incluso a la luz de la luna resplandecía como si tuviera vida propia.

—Gilbert... Y yo...

—Pruébatelo. Ojalá hubiera llegado esta mañana. Así habrías podido llevarlo a la cena, en vez de ese corazón de esmalte viejo. Aunque la verdad es que te quedaba muy bonito, acurrucado en ese hoyuelo blanco que tienes en el cuello, cariño. ¿Por qué no te has puesto el vestido verde, Ana? Me gustaba... Me recordaba a ese otro con capullos de rosa que te ponías en Redmond.

(¡O sea, que sí se había fijado en el vestido! ¡Y aún se acordaba del antiguo de Redmond, que siempre admiraba tanto!).

Ana se sentía como un pájaro liberado... Volvía a volar. Estaba en brazos de Gilbert..., que la miraba a los ojos a la luz de la luna.

—¿*Tú* me quieres, Gilbert? ¿No soy solo una costumbre para ti? Hace mucho tiempo que no me dices que me quieres.

—¡Amor mío! No sabía que necesitaras mis palabras para saberlo. No podría vivir sin ti. Siempre me das la fuerza necesaria. Hay un versículo de la Biblia, no sé cuál, que se escribió pensando en ti: «Le da ella bien y no mal. Todos los días de su vida».

La vida, que tan absurda y gris parecía apenas unos momentos antes, volvía a ser dorada y rosa, como un magnífico arcoíris. La cadenita de diamante cayó al suelo en la distracción del momento... Era preciosa... Pero había muchas cosas aún más bonitas: la confianza, la paz y el trabajo hecho con placer... La risa y la bondad... La antigua sensación de *seguridad* que procura un amor sólido.

—¡Ay, Gilbert, ojalá pudiéramos alargar este momento para siempre!

—Tendremos otros. Va siendo hora de que pasemos una segunda luna de miel. El próximo febrero habrá un importante congreso de medicina en Londres. Iremos... Y después conoceremos un poco el Viejo Mundo. Nos esperan unas vacaciones. Volveremos a ser solamente enamorados... Será como si nos casáramos de nuevo. Hace mucho tiempo que no pareces la misma. *(O sea que sí lo había notado).* Estás cansada y desbordada de trabajo… Necesitas un cambio de aires. *(Tú también, cariño. Qué horriblemente ciega estaba).* No voy a consentir que nadie me eche en cara que a las mujeres casadas con médicos nadie se acuerda de darles una pastilla. Volveremos renovados, descansados y con el sentido del humor en plena forma. Anda, pruébate el colgante y vamos a la cama. Estoy muerto de sueño… Hace semanas que no paso una noche decente… Entre las gemelas y la preocupación por la señora Garrow…

—¿De qué habéis hablado Christine y tú tanto rato en el jardín esta noche? —preguntó Ana, presumiendo con sus diamantes delante del espejo.

Gilbert bostezó.

—No sé. Christine no paraba de hablar. Pero me ha dado un dato curioso. Una pulga puede saltar una distancia equivalente a doscientas veces su longitud. ¿Tú lo sabías, Ana?

(¡Estaban hablando de pulgas mientras yo me retorcía de celos! ¡Qué idiota he sido!).

—¿Cómo narices habéis acabado hablando de pulgas?

—No me acuerdo… Puede que fuera por los dóberman *pinscher.*

—¡Dóberman *pinscher*! ¿Eso qué es?

—Una nueva raza de perros. Christine parece muy entendida en perros. Yo estaba obsesionado con la señora Garrow y no he prestado mucha atención a lo que decía. De vez en cuando pillaba una palabra relacionada con complejos y represiones… Sobre esa nueva psicología que está surgiendo… Y sobre arte… Y sobre política y gota… Y sobre ranas.

—¡Ranas!

—Unos experimentos que está haciendo un investigador de Winnipeg. Christine nunca fue muy divertida, pero ahora es más pelma que nunca. ¡Y maliciosa! Antes no era maliciosa.

—¿Qué ha dicho que te ha parecido tan malicioso? —preguntó Ana con inocencia.

—¿No te has fijado? Bueno, supongo que tú no lo notarías… porque eres completamente ajena a esas cosas. Bueno, da igual. Tiene una forma de reírse que me saca un poquito de quicio. Y ha engordado. ¡Menos mal que tú no has engordado, mi niña!

—Yo no creo que Christine haya engordado tanto —dijo la compasiva Ana—. Y desde luego que es una mujer muy guapa.

—No está mal. Pero tiene un gesto duro... Es de tu misma edad y parece diez años mayor.

—¡Y tú hablando con ella de la eterna juventud!

Gilbert se echó a reír con aire culpable.

—Algo hay que decir, por cortesía. La civilización no existiría sin *un poco* de hipocresía. Bueno, Christine tampoco es del todo mala, aunque no sea de la estirpe de José. No es culpa suya haber nacido sin un pellizco de sal. ¿Qué es eso?

—Mi regalo de aniversario para ti. Y a cambio tienes que darme un centavo... No me atrevo a correr riesgos. ¡La tortura que he soportado esta noche! Estaba loca de celos de Christine.

Gilbert se quedó sinceramente atónito. Nunca se había imaginado que Ana pudiera tener celos de nadie.

—¡Pero bueno, mi niña! Nunca creí que a ti pudiera pasarte eso.

—Pues ya ves que sí. Hace muchos años estaba muerta de celos, por las cartas que te escribías con Ruby Gillis.

—¿Yo alguna vez me he escrito con Ruby Gillis? No me acordaba. ¡Pobre Ruby! ¿Y qué me dices tú de Roy Gardner? La sartén no tiene derecho a reprocharle nada al cazo.

—¿Roy Gardner? Philippa me contaba hace poco en una carta que lo había visto y que se había vuelto corpulento. Gilbert, puede que el doctor Murray sea una eminencia en su profesión pero parece un fideo. Y el doctor Fowler parece un tonel. Tú a su lado parecías muy guapo... y elegante.

—Oh, gracias... Gracias. Eso lo dices porque eres mi mujer. Pero voy a devolverte el cumplido diciendo que he pensado que esta noche estabas especialmente bien, a pesar de ese vestido. Tenías algo de color en las mejillas y unos ojos divinos. ¡Ahhh, qué maravilla! No hay nada como la cama cuando uno está cansado. Y me acuerdo de otro versículo de la Biblia... ¡Es curioso cómo te vienen a la memoria a lo largo de la vida esos versículos que has aprendido en catequesis!... «En paz me acostaré y así también dormiré». En paz... Y a dormir... Buenas noches.

Gilbert se quedó dormido casi sin terminar la última palabra. ¡El pobre y exhausto Gilbert! Ya podían nacer bebés esta noche que ninguno iba a turbar su sueño, así sonara el teléfono hasta quedarse ronco.

Ana no tenía sueño. Estaba demasiado feliz para dormirse. Prefería pasear despacio por el dormitorio, recoger cosas, hacerse una trenza y sentirse querida. Al final se puso un salto de cama y cruzó el pasillo para entrar en el cuarto de los chicos. Walter y Jem dormían juntos en su cama y Shirley en su cuna, a pierna suelta. El Canijo, que había sobrevivido a generaciones de gatitos impertinentes y ya era uno más de la familia, estaba acurrucado a los pies de Shirley. Jem se había quedado dormido leyendo *La biografía del Capitán Jim,* con el libro abierto encima de la colcha. ¡Qué *largo* parecía Jem acostado debajo de las mantas! Muy pronto sería un hombre. ¡Qué niño tan fuerte y digno de confianza! Y Walter sonreía en sueños como quien conoce un secreto maravilloso. La luna iluminaba su lado de la almohada entre las varillas de plomo de la ventana, proyectando sobre su cabeza, en la pared, la sombra de una cruz perfecta. Muchos años después Ana recordaría aquel instante preguntándose si no había sido un augurio de lo que ocurriría más adelante en Courcelette: de una tumba marcada con una cruz en «algún campo de batalla de Francia». Pero esta noche solo era una sombra... Nada más. A Shirley casi se le había quitado el sarpullido del cuello. Gilbert tenía razón. Como siempre.

Nan, Diana y Rilla estaban en la habitación de al lado... Diana con la cabeza húmeda, cubierta de preciosos tirabuzones rojos, y una manita bronceada debajo de la mejilla. Nan con sus pestañas grandes como abanicos que le rozaban los pómulos. Los ojos escondidos detrás de aquellos párpados surcados de venitas azules eran del color de la avellana, como los de su padre. Y Rilla dormía boca abajo. Ana le dio la vuelta sin que la niña llegara a abrir los ojos cerrados a cal y canto.

Qué deprisa crecían todos. En pocos años todos serían hombres y mujeres... La juventud ya se acercaba de puntillas..., expectante..., como una estrella con sus dulces y fabulosos sueños... Como pequeñas embarcaciones que abandonaban su refugio seguro rumbo a puertos desconocidos. Los chicos emprenderían una vida de trabajo y las chicas... Ah, ya se vislumbraban las siluetas de las preciosas novias, envueltas en un velo de bruma, bajando las escaleras de Ingleside. Pero aún seguirían siendo suyas unos años más... Suyas para quererlas y guiarlas... Para cantar las canciones que tantas otras madres han cantado. Suyas... y de Gilbert.

Salió y cruzó el pasillo hasta el mirador. Todas sus sospechas, sus celos y sus rencores se habían retirado al lugar donde se retiran las lunas viejas. Ana se sentía feliz, alegre y confiada.

—¡Blythe![2] Me siento Blythe —dijo, riéndose del chistecillo—. Siento exactamente lo mismo que esa mañana, cuando Pacifique me dijo que Gilbert «se salvaría».

Veía a sus pies el misterio y la belleza de un jardín a medianoche. Los montes, a lo lejos, salpicados por la luz de luna, eran un poema. Dentro de no muchos meses contemplaría la luz de la luna sobre las lejanas y oscuras cumbres de Escocia... Sobre Melrose... Sobre las ruinas de Kenilworth... Sobre la iglesia a orillas del Avon donde descansaba Shakespeare... Puede que incluso sobre el Coliseo... Sobre la Acrópolis... Sobre los tristes ríos que fluyen a la orilla de imperios extinguidos.

La noche era fresca; no tardarían en llegar las noches del otoño, más frías y desapacibles; después la nieve honda..., la nieve honda y blanda..., la nieve honda y fría del invierno... Noches enloquecidas por el viento y la tormenta. Pero eso ¿qué más daba? Seguiría existiendo la magia del fuego en habitaciones acogedoras. ¿No había dicho Gilbert hacía unos días que estaba haciendo acopio de leña de manzano para la chimenea? Esa leña rendiría tributo a los días grises que estaban por venir. ¿Qué importancia tenían el vendaval y la ventisca mientras el amor ardiera, vivo y claro, a la espera de la primavera? Y mientras la vida siguiera derramando toda su dulzura por el camino.

Se apartó de la ventana. Con su bata blanca y el pelo recogido en dos trenzas largas, se parecía a la Ana de los días de Tejas Verdes... De los días de Redmond... De los días de la Casa de sus Sueños. Seguía irradiando el mismo resplandor interior. Por las puertas abiertas llegaba el suave sonido

---

2 Ana hace un juego de palabras con su apellido, que solo se diferencia de «blithe» (feliz) en una letra.

de la respiración de los niños. Gilbert, que muy rara vez roncaba, en ese momento estaba roncando indiscutiblemente. Ana sonrió. Se acordó entonces de algo que había dicho Christine. La pobre Christine, sin hijos, que se burlaba lanzando dardos.

—¡Qué familia! —repitió Ana, exultante.

Títulos de la colección: